那年夏天的謊言

THE LAST TIME I LIED

萊利・塞傑——著
簡秀如——譯
Riley Sager

一如往常，獻給麥可

故事是這樣開始的。

陽光從窗外的樹間縫隙透了進來，喚醒了妳。那是一種幽微的光線，隱隱約約，輪廓模糊。黎明尚未完全褪去夜幕的外衣，但天色已經夠亮了，妳不禁翻身轉過去面對著牆，床墊在妳的身體底下嘎吱作響。妳在翻身之際感到迷惘，在那一瞬間，妳不知道自己身在何處。有時在深沉無夢的熟睡之後，是會出現這樣的情況。短暫的失憶現象。妳看到松木壁板的細紋，嗅到髮際的營火煙味，明白了自己究竟在什麼地方。

夜鶯夏令營。

妳閉上眼，想要再次進入夢鄉，盡可能不去理會外頭傳來的大自然聲響。那是一種令人不悅的刺耳噪音，夜間與白天的生物紛爭喧嚷。妳注意到昆蟲的振鳴、鳥兒的啁啾聲，還有落單的潛鳥發出最後一記劃穿湖面的鬼魅般鳴啼。

戶外的嘈雜暫時掩蔽了室內的沉寂。不過這時候，一陣啄木鳥的篤篤敲擊聲逐漸消退成迴盪的餘音。就在這短暫的間歇之中，妳意識到四下有多安靜。妳能察覺的聲響只有自己規律起伏的酣睡呼吸。

妳再次猛地睜開眼，伸長耳朵想聽到小木屋裡的其他動靜，任何的聲音。

什麼也沒有。

啄木鳥又開始了，疾速的敲擊聲惹得妳翻身背對著牆，面向屋內的其餘空間。這是一個小房間，只容納得下兩組上下鋪、一張上頭放了一盞提燈的床頭桌，以及門邊四只儲物用的山胡桃木箱。屋內小到能讓妳一眼看出裡頭何時空無一人，而現在就是這樣。

妳把目光投向對面的床位。上層鋪好了床，床單繃得平整。下鋪恰恰相反，毯子糾結凌亂，底下蓋著一團隆起的物品。

妳在清晨的昏暗光線中看了看手錶。時間剛過早上五點沒多久，距離起床號還有將近一小時。這項意外的發現引起一股潛藏的恐慌，在妳的肌膚底下微微震顫，感覺搔癢又刺痛。

妳的腦海中浮現出各種臨時狀況。有人忽然生病了。家人緊急來電。妳甚至試圖告訴自己，有可能女孩們走得實在太匆忙，根本沒空來叫妳。或者她們試過了，但是妳卻叫不醒。又或者她們叫醒過妳，而妳不記得了。

妳在門邊的山胡桃木箱前跪了下來。每只箱子上都刻著以前的營隊成員名字。妳把箱子都打開，除了自己的那只之外。每只絲緞襯裡的木箱都塞了滿到箱緣的衣物、雜誌和簡單的營隊工藝作品。其中兩只箱子裡有手機，但是都關機了，好幾天沒用過。

她們只有一個人帶走了手機。

妳想不通這代表了什麼。

妳首先想到的，也是女孩們唯一的合理去處是浴廁區。那是在小木屋區之外，位於森林入口處的杉木牆面長方形建築。或許她們之中有人要上廁所，其他人陪她一起去。這種事以前發生過，妳也有過類似的經驗。大家挨挨擠擠地，共用一支手電筒照亮小路，快步疾行。

然而鋪好了的床暗示著這是一場有計畫的缺席。或許逗留的時間比預計的久。或者更糟的是，昨晚甚至沒人睡過那張床。

妳還是打開了小木屋的門，不安地走出屋外。這是個灰撲撲又冷颼颼的早晨，妳環抱著自己取暖，朝浴廁區走去。妳在裡面查看每間廁所和淋浴間。全都是空的。淋浴間的壁面是乾的，洗手台也是。

妳又走到了外面，在浴廁區和小木屋區之間的半路上停了下來。妳側耳傾聽，努力想在振鳴聲、啁啾聲，以及五十碼外湖水輕拍湖岸的聲響中，聽見女孩們躲藏的蛛絲馬跡。

什麼也沒有。

營地完全悄無聲息。

一種孤立感籠罩了妳。有那麼一刻，妳不禁要懷疑整座營地已經淨空了，只剩下妳一個人。妳的思緒充斥了更多可怕的場景。每間小木屋裡的人都在一陣狂亂的倉促行動中走光了，而妳卻睡得渾然不覺。

妳回到了小木屋區，靜靜地繞行其間，聆聽是否有任何的動靜。小木屋一共有二十間，以整齊的網格排列分布在一塊清空的林地上。妳在其中穿梭，很清楚自己的模樣有多荒謬。妳只穿了一件無袖背心和一條平口短褲，枯死的松針和小徑上的覆蓋物戳刺著妳的光腳丫。

每間小木屋都以樹木命名。妳住的那間叫「山茱萸」，隔壁的是「楓樹」。妳查看每間木屋的名稱，想挑出女孩們有可能進去的那一間。妳想像有一場臨時起意的過夜派對。妳開始瞇著眼窺探窗戶，稍微推開沒上鎖的門，掃視一排排雙層床上睡著的女孩，尋找有沒有多出來的營隊成員蹤跡。在一間叫做「藍雲杉」的小木屋，妳把一個女孩嚇醒了。她在下層的鋪位上坐起來，倒抽了一口氣。

「抱歉，」妳在帶上門之前輕聲地說。「抱歉，真抱歉。」

妳走到營地的另一側，這裡通常從日出到薄暮都熱鬧不已。不過現在呢，太陽依舊沒有露臉的跡象，只有一道淺粉紅色緩緩地從地平線升起。唯一的動靜就是妳正朝構造堅固的餐廳走過去。再過一小時左右，餐廳裡應該會飄出咖啡和燒焦培根的香氣。目前這裡沒有任何食物的氣味，悄無聲息。

妳推了推門，門上鎖了。

當妳把臉貼著窗戶時，只看到一間漆黑的餐廳，椅子依然堆疊在成排的餐桌上。

隔壁的工藝教室也是一樣的情形。

上了鎖。

一片漆黑。

這次妳從窗戶窺探，看到了裡面的畫架排成半圓形，上面架著昨天上課時畫了一半的畫布。你們在上寫生課。一只插放野花的花瓶擺放在盛裝柳橙的大碗旁。現在妳擺脫不了這樣的念頭：這堂課永遠完成不了，那些花將永遠只畫了一半，而大碗裡一直都會少了水果。

妳往後退開了幾步，緩緩轉過身，思索著下一步。右手邊的碎石車道通往營地外面，穿越樹林，接到主要幹道。妳朝反方向走，前往營地的中心區，那裡有一棟龐大的原木骨架建築，坐落在圓形車道的盡頭。

主屋。

那是妳最後一個想到女孩們會去的地方。

那是一座超大型的混合建築，比較像是宅邸而非木屋，不時讓營區成員想起自己住的簡陋小屋。現在裡頭悄然無聲，而且也是一片漆黑。從建築物後方升起的耀眼日出讓建物正面籠罩在陰影之中，妳幾乎看不清它的鐵花窗、原石地基以及紅色大門。

妳有點想要跑到門口，用力捶打大門，直到法蘭妮前來應門。她得要知道有三個女孩不見了。畢竟她是營地主任，女孩們是她的責任。

妳抗拒這麼做，因為你有可能搞錯了。妳錯過了一些女孩們可能藏身的地方，彷彿這一切只是一場捉迷藏。事實上，妳不想去告訴法蘭妮，除非是逼不得已。

妳已經讓她失望過一次了，妳不想重蹈覆轍。

當妳就要轉身回去空無一人的山茱萸屋時，主屋後方有某種東西吸引了妳的注意。在斜坡草地外有一道橘色的光。

是午夜湖，映照著天空。

拜託一定要在那裡，妳心想。拜託千萬要平安，拜託讓我找到妳們。

女孩們當然不在那裡。她們沒理由會在那裡。這感覺就像一場惡夢。是妳在夜裡闔上眼時，最害怕的那一種。只不過這場夢魘成真了。

或許是因為如此，在妳走到湖邊時才沒停下腳步。妳繼續走，走進湖裡，腳下踩著滑溜的石塊。水很快就淹到了妳的腳踝。妳開始打顫，分不清那是因為冰冷的湖水，還是打從妳第一次看錶之後便牢牢鉗住妳的恐懼。

妳在水中轉身，查看四周的境況。主屋在妳的後方，朝陽照亮了面湖的那一側，窗戶閃耀著粉紅光芒。湖岸在妳的兩側延展開來，岩石的岸邊及斜傾的樹木似乎看不到盡頭。妳放眼眺望寬闊的湖泊。水上平靜無波，湖面映照出緩緩浮現的雲朵及逐漸隱沒的稀落星子。即便時值旱季，水位下降，沿岸有約一呎寬的卵石帶曝曬在太陽底下，湖水依然深不可測。

逐漸亮起的天空讓妳能看見對岸，盡管那只是在薄霧中隱約可見的一道線。包括營地、湖泊、周圍的森林在內，這些都是法蘭妮的家族世代以來所持有的私人產業。

好多的湖水。好多的土地。

好多的地方可以讓人在其中消失隱匿。

女孩們可能在任何一處。當妳站在水中，顫抖得越來越厲害時，妳意識到這點。她們在外面。某個地方。要把她們找出來可能要花好幾天。或是好幾週。她們有可能永遠不會被發現。這個念頭太可怕，妳不敢去想，即便妳的心中就只有這個念頭。妳想像她們在濃密的林中踉蹌前進，無所適從，失去方向，疑惑著樹上的青苔是否真的指向北方。妳迫切、害怕又顫抖地想著她們。妳想像她們在水底，沉到淤泥裡，徒勞地掙扎著想浮出水面。

妳想到這所有的一切，然後開始放聲尖叫。

第一部

兩件事實

第一章

我以同樣的順序畫出女孩們。

首先是薇薇安。

接著是娜塔莉。

艾莉森排最後，雖然她是最先離開小木屋的。因此嚴格說來，她是第一個失蹤的。

我的畫作通常都很大。其實稱得上巨幅。藍道老愛說它們和穀倉的門一樣大。然而女孩們總是很小，在寬得驚人的畫布上留下的痕跡微不足道。

我以名稱恰如其分的幽暗色彩，例如蜘蛛黑、陰影灰及鮮血紅，畫出背景的大地和天空之後，她們的出現預示了畫作的第二階段開始。

當然還有午夜藍。我的畫作向來少不了一抹午夜色彩。

接下來是女孩們。她們有時聚在一起，有時散落在畫布的各個角落。我讓她們穿著白色連身裙，裙襬揚起，彷彿在逃離些什麼。她們通常轉身逃跑，所以只看得到她們背後飄逸的秀髮。在極為罕見的情況下，我會讓她們略微露臉，只是一絲最淺的輪廓，以一抹彎曲的筆觸帶過。

最後我才描繪樹林，用刮刀將顏料以粗重的筆觸大量塗抹在畫布上。這個過程要花上好幾天，甚至是幾週的時間，在我一層又一層地抹上更多顏料、保持厚重質感時，顏料氣味也把我薰得有些頭暈。

我聽過藍道向潛在買家吹噓，說我的畫作表層媲美梵谷，顏料在畫布上堆得有一吋高。我比較喜歡說我的畫法就像大自然，完全的平順光滑不過是迷思，尤其是在樹林裡。樹皮的碎裂脊線，岩石上的點點青苔，地面鋪疊了幾個秋天的落葉。這就是我設法以刮抹、堆攏及螺旋筆觸來捕捉的大自然。

所以我不斷把顏料往上堆疊，每幅牆面大小的畫布都緩緩堆出了我想像中的森林。濃密。陰森。危機四伏。樹木隱約顯現，黑暗又險惡。藤蔓不曾蜷曲攀爬，而是死命地纏繞收緊。草叢覆蓋住森林地面，樹葉遮掩了天際。

我不斷下筆，直到畫布上沒有一處是空白的，而女孩們遭到森林吞噬，隱沒在樹木、藤蔓及樹葉之間，消失於無形。直到這時候，我才確知畫作已完成，然後用畫筆握把的尖端在右下角塗上我的姓名。

艾瑪．戴維斯。

當訪客走進位於肉品包裝區的舊倉庫笨重大門時，迎面見到牆上裝飾著以同樣輪廓模糊的字跡寫下的同一個名字。其他的每一面牆上都掛滿了畫作，我的作品，一共二十四幅。

我的第一場畫廊展出。

藍道為了開幕派對使出渾身解數，把這地方變成某種都會森林。室內有鏽蝕色彩的牆面，加上從紐澤西某處森林砍下的樺樹，擺設成品味雅致的樹叢。空靈的浩室樂曲在背景輕聲流瀉，燈光的設計是十月氛圍，雖然現在離聖派崔克節（編註：三月十七日）僅有一個星期，外頭的街道上堆積著泥濘的融雪。

然而畫廊裡擠得水洩不通，藍道確實辦到了。收藏者、藝評家及湊熱鬧的人在畫作前挨挨擠擠，手中拿著香檳酒杯，不時伸手去取一旁飄然而過的蕈菇山羊乳酪炸肉餅。我已經被引見認識了幾十個人，但是一轉身就忘了他們的名字。那些都是重要的人物，重要到當我和對方握手時，藍道會在我的耳邊低聲說明他們的身分。

「《泰晤士報》來的，」他這麼說明一位從頭到腳都打扮成紫色的女士。對一名穿著一身無懈可擊的訂製套裝男子，他只是低聲耳語：「佳士得。」

「令人印象深刻的作品，」佳士得先生說，朝我撇嘴笑了一下。「非常大膽。」

他的聲音中流露一絲驚奇，彷彿女人應該不具展現大膽的能力。或者他的驚奇是源自我本人看起來和大膽沾不上邊。和藝術界其他狂妄張揚的人物相較起來，我絕對屬於拘謹安靜的那一型。我不適合渾身紫色的搭配或腳踩一雙華麗的鞋。今晚的黑色小洋裝和黑色微跟尖頭鞋是我最盛裝的打扮了。大多數時候，我會穿同樣的卡其褲及沾染顏料斑點的恤衫組合。我唯一的飾品是纏繞在左手腕上的銀製手鍊，上面掛著三個幸運吊飾，是以霧面白鑞打造的小小鳥兒。

我有一次跟藍道說，我打扮得這麼樸素是因為我想突顯我的作品，而不是我這個人。事實上，無論是個性或外表，我都沒有一點大膽的成分。

薇薇安在各方面都大無畏。

這並未阻止她消失不見。

在這些見面打招呼的過程，我依照指示盡量面帶微笑，接受讚美，對於大家一定會問到的、關於我接下來的計畫，我刻意避而不談。

等蘭道把所有的陌生人都介紹完了之後，我在人群中躊躇不前，要自己別去檢視每一幅畫是否貼有標示售出的紅色貼紙。我手上端著一杯沒喝過的香檳，站在一個角落，不久前才砍下的樺樹枝椏輕觸著我的肩頭。我環顧室內，想看看有沒有我真正認識的人。有許多都是我認識的人，我滿懷感激，即便看著他們聚在同一個地方，感覺很奇怪。我的高中朋友和廣告公司的同事摻雜在一起，畫家友人站在從康乃狄克搭火車進城的親戚身旁。

除了一位表親，這些人全都是男生。

這不全然是一場意外。

我一看到姍姍來遲的馬克，整個人精神為之一振。他查看現場的狀況，驕傲地咧嘴而笑。雖然馬克聲稱他厭惡藝術界，但置身其中卻毫無違和感。他蓄鬍加上一頭迷人的亂髮，穿舊的米奇T恤外面罩了一件格紋運動外套，一雙紅色球鞋讓佳士得先生失望地多看了一眼。馬克穿越人群，抓了一杯香檳和一塊炸肉餅，塞進口中認真地嚼了一會。

「裡頭的乳酪救了它，」他告訴我。「但是那些濕濕爛爛的蕈菇真的不行。」

「我一個都沒吃，」我說。「太緊張了。」

馬克把一隻手放在我的肩上，讓我冷靜下來。以前我們念美術學校，住在一起時，他也會這麼做。每個人，尤其是畫家，都需要帶來冷靜的力量。對我來說，那個人就是馬克・史都華。我的理性聲音、我的摯友、我可能的丈夫人選，要不是我們倆都喜歡男人的話。

我深受這種無法實現的浪漫念頭所吸引。然而話說回來，這並不是巧合。

「妳大可以好好享受這一切，妳知道的，」他說。

「我知道。」

「妳也能以自己為傲，不需要感到愧疚。藝術家本來就該受到人生經歷的啟發。創造力就是這麼一回事。」

想當然爾，馬克是在說那些女孩。她們深埋在每一幅畫之中。除了我之外，只有他知道她們的存在。我沒對他說的是，為何在十五年之後，我依然繼續讓她們一再重複地消失。他還是不要知道這件事比較好。

我從不曾想用這種方式作畫。在美術學校，我在色彩及形式方面都深受簡約性的吸引。安迪·沃荷的湯罐頭。傑斯帕·瓊斯的旗幟。皮特·蒙德里安的大膽方塊及筆直黑線條。後來有一份作業是要替某個我認識但已離世的人繪製肖像。

我選了那些女孩。

我先畫出薇薇安，因為她在我的記憶中最鮮明。那頭金色秀髮堪比洗髮精的廣告。那雙不相稱的深色雙眸在對的光線下呈黑色。小巧的鼻子上有太陽曬出的點點雀斑。我讓她穿著一件白色連身裙，精緻的維多利亞式衣領環繞她那天鵝般的優雅脖頸，臉上則是她在走出小木屋時所浮現的那種神秘笑容。

妳年紀太小了，不適合這個，小艾。

接下來是娜塔莉。高額頭，方下頦，頭髮緊緊地紮成馬尾。她的白色連衣裙有著細巧的蕾絲領口，淡化了她的粗脖頸及寬肩頭。

最後是艾莉森，以及她的迷人樣貌。蘋果般的雙頰和修長鼻樑。比亞麻色秀髮深兩個色階的雙眉，細緻完美，彷彿是拿棕色鉛筆畫上去的。我畫了伊莉莎白式的荷葉領圍繞她的脖頸，層疊的褶飾顯得尊榮無比。

然而完成的畫作還少了點什麼。某種感覺噬咬我的內心，直到作業交期的前一個晚上，我在半夜兩點鐘醒來，看到她們三個在房間的另一頭注視著我。

我看得到她們，這就是問題所在。

我悄悄溜下床，走向畫布。我抓起一支畫筆，蘸了些棕色顏料，然後在她們的眼睛部位塗抹了一筆。一根樹枝，遮瞎了她們。接著畫出更多樹枝。然後是植物、藤蔓和完整的樹木，在畫筆底下紛紛落到畫布上，彷彿在那兒抽芽生長。到了黎明時分，大部分的畫布都籠罩在森林底下。薇薇安、娜塔莉及艾莉森的身影只剩下幾抹白色長裙、部分肌膚和幾綹長髮。

這幅畫成了第一號作品。我的第一幅森林系列畫作，也是依稀可見女孩們身影的唯一一幅。在我向老師說明畫中涵義之後，這幅畫得到全班最高分。但是它在這次的畫展中缺席，現在掛在我的公寓裡，是非賣品。

不過其他的作品大部分都在這裡，每幅畫都佔據了畫廊裡多間展示廳的一整面牆。看到它們像這樣一起展出，樹枝瘤節叢生，樹葉蓬勃蓊鬱，我領悟到這一切的努力是多麼沉迷的執著。我知道自己花了許多年的時間畫著相同的主題，內心感到焦躁不已。

「我是深感驕傲，」我告訴馬克，然後啜飲了一口香檳。

他把那杯香檳一口氣喝光，然後又拿了一杯。「不然是怎麼了？妳似乎有煩惱。」

他用尖細刺耳的英式腔調說出那字眼，傳神地模仿文森．普萊斯，一部我們倆都記不得片名的惡搞恐怖片裡的人物。我們只知道，某天晚上我們看到電視播出這部片時，我們倆都嗑茫了，而這句台詞讓我們捧腹狂笑。此後我們時不時就跟對方說這句話。

「這真的太奇怪了，這一切。」我用我的香檳高腳杯示意牆上掛著的那些畫，在畫作前方成排的人們，蘭道親吻一對剛進門、身材苗條的歐洲情侶的雙頰。「任何一點我都從沒指望過。」

我不是故作謙虛。這是實話。假如我曾期望舉辦畫展，我就會替我的作品取名。然而，我只是依照作畫的順序編號。從第一號到第三十三號。

藍道、畫廊、這場超現實的開幕晚會，這一切都是一場開心的意外。在對的時機出現在對的地方所帶來的結果。順帶一提，那個對的地方是馬克在西城的小餐館。當時，我在一家廣告公司擔任第四年的全職美術設計。那份工作既不好玩，也無法帶來滿足，不過我因此有辦法租下一間搖搖欲墜的套房，大到足以容納我的森林畫作。在小餐館的天花板管線漏水之後，馬克需要有東西暫時遮掩一面遭到水漬損害的牆。我把第八號作品借給他，因為那幅最大，足以遮蓋大部分的牆面。

那個對的時機是一週後，一家位於幾個街區之外的小畫廊老闆來馬克的店裡吃午餐。他看到那幅畫，頗感興趣，於是跟馬克問起了畫家的事。

結果是我的第七號作品在那家畫廊展出。那幅畫不到一週就賣掉了。畫廊老闆想要更多的畫作。我給了他三幅。其中一幅，幸運的第十三號作品，吸引了一位年輕藝術愛好者的目光，於是將那張畫作的照片上傳到Instagram。她的雇主注意到了那張照片；她是電視女演員，也是個引領風向的網紅。她買下那幅畫，掛在她家的餐廳，在一場邀請一小群友人的晚宴上，向大家炫耀。她的友人之一，一位《Vogue》時尚雜誌編輯，向他的表親，一家規模更大、聲譽更高的畫廊老闆提起這幅畫。那位表親就是藍道，現在正在畫廊裡四下走動，伸出臂膀纏繞住他看見的每位賓客。

在這些人之中，包括藍道、那位女演員，甚至馬克也在內，沒人知道的是，除了廣告公司的差事之外，我完成的就只有這三十三幅作品。這位畫家的腦袋裡並未滲入新鮮的想法，沒有靈感激發出任何新作品。當然了，我試過其他的主題，但那是出自一種糾纏不休的責任感，而不是真正的渴望。我老是無法超越那些開了頭卻提不起勁的嘗試。每一次，我都該死地回頭畫那些女孩。

我知道我不能繼續畫她們，讓她們一次又一次地在林中消失。為此，我發誓不再畫出另一幅作品。不會有第三十四號或四十六號，或者呢，萬萬不可的是，出現第一百一十二號作品。

如果說有什麼教我煩惱，這就是了。我只是曇花一現。一名大膽的女畫家，一生的作品就掛在這些牆上。

結果呢，當馬克離開我身旁，去跟一名俊俏的外燴服務生搭訕時，我感到無助，這給了藍道完美的時機來抓住我的手腕，把我拖到一名纖瘦的女士身旁。她正在端詳第三十號作品，我截至目前為止最大的一幅畫作。雖然我看不見那位女士的臉龐，但我知道她是個大人物。今晚我認識的每個人都是被帶來我的面前，而不是我被帶去見他們。

「她來了，親愛的，」藍道宣布說。「畫家本人。」

那位女士轉過身來，用那雙和氣的綠眼睛凝神注視著我。我有十五年沒見過了。那是一種你不會輕易忘記的注視。當那種注視落在你身上的時候，你會覺得自己像是天底下最重要的人。

「哈囉，艾瑪，」她說。

我愣住了，不確定還能怎麼做。我不知道她會有哪種舉動。或是會說些什麼。又或者她為何在這裡。我老早認定法蘭契絲卡．哈里斯—懷特不會想和我有任何瓜葛。

然而她親切地微笑著，把我拉得更近，直到我們的臉頰碰在一起。藍道顯然豔羨不已地看著她半擁抱了我一下。

「妳們早就認識了？」

「是的，」我說，她的出現依然令我驚訝萬分。

「那是好久以前的事了。艾瑪當時還是個小女生而已，現在都長成大人了，而且這麼令人引以為傲。」

她又看了我一眼。那個眼神。雖然我的驚訝之情尚未消褪，我領悟到自己有多開心見到她。我沒想過會有這樣的事。

「謝謝妳，哈里斯—懷特太太，」我對她說。「妳這麼說真是太客氣了。」

她假裝皺起了眉頭。「說什麼『哈里斯—懷特太太』呢？是法蘭妮。向來都是法蘭妮。」

我也記得這個。她站在我們的面前，身上穿著卡其短褲、藍色馬球衫，笨重的健行靴讓她的腳看起來可笑地大。叫我法蘭妮，我堅持這點。在大自然裡，我們都是平等的。

這沒有持續太久。後來，當意外事件登上全國各地的報紙，報上寫的是她的全名。法蘭契絲卡．哈里斯—懷特。房地產大亨西奧多．哈里斯的獨生女，木業鉅子布坎南．哈里斯唯一的孫女。煙草公司繼承人，道格拉斯．懷特的年輕遺孀。身價估計有近十億美元，大多數的財富都是鍍金時代傳下來的。

現在她站在我的面前，歲月似乎不曾留下痕跡，即便她現在肯定年近八十了。她保養得很好，肌膚曬得黝黑發亮，短袖的藍色連身裙修飾她的苗條體態。她的頭髮介於金色及灰色之間，往後紮成髮髻，讓頸間的那串珍珠項鍊更加顯眼。

她再次轉身面對畫作，目光掃視著它的巨大寬幅。那幅畫是我比較黑暗的作品之一，全部是黑色、深藍及褐色。畫布讓她顯得矮小，彷彿她置身於森林之中，即將被樹木吞噬。

「這真的相當了不起，」她說。「全部都是。」

的白長裙。

她的聲音有些異樣，帶點顫抖與不確定，彷彿她不知為何能在厚重的顏料底下，看見女孩們

「我必須坦承，我是找個藉口來到這裡，」她說。她的眼神依然在畫上逗留，彷彿無法挪開視線。「我當然是來欣賞畫作，但我也另有目的。我有一個妳可能會感興趣的提議。」

她的目光終於離開畫作，那雙綠眼睛注視著我。「我很樂於和妳討論，等妳有空的時候。」

我朝藍道瞥了一眼，他站在法蘭妮的後方，保持適當的距離。他以嘴型無聲地說出每位畫家渴望聽到的字眼：委託創作。

這念頭促使我立刻說：「當然了。」若是換成其他任何情況，我早就會婉拒。

「那麼明天和我共進午餐吧，我們約十二點半如何？來我家？我們就有機會好好敘舊。」

我察覺自己在點頭，即便我不是非常確定這是怎麼一回事。法蘭妮意外現身，甚至更出乎預料地邀我共進午餐。那個可怕又誘人的提議，想委託我為她畫些什麼。這個已經夠奇怪的夜晚又添上了超現實的一筆。

「當然了，」我又說一遍。我沒有本錢說出其他的話。

法蘭妮眉開眼笑。「太棒了。」

她把一張名片塞到我的手中。厚重的白色仿羊皮紙上印製著深藍色字體。簡單卻優雅。上面寫著她的姓名、電話號碼，以及一個公園大道的地址。離去前，她把我拉過去，又半擁抱了我一下。接著她轉身面對藍道，朝第三十號作品示意。

「那幅我要了，」她說。

第二章

法蘭妮的家很好認，上面有她的家族姓氏。

哈里斯大宅。

哈里斯大宅和裡面的住戶一樣，向來不引人注目。這裡沒有達科塔式的天窗與山牆，只是一幢矗立在公園大道上的低調建築。門口上方是大理石雕刻的哈里斯家徽，上面是一頂常春藤桂冠環繞著兩株左右交錯的高大松樹。這倒很合適，因為這個家族是以砍伐這類樹木的林業而起家。

哈里斯大宅的室內和大教堂一樣，莊嚴又安靜。我是在裡頭踮腳行走的罪人。一個冒牌貨。不屬於這裡的人。然而門房對我微笑，稱呼我的名字接待我，彷彿我在這裡住了許多年。

當我被帶往電梯時，那種賓至如歸的溫暖氛圍還持續著。站在電梯裡的是來自夜鶯夏令營的另一張熟悉臉孔。

「洛蒂？」我說。

她和法蘭妮不同，這十五年來變了不少。當然是老了一些，更成熟了。我上次看到她時，她身上穿的是短褲和格子襯衫，現在換成了直挺的白色上衣及深灰色褲裝。曾是紅褐色的長髮現在變得烏黑，修剪成時尚的鮑伯頭，襯托她的蒼白臉蛋。不過那個微笑依然不變。笑容裡有種溫暖又和善的光芒，無論在夜鶯夏令營或現在都一樣。

「艾瑪，」她說，並且把我拉了過去擁抱我。「天哪，真高興再見到妳。」

我也抱了抱她。「我也是，洛蒂。我才在想，不知道妳是否還在替法蘭妮工作。」

「就算她想甩也甩不掉我，雖然說她也沒考慮過啦。」

的確，她們兩個焦不離孟。法蘭妮是夏令營的主辦人，洛蒂是熱心的助理。她們的管理方式不是鐵的紀律，而是愛的教育，她們的溫和耐心取之不盡，即使遇到像我這樣的新生。我的腦海依然清楚浮現我初識洛蒂的那個時刻。當我和我的父母比預計晚了幾個鐘頭抵達時，她不疾不徐地從主屋走出來。她以微笑、揮手，以及一聲誠摯的歡迎來到夜鶯夏令營來迎接我們。

現在她催促我進去電梯，按了最上面的按鈕。在我們迅速往上移動時，她說：「妳和法蘭妮會在溫室共進午餐，等妳看到就知道了。」

我點頭，假裝迫不及待。洛蒂立刻看穿了我。她從頭到腳打量我，注意到我背部僵硬的姿勢，輕敲著地面的腳，以及掛在臉上的笑容無法克制地顫抖著。

「別緊張，」她說。「法蘭妮早就原諒妳一百遍了。」

真希望我能相信這句話。即便在畫廊時，法蘭妮對我十分友善，但是折磨人的懷疑依然揮之不去。我無法擺脫這不只是一場友好拜訪的感覺。

電梯門打開了，在我眼前出現的是法蘭妮的頂樓入口門廳。令我意外的是，電梯正對面的那面牆上已經掛著她昨晚買下的那幅畫。法蘭契絲卡・哈里斯──懷特不需要紅色小貼紙或數週的等待。藍道想必徹夜未眠，安排將它從畫廊運送到這裡。

「這幅畫真美，」洛蒂說的是第三十號作品。「我能明白法蘭妮為何這麼喜愛它。」

我心想，要是法蘭妮知道女孩們隱密地置身畫中，藏在裡頭等著被發現的話，是否還會這麼喜歡這幅畫。然後我又想，女孩們對於待在法蘭妮的頂樓又會做何感想。艾莉森及娜塔莉可能不在乎，但是薇薇安呢？她會愛死這個主意了。

「我打算請一個下午的假，去畫廊看看妳還畫了哪些作品，」洛蒂說。「我非常以妳為榮，艾瑪。我們大家都是。」

她帶我走向左手邊的一條短廊，經過正式的餐廳，然後穿越下沉式起居室。「到了，這就是溫室。」

這麼說其實名不符實。說它是溫室，就像說中央車站只是一座火車站。兩者的裝飾都是如此堂皇繁複，真要形容的話可是一言難盡。

法蘭妮的溫室實際上是在原為頂樓露台的空間，打造出兩層樓的溫室。厚玻璃板從地板一直搭到拱頂天花板，有些的外層角落還堆積著白雪。這座夢幻建築裡有一座迷你森林，包括低矮的松樹、盛開的櫻花樹，還有紅得像火焰燃燒的玫瑰灌木叢。地面佈滿了滑溜的青苔及常春藤的卷鬚。裡頭甚至還有一條潺潺小溪，溪水流經散落著點點石塊的溪床。在這座童話般森林的正中央是一處紅磚天井。我看到法蘭妮在那裡，坐在一張鍛鐵桌旁，桌上已經擺設好午餐餐具。

「她來了，」洛蒂說。「而且可能餓壞了。這表示我最好趕快開始上菜了。」

法蘭妮又用一個半擁抱來迎接我。「真高興又見到妳，艾瑪，而且還打扮得這麼漂亮。」

因為我不知道該穿什麼，所以把最好的衣服穿出來，一件Diane von Furstenberg的印花裹身裙，那是我父母送我的聖誕節禮物。結果呢，我不該擔心打扮得不夠體面。我坐在身穿黑長褲及白扣領襯衫的法蘭妮身旁，感覺正好相反。我感到僵硬、正式，而且焦慮不安，不知道她為什麼要找我來這裡。

「妳覺得我的小溫室還可以嗎？」法蘭妮問。

我又張望了一下，查看先前遺漏的細節。有一座天使雕像的一半爬滿了藤蔓，水仙花沿著溪畔盛開。「真的很驚人，」我說。「美到無法言喻。」

「這是我在大都市裡的小綠洲。我在多年前下了決心，要是我不能住在戶外，我就必須把戶外帶進室內，和我一起生活。」

「所以妳才買下我最大的一幅作品，」我說。

「沒錯。看著那幅畫，感覺好像站在一座黑暗的森林前。我必須決定自己是否應該進一步到裡頭探險。答案當然是肯定的。」

那也會是我的答案。但我和法蘭妮不同，我走進去的原因是我知道女孩們就在林界之外等著我。

午餐是杏香鱒魚及芝麻菜沙拉，佐以口感爽脆的麗絲玲白酒。第一杯酒撫平我的緊張不安，第二杯降低了我的戒心。喝到第三杯時，法蘭妮問及我的工作、私生活及家人，我一五一十地回答：我討厭工作、依然單身，父母退休後搬到波卡拉頓。

「餐點都好美味，」我說。我們剛吃完的檸檬塔甜點美味到害我差點舔起了盤子。

「我很高興，」法蘭妮說。「鱒魚是來自午夜湖，妳知道的。」

提到那座湖讓我心頭一驚。法蘭妮注意到我的驚訝之情，於是說：「就算某個地方出過事，我們想起那裡時還是可以心懷愉悅。起碼我可以，而且我也這麼做。」

即使發生了那些事，法蘭妮還是這麼覺得，這也是可以理解的。畢竟那是她的家族產業。這四千英畝的荒原位在阿第倫達克山脈以南，是她祖父盡畢生之力，砍伐了五倍大的森林之後所保留下來的。我想布坎南．哈里斯認為保存四千英畝的林地可以彌補這點。或許的確是，雖然保存這片林地也讓環境付出了代價。由於找不到一塊擁有大片水域的土地，法蘭妮的祖父在失望之餘，決定要自己開發一座人工湖。他攔蓄附近一條河流的支流，在一九〇二年下著雨的除夕，於午夜時分按下按鈕，關上了閘門。幾天後，原本寧靜的山谷變成一座湖。

這是午夜湖的故事，每位夜鶯夏令營的新成員都會聽到。

「那裡一點也沒變，」法蘭妮繼續說。「主屋當然還在。那是我另一個家。我上週末才去那裡，所以才會有鱒魚，是我親手捕的。那兩個男孩討厭我這麼常去。尤其是只有我和洛蒂兩人。席歐擔心萬一出了什麼事，我們會求助無門。」

聽到法蘭妮提起兒子，我又一陣心慌。

席歐多和契斯特．哈里斯—懷特。多麼令人難以忍受的菁英階級名字。他們和自己的母親一樣，比較喜歡暱稱：席歐和契特。小兒子契特在我的記憶中很模糊。我參加夜鶯夏令營時，他還只是個小男孩，不超過十歲。他是意外的驚喜，法蘭妮後來才領養的孩子。我不記得和他說過話，雖然我想必曾經在某個時候跟他聊過。我只記得偶爾看到他光著腳丫，從主屋後的斜坡草地一路跑到湖畔。

席歐也是領養來的，比契特早了好多年。

我記得很多關於他的事。或許太多了。

「他們過得好嗎？」我問，即便我無權知道。我會這麼做是因為法蘭妮帶著期盼的眼神看了我一眼，很明顯在等我問起他們的事。

「他們兩兄弟都很好。席歐在非洲住了好多年，在無國界醫生團服務。契特今年春天會唸完耶魯大學的碩士學位，他和一位迷人的女孩訂婚了。」她停頓了一下，讓我沉澱這個消息。這份沉默蘊含著很多含意。這告訴我儘管我對他們做出了那種事，她的家庭依然欣欣向榮。「我想這些妳可能已經都知道了，聽說夜鷺夏令營的秘密情報網依然完好如初。」

「我和那裡的人都沒聯絡了，」我坦承。

這倒不是說，我在夏令營認識的女孩們不曾嘗試過。當臉書流行時，我收到幾個來自前夏令營學員的邀請。我一律忽略不理，不懂保持聯絡有什麼意義。除了大家在同一段不幸的時間於同一個地方待了兩星期之外，我們沒有任何共通點。然而這並未阻止他們把我納入夜鷺夏令營歷屆學員的臉書群組。我在多年前便關閉了他們的貼文通知。

「或許我們可以改變這點，」法蘭妮說。

「要怎麼改變？」

「我想我是該說明今天找妳過來的目的了，」她說，然後又得體地加了一句，「雖然我很喜歡有妳作伴。」

「我得承認，我是很好奇，」我說。這是本年度最保守的陳述。

「我要重新開放夜鷺夏令營，」法蘭妮宣布。

「妳確定這是個好主意嗎？」

這句話不假思索地脫口而出，其中帶著一絲嘲笑，冷淡並且幾近殘酷。

「真抱歉，」我說。「我不該這麼說。」

法蘭妮從桌面伸手過來，緊握了一下我的手，然後說：「妳不用覺得過意不去。妳不是第一個有這種反應的人。就連我自己也承認，這不是最合乎道理的念頭。但我覺得時機到了。夏令營已經沉寂得夠久了。」

是十五年。足足過了這麼久，感覺像是一輩子，但也像是昨天。

夏令營在那年的夏初時節關閉，當時營隊才開始兩個星期而已，因此也把許多家庭的計畫打得一團亂。不過在發生了那樣的事之後，這也是無可奈何。其他人都離營之後的隔天，我父母過來接我，他們的情緒在同情及惱怒之間搖擺。最後一個抵達，最後一個離開。我記得坐在我們的富豪汽車裡，注視著營地消失在後車窗外。即便當時我才十三歲，我也知道它永遠不會再開啟了。

假如是某種不同的夏令營，或許能在嚴格審查之下倖存下來。但夜鶯不只是隨便一個夏令營。如果你住在曼哈頓，而且口袋裡有那麼一點兒錢的話，這裡是夏令營的不二之選。世代以來，富有人家的女孩都在這裡度過夏日，游泳、駕船及閒聊八卦。我母親參加過，我阿姨也是。在我的學校，大家都說那是有錢賤人營。我們帶著奚落的口吻這樣說，試圖掩飾心中的嫉妒及失望之情，因為我們的父母不太負擔得起送我們去那裡。就我的例子來說，他們也只送我去過一次而已。

也就是在那個夏天，夏令營的名聲掃地。

涉及那次事件的都是有頭有臉的人物，因此新聞報導從那年夏天延燒到秋天。娜塔莉的父親是城裡的頂尖骨科醫生。艾莉森是出色的百老匯女演員之女。而薇薇安則是參議員的女兒，她的名字經常和行為失序的字眼連袂出現在報紙上。

大部分的媒體都沒有提到我。和其他人相比，我是無名小卒。父親是失職的投資銀行家，母親則是十足的酒鬼。一個高瘦又笨拙的十三歲女孩，祖母剛過世，留給她足夠的錢去全國最高檔的夏令營玩上六週。

媒體排山倒海的責難都落在法蘭妮的頭上。法蘭契絲卡．哈里斯—懷特，這位富家女的特立獨行總是把社交消息專欄搞得天翻地覆。她二十一歲那年嫁給一個跟她父親同輩的男人，在滿三十歲之前便成了寡婦。她在四十歲時領養了一個小孩，五十歲又領養了一個。

媒體報導毫不留情。許多篇幅寫著午夜湖是一個多麼不安全的地方，不適合舉辦夏令營，尤其考慮到夜鶯夏令營開辦的前一年，她的丈夫就溺斃在那座湖裡。有人聲稱夏令營的工作人員不足，無人監管。內幕新聞報導責怪法蘭妮力挺兒子，無視於他們周遭的重重疑雲。有些人甚至含沙射影，暗指夜鶯夏令營、法蘭妮及她的家族可能有見不得人的一面。

我可能和這件事有關。

我更正。我知道我確實和此事脫離不了關係。

然而法蘭妮坐在她的人工森林裡，描繪著夜鶯夏令營的新樣貌時，並未流露出任何敵意。

「當然了，它不會和以前一樣，」她說。「這是不可能的。雖然十五年的時間不算短，但發生過的事永遠會像一道陰影，籠罩著夏令營。因此我這次要採取不同的方式。我要設立一個慈善基金會。想來參加的人不用付一毛錢。這個夏令營會完全免費，而且以慈善為基礎，招待三州都會區的女孩們。」

「這真是太慷慨了，」我說。

「我不想要誰的錢，我根本不需要那些錢。我要的只是看到那地方再次聚集了熱愛自然的女孩們。而且我很希望妳能加入我們。」

我倒抽了一口氣。我？在夜鶯夏令營度過一個夏天？這和我原本期待的委託創作提議差了十萬八千里。這話是如此離奇，我開始覺得自己聽錯了。

「這個念頭其實沒那麼奇怪，」法蘭妮說。「我希望夏令營能擁有強烈的藝術成分。沒錯，女孩們會游泳、健行，並且從事一般夏令營的活動。但是我也希望她們能學習寫作、攝影及繪畫。」

「妳要我教她們畫畫？」

「當然了，」法蘭妮說。「但是妳也會有充分的時間去從事妳的創作。沒什麼比大自然更能激發靈感了。」

我還是不懂，有那麼多的人可選，法蘭妮為什麼要我參加。我應該是她最不想共處的人吧。當然了，她察覺到我的遲疑。她不可能不知道，因為我在椅子上背脊僵直地坐著，撥弄擺在腿上的餐巾，把它扭成了一個繩結。

「我明白妳的不安，」她說。「假如我們角色對調的話，我也會有相同的感受。但是發生了那樣的事，我並不怪妳，艾瑪。當時妳年紀小，又那麼困惑，那情況對每個人來說都很可怕。我堅決相信，過去的事就讓它過去吧。我最大的願望就是有舊學員歸隊。讓大家看到那裡再度成為安全又快樂的地方。蕾貝卡．薛恩菲爾德同意參加了。」

貝卡．薛恩菲爾德。赫赫有名的攝影記者。她拍攝兩名年輕的敘利亞難民在血泊中牽著手，照片躍上世界各大報頭版。但是在法蘭妮的心目中，更重要的是，貝卡也是夜鶯夏令營最後一個夏天的學員。

她顯然不是在臉書上搜尋我的那些女孩之一，雖然我也沒期待她那麼做。貝卡在我的眼中是個謎。這倒不是說她這人很冷淡，她只是獨來獨往。她很安靜，常常獨處，很樂意透過總是掛在她脖子上的相機鏡頭去看這世界，即使她置身在那座湖的水深及腰處。

我想像她坐在這張餐桌旁，同一台相機懸掛在帆布背帶上，而法蘭妮正力勸她回到夜鶯夏令營。得知她同意後，我改變了想法。這使得法蘭妮的主意似乎比較不像個傻念頭，而是真正可能發生的事。雖然我沒打算加入。

「這是相當重大的承諾，」我說。

「妳當然會拿到財務上的補償。」

「不是這原因，」我說。我依然用力扭絞餐巾，直到它開始看起來像條繩索。「我不確定我有辦法再回到那裡，在發生了那樣的事之後。」

「或許這就是妳應該回去的原因，」法蘭妮說。「我也害怕回去，我有兩年一直躲避它。我以為我在那裡什麼也找不到，只有黑暗和難過的回憶。結果並非如此。那裡一如往常般美麗。大自然會療癒一切，艾瑪。我堅信不移。」

我什麼也沒說。當法蘭妮的綠眼珠定定地看著我，既熱切又帶著憐憫，而且沒錯，還有一丁點兒的渴求時，讓人很難開口說些什麼。

「告訴我至少妳會考慮看看，」她說。

「我會的，」我告訴她。「我會好好想一想。」

第三章

我沒有好好地想。

我念念不忘。

那天離開之後，我滿腦子想的都是法蘭妮的提議。但不是她所希望的那種想法。我沒有仔細考慮回到夜鶯夏令營會有多美好，我想的全是不該回去的理由。這十五年來，我擺脫不了的沉重愧疚感，以及長久以來的焦慮不安。當我在馬克的小餐館和他共進晚餐時，這些全都在我的思緒裡不斷翻騰。

「我認為妳該去，」他說，並且將一盤普羅旺斯燉菜推到我面前。那是菜單上我最愛的一道菜，熱騰騰的，散發濃濃的番茄及普羅旺斯香料氣味。若在平時，我早就狼吞虎嚥了起來。但是法蘭妮的提議破壞了我的胃口。馬克察覺到這點，於是將一只大酒杯推到餐盤旁，裡面倒了幾乎滿到杯緣的黑皮諾紅酒。「這可能對妳有幫助。」

「我的心理諮商師可不敢苟同。」

「我懷疑。這是了結往事的典型案例。」

天曉得，我並沒有真的把這件事做個了結。在六個月內，大家陸續為三個女孩舉辦了追思會，端看她們的家人何時放棄了希望。首先是艾莉森，她的家人大張旗鼓地忙了一場。接著是娜塔莉，她總是夾在中間。她的是一場家人專屬的安靜儀式。薇薇安的最後登場，在一個寒氣沁骨的一月早晨舉行。我就只參加了那一場。我父母叫我不能去，但我還是去了。我蹺課，在擠滿了人的教堂裡，悄悄坐在最後一排長椅，離薇薇安啜泣的父母遠遠的。現場有好多參議員及國會議員出席，感覺像在看素有國會台之稱的C-SPAN頻道。

這場儀式沒有幫助。看網路上關於艾莉森及娜塔莉的追思會報導也是。主要是因為她們有可能還活著，無論機會多渺茫。就算是三年後，紐約州宣告這三人在法律上推定死亡也無所謂。除非找到她們的遺體，否則你無法確知。

「我不確定問題是在於了結往事，」我說。

「那麼問題在哪兒呢，小艾？」

「是那三個人憑空消失的地方。那才是問題所在。」

「明白，」馬克說。「但是還有其他原因。妳有事情瞞著我。」

「好吧。」我對著燉菜嘆了口氣，盤中的熱氣裊裊飄過桌面。「這六個月以來，我什麼都沒畫。」

馬克的臉上流露出震驚的表情，彷彿他不敢相信我說的話。「妳是說真的嗎？」

「我沒在開玩笑。」

「所以妳卡關了，」他說。

「不只是這樣。」

我開誠布公，訴說著除了女孩們，我似乎什麼也畫不出來。我也拒絕繼續採用相同的畫法，以樹木及藤蔓抹去她們的白色連身裙。日復一日，我盯著公寓裡的龐大畫布，想鼓起勁來畫點新的內容。

「好吧，所以妳走火入魔了。」

「答對了，」我說。我伸手去拿酒杯，痛快地灌了一大口。

「我不想顯得麻木不仁，」馬克說。「而且我絕對不想貶低妳的情緒。妳有妳的感覺，這我懂。我不明白的是，經過了這麼久，那年夏令營發生的事為什麼還令妳如此困擾。那些女孩根本可以說是陌生人啊。」

我的心理醫生也說過同樣的話。彷彿我不知道讓十五年前發生的事對我造成這麼大的影響，而且對只認識了兩週的女孩們念念不忘，這樣有多詭異。

「她們是朋友，」我說。「我對她們的遭遇感到很難受。」

「難受還是愧疚？」

「都有。」

我是最後一個看到她們還活著的人。無論她們打算要做什麼莫名其妙的事，我都大可以阻止她們。或者她們一走，我就可以去跟法蘭妮或輔導員說。然而我只是回去睡覺。現在有時在睡夢中，我依然能聽見薇薇安臨別時所說的話。

妳年紀太小了，不適合這個，小艾。

「而且妳怕回去那裡會讓妳感覺更糟，」馬克說。

我沒回答，只是伸手去拿酒杯，紅酒反射出我搖晃不定的倒影。我盯著自己，很驚訝自己看起來有多陌生。我真的看起來那麼悲傷嗎？一定是，因為馬克用變得溫和的口氣說：「妳當然會害怕了，妳的朋友丟了小命。」

「消失了，」我說。

「可是她們確實死了，艾瑪。妳是知道的，對吧？最糟的情況都已經發生了。」

「還有比死更糟的事。」

「比如說？」

「未知，」我說。「這就是我為何只畫得出那些女孩們。我不能這樣繼續下去，馬克。我要往前走。」

事情真相不只是這樣。雖然馬克知道大概發生了什麼事，我還是有很多沒跟他說。夜鶯夏令營發生了很多事，還有些事是在後來才發生的。還有我老是戴著幸運手鍊的真正原因，左手臂每次一動，上頭的鳥兒便叮噹作響。要公開坦承那些事，意味著那一切都是真的。而我不想面對事實。

有人會說我一直在騙馬克。應該是說騙了每一個人。但是經過夜鶯夏令營的那段時間之後，我發誓永遠不再說謊。

不作為。那是我的策略。一種截然不同的罪。

「所以妳更應該去了。」馬克從餐桌上伸手過來，緊抓著我的手。他的手掌長滿了繭，手指疤痕累累。那是當了一輩子廚師的手。「或許妳只要去了那裡，就能開始畫些不一樣的東西。妳知道有句老話說，有時唯一的出路就是走到底。」

晚餐結束後，我回到我的公寓，站在一塊空白的畫布前。它的空白奚落著我，這幾週以來都是如此。一大片的空缺挑戰我去填滿它。

我抓起用舊了的調色盤，上頭有著繽紛色彩。我在畫布上塗抹了一些顏料，以畫筆的筆尖輕點，然後命令自己畫點什麼。除了女孩們都行。我的畫筆碰上畫布，刷毛揮灑，留下色彩。然後我後退一步，盯著我的筆觸，仔細端詳。那是黃色的，略顯曲線，像是被壓扁的S。我意識到，那是薇薇安的長髮，當她離去時，金色髮絡輕輕彈動。不可能是別的了。

我抓起一旁散發著松節油氣味的抹布，不斷擦拭那抹黃色顏料，直到它變成畫布上的一處淺淺污漬。我的淚水奪眶而出，因為我領悟到，我在這幾週內唯一畫出的東西，就是這抹模糊的污跡。

這真可悲。我好可悲。

我擦了擦眼睛，眼角餘光注意到有某種東西。在窗戶附近。有個動靜。一道閃光。金色秀髮。蒼白肌膚。

薇薇安。

我喊了一聲，抹布從手中掉下去，右手的手指緊抓住左手戴著的手鍊。我扭轉了它一下，轉身去面對她，手鍊上的鳥兒飛了起來。

只不過我看到的不是薇薇安。

是我自己，我在窗戶上的倒影。在夜裡的漆黑窗玻璃上，我看起來驚愕又虛弱，而且最主要的是，我好震驚。

我震驚於女孩們總是存在我的思緒裡、畫布上，雖然這一點也沒道理。我震驚於經過了長長的十五個年頭，我現在對當時事發過程的了解，仍不比在她們離開小木屋的那天晚上來得多。我震驚於在失蹤事件之後的日子裡，我只是讓事情每下愈況，無論對法蘭妮、她的家人，以及我自己來說，都是如此。

我終於能改變這一點了。只要事件的真相得到一點小提示，這就足以帶來改變。這不會抹滅我的罪行，但是有機會讓罪疚變得比較易於忍受。

我轉頭不看窗戶，抓起手機，撥打法蘭妮昨晚給我的名片上印製得如此精緻的電話號碼。電話直接轉到語音信箱，洛蒂的錄音建議我留下訊息。

「我是艾瑪．戴維斯。我考慮過法蘭妮提出參加夜鶯夏令營的提議。」我停頓了一下，不太敢相信我接下來要說的話。「我的答案是好，我願意去。」

我趁自己還沒改變心意之前，掛斷了電話。即便如此，我還是起了一股衝動，想再打回去，收回我說的話。我的手指頭在手機螢幕上抽搐著，好想就這麼做。然而，我打給了馬克。

「我要回去夜鶯夏令營，」我沒等他說聲哈囉便搶先宣布。

「真高興聽到我的信心喊話奏效了，」馬克說。「做個了結是好事，小艾。」

「我想設法找到她們。」

電話的那頭出現一陣沉默。我想像他眨了幾次眼，以手梳理髮絲。這是他在遇到不太能理解的事時會有的標準反應。他終於開口了：「我知道是我鼓勵妳去的，小艾，但是這主意聽起來不太妙。」

「管它是不是好主意，我就是為了這個去的。」

「可是妳要先想清楚，妳合理期望會找到什麼呢？」

「我不知道，」我說。「可能什麼也沒有。」

我絕對不指望能找到薇薇安、娜塔莉及艾莉森。她們消失得完全無影無蹤，很難知道要從何開始找起了。然後還有那地方的無邊無際。夜鶯夏令營的營地或許很小，但是周圍的腹地廣大，有超過六平方哩的森林。假如在十五年前，數百人的搜索隊都找不到她們，現在我怎麼可能找得到。

「可是萬一她們留下了線索呢？」我說。「某些暗示她們要去哪裡、或打算做什麼的線索。」

「就算有呢？」馬克問。「她們還是不會回來。」

「我明白這點。」

「這也帶出了另一個問題：妳為什麼如此渴望這麼做呢？」

我停頓了一下，思索要如何解釋這種無法解釋的事。這不容易，尤其是馬克不知道故事的全貌。我折衷地說：「你是否曾做過某件事，後來卻日日夜夜、甚至年復一年還是後悔莫及？」

「當然了，」馬克說。「我想每個人至少都有一件重大的悔恨事蹟。」

「我的就是在夏令營發生的事。十五年來，我一直在等待一個線索。一點蛛絲馬跡，暗示她們究竟發生了什麼事。現在我有機會回到那裡，親自尋找。這很可能是我找出答案的最後機會了。假如我拒絕了這次機會，我擔心這會變成另一件讓我後悔的事。」

馬克嘆了一口氣，這表示我說服了他。「答應我，妳不會去幹什麼蠢事，」他說。

「比方說？」

「比方說讓自己陷入險境。」

「這是夏令營耶，」我說。「我又不是要去幫派臥底。我只是想去那裡，四處看看，或許找人問幾個問題。等到六週的時間結束，我或許會有點眉目，知道她們發生了什麼事。就算什麼都查不到，也許再度造訪那個地方之後，我才有辦法開始畫些不一樣的東西。你自己說過，有時唯一的出路就是走到底。」

「好吧，」馬克又嘆了一口氣地說。「去安排妳的夏令營之旅吧，設法找出個什麼答案來，然後回來準備重拾畫筆。」

我們互道晚安時，我瞥見我的第一幅失蹤女孩畫作。第一號作品，畫中僅能隱約見到薇薇安、娜塔莉及艾莉森的蹤跡。我朝畫作走去，尋找秀髮及長裙的蛛絲馬跡。

雖然一截樹枝遮蔽了她們的眼睛，我知道她們也在注視著我。彷彿她們始終都知道，我有一天會回去夜鶯夏令營。我只是看不出來，她們是在催促我快去，或是哀求我保持距離。

十五年前

「起床囉，小寶貝。」

當我母親悄悄地進了我的房間，時間才剛過八點，然而早晨的血腥瑪莉已經令她的眼神顯得呆滯了。她噘起了唇，露出在她即將做出某些大事時的那種笑容。我把它稱為模範母親的微笑。看到那種笑容總是令我渾身緊張，屢試不爽，主要是因為她的用意和最後的結果通常天差地遠。

那天早上，我在被子底下蜷縮起身體，準備迎接接下來不得不面對的母女親密時光。

「妳準備好要出門了嗎？」她說。

「要去哪裡？」

我母親盯著我，她的手撫弄著雪紡睡袍的領口。「當然是營區囉。」

「什麼營？」

「夏令營，」我母親說。她強調前面兩個字，讓我知道無論我要去哪裡，都不是只有一、兩天的事。

我坐起來，把被子猛地掀到一旁。「妳從沒跟我說過要參加什麼營。」

「我有，艾瑪。我幾個禮拜前就跟妳說了，就是我和妳的茱莉阿姨都去過的那個地方。天哪，妳可別跟我說妳忘了。」

「我沒忘。」

如果有人告訴我，我整個夏天都不能和我的朋友在一起，這種事我會牢記在心。比較有可能的是我母親只是想到要告訴我。在她的世界裡，想到某件事跟去做那件事是差不多的。然而知道這點並沒有減輕那種被偷襲的感覺。這讓我聯想到父母找勒戒中心把他們染上毒癮的小孩抓走的極端行為。

「那麼我現在就告訴妳，」我母親說。「妳的行李箱在哪裡？我們一個小時之後就要出發了。」

「一小時？」一想到我的整個暑假計畫都泡湯，我的胃便緊縮了起來。不能和海瑟及瑪麗莎耍廢。不能像我們在自習室計劃的那樣，躲開大人偷搭火車去科尼島。不能和住在隔壁的諾蘭・康尼打情罵俏。他沒有大賈斯汀那麼帥，但是擁有一樣不可一世的自信。再說，現在我的牙齒矯正器拿掉了，他終於開始注意到我。「我們要去哪裡？」

「夜鶯夏令營。」

有錢賤人營。真是驚喜連連啊。

這一來就不同了。

我苦苦哀求了兩年，要爸媽送我去參加，但是只得到拒絕的回應。在我放棄了希望之後，現在我忽然可以去了。一小時之後就要出發。這徹底解釋了那個模範母親的微笑。這一次終於合理了。

然而，我拒絕在母親面前表現出我有多開心。這麼做只會鼓勵她，為了彌補失去的時光而對我做出更多的努力嘗試。到廣場飯店喝英式下午茶。去薩克斯第五大道精品百貨瘋狂採購。不管是什麼，只要能減輕她對我的人生前十二年毫無興趣的愧疚感都行。

「我不去，」我宣布，並且躺了回去，拉起被子蒙住頭。

母親沒理我，開始去我的衣櫥裡翻翻找找，她的聲音含糊不清。「妳會愛死那裡，那會是妳這輩子永遠難忘的夏天。」

我在被子底下，渾身起了預期中的顫抖。夜鶯夏令營。六週的游泳、閱讀和健行。有六週的時間遠離這間沉悶的公寓、母親的漠不關心，以及當她給自己倒了第三杯的夏多內白酒時，父親的狂翻白眼。海瑟和瑪麗莎會嫉妒到不行。當然了，她們會先假裝很氣我丟下她們一整個暑假。

「隨便啦，」我說，接著又忿忿不平地補上一句。「我去就是了，雖然我根本就不想去。」

這是一句謊話。

這是在那個謊話連篇的夏天裡，我撒的第一個謊。

第四章

開車前往夜鶯夏令營花掉大半個下午的時間，如果把中途休息也算進去，一共將近五個小時。大部分的路程是沿著塞滿了卡車的I-87號公路，筆直往北走。

我忘了第一次造訪的旅程有多長，我一路上都在後座縮成一團，聽著我的父母指責對方沒告訴我參加夏令營的事。這一次，我再度坐在後座，儘管法蘭妮替我找來的豪華轎車司機難得說上一句話，但我的緊張不安是一樣的。那種心裡七上八下的感覺。在當年，那是因為我不太知道夏令營會是什麼模樣。

現在我很清楚我要去什麼地方。

還有我在那裡會見到什麼人。

出發前的幾個月，我沒時間緊張。我忙著向廣告公司提出短期休假的申請，以及在我離開的這段期間，找人把我的公寓轉租出去。休假核准了，我最後也找到一位畫家朋友來住我家。她把蠟放在火燙的鋁製容器裡熔化，然後拿來繪製迷幻的星空景象。我看過她作畫，每只彩色鋁盆就像巫婆的大釜一樣冒泡沸騰。希望她不會把我家燒光。

我在安排這一切的同時，每週都收到來自洛蒂的電子郵件，告知我在加入夏令營期間的各種細節。夜鶯夏令營首度全新登場的夏天預計會有大約五十五位學員、五位輔導員，還有由五名前營隊學員擔任的特別指導員。和過去一樣，小木屋一律不供應電力。營區密切監控茲卡、西尼羅病毒及其他由蚊子傳播的疾病。我應該要記得打包相關物品。

我把最後這點謹記在心。在我十三歲那年，參加夏令營的臨時通知害我們延遲了幾個小時才出發。首先是要找出我的行李箱，後來是在走廊壁櫥裡的吸塵器後面找到的。接下來是打包的艱鉅任務，我不知道該帶什麼，也沒準備，只好跑一趟諾德斯特龍百貨公司，選購我缺少的東西。這一次，我去運動用品店大買特買，旋風似地狂掃商品，活像浪漫喜劇女主角的購物剪輯畫面。許多都是必需品：幾條短褲、厚襪子、一雙結實的健行鞋，還有一支附腕帶的ＬＥＤ手電筒。有些則否，例如像保險套般包覆我的iPhone的防水盒。

然後還有我父母方面的問題。雖然他們在我的成長過程中疏於照顧，但我知道他們不會喜歡我重返夜鶯夏令營的想法。所以我沒告訴他們。我只是打給他們說，我會出門六個禮拜，萬一有急事的話，他們可以找馬克。我父親心不在焉地聽我說，我母親只是在享受雞尾酒時光之餘，口齒含糊地要我「玩得盡興」。

現在事情都忙完了，我為了平息不斷滋長的焦慮感，開始整理我認為有助於搜尋的所有東西。一份午夜湖及附近一帶的地圖，以及谷歌地圖提供的該區域衛星空拍圖。從圖書館及網路列印的一疊關於失蹤事件的舊報紙報導。我甚至帶了一本翻舊的少女偵探南茜（Nancy Drew）系列小說《小屋奇案》（*The Bungalow Mystery*）平裝本，激發我的靈感。

我先檢視地圖及衛星空拍圖。從上空俯瞰，那座湖像是一個傾覆的巨大逗號。上下超過兩哩長，左右約半哩到五百碼寬。最狹窄的部分是東端，也就是布坎南．哈里斯在那個又冷又濕的午夜，用來打造那座湖的水壩所在地。湖泊從那裡往西延伸，沿著一座山的邊緣，順著被它取代的山谷而流。

夜鶯夏令營坐落在南端，安適地依偎在湖泊平緩的弧形外緣。在地圖上，它只是一丁點的黑色方塊，沒有任何標示，彷彿這十五年來的棄置讓它變得不值一提。

衛星空拍圖可以看到更多的細節，但圖書館印表機在列印時帶出了一層深淺不一的綠色粗顆粒。營區是一塊蕨綠色的長方形，各式棕色的建築物散布其間。主屋清晰可見，小木屋、浴廁區及其他建築物也是。我甚至能看到碼頭突出於水面上，一旁的白點是兩艘繫泊的汽艇。灰色道路從營區往南延展，最後連接到二哩外的郡道。

人們推測失蹤女孩的可能去向之一是她們走到主要幹道，搭上了便車。前往加拿大。到新英格蘭。或是她們上了某個瘋狂卡車司機的前座之後，最終落腳在某處無名墳塚。

可是沒人通報在那個夜裡曾見過三名青少女站在公路邊，即便她們的失蹤事件成了全國性的新聞。沒人匿名坦承曾搭載他們一程。那些因暴力罪行而遭到逮捕的駕駛車內，不曾發現她們遺留的DNA痕跡。再說，她們留下了所有的私人物品，好端端地擺放在她們的山胡桃木箱裡。衣物、現金。還有我父母說我年紀太小、一定保管不好的那種色彩鮮豔的諾基亞手機。

我不認為她們打算離開很久。絕對不是永遠不回來了。

我收起地圖，著手研究剪報和網路文章，裡面都沒有任何新消息。失蹤事件的細節和十五年前一樣模糊。薇薇安、娜塔莉及艾莉森在七月五日的清晨時分消失了蹤影。早上六點剛過不久，敝人在下我便通報了她們失蹤。當天早上的營區搜索結果一無所獲。到了下午，營區主任法蘭契絲卡．哈里斯—懷特向紐約州警通報，於是展開了一場正式搜索。由於女孩們的家長是知名人物，尤其是薇薇安家，特勤局及聯邦調查局也加入了戰局。由聯邦探員、州警和本地志工組成的搜索隊搜遍樹林。直升機飛掠樹梢。警犬事先聞過女孩們的衣物氣味，沿著環繞營區的小徑嗅了一遍又回來，牠們的靈敏嗅覺讓牠們挫折地繞了一圈又一圈。什麼都查不到。沒有前往森林的腳印。沒有卡在低垂枝椏的絲縷秀髮。

另一支搜索隊前往湖邊，然而湖泊本身形成了阻礙。湖水太深，無法打撈，裡頭滿是當初山谷留下的倒落樹木及其他水下殘留物，無法安全地潛入湖裡。他們能做的只有搭乘警方的搜救船，在午夜湖面迂迴前進，明知他們是救不到什麼了。假如女孩們在湖裡，找到的當然只是遺體。搜救船無功而返，正如眾人心中的預期。

大家所能找到的唯一線索是女孩們的一件毛衣。

精確地說，是薇薇安的毛衣。那是一件白毛衣，胸口有橘色的普林斯頓字樣。我看過她在失蹤前幾天的營火之夜穿過，所以我才認得那是她的衣服。

毛衣是在失蹤後的隔天早上發現的，就在兩哩外的林地上，幾乎與夜鶯夏令營隔著湖泊對望。發現那件毛衣的搜索志工是一位本地的退休人士，擁有六名孫子孫女，沒理由要撒謊。他表示毛衣整齊地摺成方塊，就像你在Gap店裡看到的展示毛衣那樣。實驗室分析結果發現，毛衣上的皮膚細胞與薇薇安的DNA相吻合。上面沒有任何撕扯裂口或血跡，顯示她曾遭受攻擊。顯然是薇薇安在步向她的未知命運時，就這麼把它丟棄在那裡。

不過事有蹊蹺。

我看見薇薇安離開小木屋時，身上並沒有穿著那件毛衣。

失蹤事件過後幾天，各路的調查員一再問我是否確定，她沒有將那件毛衣綁在腰際，或是披在肩頭，把袖子打個結，像是真正的普林斯頓預科生風格。

並沒有。

我很確定。

然而，當局仍然把毛衣當成一盞明燈，跟著它走進了山裡。湖泊的搜救行動取消了，每個人都前進森林，徒勞地搜尋著。沒有任何人，包括我，想得出女孩們為何徒步離開營地那麼遠。不過這起失蹤事件從各方面看來都沒道理，是少數違反所有邏輯和理性的案例之一。

唯一曾被鎖定為嫌疑犯的是法蘭妮的長子，席歐・哈里斯—懷特。結果沒查出什麼來。薇薇安的毛衣上沒有找到他的任何殘留痕跡。他的個人物品也未發現任何犯罪證據。他甚至有不在場證明：他整個晚上都和契特在一起，教弟弟下西洋棋，直到凌晨。由於沒有證據顯示真正發生了犯罪事件，席歐並未遭到起訴。這也代表他並未正式證明無罪。即便是現在，谷哥搜尋席歐的名字仍會導向真實罪案報導網頁，暗示他殺害了女孩們後成功脫罪。

搜索行動不曾正式結束，而比較像是失去了熱度。搜救隊伍又持續了幾週一無所獲的行動，參與人數越來越少，直到最後終於沒人出現。失蹤事件的新聞報導也無疾而終，記者轉而去寫更新、更吸睛的題材。

填補這個空缺的是更黑暗的推理，在Reddit以及陰謀論網站的最深處可以找到。各式各樣的謠言包括女孩們遭到一個住在森林裡的殘暴瘋子殺害。她們遭到綁架，綁匪可能是人類也可能是外星人，要看你瀏覽的是哪個網站。她們甚至遭遇了更神秘的不幸災厄。女巫。狼人。自發的細胞崩解。

就連舊營隊學員也無法對這些謠言免疫，我在手機上打開臉書時發現了這點，最後我終於關閉了夜鶯夏令營舊學員的貼文通知。我最先看到的是凱西・安德森在一小時前發布的一張照片。她是我在營區的第一天早上認識的矮個子紅髮輔導員。順帶一提，她也是在臉書搜尋我的第一個夜鶯夏令營老學員。雖然我很喜歡她，但我還是沒理會她的交友邀請，和其他人的一樣。現在我看著她拍的小木屋照，背景的午夜湖波光粼粼。

又回來了，她寫著。感覺一如往昔。

那張照片已經得到五十個讚，還有幾則留言。

艾瑞卡．哈默德：祝妳有個愉快的夏天！

黎娜．蓋勒格：啊！回憶都湧上來了。

費莉西雅．威靈頓：真不敢相信妳要回去那裡。就算法蘭妮給我一百萬美元，我也不回去。

凱西．安德森：可能是這樣，所以法蘭妮才沒找妳。我很開心能來這裡。

瑪姬．柯林斯：沒錯！那地方總是讓我心驚膽顫。

荷普．里文．史密斯：我要附和費莉西雅的話。這是一個糟糕透頂的主意。

凱西．安德森：怎麼說？

荷普．里文．史密斯：因為那地方和那座湖不乾淨。我們都聽過傳說的故事。大家都知道那好像是真的。

黎娜．蓋勒格：天哪，傳說的故事！當時簡直嚇壞我了。

荷普．里文．史密斯：妳是有理由感到害怕。

凱西．安德森：妳們真是太誇張了。

荷普．里文．史密斯：凱西，最常把那故事掛在嘴邊的人就是妳！妳不能因為現在回去那裡，就說那些都是亂說的。

費莉西雅．威靈頓：別忘了，我們都知道發生在小薇、艾莉和娜塔莉身上的事不是意外。妳自己也這麼說過。

布魯克・蒂芬妮・山波：今年夏天還有誰會去？

凱西・安德森：就妳認識的，有我、貝卡・薛恩菲爾德，還有艾瑪・戴維斯。

布魯克・蒂芬妮・山波：艾瑪?!我的媽呀！

瑪姬・柯林斯：在她扯了那堆關於席歐的鬼話之後？

荷普・里文・史密斯：哇。

黎娜・蓋勒格：這個嘛，嗯，可有意思了。

費莉西雅・威靈頓：我真想知道怎麼會有這種事。凱西，妳自己多保重囉。LOL。

凱西・安德森：別毒舌啦，我很期待見到她。

艾瑞卡・哈默德：艾瑪・戴維斯是誰啊？

我關閉臉書，關掉手機，無法忍受再多看一句八卦以及那些瘋狂的理論。除了凱西，我想不起在夏令營時見過她們哪一個人。我也沒聽過那座湖受到詛咒或是鬧鬼的故事。那是胡扯。全部都是。

那些留言只有一則真實無誤。發生在薇薇安、娜塔莉和艾莉森身上的事，不是一場意外。我知道，因為那是我一手造成的。

雖然她們最終的命運依然成謎，但我確定那些女孩所遭遇的事，全都是我的錯。

第五章

當阿第倫達克山脈的圓潤峰巒浮現在天際線時，我從後座的癱坐姿勢倏地坐挺了起來。看見那些山峰令我的心跳略為加速，胸口響起一陣輕聲嗡鳴，而我不想去理會它。當駕駛下了公路，並且宣布：「我們快到了，戴維斯小姐，」那種感覺更加嚴重了。

車子隨即在碎石路上顛簸前進。道路兩旁盡是樹木林立，我們越往裡頭走，樹林似乎越顯濃密及陰鬱。粗糙的樹杈在上方延展，彼此攀搭，枝幹交錯。高聳的松樹分散了陽光的熱度，林間灌木盡是樹葉、莖幹與棘刺交纏。我領悟到，這就像是我的畫作活生生地出現在眼前。

不久後，我們來到鍛鐵大門，這是夜鶯夏令營的唯一出入口。大門敞開，邀請我們進入，不過那道大門和周遭環境沒有絲毫熱情迎客的感覺。車道兩側是四呎高的石牆，往林間延展而去。一道裝飾繁複的拱門同樣是以鍛鐵打造，呈弧狀橫跨車道上方，給人的感覺是我們即將進入墓園。

營地看起來更壯觀了。建築映入眼簾，彷彿是由舞台工作人員推送登場。那些都是從哈里斯家族將這片土地作為私人度假區的時期遺留至今，現在重新設置供營地使用。工藝教室低矮又復古，原本是一座馬廄，如今全部上了白漆，並且加了薑餅屋般的雕花裝飾。建築前方有一座花圃，種植了色彩鮮豔的番紅花及萱草。在一旁的是食堂，沒有那麼漂亮，比較偏重實用性。這裡原先是一座乾草棚，改建成了餐廳。一扇側門洞開，工作人員從一輛空轉的貨運卡車把一箱箱的食物拖拉進去。

在我右手邊的遠處是小木屋區，從樹林間幾乎瞧不見，只看得到青苔點點的屋頂邊緣，以及松木壁板的條板片段。我瞥見女孩們陸續安頓。還有她們的赤裸長腿、纖細臂膀，以及耀眼秀髮。乍看之下，營地看起來和我當年離開時一模一樣。那是一種奇怪的感覺，彷彿我穿越到過去。一隻腳踩在當下，另一隻腳跨回到往昔。然而這裡有某個地方不太對勁。某種疏於照管的氛圍像蜘蛛網似的，籠罩著一切。我在這裡待得越久，越能察覺到這十五年來是哪裡改變了。網球場和射箭場現在呈現棄置已久的狀態，尖細的雜草從球場地面參差不齊地竄出。射箭場的草高及膝，遠端散落著原先用來設靶的腐敗乾草捆。

工藝教室稱得上乾淨完整，除了屋頂上有個工匠正在敲釘屋瓦。當我們的車經過時，他停住手中的鐵槌，往下盯著我看，一張圓臉紅通通的。我也回望著他，忽然間認出我第一次參加夏令營時便見過他。我記得在營地看過他好幾次，他老是在敲敲打打，修東補西。當然了，他那時比較年輕，也好看一些。他擁有一種陰鬱的神情，令有些人感到害怕，有些人則覺得好奇。

我隨時都能抄起他的大傢伙，薇薇安有次在吃午餐時這麼說，惹得我們其他人大翻白眼。

我向他揮手，心裡納悶他是否認得出長大後的我。他的目光回到了屋瓦上，舉起鐵鎚，將它敲打固定住。

這時車子已經開到主屋前的圓環車道。法蘭妮的第二個家，她是這麼形容，雖然大多數人一輩子也不可能有這樣的一個家。不過當初她的祖父在他打造的那座湖畔蓋了這棟建築，為了就是這個目的。為一個喜歡大自然勝過紐波特的家族所打造的一幢避暑度假屋。就像大部分的舊建築一樣，主屋帶有一股沉重感、一種昏暗的氛圍。我想到它所見證的這些歲月，它經歷過的那些季節、風暴及秘密。

「我們到了，」駕駛說著，並且把車停在主屋的紅色大門前。「我去拿妳放在後車廂的行李。」

我下了車，雙腿僵硬，背部痠痛，新鮮空氣立刻包圍了我。那是我遺忘已久的氣味，乾淨又帶著松木的芳香，和城市裡的廢氣有著天壤之別。它也激起了我早已遺忘的無數回憶。一些簡單的畫面，例如跟在薇薇安後面穿越樹林，或是一個人坐著，腳趾探進湖水裡，無所不想，卻也什麼都不想。那種氣味召喚著我，引我向前。我開始走動，不確定自己要上哪兒去。

「我馬上回來，」我對司機說。他正忙著卸下我的行李箱和畫具箱。「我需要走動一下。」

我繼續往前走，繞過主屋，前往屋後的斜坡草地。我在那裡看到了新鮮空氣帶我來到了什麼地方。

午夜湖。

它比我記得的還要大。在我的記憶中，它變得和中央公園蓄水湖差不多，臣服於約束與管控之下。事實上，它是遼闊又耀眼的實體，呈現出主要的地貌。湖畔林立的樹木略為向湖面前傾，枝椏低垂在水面上。

我開始沿著草地斜坡往下走，一直走到突出於水面上、收拾得整潔的碼頭，一旁繫泊著兩艘汽艇。附近的岸邊有兩組支架，倒扣的獨木舟像柴火似地堆疊在上方。

我走到碼頭盡頭，腳步聲穿透條板上的裂縫，從湖面反彈迴響。我在碼頭的邊緣停下來，眺望半哩外的湖泊對岸。那邊的林木更濃密，形成一堵樹葉厚牆，在陽光底下閃爍著微光，顯得既誘人又難以親近。

我依然注視著遙遠的對岸時，有人走向我。我聽到草地上的球鞋窸窣聲，然後是踩在碼頭條板上的碰碰聲。我還沒來得及回頭，我的後方便響起了聲音，像是微風傳來的啁啾鳥鳴。

「妳在這裡呀！」

那聲音屬於一個匆匆來到碼頭的二十來歲女子。在她的後面是一名年紀和她相彷、依然站在陸地上的男子。兩人都很年輕，黝黑膚色，體格矯健。要不是他們身上穿著夜鶯夏令營的馬球衫制服，可能會被誤認成是J.Crew的模特兒。他們同樣散發著那種戶外陽光的四射熱力。

「妳是艾瑪，對吧？」那名女子說。「太棒了，找到妳了！」

我伸出手，想和她握手，但是被拉了過去，得到一個熱情的緊緊擁抱。這女孩不來法蘭妮的半擁抱那一套。

「真高興認識妳，」她說。她鬆開了擁抱，因為抱得太緊而稍稍喘息。「我是敏蒂，契特的未婚妻。」

她以手示意站在岸邊的那名男子，我愣了一會兒才明白，她指的是契斯特，法蘭妮的小兒子。他長成了一個帥氣的成年男子，精瘦、靈活又高挑。他比我和敏蒂都高出許多，以一種略顯不自在的方式駝背站著。這和我之前看過在營區來來去去的那個瘦小男孩很不一樣。然而那股稚氣尚未完全褪去，依然存在於垂落臉龐、遮住一隻眼睛的黃棕色頭髮上，還有當他喊著「妳好」時，在嘴角綻放的羞怯微笑裡。

「我在重新認識一下這座湖，」我說，但我心中不確定真的是如此。我甩不掉一種感覺，那就是事實正好相反，是午夜湖在重新認識我。

「當然了，」敏蒂說。她客氣地忽略我立刻來到湖畔的舉止有多麼不尋常。「這裡真的很棒，不是嗎？雖然天公不做美，已經好幾個禮拜沒下雨了。要我說的話，我認為這座湖看起來有些雜亂呢。」

在她指出了這點之後，我才注意到在湖泊沿岸有明顯的旱災告示牌。岸邊的植物露出了幾吋高的褐色莖幹，那些原本是淹沒在水中的部位。我第一次來營區時也遇上一場旱災，連續兩週沒有下過一滴雨。我記得我曾爬上一艘獨木舟，在湖畔及湖水之間的那道曬乾的泥地留下了一串球鞋鞋印。

我正注視著一塊類似的乾涸地面，這時敏蒂拉起我的手，帶我離開碼頭。

「我們好開心能邀請妳回來，艾瑪，」她說。「尤其是法蘭妮。這個夏天一定會很棒，我很有把握。」

回到岸邊後，我走向契特，和他握手。

「艾瑪．戴維斯，」我說。「你可能不記得我了。」

這是我的私心盼望，希望他對我毫無印象。但是契特露出來的那一側眼睛上方的眉毛略微揚起。「喔，我記得很清楚，」他說，沒有進一步說明。

「在妳安頓之前，法蘭妮要先見見妳，」敏蒂說。

「有什麼事嗎？」

「房間安排出了點小問題，但是別擔心，法蘭妮會妥善解決的。」

她丟下契特，勾住我的手臂，帶我爬上斜坡回主屋。這是我有史以來第一次進到屋裡，我很意外眼前的景象和我預期的截然不同。我小時候從外面看進來時，想像裡面會像是《建築文摘》那樣，那種電影明星在亞斯本過聖誕節的高檔鄉村風度假屋。

主屋不像那樣。裡頭老舊又昏暗，空氣中充斥著百年來壁爐燃燒木材的刺鼻氣味。我們所在的門廳通往一間普通會客室，裡頭塞滿了破舊的家具。牆面掛滿了鹿角、獸皮，而且奇怪的是，還有各式各樣的骨董武器。步槍、厚刃的波伊刀，以及一支長矛。

「每樣東西都很古老，對吧？」敏蒂說。「我很愛骨董，但這裡有一些的年代真的超久遠的。契特第一次帶我來這裡時，感覺好像是睡在博物館裡。我到現在還是不習慣。但是假如要整個夏天都待在夏令營工作，才能讓我未來的婆婆留下好印象的話，那也無妨。」

她顯然頗健談，雖然聽多了會累，但也可能有用處。我們經過左手邊的一間小辦公室時，我停下腳步問她：「那裡面是什麼？」

「書房。」

我伸長脖子去窺探裡面。一面牆上掛滿了裝框相片。另一面牆是一架書櫃。當我們走過時，我瞥見一張書桌的桌角，一具轉盤式電話，還有一盞蒂芬妮燈罩。

「我用裡面的插座來替我的手機充電，」敏蒂說。「妳想這麼做的話也請便，只是別讓法蘭妮逮到了。她希望我們都能斷絕外界聯繫，和大自然或什麼之類的融為一體。」

「這裡的訊號如何？」

敏蒂發出一種誇張的嘔吐聲。「糟透了。大多數時候只有一格左右。我真的不知道這些女孩們要怎麼應付這種事。」

「學員不能使用手機嗎？」

「她們可以用到電池沒電。小木屋裡沒有供電，記得嗎？是法蘭妮的規定。」

在我的右手邊是上二樓的樓梯，階梯非常小，而且不可思議地狹窄。樓梯底下有一扇門，企圖和牆面融為一體。唯一露餡的地方是一只黃銅門把，還有一個老式的鎖孔。

「那又是什麼？」我問。

「地下室，」敏蒂說。「我從沒下去過那裡。裡頭可能除了舊家具和蜘蛛網什麼也沒有。」

我們繼續走，敏蒂扮演導覽員，現場解說各種傳家寶。我們看到一幅布坎南．哈里斯的肖像畫，我發誓很有可能是出自約翰．辛格．薩金特（John Singer Sargent）之手。敏蒂針對這幅畫鄭重其事地說：「那可是價值連城。」

不久後，我們就來到了後院平台，整個跨度與主屋齊寬。種滿花卉的木箱沿著小樹枝編成的圍欄邊擺放。平台上散布著幾張小桌子和不可或缺的室外休閒椅，全部漆成和前門一樣的紅色。法蘭妮和洛蒂佔據了其中的兩張座椅。

她們兩人都穿著成套的卡其短褲和夏令營馬球衫，和契特及敏蒂一樣。法蘭妮從平台上的增高視野俯瞰午夜湖，而洛蒂正在一台iPad的螢幕上敲敲打打，在我和敏蒂走出室外時，抬起頭來看到我們。

「艾瑪，」他說。她滿臉歡欣地將我拉過去，給了我大概是當天的第五個擁抱。「妳不知道看到妳回來這裡，有多令人開心。」

「的確是，」法蘭妮表示贊同。「真的太棒了。」

她和洛蒂不同，沒有從椅子上站起來迎接我。我有點意外，直到我注意到她看起來有些蒼白疲憊。打從我們幾個月前的午餐聚會之後，這是我第一次看到她，而她的改變著實驚人。我原本以為回到她心愛的午夜湖，她會變得身強體健，活力充沛。然而，事實上恰恰相反。她看起來顯得蒼老，我找不到更好的字眼來形容。

法蘭妮注意到我盯著她看，於是說：「妳的眼神好憂慮啊，親愛的，別以為我沒看見。但是別擔心。我只是忙壞了。我忘了夏令營的第一天有多累人，感覺似乎一刻不得閒。我明天就會恢復正常了。」

「妳需要休息，」洛蒂說。

「我正在這麼做，」法蘭妮回答，口氣有些不耐煩。

我清了清喉嚨。「妳找我有事嗎？」

「對了，我怕是出了點小問題。」

法蘭妮略微蹙著眉頭。就像是在我第一次參加夏令營時，她朝我略微蹙眉的模樣。當時，我們家的富豪汽車終於在剛過十一點不久抵達主屋。法蘭妮就是用現在我看到的這種表情迎接我。

我沒料到妳會來，她說。妳沒和其他人一起報到，我以為妳取消了。

「出了問題？」我說，我的聲音越發顯得不安。

「聽起來很誇張，對吧？」法蘭妮說。「我想應該說是情況有點複雜。」

「關於哪方面呢？」

「關於要把妳安頓在哪裡。」

「喔，」我說。十五年前，當法蘭妮跟我說了類似的話時，我相信我也是這麼回答。

在當時，我是該為了遲到而受到責備。他們那天早上便依照年紀分組，讓所有的女孩在小木屋安頓好了。因為我這年紀的女孩已經沒有空房間，我不得不和幾個比我大幾歲的女孩們同住。所以我才會落得和薇薇安、娜塔莉及艾莉森在一起，在她們多了幾年的生活經驗、毫無青春痘的臉龐、以及豐滿成熟的體態面前畏縮不已。

現在法蘭妮告訴我，問題恰恰相反。

「我的原意是要給指導員一些隱私，讓妳們擁有自己的舒適小木屋。但是在規劃方面出了一點錯，我們發現參加的女孩比我們預期的還要多。」

「多出了十五個，」洛蒂主動提起。

「這表示我們的指導員要和部分的學員同住。」

「為什麼指導員不能共住一間呢？」

「我也問過她同樣的問題，艾瑪，」洛蒂說。

「這在理論上是個好主意，」法蘭妮告訴我們。「但是妳們有五位，每間小木屋裡只有四張床。無論如何，有一位必須和學員同住。這樣對那個人來說太不公平了。」

「我們不能住在主屋嗎？」

「主屋是給家人住的，」敏蒂從欄杆的角落高聲地說，她一直在聽我們說話。她擺動了一下無名指，套在手指上的華麗訂婚戒吸引了大家的注意。她的話說得不夠委婉，但意思很清楚。她是他們之中的一份子，而我不是。

「敏蒂的意思是，」法蘭妮說：「雖然我很樂意讓妳們和我們住在一塊兒，但是家裡的房間實在不夠。這房子虛有其表，外觀看起來不小，但實際上，裡面沒有多餘的空房。尤其是有五名指導員要住。妳知道我不能偏心，真的很抱歉。」

「沒關係，」我說，但實際上才不是這樣。我是一名二十八歲的成年女子，在接下來六週的時間，將被迫和年紀只有我一半的陌生人同住。這絕對不同於我原先的預期，但是顯然也沒有別的辦法了。

「這有關係，」法蘭妮說。「這種狀況挺尷尬的，我很抱歉讓妳遇到這種事。假如妳決定回到車上，要求直接開回去的話，我不會怪妳。」

如果我有家可歸的話，我真想這麼做。但接手我的公寓的畫家可能正在搬進去，所有費用都預訂繳清到八月中了。就像馬克的口頭禪，木已成舟。

「起碼我能挑選我要住的小木屋吧？」

「大部分的學員現在都已經安頓好了，但是我想我們可以配合妳的要求。妳想住哪一間？」

我撫摸我的幸運手鍊，快速地轉動了一下。「我想住在山茱萸屋。」

我十五年前住的那一間。

法蘭妮沒說什麼，但我知道她心裡是怎麼想的。她的表情變換得和陽光在湖面反射一樣快：起初是困惑，接著是恍然大悟，然後呢，最後流露出自豪的神情。

「妳確定要這樣嗎？」

我甚至不確定自己想要待在這裡。然而我堅定地一點頭，想說服的不僅是法蘭妮，還有我自己。至少法蘭妮相信了，因為她轉身對洛蒂說：「麻煩安排一下，讓艾瑪能住在山茱萸屋。」她對著我說：「妳要不是非常勇敢，要不就是愚蠢至極，艾瑪。我說不準妳是哪一種。」

我自己也無法確定。我想呢，光是來到這裡，我就可能兩者都有那麼一點兒吧。

十五年前

當我父母的富豪汽車聲音在蟲鳴鳥叫的夜裡逐漸遠去，我明白了兩件事：法蘭契絲卡・哈里斯—懷特有錢到無法形容，以及她擁有那種電影明星般的眼神。

有錢的部分倒是還好，在我們上西城的社區早已司空見慣。但是法蘭妮的眼神？那真令我手足無措。

那眼神十分強烈。她的綠眼睛定定地看著我，彷彿兩盞聚光燈，照射著我、端詳我。然而那不是冷酷的眼神。她的凝視之中帶著溫暖，是一種溫和的好奇心。我記不得我父母最近一次用那種眼神看著我是什麼時候的事了。這讓我開心得幾乎無法乖乖站著不動，讓她好好地看我。

「我必須承認，親愛的，我還真不知道要把妳安頓在哪兒，」法蘭妮說。她中斷了注視，轉頭對站在她正後方的洛蒂說話。「我們保留給初階學員的小木屋，還有空床位嗎？」

「全部都滿了，」洛蒂回答。「每間都安排了三名學員和一位輔導員。唯一的空位是在一間高階學員木屋。我們可以把一名輔導員移到那裡，但是這種做法可能不會太受歡迎。這樣一來也會有一間初級小木屋無人照看。」

「我可不願意這麼做，」法蘭妮說。「有空位的是哪一間？」

「山茱萸屋。」

法蘭妮的那雙綠眼睛又注視著我。她微笑著說：「那麼就是山茱萸屋了吧。洛蒂，麻煩妳去叫席歐來替戴維斯小姐搬行李。」

洛蒂消失在我們身後的大房子裡。過了一分鐘，一名年輕人出現了。他穿著鬆垮的短褲和緊身T恤，睡眼惺忪，一頭凌亂的棕髮。他的腳上穿著夾腳拖，走過來時在地上啪噠作響。

「席歐，這位是艾瑪．戴維斯，剛剛才到，」法蘭妮告訴他。「她要去山茱萸屋。」

現在輪到我目不轉睛了，因為席歐和我見過的男孩不一樣。不算迷人，像諾蘭．康尼那樣。帥氣，棕色大眼，高鼻子，撇著嘴角帶點叛逆地笑著說：「嘿，新來的，歡迎來到夜鶯夏令營。

我們帶妳去妳的小木屋吧。」

法蘭妮向我道晚安，我跟著席歐往營區走，心臟狂跳到深怕他會聽見。我知道有部分原因是由於理解到自己和一群陌生人處在一個陌生的地方。但是我心臟猛跳的另一個原因是為了席歐。他走在我的前方幾步之遙，而我無法將眼神從他的身上挪開。我端詳著他，就像法蘭妮端詳我那樣，我的目光鎖定他的高挑身形，那雙腿邁出的穩重大跨步，舊恤衫底下的寬厚背部及肩膀。他的二頭肌鼓脹，抬著我的行李箱。我認識的男生之中，沒人擁有那樣的臂膀。

再說呢，他很友善。他略微回頭高聲地問我是哪裡人，喜歡哪種音樂，以前是否來過夏令營。我的回答很微弱，在劇烈的心跳聲中幾乎聽不見。我的緊張顯然看得出來，因為當我們抵達小木屋時，席歐轉身對我說：「別緊張，妳會愛上這裡的。」

他敲了敲門，引發了裡面的回應：「是誰？」

「是席歐，妳們還沒睡嗎？穿的衣服可以見人嗎？」

「是還沒睡啦，」同一個聲音說。「穿的衣服可以見人嘛，哪有可能。」

席歐把行李箱交給我，替我打氣似地一點頭。「進去吧。記住，她們其實面惡心善。」

他走掉了，夾腳拖啪噠地響，我轉動門把，走了進去。小木屋裡頭燈光昏暗，唯一的照明是在門的對面，有一盞擺在窗邊的燈籠。在昏黃的燈光中，我看到兩組上下鋪的床位，床上還有三個女孩。

「我是薇薇安，」四肢伸展地躺在我右手邊上鋪的女孩開口了。她朝對面的那個床位示意。「那是艾莉森，下面的是娜塔莉。」

「嗨，」我說。我站在門邊，抓緊我的行李箱，害怕到不敢再走進去一些。

「妳的置物箱在門邊，」那個叫做娜塔莉的女孩說。她有著寬臉頰及大下巴。「妳可以把衣服放在裡面。」

「謝謝。」

我打開山胡桃木箱，開始把我瘋狂採購的衣物放進去。我把每一件都放進箱子，除了我的睡衣。我把它放在外面，然後把行李箱推到床底下。

薇薇安從上鋪滑下來，身上穿著短版T恤和一條內褲，裸露的程度讓我更加不自在，於是我在睡衣的保護底下脫光了衣服。

「妳的年紀有點小。妳確定妳應該來這裡嗎？」她轉身面對木屋裡的其他人，那兩個都還待在自己的舖位上。「我們不是有一個小貝比住的小木屋，可以把她送去那裡嗎？」

「我十三歲了，」我說。「根本不是小貝比。」

薇薇安令我害怕和羨慕的程度相等。她們三個都是。她們已經有女人的樣子，而我只是個小女生。一個瘦巴巴、平胸、膝蓋坑坑疤疤的討厭鬼。

「這是妳第一次離家過夜吧？」艾莉森說。她又瘦又美，擁有一頭蜜色秀髮。

「不是，」我說，但其實沒錯。除了有幾次到幾個街區外的朋友家過夜，可是跟這次不太一樣。

「妳不會哭吧，會嗎？」薇薇安說。「新來的菜鳥在第一天晚上都會哭。簡直是他媽的了無新意。」

她脫口而出的髒話讓我愣住了。這和海瑟或瑪麗莎迫切想要裝成大人跟耍酷時的出口成髒，根本不一樣。這字眼輕易地從薇薇安的口中說出來，顯然她是經常把它掛在嘴邊。這教我明白了這些女孩年紀較大、比較聰明，也更兇悍。為了求生存，我非得和她們一樣不可。沒別的選擇了。

我把木箱蓋闔上，直接面對薇薇安。「假如我哭的話，那是因為我被安排和妳們這群賤人住一起。」

片刻過去了，沒有人說任何話。那段時間不長，然而似乎過得很慢，感覺像是過了幾分鐘，我納悶她們是會覺得好笑還是生氣，還有我是否最後真的會哭出來。坦白說，打從我爸媽在碎石路上揚起的塵土中駛離營區時，我就很想放聲大哭了。接著我注意到娜塔莉和艾莉森的毯子拉到了鼻尖，想掩飾她們的咯咯笑。薇薇安咧嘴而笑，搖搖頭，彷彿我剛對她們致上最高的讚美。

「幹得好啊，小鬼。」

「別叫我小鬼，」我說。我假裝兇悍，盡管我其實還是想哭，只不過這次是鬆了一口氣。「我叫艾瑪。」

薇薇安伸出手來，揉亂我的頭髮。「好吧，小艾，歡迎來到夜鶯夏令營。妳準備好要幫我們統治這裡了嗎？」

「當然了，」我說，心裡不太相信這種毫不費力就能耍酷的人會注意到我。在學校裡，我、海瑟和瑪麗莎成天想要融入大家，但是那些年紀比較大的女生根本不甩我們。然而，薇薇安就在我面前，低頭看著我，要我加入她的小圈圈。

「太好了，」她回答。「因為明天，我們就要大展身手了。」

第六章

從外面看起來，山茱萸屋和我離開時一模一樣。同樣的粗糙棕色牆面，同樣的綠瓦屋頂，上面散落著松果。同樣的整齊標誌寫著它的名稱。我原本期待它多少會有所不同，更老舊一些、年久失修，實實在在地提醒我，我和當年那個淚眼汪汪地離開這地方的女孩，中間相隔了十五個年頭以及人生的千山萬水。

然而，當時和現在似乎沒有任何時間上的差別。我這十五年來的生命只不過是夢一場。這是一種不知身在何處的迷惘感受，還有一絲不安。但我繼續注視著小木屋，緊攫住我的不是恐懼，而是別的感覺。一種更強烈的感受。

好奇心。

我想要進去，四下看看，看它會引發哪些不堪的回憶。畢竟這才是我來這裡的目的。然而，當我轉動門把時，我意識到自己的手在顫抖。我不知道自己期望些什麼。我猜想是鬼魂吧。

但是我看到了三個不同的女孩，全都是活生生的人，慵懶地躺在各自的床位上。她們抬起頭來看我，對我的闖人感到意外。

「嗨，」我說。

我的聲音顯得怯懦，幾乎帶點歉意，彷彿我很抱歉自己闖入了她們的空間，後面還拖著我的行李箱。打從我第一次來到夜鶯夏令營之後，我已經很久沒和一群青少女獨處過了。經過了這裡發生的事之後，我受到男孩子的吸引。害羞書呆、數學天才、科幻阿宅，還有顫抖地出櫃的戲劇社成員。他們成了我的同路人，到現在依然是。我和他們相處時自在無比。

沒錯，男孩子會害你心碎、背叛你，但是和女生的那種激烈手法不同。

我清了清喉嚨。「我是艾瑪。」

「嗨，艾瑪，我叫莎夏。」

開口的是年紀最小的女生，十三歲左右，坐在我左手邊的上層鋪位，細瘦的雙腿懸垂著。她有一張和氣的臉蛋，大大的微笑，圓滾的雙頰，一副紅框眼鏡襯得她的明亮雙眸更出色。我發現她的在場讓我感到放鬆。起碼她們之中有一個似乎人不錯。

「很高興認識妳，莎夏。」

「我是克莉絲朵，」那個四肢伸展地躺在她下鋪的女孩說。「有草字頭的莉。」

「有草字頭的莉，知道了。」

我轉身面對房裡的另一個女孩，她側躺在上層的鋪位，彎起手肘，撐著頭。她沉默地打量我，一雙杏眼閃爍著摻雜鄙夷及好奇的眼神。她的鼻子上戴了一只鑽石鼻針，看起來快要十六歲了，而且就像她那年紀的女孩一樣，對一切的事物都感到不屑。

「米蘭達，」她說。「我佔用了上鋪，希望妳不介意。」

「下鋪也很好，」我說，同時把行李箱抬到床上，它的重量壓得床墊彈簧微微作響。

米蘭達從鋪位爬下來，伸展四肢，她的手臂和雙腿都纖細得令人羨慕。她把營區規定要穿的馬球衫在上腹部打了個結，露出她的緊實腹部。她的肚臍上也有一只臍釘。她繼續伸展，雖然那比較像是一種沉默的宣示。她是這裡的老大。這是宣示主權，清楚明白地表示她是這裡最性感迷人的女孩。薇薇安的老把戲之一。

我的感覺和我第一次踏進這屋裡時完全一樣。無知。害怕。當女孩們帶著期待的眼神看著我時，不確定接下來該怎麼做。嗯，莎夏及克莉絲朵是這樣啦。米蘭達爬回到她的上鋪，四肢伸展地攤在床上，誇張地嘆了一口氣。

「他們有跟妳們說過，我要住在這裡，對吧？」

「他們說還有其他人會住這裡，」克莉絲朵告訴我。「但沒說是誰。」

米蘭達的聲音從上頭飄過來。「也沒說妳的年紀有多大。」

「真抱歉害妳失望了，」我說。

「妳是我們的營隊輔導員嗎？」莎夏說。

「比較像是褓姆吧，」克莉絲朵補上一句。

米蘭達形容得比較貼切。「應該說是舍監吧。」

「我是畫家，」我告訴她們。「我是來教妳們畫畫的。」

「要是我們不想學畫呢？」莎夏說。

「妳不想的話，也不一定要學。」

「我喜歡畫畫。」克莉絲朵開口了，她已經從床上彎腰伸手去床底下，那裡放了好幾本破爛的筆記本。她從那堆本子裡拉出一本，然後打開來。「看到沒？」

紙張上畫了一個超級英雄，是一名眼神怒火熊熊、肌肉跟舉重選手一樣壯碩的女子。她穿著深藍色的緊身制服，胸口裝飾著一只綠色骷髏頭，眼睛發出紅光。

「這是妳畫的？」我說。我真心感到佩服。「畫得真好。」

的確是。女英雄的臉龐完美無瑕，她給了她一個方正的下顎，高挺的鼻樑，還有散發出不羈眼神的雙眸，一頭深色鬈髮在空中飛揚。克莉絲朵只用了些許鉛筆線條，傳達出這名女子的力量、勇氣和決心。

「她叫作爆頭女，赤手空拳就能殺死一個男人。」

「要我也畫不出更好的了，」我說。「既然妳已經是小畫家，其他人上繪畫課的時候，我讓妳自由發揮。」

克莉絲朵面帶微笑地接受這個條件。「好喔。」

她和莎夏繼續看著我打開行李，等著我多說一些什麼。我感到尷尬無比，於是問：「妳們為什麼想來參加夏令營？」

「是我的學校輔導老師建議，」莎夏說。「她說這對我來說，會是很好的學習經驗，因為她知道我很好奇。」

「喔？」我說。「關於哪方面？」

「嗯，所有各種方面。」

「這樣啊。」

「我爸要我來參加，」克莉絲朵說。「要不是來這裡，不然就是去找個煎漢堡的工作。」

「我認為妳做了正確的選擇。」

「我不想來參加，」米蘭達說。「是我祖母逼我來的。她說假如我整個暑假都待在家，只會惹麻煩。」

我抬頭看著她。「妳會嗎？」

米蘭達聳聳肩。「或許吧。」

「聽著，」我說：「無論妳們是否想待在這裡，有件事我要先說明白。我不是來這裡當妳們的保護人，或是褓姆。」我抬眼看著米蘭達。「或是舍監。我不想攔著妳們。」

她們全都發出了哀號聲。

「怎麼，現在的小孩不這麼說了嗎？」

「不會，」克莉絲朵同情地說。

「絕對不可能，」莎夏補了一句。

「這樣啊，無論現在的流行用語是怎麼說的，那都不是我來這裡的目的。我是來這裡幫助妳們學習，如果妳們想要的話。或者呢，假如你們喜歡，我們可以聊聊天就好。基本上，妳們把我當成這個夏天的大姊姊就行了。我只是希望妳們玩得開心。」

「我有個問題，」莎夏說。「這裡有熊嗎？」

「我想是有，」我回答。「不過牠們害怕人類的程度，勝過我們對牠們的恐懼。」

「我出門前做了一些研究，看到有人說那不是真的。」

「或許不是，」我說。「但是發揮想像力也不壞，妳不認為嗎？」

「那麼蛇呢？」

「蛇怎麼樣？」

「你認為樹林裡有幾條蛇？而且其中有多少是有毒的？」

我看著莎夏，被她的好奇心給嚇到了。多麼討人喜歡的怪怪少女，粗框眼鏡架在小巧的鼻樑上，眼睛在澄澈的厚鏡片後面睜得老大。

「我還真的不知道，」我說。「但是我認為，我們不需要太擔心蛇的問題。」

莎夏把眼鏡往鼻樑上方推得更高。「所以呢，我們應該比較擔心滲穴嗎？我讀到說好幾百萬年前，這一整個地區都被冰河覆蓋，地底深處殘留著冰塊。那些冰後來融化了，侵蝕砂岩，形成很深的洞穴。有時候那些洞穴坍塌，留下了大坑洞。假如某個坑洞坍塌時，妳正好站在上面，妳就會掉進深深的地底，永遠沒人找得到妳。」

她終於停了下來，有點上氣不接下氣。

「我想我們不會有問題的，」我說。「說真的，妳唯一需要擔心的是野葛。」

「還有在森林裡迷路，」莎夏說。「根據維基百科記載，這種事很常見。常常都會有人失蹤。」

我點頭。終於有一件我能確認的事實。

正是我忘不掉的那一件。

第七章

到了晚餐時間，我沒出席，藉口說我要整理行李，換上短褲和營隊制服。事實是，我想單獨留在山茱萸屋，只要片刻就行。

我站在小木屋的中央，緩慢地轉身，仔細觀察每個地方。它感覺起來和十五年前不同。比較小也比較擁擠。很像馬克和我有一次搭夜車從巴黎到尼斯的擁擠臥鋪車廂。但是小木屋和過去的相似點遠多過於不同處。它仍擁有相同的氣味，松木、陳腐的泥土，還有若有似無的柴燒煙氣。門口進來的第二塊木地板條依然嘎吱作響。唯一一扇窗戶周圍的木飾條上還是褪色的藍漆。即使在我第一次住在這裡時，我也注意到這樣有點奇怪。

記憶中女孩們的聲音回到我的腦海裡，像是某種迴盪的回音。那是我徹底忘掉的零落斷片，直到現在才浮現。艾莉森在過大的馬球衫裡掙扎，同時嬉鬧地唱著「我感覺好美」。娜塔莉坐在下鋪的床邊，腿上塗抹了爐甘石洗劑。

這些蚊子真的是，不肯放過我，她說。我的血液有某種特質吸引牠們。

我不認為是這樣的原因，我說。

不然為什麼牠們跑來叮我，不叮妳們？

是因為妳流汗，薇薇安聲稱。那是蚊子的最愛。所以用力把 Teen Spirit 止汗劑塗起來吧，女孩們。

我的手機在口袋深處發出刺耳聲響，把我從這場自我耽溺、明顯病態的白日夢中叫醒。我掏出手機，看到是馬克撥打FaceTime找我。手機訊號只有一格，我懷疑這樣是否接得到。

「嗨，偵探小天后，」我一接起來，他便這麼說。「偵查進行得怎麼樣啊？」

「我才剛開始而已。」我坐在床邊，伸長手臂，這樣畫面才容得下我的臉。「我不能講太久，這裡的收訊爛透了。」

馬克給了我一個誇張的噘嘴生氣表情。他在他的小酒館廚房裡，在他後面是大型冷凍庫光可鑑人的不鏽鋼門。

「水晶湖夏令營如何啊？」

「沒有戴面具的殺人魔，」我說。

「那算是優點吧，我想。」

「但是我和三個青少女同房。」

「這絕對不是妳的強項，」馬克說。「她們是什麼樣的人？」

「我會用活潑來形容她們，不過這種說法可能不時興了。」

「活潑永遠不退流行，就像是藍色牛仔褲。或是伏特加。那是上下鋪嗎？」

「沒錯，」我說。「就像看上去一樣舒適呢。」

馬克的表情從噘嘴變成了恐懼。「喔，天哪。我要為了說服妳回去那裡而向妳道歉。」

「你沒有說服我，」我說。「你只是稍微推了我一把。」

「要是我知道這裡頭會有上下鋪床出現，我就不會推那一把。」他的畫面一陣劈啪作響。當他的頭移動時，畫面出現了一串畫素殘像。

「你的線路斷斷續續，」我說，而事實上是我這邊。訊號從一格掉到零了。馬克的臉在螢幕上停住了，只剩下抽象的模糊畫面。然而，我還是聽得見他說話。他的聲音忽隱忽現，我只聽到斷續的字眼。

「妳……走……無聊……好嗎？」

手機放棄了那縷幽魂，通話終止了。我的螢幕一片空白。上面呈現的不是馬克的臉，而是我自己的倒影。我盯著它，很驚訝自己看起來有多疲憊。比疲憊更糟。是憔悴。難怪剛才米蘭達會取笑我的年紀。和她們相比，我看起來確實老得不像話。

這教我不禁要想，山茱萸屋的另外那幾個女孩不知道現在變得怎樣。艾莉森可能依然嬌小又迷人，就像她母親一樣，我在幾年前復排的《瘋狂理髮師》裡見過她。整場演出我都在想，她會有多想念女兒，她的更衣室裡是否有艾莉森的照片，她看到照片是否會傷心難過。

我猜想娜塔莉會在大學的運動練習之下，保持體格強健。

至於薇薇安呢？我敢說她還是老樣子。苗條、時尚，一位近乎傲慢的美女。我想像她看了一眼現在的我，然後說：我們需要討論一下妳的髮型，還有妳的打扮。

我把手機塞回口袋裡，打開我的行李箱。我很快換上了短褲，還有兩周前郵寄給我的夏令營馬球衫制服。其他的衣物放進了門邊分派給我的木箱裡。這和我先前來這裡時使用的木箱是同一只，我從絲緞襯裡沾染的灰色污漬分辨出來。

我闔上箱子，沿著箱蓋撫摸，感受那些刻在山胡桃木上的名字造成的突起與凹槽。我的腦海浮現出另一個回憶。在我參加夏令營的第一個早上，我跪在這只木箱前，手上拿著一把鈍刃的摺疊式小刀。

刻上妳的名字，艾莉森催促我。

每個女生都這麼做，娜塔莉補上一句。這是傳統。

我遵循傳統，刻下了我的名字。深色木頭上出現兩個白色的字。

小艾

我刻寫的時候，薇薇安就站在我後面。她的聲音輕柔又語帶鼓勵地傳到我耳邊。留下妳的印記。讓後來的人知道妳來過這裡。妳存在過。

我望向木屋的另一邊，看著門邊的兩只木箱。娜塔莉和艾莉森的箱子。她們的名字隨著時間過去而變得模糊，在周圍刻的那些名字之中幾乎無法辨識。於是我走向我旁邊的那只木箱。薇薇安的箱子。她把名字刻在箱蓋的正中央，比其他的名字還要大。

小薇

我打開她的木箱，即便我知道現在這是米蘭達的了，裡面不是薇薇安的衣物、手工藝品，以及她發誓是用來掩蓋防蟲噴霧氣味的「迷戀」香水瓶。裡面放的是米蘭達的衣物，各式各樣的超緊身短褲、蕾絲胸罩，還有根本不適合出現在夏令營的小內褲。其中一個角落居然還有一大疊的平裝書，《控制》（*Gone Girl*）、《失嬰記》（*Rosemary's Baby*），還有幾本阿嘉莎．克莉絲蒂的推理小說。

不過箱蓋裡頭的襯裡還是一樣。酒紅色絲緞，和我的那只相同。除了灰色污漬之外，唯一不同處是布面上有一道六吋長的垂直裂口，邊緣都脫紗了。

那是薇薇安的藏寶處，用來存放她只有睡覺才拿下來的項鍊，上面掛著一個心型墜飾盒，中央鑲飾了一顆小小的綠寶石。

我知道那個藏寶處是因為在夏令營的第一天，我看到薇薇安在使用它。我在我的木箱裡翻找牙刷，而她跪在自己的木箱前。她鬆開項鍊的鎖扣，捧在併攏的手掌心中看了一會兒。

好漂亮喔，我說。是傳家寶嗎？

原本是我姊姊的。

原本是？

她死了。

真抱歉。不安的情緒在我胸口翻騰。我以前從沒認識過失去手足的人，不知道該做何反應。我不是有意提起。

不是妳，薇薇安說。是我提起的。而且談論這件事是健康的行為。我的心理治療師是這麼說的。

我的心裡又湧起一股不安。去世的姊姊以及心理治療師？在那個當下，薇薇安是我這輩子見過最奇特的生物了。

她是怎麼死的？

溺斃的。

喔，我說。我驚訝到說不出別的話。

薇薇安也沒多說什麼。她只是拿手指戳進襯裡的裂縫，讓項鍊滑到裡頭去。

現在我注視著布面的那道裂縫，以手指撥弄我自己的飾物。和薇薇安的項鍊不同，我從不取下我的幸運手鍊。無論是睡覺、洗澡，甚至作畫時也一樣。上頭看得到磨損，每隻小小鳥兒的白鑞上都有刮痕，就像疤痕那麼明顯。鳥喙上沾染了點狀的乾掉顏料。

我把右手從手鍊拿開，探進襯裡的裂縫裡。布料輕輕搔碰我的手腕，我伸長手指，在箱蓋內裡四處摸索。我沒指望會找到什麼。絕不可能是項鍊，薇薇安最後一次離開小木屋時便戴在身上了。我這麼做是因為等我檢查完，我就會知道薇薇安並沒有在裡頭留下蛛絲馬跡。

只不過真的有。

箱蓋的裡頭有東西，就在最底部，塞在木板和布料之間。一張對摺的紙。我將手指沿著摺痕觸摸，感覺它的長度。然後我以拇指及食指掐著紙張邊緣，將它從內襯裡頭抽了出來。

歲月在紙張上頭留下了淡黃色澤，那種噁心的色調讓我想到乾掉的蛋黃。我把紙張攤開時，它發出了細碎的爆裂聲。對摺的紙張裡頭藏放著一張看起來甚至更老舊的照片。

我先仔細檢視照片。它出乎意料地老舊，比較像是會在博物館發現的東西，而不是營區小木屋。相片呈棕褐色，邊緣都磨損了，上面是一名年輕女子，身上穿著一襲樸素的連身裙。她坐在一堵光禿禿的牆壁前面，呈某個角度側著身體，炫耀一頭深色長髮，沿著背部披散而下，流瀉到畫面之外。

女子的手上是一把銀製大髮梳，像寶貝似地緊握在胸前。我覺得這種姿勢居然十分惹人憐愛，雖然有人也可以假定這是出自虛榮，她才會把梳子抓得這麼緊。她一天到晚都在梳著那頭長得誇張的秀髮，梳開糾結，撫平髮絡。不過那女子的表情讓我推斷事實並非如此。雖然她看起來像是準備要休息，但是她的神情一點也不平靜。她的雙唇緊閉，抿成了一條線。她的臉龐消瘦。她的雙眸狂野陰鬱，傳遞出悲傷、寂寞，還有一些別的。一種我知之甚深的情緒。煩憂。

我注視著那雙眼睛，發現它們令人不安地熟悉。我在自己的眼中看過相同的神情。就在我以為是最後一次離開夜鶯夏令營之後不久。

我把照片翻過來，看到背面有褪色的墨水潦草寫著一個名字。

伊蓮諾・奧本。

好幾個問題不安地浮現在我的心頭。這名女子是什麼人？照片是什麼時候拍的？還有，最重要的是，薇薇安是在哪裡拿到這張照片，以及它為何藏放在她的木箱裡？

攤開的紙張內容沒有提供任何解答。我看到的是一張從某種筆記本撕下來的橫格紙，上面有一幅草草完成的畫。整張圖的焦點是一團類似變形蟲、奇形怪狀的汙點。周圍是幾百道深色斜線，每一道都以快速又強烈的筆畫匆匆畫下，光是看著它們，我那作畫的手便蠢蠢欲動了起來。在變形蟲下面以及斜線之間，有一些不同的形狀。紊亂的造型，既不夠圓，也不夠方。在它們的左邊是一個半圓半方的形狀，比其他的都來得大。

當我明白了畫的內容是什麼，我倒抽了一口氣。

不知為何，我還是搞不懂，薇薇安畫的是夜鶯夏令營。

變形蟲是午夜湖，佔了整幅畫的主要地位，教人無法忽視。斜線是周遭森林的抽象版本。那些不方不圓的形狀是小木屋。我數了一下，共有二十個，和實際數目一樣。最大的那個當然是主屋了，位在湖泊的南岸。

在湖泊的另一側，薇薇安又畫了一個木屋大小的形狀，幾乎是在營區的正對面。它孤單地坐落在湖畔。但湖泊的那一側沒有任何建築物，起碼就我所知是沒有。

這張速寫和那張照片一樣，都令人不明所以。我試圖想出合理的原因，解釋薇薇安為何畫下它，但我想不出有任何理由。她一連三年都參加了夏令營，當然不需要再畫一張地圖來幫她認路。

它看起來就是這個用途，一份地圖。不只是營區，而是整座湖。這讓我想起了我在前往這裡的路上，仔細研究的那份空拍圖。午夜湖的全貌涵括在一幅隨手可得的圖像裡。

我把那張紙拿得更貼近臉，注意的焦點不是放在營區，而是湖泊對岸的那一帶。在那座神秘建築後方不遠處，有某種和周遭的斜線幾乎難以分辨的東西。

那裡畫了一個叉。

很小但是看得出來，附近是一堆參差不齊的三角形，像是幼童塗鴉的那種小山。薇薇安在畫它的時候格外用力。那些線條力透紙背，畫出兩道交叉的刻痕。

這意味著它對她來說很重要。

有某種重要的東西就在那裡。

我把照片摺疊在紙張裡，兩張都好好地收進了我自己的山胡桃木箱。我忽然想到，假如薇薇安如此慎重其事地把它們藏好，那麼我也該比照辦理。

畢竟這是她的秘密。

而我已經變得很會保守秘密了。

十五年前

「關於這地方，有件事妳必須知道，」薇薇安說。「無論做什麼，絕對不要準時出現。要嘛就第一個到，要不就是最後一個。」

「連吃飯也是？」我問。

「尤其是吃飯。妳不會相信有些賤人在食物的面前會有多誇張。」

這是我在夏令營的第一天早上，薇薇安和我剛離開浴廁區，正在前往餐廳的路上。雖然用餐鈴在十五分鐘前就響過了，薇薇安還是沒有意思要加快腳步。她踩著懶洋洋的步伐，勾著我的手臂，逼得我也慢了下來。

當我們終於抵達餐廳，我注意到一個滿頭鬈髮的女孩站在工藝教室外面，脖子上掛了一台相機。她也注意到我們，因為她的眼中有某種神情一閃而逝。或許是認出我們吧，或許是不安。那眼神只持續了一秒鐘，然後她便拿起相機，瞄準我們的方向，藍黑色的鏡頭跟隨著我們走進餐廳。

「拍我們的那個是誰？」我問。

「貝卡嗎？」薇薇安說。「別管她，她是無名小卒。」

她牽著我的手，把我拉到餐廳的最前面，那裡有幾位廚房工作人員，頭上戴著髮網，站在熱氣騰騰的菜盤前。由於我們是最後一批抵達的，所以不必等。薇薇安說得沒錯，雖然我也不曾懷疑過她的話。

唯一比我們晚到的是一名面帶微笑的紅髮輔導員，她的營區制服上繡著凱西。她的身形矮小，幾乎和我一樣高，工作短褲的大口袋更加突顯她的梨形身材。

「唉呦，那可不是薇薇安‧霍松恩嘛，」她說。「去年夏天妳告訴我，妳受夠這個地方了。妳是離不開吧？」

「而且錯過再折磨妳一整個夏天的機會嗎？」薇薇安說，同時伸手抓了兩根香蕉，把其中一根放在我的托盤上。「哪有可能。」

「而我還以為，我今天夏天可以過得輕鬆點了。」輔導員打量了我一眼。看見我在薇薇安的身旁，她似乎感到意外，更別提還帶了一點困惑。「妳是新來的，對嗎？」

薇薇安點了兩碗燕麥濃粥，然後又把一碗給我。「艾瑪，這是凱西，前學員，現任輔導員，我這輩子的剋星。凱西，這是艾瑪。」

我上下搖晃地端起我的托盤。「很高興認識妳。」

「她歸我管的，」薇薇安說。

「想到就覺得可怕。」凱西再次轉頭面對我，把一隻手放在我的肩上。「要是她開始把妳帶壞得太離譜，妳就來找我。我住在樺樹屋。」

她經過我們身旁，走向一壺咖啡和旁邊的一大盤甜甜圈。在離開取餐隊伍之前，我也點了我真正想吃的早餐：烤土司和一盤培根。薇薇安看到了多出來的菜色，但是沒說什麼。

接著我們經過那些刀叉鏗鏘作響、嘖嘖有聲地用餐的女孩們。她們聚集在餐桌旁，分配的位置和我們學校的自助餐廳類似。年紀較小的女生在一邊，較大的女生在另一邊。在那個當下，我所處的並不是一般認為適合我的社交圈。有幾個我這年紀的女孩注意到了，而且羨慕地看著薇薇安帶我走向餐廳裡大女孩聚集的那一側。薇薇安朝一些人揮揮手，沒理會其他人，然後讓我和艾莉森及娜塔莉坐在一塊兒。

她們兩個離開小木屋去浴廁區時，我就醒來了。雖然她們邀我同行，我還是留下來，等著薇薇安起床。我只想從她身上學到一些竅門。艾莉森及娜塔莉似乎人很好，但是她們太像我在學校裡認識的女生了，像是年紀大一點的海瑟和瑪麗莎。

薇薇安不一樣。我從沒見過像她這麼毫不做作的人。對於像我這樣羞怯的女孩來說，她的注意力就像太陽一樣，令人感到溫暖又愉快。

「早啊，賤人們，」她對其他人說。「睡得好嗎？」

「老樣子，」艾莉森說，並且端起了一碗水果沙拉。「妳呢，艾瑪？」

「很好，」我說。

這是謊言。小木屋太悶了，也太安靜。我懷念空調以及曼哈頓的聲音，那些遠處傳來的惱人汽車喇叭和呼嘯而過的警笛。在夜鶯夏令營，除了蟲鳴和湖水拍打岸邊的聲音之外，什麼也沒有。我猜想我會習慣吧。

「感謝老天，妳不會打呼，小艾，」薇薇安說。「去年我們屋裡有人會打呼，聽起來就像是快死掉的母牛。」

「也沒那麼糟啦，」娜塔莉說。她的托盤上有兩份培根，還有沾滿糖蜜的煎餅碎屑。她咬了一口培根片，滿嘴食物地說起話來。「妳只是嘴賤，因為妳不再喜歡她了。」

我已經注意到這三個人之間詭異的勢力平衡了。薇薇安顯然是首腦，娜塔莉體格健壯但有點粗魯，她是反對黨。漂亮又順從的艾莉森是調停者，她在那天早上應該也是扮演那個角色。

「跟我們介紹一下妳自己吧，艾瑪，」她說。「妳不是唸我們的學校，對吧？」

「她當然不是了，」薇薇安回答。「假如是的話，我們會知道。我們學校有一半的人都來這裡了。」

「我唸道格拉斯學院，」我說。

艾莉森又起一塊甜瓜，拿到了嘴邊，然後又放下。「妳喜歡那裡嗎？」

「就一間女校來說，還不錯吧，我想。」

「我們學校也是，」薇薇安說。「而且我實在超想要過一個沒有這些婊子的暑假。」

「為什麼呢？」娜塔莉問。「我們在這裡的時候，妳反正也假裝她們有一半的人都不存在啊。」

「就像我現在假裝妳沒有吃了一肚子的培根，」薇薇安反擊。「再這樣吃下去，明年妳就得去參加減肥營了。」

娜塔莉嘆了一口氣，把吃了一半的培根扔回餐盤裡。「妳要吃嗎，艾莉森？」

艾莉森搖頭，把她幾乎沒碰的那碗水果推到一旁。「我飽了。」

「我是開玩笑的啦，」薇薇安說。她看起來超後悔的。「對不起，小娜。是真的，妳看起來……還行啦。」

接著她露出微笑，那字眼就像它羞辱人的本意一樣，縈繞不去。

接下來的整頓飯，我都在打量薇薇安的餐盤，她吃一口燕麥粥時，我才舀一口，而且盡量保持完全一樣的分量。我沒碰香蕉，直到她先吃。當她把剩下一半的香蕉放在托盤上，我也照著做。培根和烤土司完全沒碰過。

我告訴自己，這一切都值得。

薇薇安、娜塔莉和艾莉森比我先離開餐廳，去準備上進階箭術課。資深學員才能上的課。我被安排去參加和我同年紀的女孩一起進行的活動。我猜我會覺得很無聊。在山茱萸屋才住了一個晚上，對我已經造成了這樣的影響。

我在去上課的路上，經過了那個揹相機的女孩。她轉向走到我的前面，把我攔下來。

「妳在幹嘛？」

「警告妳，」她說。「關於薇薇安。」

「這話是什麼意思？」

「別被耍得團團轉，她遲早會背叛妳。」

我朝她跨出一步，想表現出我前一天晚上的那種兇悍態度。「怎麼說？」

雖然揹相機的女孩露出了笑臉，但是其中沒有一絲笑意。那是一種憤恨的咧嘴，幾乎要凝結成一抹冷笑。

「妳會明白的，」她說。

第八章

我在晚餐時段抵達餐廳時，看到法蘭妮站在最前面，歡迎詞已經說到一半了。她看起來比先前更有活力一些。她顯得如魚得水，一身戶外打扮，面對一屋子的女孩，頌揚營隊生活的真諦。她在說話的同時，目光掃視室內，和每位女孩做出短暫的眼神接觸，無聲地歡迎她們。當她看見我站在門口，眼睛略微瞇了一下，幾乎像是對我眨眼。

她的致詞聽起來就像是我在十五年前聽到的內容。說不定根本一模一樣，經過了這麼多年後又從法蘭妮的記憶中召喚而來。她已經講完了她祖父如何在多年前的除夕夜打造出這座湖泊的部分，現在正在說明關於夏令營本身的歷史。

「多年來，這片土地僅供我們家族做為私人度假的用途。小時候，我每年夏天都會來這裡，還有好幾年的冬天、春天和秋天也是。我盡情探索這片我們家族有幸擁有的數千英畝土地。在我父母過世之後，我便繼承了這裡。所以在一九七三年，我決定把哈里斯家族的度假地點改造成女子夏令營。夜鶯夏令營在一年後開辦，接待了好幾個世代的年輕女孩。」

她停頓了一下，剛好足以讓自己喘口氣。但是在這短暫的沉默之中包含了好些年略而不提的歷史。關於我的朋友，夏令營的名聲掃地，以及接踵而來的關閉。

「今天，夏令營歡迎妳們每一位，」法蘭妮說。「夜鶯夏令營的精神不是在於搞小圈圈、拚人氣，或是感覺高人一等。重點是妳、妳們每個人，讓各位在暑假結束後，都能擁有值得珍惜的體驗。所以假如妳們有任何需要，盡量告訴洛蒂、我的兒子們，或是我們家的最新成員，敏蒂。」

她向她的左手邊示意，契特站在牆邊，假裝沒注意到室內有半數女孩投來的愛慕眼神。敏蒂面帶微笑地站在他身旁，像參加選美比賽般揮了揮手。我環顧室內，尋找席歐的身影。四下都沒有他的蹤影，我既感到失望，同時也鬆了一口氣。

法蘭妮雙手合十，低頭欠身，示意致辭結束。但我知道還沒有。還剩下一部分，完全是事先擬稿的內容，但是以職業政客的精鍊手法演出。

「喔，還有最後一件事，」法蘭妮說，假裝現在才想起來。「我不希望聽到妳們有誰稱呼我哈里斯—懷特太太。叫我法蘭妮，我堅持這點。我們身處在大自然裡，大家都是平等的。」

在她身旁的牆邊，敏蒂率先鼓掌。契特也照做，雖然不太情願。整個室內隨即響起了掌聲，她們的贊助人法蘭妮再次鞠躬致意。然後她便下台，沿著餐廳的邊緣走，從洛蒂開啟的側門離開。

我走向供餐檯，那裡有一小群身穿白色廚師服的工作人員，分裝一盤盤油膩的漢堡、薯條和甘藍沙拉。沙拉佐醬過稀，乳白色的液體在餐盤底部晃動噴濺。

我沒有加入莎夏、克莉絲朵和米蘭達，她們的周圍都是其他學員。我朝在門口附近的餐桌走去，那裡有八名女子入座了。其中有五名年紀很輕，絕對是大學生的年紀。是營區輔導員。其他三位約莫從三十多歲到將近六十歲，和我一樣是指導員。蕾貝卡．薛恩菲爾德不在場。

我只認得一位，凱西．安德森。這些年來，她並沒有改變多少。她還是有著梨形身材和一頭紅髮。她又見到了我，讚許地偏著頭，紅色秀髮輕掠肩膀。她甚至給了我一個擁抱，並且說：

「真高興看到妳回來這裡，艾瑪。」

另一名指導員點頭招呼。輔導員只是盯著我看。我領悟到她們不只全都知道我是誰，也知道我當年在這裡發生了什麼事。

凱西把我介紹給其他的指導員。教寫作課的是蘿貝塔．萊特—史密斯，她從夜鶯夏令營開辦的那年起，一連參加了三個暑假。她的體態豐滿，神情愉快，透過架在鼻樑上的眼鏡注視著我。佩姬．麥克亞當斯在八〇年代末期來過這裡，現在有著一頭灰髮，身材高瘦，和我握手時，纖細的手指握得太緊。她是來教陶藝課程，難怪會有這樣的握力。

凱西告訴我，她一直以來都是被分配去教導夏令營的招牌課程，包羅萬象的藝術及手工藝。在學年期間，她擔任八年級的英文老師，現在有空來幫忙，因為她的兩個孩子去參加他們自己的夏令營，這是她在離婚之後，第一次度過一個人的夏天。

結果在其他的指導員之間，離婚是一大熱門話題。凱西想逃離在空蕩蕩的家中，一個人度過六周的時間。佩姬需要有地方去，直到她即將成為前夫的丈夫搬出他們在布魯克林的公寓。至於蘿貝塔呢，她是雪城大學的寫作教授，最近和她的詩人女友分手之後，想去一個安靜的地方。看來只有我不能把來到這裡的決定，怪罪到前任配偶或伴侶頭上。我不太確定這令人感到解脫，或者只是可悲而已。

我想我和那些輔導員的共通點比較多，她們是大學菜鳥，還沒接觸過生活的失望與挫敗。她們都漂亮又溫和，而且基本上每個看起來都一模一樣。頭髮紮成馬尾，粉紅色唇蜜，去除過角質的臉蛋煥發著光澤。我意識到，假如夜鶯夏令營在她們青少年時期曾開辦的話，她們就是會來參加夏令營的那種女孩。

「還有誰迫不及待想迎接今年夏天呢？」她們之中有個人說。我想她的名字是金姆。或者是丹妮卡。在介紹給我認識之後，她們的名字在我的記憶中只停留了五秒。「我絕對是。」

「但是妳不認為這樣很奇怪嗎？」凱西說。「我是說，我很高興今年夏天能來幫忙，但是我不懂法蘭妮怎麼會在這麼多年之後決定要重新開辦夏令營。」

「我不認為這有什麼奇怪的，」我說。「或許是出乎意料之外吧。」

「我投奇怪一票，」佩姬說。「我是說，為什麼是現在呢？」

「為什麼不能是現在？」

說話的是敏蒂，她趁沒人注意的時候，忽然襲擊我們這張餐桌。我發現她雙臂交抱，站在我的背後。雖然不清楚她聽到了多少，但是已經足以讓她掛著微笑的嘴角變得扭曲。

「法蘭妮做好事，需要理由嗎？」她說。這番話是針對蘿貝塔、佩姬、凱西和我提出的。「我不知道，原來試圖帶給新生代女孩那些妳們四位有過的體驗，竟然是錯的。」

假如她是企圖想效法法蘭妮的口吻，那麼她可是失敗得一塌糊塗。法蘭妮發表的談話或許事先擬好了稿子，但話裡的感情是真實的。你相信她說的每一個字。敏蒂的語氣不同。她是如此甜美又偽善地把那些話說出口，我忍不住說：「我可不希望任何人體驗我在這裡經歷的遭遇。」

「而且艾瑪同意來這裡，這就展現了她的勇氣，」凱西說。她跳出來替我辯護。

「是沒錯，」敏蒂回答。「因此我才認為她要多表現出一點夜鶯夏令營的精神。」

我真是白眼都翻到後腦勺了。「妳是認真的嗎？」

「算了。」敏蒂啪嗒地坐在一張空椅子上，嘆了一口氣，讓我聯想到爆破的輪胎漏氣的嘶嘶聲響。「洛蒂告訴我，我們要訂定一份暑假的小木屋查房時間表。」

啊，小木屋查房。輔導員每天晚上檢查所有的小木屋，確定每個人都在，有人照管，沒惹麻煩。當然了，那是薇薇安每日行程中的高潮。

「每天晚上，我們要有兩個人去查看那些沒有輔導員或指導員陪同入住的小木屋，」敏蒂說。「誰自願先去？還有蕾貝卡人呢？」

「我想是在睡覺吧，」凱西說。「我稍早見過她，她說她需要去瞇一下，否則時差會害死她。她原本去倫敦出差，從機場直接過來這裡。」

「我想我們只好晚一點再安排她的部分了，」敏蒂說。「今晚誰想去查房呢？」

當其他人為了時間表爭論不休時，我看到餐廳的雙扇門打開了，蕾貝卡走了進來。她和凱西不一樣，改變了不少。牙齒矯正器和青春期的矮胖不見了。她變得更強壯，更結實，帶著一種世故的風格。從前的那頭鬈曲亂髮現在是一頭滑順的短髮，以髮圈固定住。她以一條鮮豔的圍巾來烘托短褲和馬球衫的組合。圍巾下面掛著她的相機，在她走路時左右搖晃。她的步伐是另一項改變。她不再是我記憶中那個拖著腳走路的青少女，而是踩著敏捷明確的步伐，一名身負重任的女子。她穿越餐廳，走到供餐檯，拿了一只蘋果。她一面走開，一面咬了一口蘋果，但是看到我在餐廳的另一頭時，停下了腳步。

她看我的眼神難以解讀。我分辨不出我的出現令她感到驚喜、開心或困惑。她又狠狠咬了一口蘋果，然後便轉身離開了餐廳。

「我得走了，」我說。

敏蒂又發出了洩氣輪胎的嘆息。「小木屋查房的事怎麼辦？」

「隨便安排我哪時都行。」

我離開餐桌，丟下我的托盤，上面的食物幾乎一口也沒碰。在餐廳外面，我四下搜尋貝卡的身影。但是她消失無蹤。餐廳前面的那一帶，以及一旁的工藝教室前都空無一人。我遠遠地看到法蘭妮緩緩走回主屋，洛蒂陪在她身旁。過了主屋，在那片通往湖畔的草地上，我看見了在我抵達時修理屋頂的那個維修工人。他推著一部手推車，前往位在草地邊上，搖搖晃晃的工具棚。人來人往，就是沒有貝卡的蹤影。

我開始往回走向小木屋區，這時有人叫我的名字。

「艾瑪？」

我僵住了，心裡頭確知那是誰的聲音。

席歐・哈里斯—懷特。

他在工藝教室打開的門口叫住了我。他的聲音就像法蘭妮的談話一樣，一點也沒變。聽到那聲音，更多的回憶朝我直奔而來。那些回憶帶來傷痛，就像朝我的胸口射了一整筒的箭。

我第一次看到席歐，怯生生地跟他握手，試圖不去注意到他的恤衫在胸前是如何緊繃，我也感到困惑，為何這幅景象令我的體內升起一股暖意。

席歐站在湖裡的水深及腰處，皮膚曬得黝黑發亮。當他的雙臂環抱住我，把我放進了水中，直到我漂浮起來時，那種觸碰令我顫抖。

薇薇安用手肘把我推向浴廁外牆那道特別寬的裂縫前。牆縫傳出沖澡的水聲，席歐心不在焉地哼著一首「年輕歲月」（Green Day）樂團的歌。去啊，薇薇安低聲地說。看一下，他不會知道的。

「艾瑪，」他又說了一遍，這次少了疑問的口吻。他知道那是我。

我緩緩地轉身，不確定該期待些什麼。有部分的我希望他臉色紅潤，掉髮禿頭，步入中年讓他變成中廣身材。另一部分的我希望他看起來和以前一模一樣。

事實介於兩者之間。他當然有了歲月的痕跡，不再是我記憶中的那個高大健壯的十九歲青年。那道青春的光彩褪成了某種更加深沉強烈的特質。然而他不顯老，老實說，凍齡得有些過火了。他比以前更壯碩，不過長的都是肌肉。斑白的深色頭髮以及點點鬍渣很適合他。當他對我微笑，幾道淺淺的皺紋爬上了嘴邊及眼角的肌膚。我討厭這樣只是讓他顯得更迷人。

「嗨。」

這不算是打招呼，但我最多只能做到這樣了。特別是我在毫無防備之下，遭受到另一段回憶的襲擊。其他的回憶因此黯然失色。

席歐站在主屋前，經過了一整天的樹林搜索，他看起來精疲力竭，衣衫凌亂。我衝向他，捶打他的胸膛，哭喊著說：她們在哪裡？你把她們給怎麼了？

在今天以前，那是我對他所說的最後一句話。

現在他在這裡，再度出現在我的面前，我想他應該會對我多年前指控他所做的事，感到憤怒或不滿。這使得我想要以貝卡離開餐廳的同樣方式逃離，只不過速度要加快些。但是我保持完全靜止不動，等著席歐走上前來，而且令人大感震驚地，給了我一個擁抱。我在短短的一秒鐘之後便退開了，深怕碰觸他太久會引發更多的回憶。

席歐後退了一步，看著我，搖搖頭。「真不敢相信妳真的在這裡。我母親告訴我妳要來，但我就是不相信會有這種事。」

「我來啦。」

「看來妳過得挺不錯的，妳的氣色很好。」

他在說客套話。我在手機的空白螢幕上看過我自己的倒影。我知道我是什麼模樣。

「你也是，」我說。

「聽說妳現在成了畫家，母親告訴我，她買了一幅妳的作品。我還沒機會欣賞，我兩天前才從非洲回來。」

「法蘭妮提過了，你現在是醫生？」

席歐聳了聳肩，抓撓著鬍髭。「對啊，小兒科醫生。我去年在無國界醫生組織服務，但是接下來的六週，我會擔任營區護理員。」

「那麼我應該算是營區畫家了。」

「說到這個，我這個夏天才在整修妳的工作室，」席歐朝工藝教室的方向偏了一下頭。「要去看一下嗎？」

「現在嗎？」我說。我很驚訝他願意這麼隨興地和我單獨相處。

「擇日不如撞日，」席歐說，他側著頭，臉上的表情介於好奇和困惑之間。我意識到，這種神情和法蘭妮稍早在主屋後平台看我的表情如出一轍。

「當然了，」我說。「你來帶路吧。」

我跟著他走進去，發現自己置身在一個通風又開放的空間。牆面漆上賞心悅目的天藍色，地毯及踢腳板是草地般的青綠色。三支等距的支柱從地板聳立到天花板，全都漆成了樹木一般的色彩。它們在天花板交會的地方有些假樹枝，垂墜著紙片樹葉。這就像是走進了一本圖畫書，感覺快活又明亮。

左手邊有一間供貝卡使用的小攝影室，裡頭有全新的數位相機、充電站，還有幾台處理相片用的高檔電腦。教室中間是一個精心布置的工藝區，有許多圓桌、文件架、還有裝滿絲線、串珠及馬鞍色皮帶的櫥櫃。我看到蘿貝塔的寫作課要用的幾十台筆電，還有兩個佩姬上課用的陶輪。

「真厲害，」我說。「法蘭妮把這地方整修得太好了。」

「其實，這都是敏蒂親手布置的，」席歐告訴我。「為了重新開辦夏令營，她真的使出了渾身解數。」

「我不意外，她的確是——」

「很熱心？」

「我是要說『盡心盡力』，不過這麼說也行。」

席歐帶我走到教室的盡頭，那裡有排成了半圓形的畫架，一面牆邊的架上擺放著一管管的油畫顏料，玻璃罐裡插著成簇的畫筆。我看到有上百種不同的顏料，全部依色調排放。薰衣草色和黃綠色，櫻桃紅及寶藍色。

「我把妳的畫具放在那邊，」席歐說，他指向我帶來的那只畫箱。「我猜想妳會想要自己打開擺設。」

老實說，沒有這必要。我可能會想要用到的東西都在已經在這裡了。然而，我還是走到畫箱旁，開始掏出我的個人用具。用舊了的畫筆、擠壓過的顏料管。調色盤上沾滿了點點色彩，看上去猶如一幅波拉克的畫。

席歐站在畫箱的另一端，看著我開箱整理。窗外透進來的昏黃光線映照在他的臉龐，突顯出某個和十五年前截然不同的地方，我直到現在才注意到。

一道疤痕。

在他的左臉頰有一道一吋長的線條，斜斜地朝他的嘴角劃去。那道疤痕的顏色比臉部其他部分的色澤還要淺一些，所以我先前才沒看到。但是現在我注意到了，我忍不住一直盯著它。我正打算問席歐那是怎麼來的，他看了看他的手錶說：「我要去幫契特搭營火了，妳到時候會來嗎？」

「當然了，」我說。「我從不拒絕任何享用烤棉花糖夾心餅的機會。」

「好，所以說，妳會參加囉。」席歐邁開遲疑的腳步，緩緩地走向門口。他走到了門邊時，轉身開口說：「嘿，艾瑪。」

我從畫具堆中抬起頭來，他忽然顯得嚴肅的聲音令我有些擔憂。我懷疑他是想提起我們上次見面的情景。他絕對在心裡頭盤算著。我們之間的緊繃情緒就像是磨損的繩索，拉得緊緊地，就要扯斷了。

席歐張開嘴，重新考慮他要說的話，然後又閉上了。當他終於開口時，聲音中帶著一絲誠摯的感情。「我很高興妳來了。我知道這不容易，但是這對我母親來說意義非凡，對我來說也是如此。」

然後他便離開了，留下我一個人獨自納悶，他說這話究竟是什麼意思。因為這使得法蘭妮開心，所以對他來說意義重大嗎？或者這表示我的出現讓他想起了夏令營在名聲掃地之前的愉快時光呢？

最後，我決定兩者皆非。

事實上，我認為這代表他原諒我了。

現在我需要的是想辦法原諒我自己。

第九章

顯然對敏蒂而言，隨便什麼時候意味著今晚，因為在營火晚會過後，我發現自己要進行小木屋查房任務。我雖然不至於滿心歡喜，但起碼很開心和我搭檔的是凱西。我們一起逐間巡查小木屋，看看屋裡點數人頭，詢問學員是否有任何需要。

換了立場的感覺很奇怪，尤其是和凱西在一起。在我還是學員時，她會用力敲一下房門，然後猛地打開，想逮到我們正在幹某些可以想見的壞事。我們會張大無辜的雙眼，搧著睫毛地迎接她。現在我成了接收那種眼神的人，這種超寫實的形勢變化讓我對她們淘氣的青春氣息感到既豔羨又惱怒。

在兩間小木屋裡，我發現有女孩蜷縮在鋪位上，哭著想家。雖然並不是所有的菜鳥都像薇薇安說的那樣，在第一天晚上都會哭，但有少數幾個確實是如此。我分別跟她們談了幾分鐘，說夏令營現在看起來或許有些可怕，但是她們很快就會愛上了，而且永遠不會想回家。

我希望那是實話。

我從沒有機會親身證實。

檢查完了小木屋之後，凱西和我走到浴廁區後方的那片草地。那裡一片漆黑，在近處延展開來的森林讓這地方顯得更具有壓迫感。樹叢籠罩著暗影，只有樹葉間飛舞的螢火蟲打破了這片陰鬱，蟲子成群圍繞著浴廁區角落的燈光周圍。

凱西從藏在工作短褲裡的一只壓扁菸盒中掏出一根菸，並且點燃了。「我真不敢相信自己偷渡香菸進來，我覺得自己又回到了十四歲。」

「這樣總好過面對敏蒂的怒氣。」

「想聽個秘密嗎？」凱西說。「她的真名叫做米琳達。她改成敏蒂，聽起來比較貼近法蘭妮。」

「我有種感覺，法蘭妮不太喜歡她。」

「我能明白為什麼。她是那種我念高中時會刻意避開的女孩。」凱西吐出了一串煙，看著它悠悠地飄散在夜裡的空氣中。「不過說真的，她在這裡可能是件好事。少了她，可憐的契特就只能任人宰割了。這些女孩會把他生吞活剝。」

「可是她們都還這麼年輕。」

「我是老師，」凱西說。「相信我，這年紀的女孩們和男孩一樣，賀爾蒙旺盛得不得了。別忘了妳自己當初是什麼模樣。我看到妳是怎麼去討好席歐的。我沒有怪妳的意思，他那時可是帥氣的年輕小夥子。」

「妳見過他現在的模樣嗎？」

凱西會心地緩緩點頭。「為什麼男人年紀越大越有味道呢？這根本就不公平。」

「不過他還是很友善，」我說。「我沒指望會這樣。」

「因為妳上次在這裡對他說過那些話嗎？」

「也因為大家現在的說法。我看見妳的臉書貼文上的部分回應。她們把話說得很毒。」

「別理她們。」凱西隨意揮了揮手，彷彿想揮去一些從手上的菸源源不絕冒出來的煙。「那些女人大部分都是當年在這裡的惡毒青少女演變成的成人版本。」

「有幾個提到這地方讓她們感到恐怖，」我說。「某些關於傳說的事。」

「那只是荒謬的營火故事罷了。」

「所以妳聽過囉？」

「我說過那個故事，」凱西說。「那不代表我認為故事是真的。真不敢相信妳沒聽過。」

「我猜我在這裡待得還不夠久。」

凱西看著我，香菸咬在唇間，裊裊煙霧讓她變得模糊。

「故事是說這裡原本有個村莊，」她說。「在湖泊形成之前。有些人說村裡到處都是聾人，我聽說那是痲瘋病疫區。」

「痲瘋病疫區？古老印地安墳場的說法已經不流行了嗎？」

「故事又不是我編的，」凱西忽然動怒了，「妳到底要不要聽？」

我要，無論它聽起來有多荒謬。所以我點頭，示意她繼續說下去。

「除了聾人村和痲瘋病疫區，剩下的故事都一樣，」凱西說。「法蘭妮的祖父看到這座山谷，當下決定這就是他想打造湖泊的所在。不過有個問題，村莊就坐落其中。當布坎南．哈里斯找上村民，提議買下他們的土地時，他們拒絕了。他們是一個關係緊密的小社區，飽受外界的排擠。這是他們的家，他們不肯賣。哈里斯先生為此大動肝火。他習慣予取予求。所以他提高了價碼，但是村民再次回絕。於是他買下了他們周遭的土地。接下來他打造水壩，午夜時分一到便引水將山谷淹沒。他很清楚大水會沖毀村莊，住在裡頭的每個人都會溺斃。」

她壓低了聲音，緩緩地描述，完全進入了說故事的模式。

「村莊依然在那裡，深深淹沒在午夜湖底。溺斃的那些人現在成了鬼魂，在樹林及湖泊間徘徊不去。他們會在午夜出現，從湖中現身，在林間遊蕩。要是有人運氣不好，遇上了他們，就會被拖進湖中，沉入他們在瞬間溺斃的湖底。然後這些人也成了鬼魂，受詛咒要永生搜尋林間，尋找更多的受害者。」

我滿腹狐疑地看了她一眼。「這就是大家認為發生在薇薇安、娜塔莉和艾莉森身上的事囉？」

「沒人真心相信這種事，」凱西說。「但是這裡怪事連連，而且無從解釋。比方說法蘭妮的丈夫。他是游泳健將，幾乎獲選參加奧運。然而他溺斃了。我聽說法蘭妮的祖母，布坎南．哈里斯的第一任妻子，也在這裡淹死了。所以當薇薇安和其他人失蹤時，有人說是午夜湖的鬼魂，或是其他倖存者在作怪。」

「倖存者？」

「據說有幾位村民逃過高漲的湖水，躲進了山區。他們留在那裡，住在陸地上，在森林的深處，沒人找得到的地方，重新建造了一座村莊。這些年以來，他們對哈里斯家族一直懷恨在心，一代代地傳了下來。那些人依舊住在那裡，藏匿在林中深處。在月圓的夜晚，他們會偷偷來到原本屬於他們的土地，展開復仇行動。薇薇安、娜塔莉及艾莉森也在他們的被害人之列。」

結果凱西還真是說故事專家，因為當她說完時，我感受到一種令人不寒而慄的氛圍。一種微微的震顫教我望向她身後的樹林，我忍不住以為自己會看到鬼魂，或是可怕的山林隱居者從樹線現身。

「妳認為他們究竟發生了什麼事呢？」我說。

「我認為她們在林中迷路了。薇薇安向來喜歡到處亂走。」凱西扔了她的菸，用球鞋的鞋尖捺息了菸蒂。「所以我一直感到自己要對發生的事負起部分責任。我是營區輔導員，我的職責是要確保妳們大家的安全。我很後悔沒有對妳以及那間小木屋裡發生的事多關心一些。」

我大感意外地注視著她。「當時發生了什麼我不知道的事嗎？」

「我不知道，」凱西說，她翻找口袋，想再掏出一支菸。「或許吧。」

「比方說呢？妳和薇薇安是朋友，妳一定注意到了什麼。」

「我不會說我們倆有交情。她第一年夏天參加夏令營時，我是資深學員，接下來兩年回來擔任輔導員。她向來喜歡惹事生非，但是靠她的迷人魅力躲過麻煩。」

喔，這點我太清楚了。薇薇安很擅長施展魅力。她的兩個最大強項就是這個，還有撒謊。

「但是那年夏天，她似乎有點不對勁，」凱西繼續說。「沒什麼太大的不同，一般認識她的人不會注意到。但她和往常不一樣。她顯得有點心煩意亂。」

我想到薇薇安畫的那張奇怪的地圖，還有那張更奇怪的長髮女子照片。

「煩什麼？」

凱西聳聳肩，再次望向別處，急躁地吐出更多的煙。「我不知道，艾瑪。就像我說的，我們沒有那麼親近。」

「但是妳注意到有狀況。」

「一些小事情，」凱西說。「我注意到她有幾次單獨在營地走動，這種情況在前兩個夏天從來沒有過。薇薇安的身邊總是有一群人。或許她只是想要獨處。又或者呢……」

她又抽了最後一口菸，說話的聲音逐漸消失了。

「或者怎樣？」

「她有不良企圖，」凱西說。「在夏令營的第二天，我逮到她試圖偷溜進去主屋。她在後院平台的階梯上閒晃，正準備跑進去。她說她在找法蘭妮，但是我不相信。」

「她闖進主屋要幹嘛呢？」

凱西又聳聳肩。這動作隱含一種不耐煩之意，幾乎像是她希望自己從沒提起過薇薇安的這個話題。「我跟妳一樣也只能用猜的。」

我的小木屋查房最後一站是山茱萸屋。我看到三個女孩都在床上，手機拿在手上，螢幕的冰藍光線映照著臉龐。莎夏已經蓋好了被，眼鏡架在鼻尖上，正在玩糖果傳奇或某種令人挫折又浪費時間的類似遊戲，她的手機傳出一陣刺耳又嘈雜的噪音。

在她的下鋪，克莉絲朵已經換上了鬆垮的衣服。一隻絨毛糾結的泰迪熊坐在她的臂彎，她正在觀看手機上播放的漫威電影。配樂從她的耳塞式耳機流瀉而出，音質粗劣又尖細。我聽得見短促尖銳的槍擊聲，及拳頭擊中頭骨的明顯破裂聲。

在小木屋的另一側，米蘭達斜倚在上鋪，身上穿了一件緊身背心，還有一條小到不像話的黑色短褲。她拿著手機貼近她的臉，假裝嘟嘴地自拍好幾張。

「妳們不應該使用手機，」我說，即便我自己稍早也做了同樣的事。「電池要省著用。」

克莉絲朵扯下了耳機。「不然我們要做什麼？」

「我們可以呢，妳知道的，聊聊天哪，」我建議。「妳可能會覺得難以置信，不過在人們把時間都花在看手機之前，大家是會聊天的。」

「我看到妳吃過晚飯後和席歐在聊天，」米蘭達說，她的聲音交織著天真和指控。「他呢，算是妳的男朋友嗎？」

「不是，他是個——」

我真不知道該怎麼稱呼席歐。有好幾個不同的標籤。

我的朋友嗎？不盡然。

我最初的暗戀對象之一？或許吧。

我指控對薇薇安、娜塔莉及艾莉森做出可怕的事的對象？絕對是。

「他是舊識，」我說。

「妳有男友嗎？」莎夏問。

「目前沒有。」

我有很多男生的朋友，大部分是同志，或者孤僻到無法考慮交往。我要是有了交往對象，通常也不會持續太久。許多男人喜歡有個畫家當女友，但是沒幾個能習慣真實的狀態。生活作息不規律、自我懷疑，而且沾染污漬的手經常散發出油畫顏料的氣味。我的上一任交往對象是對手廣告公司的呆萌會計師，他設法忍了四個月，然後才提分手。

最近，我的感情生活包括一名法國雕塑家，在他剛好進城出差時，偶爾和他浪漫一下。我們會見面喝一杯，聊聊天，因為太少上床而使得性愛更加熱情。

「那麼妳是怎麼認識席歐的？」克莉絲朵問。

「在我來這裡當學員時認識的。」

米蘭達對這個消息產生濃厚的興趣，就像是鯊魚咬到一隻小海豹似的。她的臉上綻放出邪惡的咧嘴一笑，眼睛亮了起來。這讓我想起了薇薇安，在我的心中引發了某種奇怪的疼痛。

「所以妳以前參加過夜鶯夏令營囉？」她說。「想必是很久以前的事吧。」

我並不覺得受到冒犯，我只是露出微笑，對於她的話裡藏刀感到印象深刻。她挺狡猾的，薇薇安會愛死她。

「的確是，」我說。

「妳當初喜歡這裡嗎？」莎夏說。她的手機傳出轟隆的音樂聲，爆炸的糖果碎片反射在眼鏡鏡片上。

「一開始是的，後來就沒那麼喜歡了。」

「妳為什麼會回來呢？」克莉絲朵問。

「要確保妳們比我當初玩得更開心哪。」

「當初怎麼了？」米蘭達說。「出了可怕的事嗎？」

她傾身向前，把手機暫時拋在一旁，等待我的回答。我於是心生一計。

「把手機關掉，」我說。「我是說真的。」

她們三個都哀號了起來。米蘭達的反應最誇張，不過她和其他人一樣，關掉了手機。我盤腿坐在地板上，背部貼著我的床緣。我拍了拍左右兩邊的空位，直到女孩們也照做。

「我們在做什麼？」莎夏問。

「玩一個遊戲，叫做兩真一假。妳們要說三件和自己有關的事。其中有兩件一定要是事實，一件是假的。我們其他人要猜哪個是謊話。」

我住在山茱萸屋的短暫期間，我們常玩這遊戲，包括我剛到的那天晚上。我們四個在一片漆黑的小木屋哩，躺在自己的床位上，聽著窗外的蟋蟀和牛蛙唱出大自然之音，這時薇薇安忽然說：女孩們，兩真一假。我先來。

她開始說出三件事。她要不是假設我們已經知道這遊戲怎麼玩，要不就是根本不在乎我們會不會玩。

第一：我見過總統一面，他的手掌心在出汗。第二：我爸媽本來要離婚，但是我爸選上之後他們就決定不離了。第三：我有一次到澳洲度假時，一隻無尾熊大便在我身上。

是第三，娜塔莉說。妳去年就說過了。

我才沒有。

妳就有，艾莉森說。妳告訴我們，無尾熊尿在妳身上。

每天晚上都是如此。我們四個在黑暗中，分享我們在白天從沒透露過的事。我們編造謊言，讓它們聽起來像真的一樣。我就是這樣才知道娜塔莉有一次親吻了一個曲棍球隊友，還有艾莉森曾經蓄意搞砸一齣日場的《悲慘世界》，在開演前五分鐘把葡萄汁灑在她母親的戲服上。

這是薇薇安最愛的遊戲。她說一個人的謊言會比實話讓妳更了解對方。在那時候，我並不相信她的話。現在我信了。

「我先來，」米蘭達說。「第一：有一次在聖誕節彌撒的告解時間，我和一個輔祭男孩親熱。第二：我一年看一百本書，大部分都是懸疑小說。第三：我有一次在康尼島搭完雲霄飛車之後就吐了。」

「第二個，」克莉絲朵說。

「絕對是，」莎夏補了一句。

米蘭達裝出一臉無辜，就連我也看得出來，她其實對自己感到很滿意。「我正得要命，不代表我就是文盲啊。正妹也會看書。」

「那麼哪句是謊話？」莎夏說。

「我不告訴妳。」米蘭達淘氣地咧嘴一笑。「這樣說吧，我從沒去過康尼島，但我一天到晚參加彌撒。」

接下來是克莉絲朵。她告訴我們，她最愛的超級英雄是蜘蛛人，她的中間名也是克利絲朵，少了草字頭，還有她在搭完雲霄飛車之後也吐了。

「第二個，」我們有志一同地說。

「有那麼明顯嗎？」

「抱歉囉，」米蘭達說：「不過克莉絲朵．克利絲朵？哪有爸媽會那麼殘忍的啦。」

輪到莎夏時，她緊張地把眼鏡往鼻樑上推得更高，皺了皺眉頭，全神貫注。她顯然不習慣說謊。

「嗯，我最愛吃的食物是披薩，」她說。「這是第一個。第二：我最愛的動物是侏儒河馬。第三：我認為我辦不到，各位，我們不應該說謊。」

「沒關係，」我告訴她。「妳的誠實是高尚的行為。」

「她說謊，」米蘭達說。「對吧，莎夏？第三句是謊話。」

莎夏明顯地聳了聳肩，裝出一臉無辜。「我不知道。妳以後就知道了。」

「該妳了，艾瑪，」克莉絲朵說。「兩真一假。」

我深呼吸了一下，拖延著。即便我知道遲早會輪到我，我還是想不出適合的話來說。我有太多關於自己的事可以說，但是我真正想揭露的卻不多。

「第一：我最愛的顏色是長春花色，」我說。「第二：我去過羅浮宮，兩次。」

「妳還要告訴我們第三個，」米蘭達說。

我又拖了一下子，在我的腦子裡仔細考慮有哪些可能性，最後決定挑了一件半真半假的事。

「在我十三歲那年的夏天，我做了一件可怕的事。」

「絕對是最後一個，」米蘭達說，另外兩人點頭表示贊同。「我是說，假如你真的做了什麼可怕的事，妳不會在玩遊戲時承認。」

我微笑以對，假裝她們猜對了。但她們都不了解的是，這個遊戲的重點不是拿謊言來騙別人。

遊戲的目的是用實話來騙她們。

十五年前

在夜鶯夏令營的第二個晚上，一開始我根本睡不著。可能更糟。小木屋沒有供電意味著沒空調、沒電風扇，沒什麼能抵擋六月末的暑氣。天還沒亮，我便醒了，渾身是汗又不舒服，兩腿之間有一灘暖暖的濕意。當我把食指探進底褲去查看時，收回來的手指上沾染了鮮血。

我慌得要命，不確定該怎麼辦。我當然知道月經這回事。老師在去年就和我們班上的女生「聊過了」，我媽因此鬆了口氣，省了她一場尷尬。我們學到它為什麼會發生，也得知它會如何發生。但是我的體育老師，那位好心又迷糊的巴克斯特小姐卻忘了告訴我們，當它發生的時候，我們該怎麼做。

我既無知又恐懼，於是爬下床，尷尬地爬上梯子，來到我的上鋪，深怕把兩腿張得太開。我並沒有每次抬起一隻腳，而是抓住梯子的側邊，併攏雙腿，搖晃著床鋪地快速跳上每一階。等我爬到了最上面，薇薇安已經半醒了。她的眼睛在猶如面紗覆蓋臉龐的一片金髮底下眨呀眨。

「妳在搞什麼鬼啊？」

「我流血了，」我低聲地說。

「什麼？」

「我在流血啦，」我又說了一遍，盡可能強調那個動詞。

「那就去找ＯＫ繃啊。」

「是我的下面那裡。」

薇薇安的眼睛完全張開了，她把秀髮從臉上拂開。「妳是說——」

我點頭。

「這是妳的第一次嗎？」

「對。」

「該死。」她嘆了一口氣，有些惱怒，也有幾分同情。「走吧，廁所裡有衛生棉。」

我跟著薇薇安走到外面，像隻鴨子搖搖擺擺地走在鋪滿覆蓋物的小徑。有一刻，她回頭看著我說：「別那樣走啦，妳看起來跟白癡一樣。」

到了浴廁區之後，薇薇安按下了門邊的電燈開關，帶我走進最近的一間廁所。她順道在牆上的盒子裡抓了一支衛生棉條。我把自己關在廁所裡，薇薇安從門的另一邊低聲下指令。

「我想我應該弄對了，」我低聲回話。「我不確定耶。」

「假如弄錯了，妳會知道的。」

我繼續待在廁所裡，既丟臉又卑微，不確定該有什麼樣的感覺。我正式變成女人了。這念頭讓我充滿悲傷，還有恐懼。我開始哭了，把前一晚設法往肚子裡吞的淚水傾瀉而出。我忍不住了。

薇薇安當然聽見了我的哭聲，她說：「妳是在哭嗎？」

「沒有。」

「妳就是在哭。我要進來了。」

我還來不及抗議，她就進了廁所裡，順手帶上了門，用她的臀部把我推到一旁，這樣她才能跟我一起坐在馬桶座上。

「好啦，」她說。「事情沒有那麼糟。」

「妳怎麼會知道？妳只不過比我大個三歲而已。」

「這跟一輩子差不多了，相信我。妳去問妳姊姊就知道了。」

「我是獨生女。」

「真可惜，」薇薇安說。「姊姊最棒了，起碼我的曾經是如此。」

「我一直都想要有個姊妹，」我說。「一個可以教我一些事情的人。」

「比方說每個月要怎麼把棉條塞進妳的胯下嗎？」

我這才笑了，雖然我滿心恐懼和不舒服。事實上，我笑得太厲害，以至於我暫時把這兩種感覺都忘了。

「這樣子好多了，」薇薇安說。「不准再哭了，我禁止妳哭。而且既然我都已經做到這個地步了，我就當妳的代理大姊姊吧。在接下來的六個禮拜，不管妳想談哪些該死的事情，妳都可以來找我。」

「比方說男生嗎？」

「啊，我在這方面剛好有不少經驗。」她悲傷地輕笑了一下。「相信我，小艾，他們不值得妳花太多的心思付出。」

「妳有多少經驗？」

「假如妳是問我是否有過性經驗，答案是有的。」

我從她的身旁退縮開來，忽然感到很害羞。我從沒認識做過那檔事的女孩。

「妳看起來很震驚，」薇薇安說。

「可是妳才十六歲耶。」

「已經夠大了。」

「妳喜歡做那件事嗎？」

薇薇安閃現一抹邪惡的獰笑。「我愛死了。」

「那麼妳愛他嗎？」

「有時這和愛無關，」她說。「有時這只關乎看到某人，想要他而已。」

這時我想到了席歐。他有多帥氣，渾身的結實肌肉。看著他是如何令我感到甜美地錯亂失衡。我一直到和薇薇安待在那間狹窄的廁所裡，才明白我體驗到了初次湧現的欲望。

這番體悟幾乎教我又開始哭了起來。唯一阻止我哭出來的是隔壁的廁所門嘎吱打開的聲響，接著是夾腳拖在磁磚地板上的啪噠聲。薇薇安從門縫中向外偷窺，然後轉頭看著我，睜大了眼睛，用唇語對我說了兩個字：要命。

是誰？我也用唇語問她。

薇薇安以興奮的耳語說：「席歐！」

某個淋浴間開始嘩啦響起了水聲。是在浴廁區最遠處的那個角落。我開始覺得頭暈，腦子裡充滿了和前一天晚上相同的百般情緒。溫暖。幸福。羞愧。我和一個正在沖澡的男生處在同一個屋簷下呢！

不對，不是男生，是男人。

而且不是隨便一個男人。是席歐．哈里斯―懷特。

「我們該怎麼辦？」我低聲問薇薇安。

她沒回答，而是開始行動。她走出了廁所，朝那扇門走去。她拉著我一起，我們倆無法安靜地撤離。薇薇安瘋狂地咯咯笑了起來。我絆了一跤，一側肩膀撞上了擦手紙架。

「站住！」席歐從淋浴間裡大喊。「外面是誰？」

薇薇安和我互看了一眼。我確定我的絕對是小鹿遇上車頭燈的驚慌眼神。她的眼神充滿欣喜。

「是薇薇安，」她害羞地說，同時把她的名字尾音拖長成一個額外的音節。

「嗨，小薇。」

席歐說得如此隨興，嫉妒之情在我的胸口滋長。薇薇安多幸運啊。席歐認識她。用這種輕鬆熟稔的態度和她打招呼。薇薇安注意到我眼中的羨慕，於是補了一句：「艾瑪也在這裡。」

「哪個艾瑪？」

「艾瑪．戴維斯，她是新來的。」

「喔，那個艾瑪啊。那個很酷又小小遲到了一下的艾瑪。」

我驚呼了一下，既震驚又開心，席歐居然知道我是誰。他記得在黑暗的夜裡，帶我前往山茱萸屋。他有注意到我耶。

薇薇安用手肘戳了戳我的肋骨，提醒我微弱地回了一句：「嗨，席歐。」

「妳們倆這麼早起做什麼？」他問。

我愣住了。我一手扣住薇薇安的手腕，無聲地哀求她別對他說出實話。我不確定一個十三歲的女孩能否死於羞愧過度，但我確定我不想知道答案。

「嗯，來上廁所，」她回答。「真正的問題是，你怎麼會在這裡，主屋裡不是有浴室嗎？」

「那裡的水壓糟透了，」席歐說。「管線太老舊了，所以我才會這麼早起床，趁妳們這群女生還沒過來之前，來這裡沖澡。」

「是我們先來的，」薇薇安說。

「假如妳們終於要離開了，讓我安靜地沖個澡，我會很感激。」

薇薇安低頭看著我，得意地笑著低聲說：「他的意思是打手槍。」

這話是如此猥褻又不得體，我忍不住爆笑了出來。席歐當然聽見了，她說：「我是說真的，兩位。我無法在這裡待上一整天。」

「好吧，」薇薇安喊道。「我們要走了。」

我們倆咯咯笑個不停地離開了，我依然緊抓住薇薇安的手腕，兩人在黎明之前拉著對方快速轉圈。我們不斷旋轉，直到我開始覺得頭暈，周遭的一切，包括營地、浴廁區、薇薇安的臉龐，都變成耀眼又快樂的一片模糊。

第十章

我花了好幾個小時才睡著。這裡的安靜依然對我習慣曼哈頓的耳朵太有壓迫感了。當我終於設法入睡，卻噩夢連連。在一場最鮮明的惡夢中，我見到了在薇薇安的木箱裡那張照片上的長髮女子。我注視著那雙憂慮的眼眸，直到我逐漸意識到，我看的不是一張照片，而是一面鏡子。我就是照片中的那名女子。拖曳到地板上的是我的誇張長髮，注視著我自己的是我的陰鬱雙眸。

這樣的領悟教我從睡夢中驚醒。我坐了起來，大口喘著氣，皮膚上覆蓋著薄薄的一層汗水。我也感受到一陣尿意襲來，害我不情不願地下了床。我小心地不要吵醒其他人，在黑暗中摸索我的手電筒及那雙新買的靴子。我走到室外後便光著腳丫把鞋子套上。我的手電筒依然沒開，我恣意欣賞上方漆黑天空的景致。我忘了這裡的夜晚有多不一樣。比城裡的明亮許多，天空擴展延伸，像一片巨幅畫布，塗上了午夜藍並鑲嵌著星子。月亮低掛在地平線上，已經逐漸西落到林間了。這幅景象是如此動人，我興起了將它畫下的衝動。我想，這也算是一種進展吧。

在浴廁區，我按下門邊的電燈開關。頭頂上方的日光燈泡嗡嗡地亮起，我朝最近的廁所隔間走去。那碰巧也是在那個令人擔心又害怕的夜晚，薇薇安帶我進去的同一間廁所。

到了今天，我依然驚訝於那天晚上，我帶著怎樣的感覺走進浴廁區，而離開時卻有著全然相反的感受。我走進去時，心裡好怕我的身體可能以哪些方式背叛我。當我離開時，我笑個不停，手緊抓著薇薇安。我記得在那一刻，我有多開心，感到多麼有活力。

那時的記憶讓我在準備離開廁所隔間時，深深地嘆息。我停下腳步，因為我聽見有人打開了浴廁區的門。起初我心想，可能又是席歐吧。仔細一想，這真是一個悲哀又可笑的念頭。但是在看到經過了這些年，我們倆是如何回到這地方之後，我也不能說完全沒有這樣的可能性。

然而，當我從隔間門的裂縫朝外窺探，我看到了一個女孩。赤裸的修長四肢，一抹金色秀髮。她站在牆邊的那排洗手台前，檢視鏡中的五官。我也在觀察，在隔間裡稍微移動了一下，將她的倒影看得更仔細。我看到了一雙深色眼睛、俏皮的鼻子，一個收成錐形的尖下巴。

我倒抽了一口氣，將隔間門一把推開，喊出她的名字。

「薇薇安？」

即便站在洗手台前的女孩還沒驚愕地轉過身來，我就已經知道自己搞錯了。她的秀髮不如我想的那麼金黃，膚色也較黝黑。當她正面面對著我，我看到了她鼻子上的鑽石鼻環在我眼前閃動光芒。

「誰是薇薇安哪？」米蘭達問。

「沒什麼，」我開始說，阻止自己繼續說謊。「我以前認識的一個營隊學員。」

「妳可是把我給嚇壞了。」

我毫不懷疑。我也嚇壞了我自己。當我低頭看著我的手，我看到自己緊抓著幸運手鍊，那些鳥兒吊飾晃盪個不停。我強迫自己放手。

「真抱歉，」我對米蘭達說。「我腦筋不清楚，而且也累了。」

「睡不著嗎？」

我搖搖頭。「妳呢？」

「我也是。」

她佯裝隨意地說，我立刻察覺到那是謊話。我很擅長這種事。我受過頂尖好手的訓練。

「妳還好嗎？」

米蘭達對我一點頭，但隨即轉換成緩慢的搖頭。這動作突顯出她紅腫的雙眼，還有順著臉頰而下，微微發亮的線條。是淚水，才乾了沒多久。

「發生了什麼事？」

「我被甩了，」她說。「而且，這是頭一遭。甩人的是我，向來都這樣。」

我走到她旁邊的洗手台，打開了水龍頭。幸好水龍頭流出來的水冰涼無比。我拿一張擦手紙在水流底下沖著，然後按壓我的雙頰和脖頸。這種感覺真美妙，沁涼的水貼著我的肌膚，在暑氣中揮發，消失的水珠留下了點點的刺痛感。

米蘭達看著我，沉默地尋求慰藉。我想到這也是我的工作內容之一，我根本沒有準備的一部分。然而我知道心碎的感覺。我太清楚了。

「妳想談談這件事嗎？」

「不想，」米蘭達說，但是又補了一句：「倒不是說我們有多認真，我們也才約會了多久，就一個月左右吧。而且我了解，我要離開六個禮拜。他這個夏天想要玩得痛快。」

「可是……」

「可是他傳簡訊甩了我。哪種渣男會幹這種事啊？」

「配不上妳的那種，」我說。

「可是我真的好喜歡他。」更多的淚水在她的眼眶邊緣瀅瀅閃爍。她拒絕讓淚水滴下，而是拿拳頭抹去了淚珠。「通常的狀況都是反過來的。我一般根本毫不在乎那些真正喜歡我的男生。但是他不一樣。妳一定認為我呢，真的超幼稚。」

「我認為妳很受傷，」我對她說。「但是妳會比妳認為的更快復原。等到妳結束夏令營回去，他的身邊會有某個——」

「騷貨，」米蘭達說。

「沒錯，他會跟某個騷貨在一起，而妳會納悶自己當初怎麼會看上他。」

「而他會後悔甩了我。」米蘭達檢視自己在鏡中的倒影，對她所看到的影像滿意地微笑著。「因為我在營區曬的膚色看起來會辣到不行。」

「這樣就對了，」我說。「現在回去小木屋吧，我要在這裡待一會兒。」

米蘭達朝門口走去，離去時擺動手指頭，朝我揮了揮手。她走了之後，我留下來朝臉上潑了更多的冷水，重新振作起來。我不敢相信自己有一刻居然以為她是薇薇安。我不想再次走上這條路。那些日子已經結束了。對於這個地方和所有猶如惡習難改的回憶，我敬謝不敏。

當我走到外面時，就連天空也顯得如此熟悉。那是我經常在我的作品裡所畫的灰藍色，淡漠又憂鬱，只帶著最微薄的一絲希望。薇薇安和我在那天清晨時分從浴廁區衝出來，開懷大笑，而營區的其他部分都睡意方酣，悄無聲息時，也是這樣的天色。那感覺就像是地球上只剩下我們倆。

不過薇薇安隨即提醒我，還有第三個人也醒著。

過來這裡，她低聲地說。她站在浴廁區旁，彎著手肘抵住它的杉木牆。*這裡有我知道你會想*

看的東西。

她咧嘴而笑，以手示意浴廁區外牆上的兩塊條板。有一塊條板略微彎曲，露出了一道縫隙，大到足以讓光線流瀉而出。那道光線偶爾會熄滅片刻，被牆壁另一邊的某人給擋住了。

那個某人是席歐。他還在洗澡。我聽見流水聲，還有他哼著一首「年輕歲月」樂團的歌。

妳怎麼會知道這個？我問。

薇薇安笑得合不攏嘴。我去年發現的，除了我之外，沒人知道這個。

妳要我偷看席歐？

不是，薇薇安回答。我賭妳不敢偷看他。

可是這樣不對啊。

快點，看一下，他永遠不會知道。

我艱難地吞嚥了一下，喉嚨忽然乾得要命。我慢慢地走到牆邊，想要看得清楚一些，但又為了想這麼做而感到羞愧。更加令我感到羞愧的是，我想取悅薇薇安。

沒關係啦，薇薇安低聲地說。當妳有機會偷看的時候，傻瓜才會放過。

所以我看了。儘管我知道這麼做不對。我靠過去，把一隻眼睛貼在牆壁的縫隙。起初我什麼也看不見，只有水蒸氣和水珠噴濺的淋浴間牆壁。接著席歐出現了。肌膚滑溜溜的，身體在某些部位顯得平坦，某些部位有深色毛髮糾結。這是我這輩子見過最迷人又最嚇人的景象。

我並沒有看他太久。幾秒鐘之後，這種不該發生的情況擊潰了我，我別開頭，滿臉通紅，頭暈目眩。薇薇安站在我後面，搖著頭。她的搖頭方式教我分辨不出來，她是覺得我看得太多，或者看得還不夠。

所以呢，怎麼樣啊？在我們回去小木屋的路上，她問我。

真噁心，我說。

沒錯。她用臀部碰撞我的臀部。簡直噁心死了。

在回去小木屋的半路上，某種忽然出現的聲響吸引了我的注意。那是一種窸窣聲，像是有人穿越我左手邊的草地。

我的思緒立刻轉到了凱西所說午夜湖受害者的故事。當某個東西在我的視野邊緣出現時，我有一瞬間認為是那些鬼魂之一，準備把我拖到水底下的墳場。或是傳說中倖存者的後代之一，揮舞著斧頭。我把手電筒打開，轉向傳出聲音的方向。

結果那是一隻狐狸，悄悄地朝森林走去。牠的嘴裡有東西，某種不明的生物，現在死掉了。我只看得出來沾染了血漬的光滑皮毛。狐狸在手電筒的照射下停下腳步，牠蜷曲著身體，眼睛閃爍著帶綠的白光，注視著我，判斷我是否會造成威脅。我不會。就連狐狸也看得出這點。牠繼續毫不在乎地小跑步，嘴裡咬著的屍體垂下一隻肢腳晃盪著，就這麼消失在森林裡。

我也繼續往前走，感覺有點害怕，而且覺得自己很愚蠢。這種心情持續到我走回山茱萸屋。因為在我伸手去握門把時，我注意到某種不尋常的東西。

一道光線。微弱的紅光，像菸頭一樣閃爍著。

它在我們前面的那間小木屋後牆上發出亮光。我想那間是紅橡樹吧。或者是懸鈴木。我把手電筒對準它，看見一個黑色長方型物品塞在兩側屋頂交接處的角落。一條細長的電線沿著牆邊垂到地面。

監視錄影機。你在便利商店的角落會看到的那種。

我關掉手電筒，盯著錄影機的鏡頭，它正在黑暗中閃爍著微光。我一動也不動。

紅燈瞬間熄滅了。

我等了五秒鐘，然後在我的頭頂上揮舞手電筒。

紅燈感應到動靜，於是再度亮起。我猜想每次有人進出小木屋時，它都會這樣。

我不知道攝影機這樣運作了有多久。或者它為什麼會在那裡。或者是否還有其他的攝影機分布在營區裡。我只知道是法蘭妮、席歐，或是某個和夜鶯夏令營相關的人士，認為監視這間小木屋是個好主意。

這種出乎意料的情況令我深感不安。

十五年後，我成了被窺視的那個人。

第十一章

在小木屋裡，我無法再次入睡。我換上泳裝，以及很久以前去科蘇梅爾島旅遊時買下的那件花色鮮豔的絲綢罩袍。我又從木箱裡抓了一條毛巾，悄悄地溜出小木屋。走出門口時，我強迫自己不要去看攝影機。我不想看到它的紅色燈光亮起，也不想面對鏡頭的窺探眼睛。我快步經過它，別開了臉，假裝我不知道它在那裡，以防萬一有人在看。

在走向湖泊的路上，我覷眼看了看另一側的小木屋，查看是否也安裝了攝影機。我沒看見任何機器的蹤影。那幾支散發昏黃燈光，照亮通往營區中心小徑的燈桿上也沒有。林間樹梢也是一樣。

我設法不讓自己為了這點而擔憂。

到了午夜湖畔，我把毛巾放在岸邊的龜裂泥地上，脫下罩袍，小心翼翼地走進了水裡。湖水冰冷又清涼，和我每天早上去游泳的基督教女青年會裡的溫水游泳池完全不同。午夜湖更陰暗一些，雖然水深只到我的膝蓋，我的赤腳看起來有些模糊，呈現偏綠的色澤。當我將雙手併攏，捧起了一些湖水時，我看見裡頭有點點的羽狀水藻在打轉。

我鼓足勇氣，深呼吸了一下，潛到水裡用力踢，雙手向前方探去。等到我的胸腔開始緊繃，肺部發脹時，我才浮出水面。接著我游向湖心。湖面有縷縷霧氣縈繞不去，在我劃破湖面時便散了開來。在湖水裡，黃鱸受到驚嚇，從我游穿的路徑逃開。

我游到湖心時便停了下來，大約離岸邊有四分之一哩遠吧。我不知道這裡的水有多深，可能有三十呎，或者是一百呎。我想到在我底下的一切，原本是一片乾燥的陸地。一處滿是樹木、岩石及動物的山谷。它們依然在底下，然而樹木在水中腐朽，岩石布滿了凌亂的藻類，動物的皮肉被魚兒啃光了，現在只剩下骸骨。

這不是令人感到安心的念頭。

我想到凱西告訴我的故事。那座村莊依然在湖底，居民的骷髏躺在自家的床上。

這更加令人感到不安。

我在原地划水，回頭朝營區的方向游。在這個時分，四下依然寂靜無聲，周遭的一切都浸沐在東邊山頭升起的朝陽所散發的粉紅色光芒。我見到的唯一動靜是有個身影站在碼頭邊緣，正在看著我。

即便從這麼遠的地方看去，我也知道那個身影是貝卡．薛恩菲爾德。我看得到她繫在頸間那條圍巾的鮮豔色彩，也分辨得出她高舉在眼前的相機的形狀。

當我往回朝岸邊游去，貝卡一直待在碼頭上，手裡的相機沒挪動過。當快門的喀擦聲從湖面傳過來時，我設法不要感到侷促不安。我只是游得更賣力，手臂划得更快。假如貝卡要看的話，我就給她一點有看頭的。

那是我在這座湖裡學到的另一課。

到了離岸幾碼的地方，我站了起來，涉水走完剩下的路程。貝卡已經離開碼頭，現在站在我的正前方，示意我停下來。我遷就她，站在水深到脛骨的地方，讓她又多拍了幾張。

「抱歉，」她一拍完之後便說。「光線太完美了，我忍不住。多麼迷人的日出啊。」

在我擦乾身體時，她把相機拿在我的面前，翻看一張張的照片。到了最後一張，她說：「這張值得保留。」

在那張照片中，我在日出的逆光之下，從湖裡站起來，水從我的身上流洩而下。我認為貝卡想追求某種狂熱又深具力量的感覺。一名女子從水花中以勝利之姿浮現，現在決心要征服陸地。但是我的神情並不狂熱，而是顯得迷失。彷彿我是在水裡從沉睡之中醒來，分不清自己怎麼會在那裡。這使我感到非常不自在，我快速伸手去抓起罩袍，把自己緊緊地包起來。

「拜託刪掉那張。」

「可是這張很出色耶。」

「好吧，」我說。「不過答應我，它不會出現在《國家地理雜誌》的封面上。」

我們坐在草地上，眺望湖泊，水面如此完美地反射出粉紅及橘色的天空，教人幾乎難以分辨水體與天際的差異。

「所以妳是畫家，」她說。「我看過妳的畫展報導。」

「我也看過妳的照片。」

說完了這些顯而易見的事實之後，我們倆陷入了尷尬的沉默。我假裝調整一下我的罩袍袖口，貝卡撥弄著她的相機背帶。我們繼續注意日出，現在又多添了幾道金色光芒。

「真不敢相信我又回到了這裡，」貝卡終於開口。「真不敢相信妳回到了這裡。」

「彼此彼此。」

「聽我說，我很抱歉我昨天的舉止怪怪的。我在餐廳裡看到妳，一下子驚慌失措。我不知道為什麼。」

「我知道，」我說。「看見我引發出上百種不同的回憶，其中有些是妳沒準備要面對的。」

「就是這樣。」

「這種事一天到晚發生在我身上，」我承認。「幾乎沒完沒了。我不管往哪裡看，似乎都有某種回憶潛伏在那裡。」

「我猜想法蘭妮把妳拐回來了，」貝卡說。

我點頭，即便這並非全然是事實。

「我是自願的，」貝卡說。「我是說，我已經知道法蘭妮會來問我。我難得回到紐約，她不知怎麼設法查到我有一次剛好回來，邀請我共進午餐。她一開始談到夜鶯夏令營，我就知道她有什麼打算。所以我抓住了這機會。」

「我害她多費了一些唇舌。」

「我沒有。因為這三年來，我一直到處跑。在同一個地方待上六週絕對有其吸引力。」貝卡躺在草地上，彷彿要證明她有多放鬆。「我甚至不介意和三個青少女睡上下鋪。假如我能讓她們拿起相機，而且有機會啟發她們，那麼這一切都值得了。再說，看過某些可怕的鳥事之後，這感覺就像度假。」

她朝日出的方向抬起下頦，閉上眼睛。在她略微緊閉眼皮的姿態中，我看得出來，她也承受著某種未知的糾纏。我們之間的唯一差異是，她為了遺忘而回到夜鶯夏令營，我來到這裡則是為了憶起過往。

「昨天我在餐廳看到妳的時候，想要問妳一件事。」

「讓我猜猜看，」貝卡說。「是關於那年夏天嗎？」

我簡單地一點頭。「妳還清楚記得嗎？」

「關於那年夏天，還是……」

她沒把那句話說完。這幾乎像是她害怕吐出最後那幾個字。我不怕。

「那起失蹤事件，」我說。「在事發的前一個晚上，妳有沒有注意到任何古怪的事情？或者在我意識到她們不見了的那個早上？」

回憶浮現了。一個不好的回憶。我在湖邊，告訴法蘭妮女孩們失蹤了，其他的學員聚集在一旁。貝卡站在人群中，透過她的相機鏡頭看著這一切展開，快門不斷地喀嚓響。

「我記得妳，」她說。「妳有多麼狂亂及害怕。」

「除了這個，妳不記得任何不尋常的事嗎？」

「沒了。」這句話說得太快，音調也太高。像是某種鳥兒的吱喳聲。「沒別的了。」

「妳跟住在我的小木屋裡的女孩們有多熟？」

「艾莉森、娜塔莉和薇薇安嗎？」

「對，」我說。「妳們前一年夏天一起在這裡度過。我以為妳可能早就認識她們了。」

「沒有，算不上認識。」

「連薇薇安也是嗎？」我想起在夏令營的第一天早上，貝卡給我的警告。別被耍得團團轉，她遲早會背叛妳。「我以為妳們倆可能是朋友。」

「我是說，我知道她這個人，」貝卡說。「這裡的每個人都知道薇薇安。而且每個人都有話要說。」

「一般的看法是什麼？」

「講真的嗎？大家都說她還滿賤的。」

她的語氣讓我畏縮了一下。那口吻是如此驚人地苛刻，我想不出有其他更合適的反應。貝卡看到了這種情況，於是說：「真抱歉，這麼說太殘忍了。」

「的確是，」我語帶平靜地說。

我指望貝卡能收回這句話，或者是更有誠意地道歉。然而，她卻變本加厲。她挺起肩膀，嚴厲地看了我一眼，然後說：「少來了，艾瑪。妳在我面前就不必裝了。薇薇安不會因為出了那種事就自動變成了好人。我是說，比起其他人，妳更應該清楚這點。」

她站起來，拍掉了短褲上的泥土。然後她安靜緩慢地走開，沒有回頭看。我繼續待在原地，思索貝卡剛才告訴我的兩件事實。

第一件，她說對了。薇薇安不是好人。即使她消失無蹤也沒有改變這個事實。

第二件，貝卡記得的遠比她願意承認的要多。

十五年前

夜鶯夏令營的湖濱區是午夜湖畔的一小片空地，在幾十年前由沙礫及卵石鋪成，外觀和觸感一樣不舒服。就算把兩條毛巾疊著鋪在一起，還是無法徹底減輕底下石頭的刺痛感。然而，我齜牙咧嘴，設法忍耐，看著一群群的營區學員踮著腳尖走進水裡。

雖然我們四個都換上泳裝，但只有娜塔莉和艾莉森加入了湖裡的其他人。娜塔莉發揮她的本色，游得像個天生的運動好手，奮力伸長了手划著水，想要輕鬆地游到大家都不准越界的發泡浮球線標示區域。艾莉森比較像在炫耀，在水中大翻筋斗，猶如水上芭蕾的選手。

我待在岸上，對身上保守的連身式泳衣感到不安。薇薇安坐在我後面，在我的肩膀塗抹「確不同」（Coppertone）防曬乳，椰子香氣甜得膩人。

「妳真是美得太不像話了，」她說。

「我不覺得自己漂亮。」

「不過妳是很漂亮啊，」薇薇安說。「妳媽沒有跟妳說過嗎？」

「我媽盡可能不管我，我爸也一樣。」

薇薇安發出同情的咋舌聲。「聽起來跟我爸媽一樣。我真意外我在嬰兒時期沒有因為大人疏於照料而死。但是我姊姊和我學會如何照顧自己。是她讓我明白自己有多漂亮。現在我也要讓妳明白。」

「我離漂亮差得遠了。」

「妳是很美啊，」薇薇安堅持。「再過一、兩年，妳會變成大美女。我看得出來。妳在家鄉有男朋友嗎？」

我搖搖頭，心裡清楚在我們家附近的男孩眼中，我根本是隱形人。我是發育較晚的那批人裡頭，倒數的最後那幾個之一。我的胸部平得跟紙板一樣。沒人會注意紙板的。

「以後就不一樣了，」薇薇安說。「妳會釣到一個像席歐那樣的性感猛男。」

她朝幾呎外的救生員瞭望台示意。席歐坐在那裡，身上穿著紅色泳褲，脖子上掛著一只哨子，此時正垂在他的胸毛之間。我的目光經常飄向他身上，每次看著他，我都盡量不去想在浴廁區的那天早上。看著他，渴望他。然而，我滿心想到的只有這個。

「妳們為什麼不下水？」他朝我們高喊。

「沒為什麼，」薇薇安說。

「我不會游泳，」我說。

席歐的臉上浮現咧嘴笑容。「那可真巧。我今天的目標之一是要教一個人學游泳。」

他從瞭望台跳下來，我還來不及抗議，他就牽起我的手，帶我走向水邊。當我的腳踩到了湖邊布滿青苔的岩石時，我停了下來。那些石塊很滑，我擔心我會滑倒，跌了下去。湖水看起來髒兮兮的，更加深我的焦慮。水面下漂浮著棕色碎片，其中一些碰到我的腳踝時，我往後退縮了一下。

席歐抓緊了我的手。「放輕鬆，一點水藻不會怎樣啦。」

他帶我走向湖泊的較深處，湖水不斷上升，先是到了我的膝蓋，接著來到我的大腿處，不久便深及腰部。湖水的冰冷教我暫時無法呼吸。又或者不是湖水的緣故。或許是席歐的寬闊肩膀在六月末的陽光底下發亮的模樣。或者是在我自動跨出另一步，走進更深的湖裡時，席歐撇著嘴的笑意更深了。

「太棒了，艾瑪，」他說。「妳表現得真棒，但是妳要更放鬆一些。水是妳的朋友，讓它撐著妳。」

他沒有先提出警告，滑行到我的後方，一把將我抱了起來。他的一隻手臂攬住我的背部，另一隻手臂挪到我的膝蓋後頭。他的肌膚碰觸到我的部分變得燥熱無比，彷彿有電力竄流其間。

「閉上眼睛，」他說。

我閉上了眼，他把我往下放到水裡，直到我分辨不出他的手臂及湖水的差異。我張開眼睛時，看見他交抱雙臂，站在我身旁。我憑一己之力，讓水撐住了我。

席歐咧嘴而笑，眼睛發亮。「親愛的，妳浮起來了。」

就在這時候，湖面傳來嘈雜聲。水花飛濺，急迫又慌張。在深水區的幾個女孩開始尖叫，手臂在水面上拍打，活像飛不起來的鴨。在她們的後方，我看到一雙手從湖面伸出又落下，瘋狂揮舞，湖水從指尖汩汩流下。一張臉從水中探出來，倒抽了一口氣，然後又滑進水裡。是薇薇安。

席歐離開我的身旁，朝她衝過去。他不在我身邊，我便沉進了水裡，不斷往下掉，直到撞上了湖床。我開始划水，大多是靠直覺，猛力拍打湖水，直到我的鼻子和嘴巴浮出水面。我繼續又划又踢，直到呢，哎呀，我居然在游泳了。

我繼續游，先是望向湖水的那一邊，看到薇薇安還在胡亂揮舞，然後我看到娜塔莉及艾莉森，她們在原地漂浮著，嚇到動彈不得，臉色刷地變得慘白。我看到她們看著席歐，他游到薇薇安的身旁，伸出一隻手臂攬緊她的腰部。他就這樣游向岸邊，沒有停下來，直到兩人的背部都躺在布滿卵石的湖濱。

薇薇安咳了起來，湖水的泡沫從她的喉嚨吐了出來，淚水沿著緋紅的臉頰紛紛落下。

「我——我不知道是怎麼了，」她喘著氣說。「我沉了下去，上不來。我以為我會死掉。」

「要不是我在場的話，妳就沒命了，」席歐說，疲憊的語氣之中透著憤怒。「天哪，小薇，我還以為妳會游泳。」

薇薇安坐了起來，搖搖頭，淚水還沒停。「我看到你教艾瑪游泳，以為自己可以試試看。你讓游泳看起來好簡單。」

貝卡站在距離他們幾碼遠的地方。就算她穿著泳衣，相機還是掛在脖子上。她拍了一張薇薇安橫躺在岸邊的照片。接著她轉頭面對湖面，從那群在湖裡划著水、依然驚魂未定的學員之中認出了我。她露出微笑，用嘴形說了幾個字，沒有聲音卻清楚無誤。

早就跟妳說。

第十二章

我繼續待在湖畔，直到餐廳上方的古老擴音器傳出了起床號。那樂聲越過我的耳畔，響徹湖泊，從湖面傳到了對岸。夏令營的第一場全天活動開始了。

再次開始。

我沒有去浴廁區和一群青少女人擠人，而是拖著腳步走到餐廳，身上穿的潮濕罩袍和啪噠作響的夾腳拖讓我十分不好意思。幸好餐廳裡幾乎是空蕩蕩的。除了我和廚房工作人員之外，沒有什麼人。其中一名蓄著斑駁山羊鬍的深髮色男子朝我瞥了一眼，然後便轉過頭去。

我沒理會他，伸手拿了一個甜甜圈、一根香蕉，還有一杯咖啡。我一下子就吃完了香蕉，甜甜圈就沒那麼狼吞虎嚥了。每咬一口，我便想起薇薇安瞟著眼，噘起雙唇的模樣。那是她不表贊同的神情。我放下甜甜圈，嘆了一口氣，然後又拿起來，把剩下的塞進了嘴裡。我喝了咖啡把它沖下去，對自己遲來十五年的反抗舉動感到很開心。

我走回山茱萸屋的一路上，和前往餐廳的學員人潮逆向而行。她們都梳洗得乾淨整齊，走過的身影飄散著香氣。嬰兒爽身粉、諾山瑪（Noxzema）潔膚霜、還有聞起來像草莓的洗髮精。其中一種香氛壓倒了其它的氣味，散發著濃郁的花香。是香水。

但不是隨便一種老牌香水。

是「迷戀」。

薇薇安總是搽這種香水，噴灑在頸間及手腕上，一天兩次。一次在早上，一次是下午。那種香味曾充斥著我們的小木屋，在她離開之後仍久久不散。

現在我又有那種相同的感受。像是她剛才來過這裡，留下的只有她的香氣。我在成群的女孩中間打轉，在離去的人潮之中尋找她的蹤影。雖然心裡清楚她不在那裡，我還是尋尋覓覓。我伸手去撫摸手鍊，輕拍一只白鑞鳥喙。以防萬一。

女孩們繼續往前，把那股香水氣味帶著走，留下的是我的頸背上某種濕黏的感受。這使得我在走進山茱萸屋去拿今天要穿的衣服時，渾身起了寒顫。我嗅聞空氣，尋找著香水的殘跡，但我什麼也沒發現，除了某人的體香劑氣味。

在浴廁區，我在洗手台旁那群晚起的鳥兒之中，看到了米蘭達、克莉絲朵及莎夏。米蘭達注視著鏡子，正在整理那一頭秀髮。在她旁邊的莎夏說：「我們現在可以走了嗎？我超餓的啦。」

「再一下子就好。」米蘭達最後一次撥動她的秀髮。「好了。現在我們可以走了。」

我朝她們一揮手，走向淋浴區，全部只剩下一間沒人使用。空著的是那一排的最後一間，和其他的淋浴間一樣，是一個杉木牆面的隔間，還有一道深灰色玻璃門。在那扇門的角落閃爍著一個白色的小光點。在我背後，一個類似的光點從松木壁板的縫隙透了進來。

我內心的警鈴立刻響起。一旦明白那是怎麼一回事之後，我隨即平靜了下來。白色光點是陽光，從淋浴間牆上的一道微小縫隙照射進來。那正是我十五年前偷窺席歐的同一道裂縫。

我鬆了一口氣，覺得自己很愚蠢，怎麼沒有早點想到，同時我也鬆了一口氣，因為並沒有出現更糟的情況，例如另一台監視攝影機。一台就夠令我產生嚴重的偏執了。我甚至因此考慮等待另一個淋浴間空出來。我決定不要這麼做，原因很簡單，我已經進了這間，水龍頭都打開了。而且由於早上使用的人很多，熱水越來越少了。

再說，知道這道裂縫的人只有薇薇安，她是這麼跟我說的。

所以我待在原地，盡快地沖澡。我快速地倒了洗髮乳洗頭，再更快地沖了水，閉上眼睛任肥皂水從我臉的臉龐流下。我享受這暫時盲目的時刻。縱然只有片刻，這使我得以假裝我再次回到了十三歲，第　次體驗夜鶯夏令營，而薇薇安、娜塔莉及艾莉森安全地待在山茱萸屋的屋簷下，十五年前的那些事從沒發生過。

這是一種很棒的感覺，讓我想要在淋浴的水花下多待一會兒。但是水不斷變冷，從微溫變成了沁涼。再過　、兩分鐘，它就會跟午夜湖一樣冷。

我沖洗完頭髮，張開眼睛。

門上的光點不見了。

我一轉身，瘋狂地檢查後方的淋浴隔間牆。裂縫之間沒有亮光。光線不見了，被外面的某種東西遮住了。

不對，不是某種東西。

是某個人。

就在牆壁的另一邊。

看著我。

我尖叫一聲，衝向淋浴門，同時摸索著我的毛巾和罩袍。等我衝出了淋浴間，那道光線又出現了。它從牆縫透了進來，也照射在擺動開啟的淋浴門上。在外面的那個人現在走掉了。

這並沒有阻止我猛拽我的罩袍，在身上裹得緊緊的。我快步通過現在空無一人的浴廁區，衝出大門外，希望能逮到偷看我的那個人。

外頭沒人。整個周遭地區空蕩蕩的。我看到最靠近的人是超過一百碼之外的兩名學員，她們正匆忙趕往餐廳，紮著的馬尾晃呀晃。

這裡只有我一個人。

為了安全起見，我快速又尷尬地繞著建築物走一圈，但是沒有發現異狀。等我回到了浴廁區門口，我開始納悶自己是否搞錯了，我看到的只是有人靠在建築的外牆，顯然遮住了牆面的裂縫。

然而這種解釋不太合理。假如是無意的，那個人不會在被我發現時便離開，而是繼續待在原地，而且肯定會懷疑我為何溼答答的，肌膚上還殘留著肥皂，就這麼衝到外面來。

所以我思考其他的可能性。一隻低飛的鳥兒掠過浴廁區。或者那些早餐遲到了的學員匆匆走過。甚至有可能那裡根本什麼也沒有。我試著估算透過縫隙的光線被遮住多久。不太久。最多不到一秒鐘。我閉上眼睛的時間要久得多。當我再次張開眼時，可能需要個一、兩秒鐘來適應淋浴間的昏暗。或許者是這樣而已，我的視線在逐漸接受真實情況。

等我回到山茱萸屋，我做出的結論是就是這樣。那是光線的變化，短暫的視覺幻影。

至少我強迫自己這麼相信。

欺騙自己。

這是我唯一容許的謊言。

夏令營的第一堂繪畫課在戶外進行，遠離工藝教室和裡頭的那些學員。盡管我向自己保證那種事不會再次發生，我還是為了淋浴間的遭遇感到害怕。偏執的感受像冷汗般攀附著我，就連最不經意的眼神也教我格外警覺。

當莎夏建議我們去畫那座湖，我欣然接受這個主意。在教導這十幾位來上課的女孩畫一些比我原本規劃的靜物寫生更棒的內容時，我的焦慮暫時得到了舒緩。

現在她們站在搬到主屋後方的草皮上、面湖擺放的畫架旁。她們的手中拿著調色盤，對著空白畫布思索盤算。她們有點緊張，手指不經意地撥弄著從工作短褲口袋冒出來的畫筆。我也很緊張，而且不只是源自那天早上的壓力。女孩們注視著我，尋求指導的模樣令人心生畏懼。馬克說得沒錯，這絕對不是我的強項。

山茱萸屋的女孩們也在場，這稍微有點幫助。克莉絲朵也帶了她答應的素描簿和一組炭筆。這些熟悉的臉孔讓我在開始上課之前提升了幾分信心。

「今天早上的作業，就是畫出妳所看到的，」我宣布。「妳們就放眼看著湖泊，畫出它在妳眼中的模樣。使用妳想要的任何色彩，運用妳想要的任何技巧。這裡不是學校，不會有人打分數。妳需要取悅的只有妳自己。」

女孩們作畫時，我在她們的後方走動，查看她們的進度。看著她們作畫令我平靜了下來。有些作品，例如莎夏筆下一絲不苟的線條，甚至展現出不少潛力。其他的呢，例如米蘭達的大膽藍色筆觸，就不是這樣了。但是至少她們在作畫，這點就已經遠勝於過去六個月以來的我。

當我走到克莉絲朵的身旁，我看到她畫了一個超級英雄，身穿緊身衣和一件飄曳的披風，站在一個畫架前。那個英雄的臉是我，渾身肌肉的體格則絕對不是。

「我想我要把她叫做莫內，」克莉絲朵說。「白天是畫家，晚上打擊犯罪。」

「她的超能力是什麼？」

「我還沒決定。」

「我敢說妳會想到的。」

餐廳傳來鈴聲，表示午餐時間到了，於是我們就下課了。女孩們放下她們的畫筆，匆匆離去，留下我獨自收拾她們的畫布和畫架。我先搬畫布，一次兩張搬回工藝教室，這樣才不會弄髒還沒乾的畫作。接著我回去搬畫架，卻發現已經有人開始把它們收在一處了。

收拾的人是在我抵達時修整工藝教室屋頂的那位維修工人。他是從草地邊上的工具棚出來的。棚屋的門開著，我瞥見裡頭有割草機、手鋸，牆上掛著鍊條。

「我想妳可能需要人幫忙，」他說。

他的聲音沙啞，帶著濃重的緬因州口音。

「謝啦。」我伸出手。「還有呢，我叫艾瑪。」

那名男子沒有跟我握手，而是一點頭，說：「我知道。」

他沒告訴我他是怎麼知道的。他沒必要說。他十五年前也在這裡，他知道事情原委。

「你之前也在這裡，對吧？」我說。「我剛來的時候就認出你了。」

男子又疊好一個畫架，把它放在不斷增加的那堆畫架上。「是啊。」

「夏令營關閉的期間，你都在做什麼呢？」

「我不是替夏令營工作，是替這個家族做事。夏令營舉辦或關閉都無所謂，我還是會在這裡。」

「這樣啊。」

我不想覺得自己毫無用處，於是收起最後剩下的那個畫架，然後交給了他。他把它放在那一堆畫架上，一次全部抱起，兩隻手臂下面各夾著六個。

「我能幫忙搬一些嗎？」我說。

「我來就行了。」

我讓開免得擋路，露出了破壞草皮的許多顏料斑點。有白色、天藍，還有幾滴深紅色，令人不安地想到了血滴。維修工人看到了那些斑點，咕噥著表達不滿。

「妳的學員把這裡搞得髒兮兮的，」他說。

「畫畫時都會這樣，你應該看看我的工作室，」我給了他一個微笑，希望能平息他的情緒。但是沒有用，於是我把垂掛在後口袋的抹布拿下來，在草地上輕拍。「這樣應該有用，」我說，即使這麼做的結果正好相反，反而把顏料抹得更大片了。

男子又咕噥地說：「哈里斯—懷特太太不喜歡髒亂。」

然後他便走開了，搬著那堆畫架，彷彿它們根本沒有重量。我待在原地，又徒勞地試著輕抹草地幾次。這樣根本沒用，於是我便把葉片從乾燥的泥土上拔除，拋在空中。它們隨著微風四處飛散，在風中翻飛，飛往湖邊。

第十三章

去吃午餐之前，我回到工藝教室，翻找凱西的工具。在一堆裝著木工膠水和彩色麥克筆的容器裡頭，我沒找到目標，所以我前往佩姬的陶藝區。有座陶輪上擺放著一塊銅板大小的濕黏土，正適合我打算要做的事。

「妳不是該去吃午餐了嗎？」

我一轉身，看見敏蒂站在門口。她交抱雙臂，偏著頭。她進門時給了我一個大得過火的笑容，假裝很友善。

我也露出微笑，誰不會假裝啊。「我在這裡還有點事要做完。」

「妳也會捏陶哦？」

「我只是在欣賞妳對這地方的布置，」我說，同時把那塊黏土握在手掌心，免得被她看見。我不想跟敏蒂解釋我打算拿它做什麼。她已經夠疑神疑鬼了。「真是令人驚豔。」

敏蒂點頭道謝。「這花了很多時間，還有很多錢。」

「看得出來。」

拍馬屁奏效。敏蒂咬牙切齒的微笑變成一種近乎具有人性的表情。「謝啦，」她說。「我很抱歉表現得這麼多疑。我只是提高警覺，現在夏令營正在全力運作呢。」

「沒事，我明白。」

「一切都要盡可能地順利進行，」敏蒂又補了一句。「所以妳現在可能應該要去餐廳了。假如學員沒看到妳在那裡，她們會覺得自己也可以開始不吃午餐了。我們要以身作則，艾瑪。」

我先是收到營區管理員的警告，現在敏蒂又提出了一個。而且這絕對是警告無誤。我應該要謹言慎行，不能製造麻煩。簡單來說，就是要和我上次在這裡的表現相反。

「當然了，」我說。「我現在就去。」

這是謊話。但是我有充分理由。

我沒有去餐廳，而是前往浴廁區。有幾個落單的人在前門閒晃，等著朋友陪她們去吃午餐。等她們都走光了，我便走到建築物的側邊，尋找外牆上的裂縫。找到之後，我把那塊黏土塞到兩塊壁板的中間，把裂縫補起來。

我意識到這個舉動的諷刺意味。十五年前，我就是從這個縫隙偷窺，在席歐並不知情或同意的情況下偷看他。我想把這件事歸咎於年輕及天真，但我不能。當時我十三歲，年紀大得足以明白偷窺席歐是不對的。然而，我還是這麼做了。

現在沒人能夠從這裡偷窺了。我贖完了一宗罪，還有很多等在後頭。

當我終於抵達餐廳，我發現席歐在外面等著我，腳邊擺了一只籐籃。我沒料到會看到這副景象。這使我不理性地認為，我多年前犯錯的記憶召喚他現身，而在這些年間，他以某種方式發現了我曾經偷窺他。我在離他幾步遠的地方停了下來，準備和他當面對質。然而，席歐說的是：

「我要去野餐，我想妳可能會想一起去。」

「是有什麼聚會嗎？」

他朝餐廳門口點了點頭。「誰需要特殊聚會才能免除對裡頭菜色的恐懼？」

他說這話時揚起了眉，想表現出開玩笑的態度。但是昨晚的那種緊繃氛圍依然存在。席歐也感覺到了。我從他隱約流露憂慮的微笑中看出來。愧疚感在我的內心糾結著。他毫無疑問已經原諒我了，我不明白的是為什麼。

「算我一份，」我說。「我的味蕾感謝你。」

席歐提起籃子，帶我離開餐廳。我本來以為是要去主屋後方的草坪，但我們並沒有前往那裡。他帶著我經過小木屋和浴廁區，走進了森林。

「你要帶我去哪裡？」

席歐對我咧嘴一笑，然後進了森林。「一個特別的地方。」

雖然前方沒有小徑，但他胸有成竹地走著，彷彿很清楚方向。我跟在他後面，跨過掉落的樹枝，踩過地上的落葉。在席歐的帶領下走進森林，這個念頭會讓我十三歲的心雀躍不已。即便是現在，我的脈搏也不禁加快，因為我在思索著席歐可能對我產生興趣的荒謬可能性。小時候的艾瑪絕對會這麼期待。諷刺的是，成年的我對這種可能性高度懷疑。他不會的，在我做出那種事之後。然而我們在這裡，匆匆穿越樹林。

我們終於來到一處林間的小空地。這完全出乎意料，我強迫自己眨了眨眼，確定那是真實的。這裡是一處圓形的小空地，枯葉和矮樹叢都清除乾淨了。上面是一片柔軟的草地，散布著一簇簇的野花。日暈從樹間縫隙灑落，照亮了空氣中飄散的花粉，看起來猶如輕盈的雪花飄落。空地中間擺設了一張圓桌，類似法蘭妮和我在她的奢華溫室裡吃午餐的那一張。而且和幾個月前的那餐飯一樣，法蘭妮也在場，已經在桌邊坐好，餐巾攤在腿上。

「妳來了，」她帶著溫暖的微笑說。「而且剛好趕上，我餓壞了。」

「嗨，」我說，希望語氣聽起來不像我感覺的那麼驚訝。我的雙頰飛紅，既是為了這次野餐並非席歐的示愛而感到失望，也為了我居然想到這種可能而大感羞愧。我還有另一種感覺。憂慮。法蘭妮的意外現身告訴我，這不是一次臨時起意的野餐。我認為事有蹊蹺。

雪上加霜的是，這個空間的外圍擺設了六座大理石雕像，幾乎藏身在樹林間，像是沉默的證人。每座雕像都是一名女子，身上是裸露程度各異的穿著。她們停駐在不自然的姿勢，抬起手臂，張開雙手，彷彿在等待小小鳥兒停歇在她們纖細的手指上。有些提著籃子，裡頭盛裝了滿滿的葡萄、蘋果，還有麥穗。

「歡迎來到雕像花園，」法蘭妮說。「這是我祖父比較異想天開的點子之一。」

「真迷人，」我說，盡管事實恰恰相反。這片空地從遠處看起來很美，但是我在中間就座之後，它卻散發出一種更令人毛悚然的氛圍。雕像的身上留下多年來風吹日曬雨淋的痕跡。她們的寬外袍褶布滿塵土。有些沿著側邊出現裂縫，在她們原本完美無瑕的肌膚上造成缺口。有一座雕像的臉龐沾染了青苔。所有雕像都有著茫然的雙眼，彷彿她們被戳瞎了眼，由於看到不該看見的事物而遭受懲罰。

「妳不必這麼客氣，」席歐說。他把野餐籃放在桌上，開始拿出裡面的東西。「這裡可怕得要命。起碼我是這麼認為。我小時候很討厭來這裡。」

「我必須承認，不是每個人都喜歡這裡，」法蘭妮說。「但是我祖父非常引以為榮，所以它必須保持下去。」

她無能為力地聳肩，把我的注意力帶到她正後方的雕像上。那座雕像的臉龐刻製得十分精美，擁有細緻的五官及優雅的下頦。雕刻家在她的臉上多添加了一份情感，那雙毫無生氣的眼睛稍寬了些，上面是兩道誇張拱起的眉。玫瑰花蕾般的雙唇微微張開，可能是出自欣喜，也可能是感到意外。我懷疑是後者。那座雕像看起來的模樣，最適合的形容是驚魂未定。

「午餐準備好了，」席歐說，把我的注意力從雕像拉回到桌上。一盤加了一堆法式酸奶油、酸豆和蒔蘿的煙燻鮭魚單片三明治現在擺在我的面前。這絕對不是餐廳裡的人現在吃的菜色。席歐給我倒了一杯普羅賽克氣泡酒，我喝了一大口，想讓自己冷靜些。

「現在大家都坐得舒適了，」法蘭妮說：「我想是該揭曉我們在這麼神秘的情況下，把妳帶這裡的原因了。我認為在比較隱密的地方進行這場談話，可能是個好主意。」

「談話？」

「是的，」法蘭妮說。「席歐和我想跟妳討論一件重要的事。」

「哦？」我一面說，一面切著三明治，假裝我很冷靜，而其實並不然。憂慮糾纏著我的內心。「什麼事呢？」

「妳的小木屋外面的監視器，」法蘭妮說。

我愣住了，滿滿一叉子的煙燻鮭魚還沒送到我的嘴邊便停住了。

「我們知道妳看到了，」席歐說。「我們今天早上看了影片。」

「老實說，我們本來希望不會有人注意到它，」法蘭妮補充說。「不過現在妳看到了，我希望妳給我們一個機會，說明它為何在那裡。」

我把叉子放在餐盤上。我有的任何胃口現在都消失了。「我會感激你們的說明。我在營地沒看見有其他監視器。」

「因為就只有那一個，親愛的，」法蘭妮說。

「它在那裡多久了？」

「從昨天晚上起，」席歐說。「班恩在營火晚會時安裝的。」

起初，這名字聽起來很陌生。接著我想起了那名管理員。難怪他在收拾畫架時，表現得那麼奇怪。

「他為什麼要把它安裝在那裡？」

「當然是為了監視山茱萸屋，」法蘭妮說。

既然我們談到了監視的話題，我很想告訴她，早上可能有人偷看我洗澡的事。我沒說，因為我不太確定真的有。而且這一來，我也要說明我怎麼會知道淋浴間牆壁的裂縫。那是我想盡力避免的對話。

因此，我說：「這沒有回答我的問題。」

但是事實上有。只不過這是個沒有說出口的答案，讓我自己去推論猜想。監視器架設在山茱萸屋，因為我住在那裡。所以昨晚才架設好，因為他們不知道我會住在哪一間，直到我抵達之後。

法蘭妮在餐桌對面看著我。她偏著頭，綠色眼眸流露出憂慮的神情。「妳不高興了，或許覺得受到冒犯。我實在不能怪妳。我們應該要立刻告訴妳。」

我的太陽穴微微抽痛了起來。我把它歸因於滿心的困惑，還有空腹喝普羅賽克時喝得太急了。不過法蘭妮說得沒錯。我確實不高興，而且覺得受到冒犯。

「妳還沒告訴我，為什麼它會在那裡，」我說。「你們在監視我嗎？」

「這麼說有點太嚴厲了。監視。」法蘭妮厭惡地咂了咂嘴，彷彿說出那個字眼讓她的嘴裡發酸。她啜飲了一小口普羅賽克，把那味道沖掉。「我會認為那是為了保護妳。」

「有誰要害我？」

「妳自己。」

回答的人是席歐。聽到他說出這句話，我驚訝地吐出了一口氣。

「在我準備重新開放營地時，我們對所有參加者做了背景調查，」法蘭妮說。她的口吻比他兒子溫和多了。「我認為沒必要，但是我的律師團堅持這麼做。指導員、廚房工作人員，甚至是學員。我們發現沒什麼好擔心的，除了妳。」

「我不明白，」我說，但我其實心裡很清楚。我知道接下來會是什麼。

法蘭妮的臉上浮現某種悲慘的神情。我的感覺是那太誇大了，不盡然是真心誠意。像是她想讓我知道，要她說出接下來要說的話有多痛苦。

「我們知道了，艾瑪，」她對我說。「我們知道妳離開夜鶯夏令營之後發生了什麼事。」

第十四章

我從不談起這件事。

甚至沒對馬克說過。

知道發生什麼事的人，只有我的父母親。對於我十四歲時那可怕的六個月，他們樂於避而不提。

事情開始的時候，我還在上學，是個高瘦又笨拙的新生，迫切地想要和預校的其他女生打成一片。這不容易。尤其是在那年暑假發生的事之後。大家都知道夜鶯夏令營的失蹤事件，我因此惡名昭彰，沒人想和我有關連。我的朋友開始疏遠我，就連海瑟和瑪麗莎也是。我的生活變成某種型態的單獨監禁。週末待在我自己的房間，學校的午餐也一個人吃。

就在情況似乎不可能更糟的時候，我看見那些女孩們，一切就此落入萬劫不復的地步。

那是在一次前往大都會博物館的校外教學。上百名女學生吃吃傻笑地穿越展館，招搖地展現她們的格子裙以及傲慢的不安全感。我在十九世紀歐洲畫作展覽廳和隊伍脫隊，獨自漫遊在展間的迷宮，衷心讚嘆高更、雷諾瓦及塞尚的作品。

有一個展間空蕩蕩的，只有三個女孩站在古斯塔夫．庫爾貝（Gustave Courbet）的一幅作品前。《農村姑娘》（Young Ladies of the Village）。那是一大片主要為綠色及金色的鄉村景致，還有四名女子。其中三名顯然接近雙十年華，是畫名所指稱的那些姑娘。這幾位年輕女子身穿便宴服，頭戴繫帶女帽，手上撐著洋傘，展現出隨興的優雅。另一名女子年紀比較小，是個農家少女。她赤著腳，頭上包著方巾，腰間繫了一條圍裙。

我注視著，但對象不是那幅畫。我對研究那幅畫的女孩比較感興趣。她們身穿白色連身裙，樣式簡單樸素。她們直挺挺地站著，完全靜止不動，和庫爾貝畫筆下的年輕女子一樣泰然自若。這幾乎像是她們剛從畫裡走出來，現在很好奇想看看畫中少了她們會是什麼模樣。

好美喔，其中一位女孩說。妳不這麼認為嗎，小艾？

她沒有轉身。她不需要這麼做。我打從心底知道那是薇薇安，就像我知道其他兩個是娜塔莉及艾莉森。我不在乎那是否真的是她們，或者是她們的鬼魂，或是我的憑空想像。她們的出現就足以嚇到我了。

妳似乎很驚訝，薇薇安說。我猜妳從來不曾認定我們是藝術愛好者。

我提不起勇氣回答。恐懼讓我說不出話來。我鼓足所有的力量，往後退一步，試圖在我們之間保持一點距離。我設法挪動了小小的第一步之後，我的腳步便沒有停下來。我的腿驅策我離開展間，腳上的馬鞍鞋在鑲嵌地板上大聲地啪嗒作響。安全逃離後，我冒險回頭看了一眼。

薇薇安、娜塔莉和艾莉森還在那裡，只不過現在她們面對著我。我還來不及徹底逃開，薇薇安便一眨眼，對著我說：我們很快會再見喔。

我的確很快就再見到她們。幾天後，我母親拖著我去看一齣日場的《澤西男孩》（Jersey Boys），展現她難得一見的關心。她在中場休息前一分鐘閃了出去，到大廳酒吧先佔個好位置，這時薇薇安取代了她。劇場的燈光亮起，她就在那裡，再次穿著那襲白色連身裙。

這場演出爛透了，她說。

我不敢看她。我在我的座位上僵住不動，眼睛盯著前方的遙遠舞台。薇薇安沒有離開，成了我眼角餘光裡的一團模糊白影。

妳不是真的。我的聲音像是竊竊私語，壓低了聲音，免得有其他人聽見。妳不存在。

少來了，小艾。妳和我都知道，這話連妳都不相信。

妳為什麼要這麼做？

做什麼？

糾纏著我。

妳很清楚原因。

薇薇安說這話時，聽起來並不生氣。她的聲音裡沒有指控，真要說的話，聽起來令人悲傷。悲傷到我的喉頭哽咽了起來。我的顫抖雙唇吐出了啜泣聲，淚水刺痛我的眼角。

省省妳的淚水吧，薇薇安說。我們倆都知道那不是真的。

然後她消失了。我足足等了五分鐘，這才鼓起勇氣離開我的座位，去上洗手間。在第二幕演出時，我躲在廁所裡。表演結束後，我告訴我母親，我的身體不舒服。她忙著喝過於昂貴的伏特加湯尼，沒意識到我在說謊。

在那之後，女孩們頻頻出現。當我走路去上學時，我看到娜塔莉站在對街。有天在午餐時間，艾莉森在自助餐廳盯著我瞧。當我在梅西百貨的內衣部門挑胸罩，包覆我忽然開始發育的身材時，那三個人就在那裡晃呀晃的。我從來不曾對任何人提起這件事，我怕沒人會相信我。

事情可能會這樣下去好幾個月，要不是有天晚上我醒來時，發現薇薇安坐在我的床邊。

我很好奇，小艾，她說。妳真的認為妳可以僥倖逃過這一切嗎？

我的尖叫聲把我父母吵醒。他們衝進我的房間，發現我躲在被子底下，就我一個人而已。那天晚上剩下的時間，我都在解釋我不斷看到那幾個女孩，她們糾纏著我不放，我怕她們想要傷害我。我說了好幾個小時，我說的話有絕大部分連自己聽起來都覺得不合邏輯。我父母把它當作是一個逼真的噩夢而不予理會。我知道根本不是這樣。

在那之後，我拒絕離開家裡一步。我裝病不去上學。我把自己關在房裡整整三天，不想洗澡，也不讓牙刷碰到我長了一層薄膜的牙。我父母別無選擇，只好帶我去看心理醫生。醫生說看見女孩們其實是一種幻覺。

我被正式診斷為罹患了類思覺失調症，和思覺失調症只有一線之隔。醫生說得很明白，夜鶯夏令營發生的事不是這次失調症的肇因。這種特殊的化學物質失衡一直都存在，從我的腦部深處稍微滲出。女孩們的失蹤只是解放了它，像熔岩從長期休眠的火山噴發出來。

醫生也強調，類思覺失調症大部分是暫時性的。他說那些患者通常在接受適當治療後會有所改善。所以我最後才會去了一家專門收治青少女的精神療養院，住了六個月。

那地方很乾淨，舒適又專業。沒有胡言亂語的精神錯亂場景，也沒有《女生向前走》（Girl, Interrupted）的誇張情節。那裡只有一群跟我同年紀的女孩，盡力想要復原。幸好有心理治療、藥物和傳統的耐心，我確實康復了。

那家醫院就是我開始作畫的地方。那叫作藝術治療。他們安排我坐在空白的畫布前，把畫筆塞到我手裡，要我畫出我的感受。我用一道藍色線條分割畫布。指導員是一名高瘦纖細的女子，有著一頭灰白秀髮及溫和態度。她把畫布拿走，換了一張新的，並且說，畫出妳看到的，艾瑪。

我畫了女孩們。

薇薇安，娜塔莉，艾莉森。

照著這個順序。

那和我日後的作品大不相同。線條粗糙又孩子氣，而且畫得糟透了。畫裡的女孩們和她們的真實樣貌沒有任何相似處。她們是一堆黑色曲線，從三角形連身裙冒出來。但是我知道她們是誰，這樣就足以幫助我恢復健康了。

六個月後，我出院了，雖然我還是要服用抗精神病藥物，而且每周進行一次心理治療。藥物治療持續了五年，心理治療延續到今天。這對我有所幫助，雖然助益不如療養院的療程，但我有希維里醫師親切又無限耐心的陪伴。我在那裡的最後一天，她送給我一條幸運手鍊，上面垂掛著三隻精緻的鳥兒。

把它當作護身符，她說著，把手鍊扣上我的手腕。千萬別低估正向思考的力量。假如妳又出現幻覺，我要妳摸著這條手鍊，告訴自己，妳看到的不是真的，它對妳沒有任何影響力，妳比大家所想的更堅強。

我沒有回去原本的預校，我父母把我送去念離家最近的一間公立學校。我交了朋友，認真學習美術。我開始成長茁壯。

我沒有再見到那些女孩們。

除了在我的畫作裡。

我以為這件事沒人知道，那是我的私人秘密。然而不知為何，法蘭妮查到了。我不意外。我想，擁有那樣的財富，她能打通很多門路。現在她和席歐注視著我，眼中充滿好奇，像是在思索我是否會隨時抓狂。

「那是很久以前的事了，」我說。

「當然了，」席歐說。

法蘭妮又說：「我們最不想要的就是讓妳有絲毫遭受排擠或懲罰的感覺。所以我們應該一開始就跟妳說監視器的事。」

我不知道他們要我說些什麼。我能體諒這一切？因為我在中學時期所經歷的一些事，因此現在被人監視是完全可以接受的嗎？

「我懂，」我口氣生硬地說。「小心駛得萬年船。畢竟我們不希望又惹出麻煩，對吧？」

我離開桌旁，從兩座雕像之間逃離現場。那兩座雕像似乎目送著我離開，茫然雙眼什麼也瞧不見，然而卻明白一切。

席歐跟著我走進樹林。他的腳步窸窸窣窣穿越我後方的矮灌木叢，比我的速度更快，也更熟悉這裡的地勢。我加快腳步，即便我已經知道他會追上來，我只是不想讓他輕易達到目的。我毫無預警地向左轉，試圖出奇制勝。我穿越無人走過的林地。當席歐追上來時，我又故技重施，這次是朝左手邊蜿蜒前進。

他高聲呼喊：「艾瑪，別生氣。」

我又來個急轉彎，往新的方向前進。這次，我的右腳踢到一處從地面突起的樹根。我絆了一下，踉蹌地跨出了好幾步，設法在接受逃不掉的一跤之前，讓自己重新站穩。

最後我傷到的只有自己的自尊。我的雙手和膝蓋著地，長了青苔的柔軟地面滿布落葉，減緩了撞擊。我站了起來，發現自己來到另一處林間空地。這裡不像雕塑花園保持得那麼整潔，更黑暗也更狂野，瀕臨和森林再度融為一體的邊緣。

我緩緩轉身，張望四周，想弄清楚自己在哪裡。

這時我才汴意到那座日晷。

它坐落在空地中央，一根傾斜的大理石圓柱上架著一只銅環。銅環在歲月的侵蝕下變成淺藍色，蝕刻在表面的羅馬數字及羅盤因此顯得更突出。日晷儀中間有一句拉丁文寫的銘言。

Omnes vulnerant; ultima necat.

我記得在學校的拉丁文課學過這個句子，但不是因為我對語文特別厲害。事實上，我在這方面糟透了。我會記得只是因為當我第一次得知它的涵義時，渾身起了寒顫。

人生分秒都是磨難，最終要你入土為安。

我觸碰日晷，手指沿著那句銘言撫摸，這時席歐終於追上了我。他從林間現身，有點上氣不接下氣，頭髮在追逐後顯得凌亂。

「我不想跟你說話，」我說。

「聽我說，妳有權生氣。我們應該直接跟妳說我們的做法。我們處理的方式完全錯了。」

「這點我們都同意。」

「我只是想知道妳好些了，」他說。「站在朋友的立場。」

「我已經完全好了。」

「那麼我很抱歉，好嗎？我母親也是。」

這種不是出自真心的勉強道歉，讓我再次引發怒火。「假如你們不信任我，幹嘛又找我回來這裡？」

「因為我母親希望妳能來，」席歐說。「我們只是不知道會面對什麼情況。十五年過去了，艾瑪。人都會變。我們不知道妳會變成什樣，尤其考慮到妳上次在這裡所遭遇的事。這是安全問題，無關信任。」

「安全？你們認為我會對這些女孩子做什麼事？」

「或許像是妳說我對薇薇安、娜塔莉及艾莉森所做的那種事。」

我踉蹌倒退，抓緊日晷穩住自己，銅製品的觸覺冰冷又光滑。

「是為了這個，對吧？」我說。「那個監視器。挖出我的病歷。這都是因為我在多年前指控你傷害她們。」

席歐以單手耙梳髮際，他被激怒了。「事實根本不是這樣。不過既然妳提起了，我不得不說，妳當時那麼做真是太惡劣了。」

「確實是，」我承認。「為了這件事，我多年來一直在責怪自己。但是我當時還小，而且迷惑又恐懼。」

「妳認為我不是嗎？」席歐反擊說。「妳應該看看警方是怎麼拷問我的。警察、州警和該死的聯邦調查局都來到主屋，要我跟他們說實話。他們逼我進行測謊，也要契特照做。把一個十歲的小孩接上測謊器。之後他哭了一整個禮拜。這全都是因為妳指控我所做的事。」

他的臉漲紅，讓臉頰上的那道蒼白疤痕更明顯。他現在氣惱不已，誇大地清楚指出我是如何地冤枉他。

「我那時候不懂事，」我說。

「不光是這樣，」席歐說。「我們是朋友，小艾。妳怎麼會認為我和她們發生的事有關呢？」

我看著他，啞口無言。他非要問我為何指控他，這令我再次怒火中燒。或許他沒有造成薇薇安她們幾個失蹤，但他絕對不是全然無辜。我們都不是。

「你很清楚為什麼，」我說。

然後我又走掉了，留下席歐一個人待在空地。轉錯了幾個彎，加上又一次遭到突出的樹根偷襲，差點絆倒之後，我找到路回去營地。我前往小木屋區，一路上內心翻騰不已。我很氣法蘭妮。甚至更氣席歐。然而我大部分的怒氣還是針對我自己，怎麼會認為回來這裡是個好主意。

回到了山茱萸屋，我一把推開房門。裡面有東西從地板上一躍而起，飛了起來。我看到窗口有黑色物體，聽到翅膀拍動的聲音。

有鳥兒。

一共三隻。

是烏鴉，我從牠們的漆黑羽毛看得出來。

牠們成群瘋狂飛舞，拍打天花板，粗啞地嘎嘎叫著。其中一隻朝我俯衝而來，帶爪的腳掠過我的頭髮。另一隻直撲我的臉，黑色眼珠注視著我，尖銳的鳥喙微張。

我撲倒在地上，遮住我的頭。烏鴉繼續揮翅拍打，嘎嘎亂叫，衝撞木屋的牆。我在地板上朝門口伸長了手，想把門打開。這舉動嚇得鳥兒往反方向飛。牠們朝窗口飛去，撞擊玻璃，發出一連串令人厭惡的重擊聲。

我朝牠們爬過去，右手掩住眼睛，左手在空中揮舞，把牠們趕往另一個方向。手鍊在我的手腕上下滑動，又多了三隻振翅的鳥兒。這招奏效了。一隻烏鴉看到敞開的門口，飛撲了出去，另一隻立刻跟著往外飛。

第三隻烏鴉發出最後一聲鳴叫，羽毛掠過天花板。然後牠也飛走了，小木屋忽然安靜下來。我繼續待在地板上，喘口氣，冷靜一下。我四下張望小木屋，確定裡頭沒有其他的鳥兒等著發動襲擊，雖然攻擊不是牠們的目的。牠們只是受困而害怕。我猜想牠們是從窗口飛進來的，可能是出自好奇，而且也餓了。飛進來之後，牠們不曉得要怎麼飛出去，所以才慌了。這樣說得通，我也有過那種感受。

然而，這時我想到鳥兒衝撞玻璃的聲音。多麼可怕的聲音。我坐了起來，望向窗口。窗戶一直都是關著的。

第十五章

我花了十分鐘，撿拾烏鴉留下來的所有羽毛。地板上散落著十幾根羽毛，米蘭達和莎夏的床位上還有更多。起碼除了羽毛之外，沒有留下鳥兒的排泄物。我把這點當成一項勝利。

清理的同時，我試圖想出在窗戶關閉的情況下，鳥兒進來屋內的途徑。我想到兩種可能性。第一，牠們是從屋頂的洞口跑進來，洞口可能藏在難以察覺的角落。第二，更合理的原因是，有某個女孩沒帶上門，鳥兒便飛進來了。有其他人過來，關上門，沒意識到他們把鳥兒關在山茱萸屋裡。

但是當我把那些羽毛拿到小木屋後方時，我的腦海中浮現第三種可能性：有人抓了那些鳥兒，故意把牠們放進屋裡。畢竟一共有三隻，和我手鍊上的幸運墜飾數目相呼應，這就是某種象徵。我灑落羽毛時，搖了搖頭。不對，不是這個原因。和淋浴時被偷窺的念頭一樣，這種想法太邪惡了。再說，誰會做這種事呢？而且為什麼？就像在淋浴間的那道暗影，我告訴自己，最簡單的解釋也是最合理的。

然而，一回到小木屋，我便甩不掉這裡有些不對勁的想法。監視器、淋浴間的暗影，再加上烏鴉，我一整天都精神緊繃，緊繃到我覺得需要暫時離開小木屋。或許去健行，一點運動也許正是我需要的，讓我拋開內心的奇怪念頭。

我打開我的山胡桃木箱，尋找我的健行靴。我第一眼看到的是薇薇安原本藏在她的木箱裡，那張摺疊起來的紙張。我的雙手顫抖，拿起了那張紙。我告訴自己，這是今天發生了這些事之後，殘留的壓力所致。不過我知道真正的原因。

那張紙令我緊張不已。再次從摺縫中滑落的那張照片也是。

我注視著照片裡的女子。當我看著她的雙眸時，那種熟悉感又在我心中引發一陣恐懼。我不禁要想，在拍這張照片時，這名叫做伊蓮諾・奧本的女子，心裡在想些什麼。她是否害怕自己要發瘋了呢？她是看到了其實不存在的東西嗎？

我把照片放在一旁，再次檢視薇薇安畫的那張地圖。我仔細查看整頁，營地、那座湖，以及位在對岸，草草畫下的森林。然而，我的視線落在那個在紙上畫出兩道凹槽的小X上，流連不去。薇薇安會這麼做是有原因的。這表示那裡有某種東西。

我無法確知是什麼，除非我親自去一趟。

我就打算這麼做。前往湖泊對岸既能讓我離開小木屋，又能開始認真追查更多線索。這是一石二鳥之計，不過當我瞥見我的木箱後面冒出一根零星的羽毛時，我領悟到這不是個好的隱喻。

我開始收拾用品，塞進我的後背包裡。防曬乳和乾洗手、手機、水壺。我也將地圖放進背包，拉起拉鍊關上，離開小木屋。走出去的路上，我挑釁地看了監視器一眼，希望席歐和法蘭妮晚點會看到。

在離開營地之前，我去了一趟餐廳，把水壺裝滿水，拿了一根香蕉和一條燕麥棒，免得我萬一肚子餓。外面有兩名女子和一名男子。廚房工作人員在午餐及晚餐中間的休息時間，來到懸垂屋簷下的陰涼處抽菸。其中一名女子淡淡地揮了揮手。在她身旁的是今天早上看了我一眼的那個留著山羊鬍的男子。別在圍裙繫帶上的名牌寫著他的名字叫馬文。

現在馬文的目光越過了我，望向遠方的湖泊。下午的游泳課正在進行，岸邊和水裡都有年輕的女孩，身上穿著暴露程度不一的泳衣。他發覺我在看他，於是露出噁心的咧嘴笑容，害我想伸手去拿背包裡的乾洗手。

「看看又不犯法，」他說。

就這樣，馬文登上了我的偷窺狂嫌犯名單第一名。說實話，他是唯一的嫌疑犯，但事證不太充足。我去淋浴之前，馬文在餐廳裡忙。他有可能跟蹤我去那裡，不過我懷疑他不可能這麼做卻不曾引起任何人的注意。

此外，有可能根本沒人偷看我。

或許吧。

「這樣或許不犯法，馬文。」我特別強調他的名字，確保他明白我知道他叫什麼。「不過那些女孩的年紀小到可以當你女兒了。」

馬文扔了菸，把它踩熄，然後走進去。那兩名女子開始咯咯笑了起來。其中一個朝我的方向點頭示意。一個無聲的感謝。

我繼續走向湖畔，背包掛在肩上。我看到米蘭達在救生站徘徊走動，身上的比基尼設計是要在合法的範圍內，盡可能裸露最多的肌膚。

這天下午的救生員是契特，這解釋了米蘭達為何在這裡出現。他高坐在上頭，戴著雷朋墨鏡和哨子，真是公認的帥到爆表。米蘭達抬頭看著他，為了他剛才說的什麼話而笑得太過火。她拿一根手指頭捲繞頭髮，腳拇趾在沙地上畫圈圈。她顯然已經把害她心碎的簡訊男拋在腦後。她最好希望敏蒂不要看到她。我猜想和契特調情絕對不是夜鶯夏令營精神的展現。

莎夏和克莉絲朵在一旁，共享一張大的沙灘毯。她們在上面伸展四肢，身上還是穿著短褲和營隊制服，百無聊賴地翻閱一疊漫畫書。我走到她們身旁，我的影子落在毯子上。

「妳們有人打開小木屋的門嗎？」

「沒有，」莎夏說。「蟲子會跑進去，這樣會招來疾病。」

「就連開一點縫都沒有嗎？」

「我們沒有，」克莉絲我回答。「怎麼了？」

小木屋裡的羽毛都清乾淨了，我想沒必要跟她們說鳥兒的事。這只會讓莎夏更擔心。我選擇換個話題。「妳們怎麼不去游泳？」

「我不想，」克莉絲朵說。

「我不會，」莎夏說。

「假如妳們要的話，我可以找時間教妳們。」

莎夏皺著鼻子，眼鏡上下移動。「在那種髒水裡？不用了，謝啦。」

「妳要去哪裡？」克莉絲朵問，眼睛盯著我的背包。

「去划獨木舟。」

「一個人嗎？」莎夏說。

「我是這麼打算的。」

「妳確定那是個好主意嗎？每年平均有八十七人死於各種獨木舟意外。我查過了。」

「我是游泳好手，我想我沒問題。」

「假如有人跟妳去，可能比較安全。」

在她旁邊的克莉絲朵啪地闔上漫畫書，嘆了一口氣。「維基小姐想說的是，我們也想跟。我們好無聊，而且從來沒划過獨木舟。」

「對啊，」莎夏說。「我就是這意思。」

「這不是個好主意。這趟旅程不短，而且還要健行。」

「我也沒健行過，」克莉絲朵說。「拜託啦，我們可以去嗎？」

莎夏對我眨著眼，睫毛在她的鏡片後面搧呀搧地。「求求妳嘛！」

我的計畫是越過湖泊，找出薇薇安的地圖上標記的地點，然後從那裡開始著手。然而，我放不下那份責任感。法蘭妮告訴我，重啟夜鶯夏令營的目的是要帶給學員全新的經驗。這話說得沒錯，即便我現在還在氣法蘭妮。

「好吧，」我對她們說。「穿上救生衣，然後幫我搬獨木舟。」

女孩們照著這番話去做，抓起掛在獨木舟架兩旁的骯髒救生衣。她們套上救生衣，然後幫我把架上的一艘獨木舟抬起來。它比看起來還要重，而且又難搬動，我們差點把它弄掉了。我們維持著一種慘不忍睹的模樣，笨拙地把獨木舟搬到湖畔。克莉絲朵抓住前面，我抬著後面，莎夏在中間，藏在底部朝天的獨木舟裡面，只露出兩條瘦腿，拖著腳步走向湖邊。

我們努力掙扎，甚至把米蘭達的注意力從契特的身上吸引了過來。她小跑步過來，問我們說：「妳們要去哪裡？」

「划獨木舟，」莎夏說。

「還有健行，」我補了一句，希望她們聽到這趟旅程不只是划船橫渡湖泊之後，便會打消念頭。

然而，米蘭達皺起了眉頭。「沒找我？」

「妳想一起來嗎？」

「不是很想，不過呢……」

她的聲音逐漸消失，沒把話說完，但是意思很明顯。她不想當唯一被丟下的那個人。我知道那種感覺。

「去換衣服吧，」我告訴她。「我們會等妳。」

多一個人意味著多一艘獨木舟。所以當米蘭達跑回去小木屋，換上短褲和球鞋時，克莉絲朵、莎夏和我把第二艘獨木舟抬到湖邊。米蘭達回來後，我們上了船，她和克莉絲朵搭一艘，我和莎夏搭另一艘。我們划槳把船推離岸邊，開始往湖面前進。

我們這艘的划船任務大多落在我身上。我坐在船尾，輪流在船的兩側划槳。莎夏坐在船頭，把槳橫放在腿上，每當我需要弄清楚狀況時，她就把槳探進水裡划了起來。

「妳覺得這裡的水有多深？」她說。

「有些地方相當深。」

「一百呎嗎？」

「可能喔。」

莎夏在鏡片後方的眼睛睜得老大，空著的那隻手無意識地抓緊了身上的救生衣。「可是妳很會游泳，對吧？」

「沒錯，」我說。「雖然不像我認識的某些人那麼厲害。」

我們花了半小時橫渡湖泊。當湖面在沿岸的高大松樹遮蔭下變得陰暗時，我們便慢了下來。

那些樹蔭倒影參差不齊，感覺冷冰冰。在湖面下的是在山谷淹沒時，浸泡在水中的樹木殘骸。隨著時間過去，樹葉早已不復見，那些樹枝顯得慘白，似乎想要抓取它們探不到的新鮮空氣。這種景象令人感到坐立難安。那些蒼白枝幹彼此交纏，棕色的魚兒穿梭其間。由於乾旱的緣故，湖泊的水位降低了，探得最遠的枝幹刮擦著獨木舟的底部，聽起來像是棺木裡有指甲想刮出一條生路。

我們的前方有更多的樹探出湖面。雖然稱它們為樹木並不全然正確。它們比較像是樹木的幽魂，光禿禿地，褪了色，受困在湖水與陸地之間的地獄邊緣，樹皮、樹葉和枝幹都沒了，只剩下悲傷又脆弱的枝條。

穿越了樹木墳場之後，我們來到了岸邊。這裡沒有夜鷺夏令營坐落其上的那種開放平地，而是地勢驟升，沿著上升的坡度，最後通往遠方的圓頂山巔。這裡的樹木高聳矗立在湖畔，枝幹連成一氣，打造出一片淺綠色的牆，在湖面吹來的微風中款擺搖盪。

我們看到水中有一堆巨礫，部分突出在水面上。它們顯得突兀，彷彿剛從山上一顆接一顆地滾下來，最後聚集在那裡。在它們後方是一處懸崖，陸地在那裡遭到大自然的塹斷。頑強的小藤蔓攀爬在崖壁上，裸露的岩石呈現出礦床條紋。樹木沿著懸崖頂上的山脊林立，有一些向前傾，彷彿就要一躍而下。

「我看到有東西耶，」米蘭達說，手指向坐落在湖畔較遠處的殘破建築。

我也看到了。那是一座涼亭，應該說曾經是。現在是傾斜的建築，碎裂的木板逐漸被野草取代了。它的木地板條下陷，屋頂略微歪斜地坐落其上。雖然不敢確定，但我認為這可能是薇薇安的地圖上所標示，類似小木屋的建築。

我開始朝那個方向划去。到了岸邊，我們跨出了獨木舟，船槳嘩啦碰撞，救生衣扔在一旁。

接著我們把船拖到岸上更遠處，減少它們沒有載上我們便漂走的可能性。我抓起我的背包，掏出那張地圖。

「那是什麼？」莎夏問。

「地圖。」

「去哪裡的地圖？」

「我還不清楚。」

我皺眉看著眼前的樹林。它顯得濃密又陰暗，悄無聲息又陰影重重。現在我們來到了湖的另一邊，我不知道該如何進行。薇薇安的地圖沒有太多細節，她畫的圖有多少準確性，同樣值得懷疑。

我的手指沿著那座可能是但也可能不是的涼亭標示點移動到附近的粗糙三角形。我猜想那些是岩石。這表示我們需要往東北方前進，直到我們抵達那裡。在那之後，看起來還要往北方走一小段，才能找到那個X點。

現在我們的路線安排好了，我開啟今天早上離開營地之前在手機下載的指南針應用程式，轉動方向，直到它指向東北。接著我摘了一把野花，然後帶著米蘭達、莎夏和克莉絲朵，走進了森林。

十五年前

「走吧，」薇薇安說。

「去哪裡？」

我窩在我的床位上，讀著我帶來夏令營那本翻得破破爛爛的《蘇西的世界》。我從書本中抬起頭來，看到薇薇安站在小木屋的門邊。她在頸間繫著一條紅色手帕，頭上戴著艾莉森的寬沿草帽。

「去探險，」她說。「尋找埋藏的寶藏。」

我闔起書本，爬下了床。我哪可能不去呢。我來到這裡的短短時間內，看得很清楚，不管薇薇安想要什麼，沒有要不到的。

「可是艾莉森會需要她的草帽，」我對她說。「妳知道她對紫外線的看法。」

「艾莉森不會跟來，娜塔莉也是。只有妳和我，小丫頭。」

她連說都沒說我們要去哪裡。我讓她帶路就對了。我們先是去碼頭附近取獨木舟，然後橫越午夜湖，我一路上都手忙腳亂地划著槳。

「我要大膽地猜猜看，妳從沒划過獨木舟，」薇薇安說。

「我以前坐過划艇，」我告訴她。「那樣算嗎？」

「要看情況。是在湖上嗎？」

「是中央公園的池塘。我和海瑟和瑪麗莎去過那裡一次。」

我差點告訴她，我們是怎樣嚴重撞船，害海瑟掉進了水裡，不過這時我想起了薇薇安的姊姊，以及她是溺水而死的。薇薇安沒跟我說過事發地點，或者是怎麼發生的，或者甚至是什麼時候。但我不想提起這件事，就算是用無害又婉轉的方式也不想。我保持沉默，直到我們來到了一處開滿萱草的湖畔草地。

薇薇安摘了許多萱草，做成花束。當我們走進森林時，她開始扯下花瓣，扔在地上。

「每次都要沿途留下麵包屑，」她說。「這樣妳才知道怎麼找到回去的路。這是我第一年暑假來這裡的時候，法蘭妮教我的。我想她是怕我迷路。」

「為什麼？」

「因為我太常到處亂跑。」

這不令我意外。薇薇安的個性太野了，在規規矩矩的夏令營待不住。我開始注意到她跟每個人打招呼時，都是用無奈的嘆息開頭。

她又扔了一片花瓣，我轉頭看在我們後方灑下的一長串花瓣，標示著我們的路徑。這景象令人感到安心，像是我們留下了小小的橘色足跡，最後會引導我們回家。

「兩真一假，」薇薇安說著，然後又扯下一片花瓣，讓它翩翩飛落地面。「我先來。第一：有個男人在地鐵對我露鳥。第二：我的床墊底下藏了一瓶威士忌。第三：我不會游泳。」

「第二件，」我說。「要是妳偷喝酒，我會注意到。」

我想到我母親，以及在她迎接我放學回家時，身上散發的氣味。她嚼的綠薄荷口香糖稍微遮掩了她的滿口酒氣。不過，我已經是個專家了，能在她每次喝太多的時候，注意到她略微混沌的眼神。

「妳的觀察力還真敏銳啊，」薇薇安說。「所以我才想，妳會想要看看這個。」

我們來到了一棵大橡樹，它的結實枝幹散布開來，形成了遮蔽周遭地面的頂篷。有個X刻在樹皮上，手法和薇薇安在山茱萸屋的木箱蓋上雕刻的手法一樣，粗獷又大膽。樹幹底下有一堆樹葉，遮掩住底下的某個物品。

薇薇安把樹葉撥開，露出底下一只老舊又腐朽的木盒。隨著歲月過去，盒蓋上的膠合板已經脫落了，任由水和陽光蹂躪，在木盒的某些地方留下污漬，某些地方褪去色彩。結果盒子顯現出參差色塊。

「這超酷的，對吧？」薇薇安說。「這個有夠古老的。」

我的手指沿著盒蓋撫摸，感覺到木頭上有一連串的溝槽。起初我以為那只是歲月和大自然留下的痕跡。但是當我仔細看，我注意到木頭上刻了兩個淺淺的字母。經過風吹雨打，字母磨損得很厲害，很難辨識出來。當我俯身近看，我的鼻腔充斥著霉味和木頭腐爛的氣味，這時我才看出來。

CC

「妳在哪裡找到的？」

「去年夏天，它被水沖上岸。」

「當妳到處亂跑的時候嗎？」

薇薇安得意地笑，對自己感到很滿意。「當然囉，天曉得它在那裡多久了。我把它拿來這裡收藏好，打開來看看吧。」

我打開盒蓋，木頭很軟又吸飽了水，我怕它可能會在我的手上瓦解。盒子裡面襯著布料，原本可能是綠絲絨。我分不太出來，因為布料破破爛爛，只剩下深色皮革似的碎布條。

盒子裡面躺著幾好幾把剪刀，年代古老，有裝飾華麗的圓形握把，以及像鸛鳥長腿般逐漸變得尖細的薄刀柄。我在猜剪刀是銀製品，雖然它們已經變成和機油一樣的灰暗色澤。鎖在上面的螺絲長滿鐵銹。我拿起一把剪刀，試著拉開，但是它文風不動。年久失修，它已經毫無用處了。

「妳認為這原本是誰的？」

「醫院之類的吧，底部有一個名字。」薇薇安拿起盒子，蓋上盒蓋，把它壓住。然後她把盒子翻過來，裡面的剪刀喀啦作響，聽起來像碎玻璃。「看到沒？」

盒底刻了幾個小字，時間久了變得有些模糊：**和平谷所有物**。

「不知道它怎麼會出現在這裡。」

薇薇安聳聳肩。「可能是在好幾十年前，被扔進了湖裡吧。」

「妳問過法蘭妮關於這個盒子的事嗎？」

「休想，我要把它當成秘密。沒人知道關於它的事，除了我之外。現在再加上妳。」

「妳為什麼要給我看這個呢？」

我低頭看著盒子，一綹頭髮垂落在我的臉龐。薇薇安俯身向前，把它塞到我的耳後。

「我是妳這個暑假的大姊姊，記得嗎？」她說。「這就是大姊姊會做的事。我們分享一些事，一些別人都不知道的事。」

第十六章

我帶頭進入樹林裡，設法走成一直線，我的眼睛不時瞄著閃爍的指南針，指引方向。不看應用程式時，我會仔細觀察周遭環境，尋找草叢中可能有人會藏匿的地方。雖然我們離營地很遠，我依然有那種受到監視的感覺。每經過一處灌木叢，我都會懷疑地多看一眼。我不信任遮蔽林地的每處陰影。只要有鳥兒在樹梢發出尖聲鳴叫，我就得克制想要快速低頭閃避的衝動。

冷靜點，小艾，我對自己說。除了妳們四個之外，這裡沒別人了。

我無法判斷這念頭是讓我好過一些、或是感覺更糟。

就算女孩們注意到我緊張不安，她們也沒多說什麼。克莉絲朵和莎夏走在我的後面，莎夏不時喊出她認得的樹木名稱。

「糖槭。美國山毛櫸。白松。樺樹。」

米蘭達跟在她們後面，從我摘取的花朵拔下花瓣，然後依照固定間距扔在地上。

「我為什麼又要這樣做呢？」她問。

「每次都要沿途留下麵包屑，」我對她說。「這會幫助我們找到回去的路。」

「從哪裡回去？」克莉絲朵問。

「等我找到時就知道了。」

我們沿路走著，地面呈上坡傾斜。起先只有一點，斜坡隱藏在去年秋天的黃褐落葉層底下。

等到雙腿開始發熱疼痛，呼吸也越來越沉重時，我們才察覺到上升的地勢。但是不久後，地勢的陡峭程度變得更明顯了。我們面臨了無可避免的持續急遽上坡。我們繼續前進，拱著肩，曲著腿。我們沿途經過纖細的幼樹，抓住它們作為支撐，把自己拉得更高。

「我想回去了，」克莉絲朵氣喘吁吁地吐出這幾個字。

「我也是，」莎夏說。

「我跟妳們說過要健行，」我提醒她們。「嘿，我們來玩另一個遊戲吧。這次不玩兩真一假，我們只說真話。妳們誠實地告訴我，二十年後，妳們想做些什麼。」

我回頭看莎夏，她快要走不下去了。「妳先來，妳想過以後要做什麼嗎？」

「好多喔，」她說，同時輕推了一下她的眼鏡。「當教授，科學家。或許是太空人，除非大家都已經移民到火星了。我喜歡有不同選項。」

「那妳呢，克莉絲朵？」

她不需要思考，大家都清楚她的答案。

「替漫威工作。希望能畫我自己的超級英雄系列。我想出來的某個酷炫角色。」

「妳為什麼這麼喜歡漫畫呢？」莎夏問。

「我也不知道。我想是因為大部分的超級英雄一開始都是和我們一樣的平凡人，又宅又怪。」

「那是妳自己吧，」米蘭達插嘴說。

「和大家都一樣，除了妳以外，」克莉絲朵說，想要安撫她。「但是發生了某些事，讓這些平凡人明白，他們比自己想的更強大。然後他們會相信自己無所不能，並且選擇去幫助別人。」

「我比較喜歡普通的書，」米蘭達說。「妳知道的，沒有圖畫那種。」

在上坡的路上，她超越了克莉絲朵和莎夏，現在走在我旁邊，是我們之中唯一沒有遭受爬坡折騰的人。

「妳有想過當作家嗎？」我問她。「既然妳這麼喜歡看書。」

「我要當警探，和我叔叔一樣，」她說。「如果能在真實生活中解決犯罪事件，誰想要用寫的啊？」

「嗯，那就叫超級英雄，」克莉絲朵心滿意足地說。

米蘭達奮力前進，走到上坡地勢終於減緩成比較不那麼累人的地帶，不耐煩地等著我們其他人。我們抵達之後，停下腳步喘口氣，同時欣賞風景。在我們的右手邊，一片片的藍色天空從樹林間露臉。我直覺地朝那個方向移動，追隨那道光線，從樹林間逐漸消失在一長條崎嶇的地面。在那後面，地面陡降，我有片刻感到暈眩又失去方向，以為我也要跟著掉下去了。我伸出一隻手臂攬住最近的那棵樹，穩住自己，眼睛盯著我的腳，確定我還站在堅固的地面上。

當女孩們走到我身旁，其中一個，我想是米蘭達吧，讚嘆地吹了一聲口哨。

「天—哪，」克莉絲朵把這兩個字拉長了說。她聽起來不只是印象深刻，是感到敬畏了。

我抬眼望向地平線，看著她們所見的景象。我領悟到我們站在我從獨木舟上看見的山脊上，俯瞰石壁懸崖。我們從這裡看到的景觀太驚人了。午夜湖在我們的下方延展開來，湖面閃爍著陽光。從這個高度，我能看見內彎的湖岸線完整形狀，還有遠處湖泊減縮成水壩的那個點。

在我們的對面，薄霧籠罩的遠處就是夜鶯夏令營的營地，從這裡看過去顯得很渺小。迷你造型。適合擺在模型鐵軌中央的那種。

我從口袋掏出地圖，飛快地看一眼。薇薇安沒有畫什麼來指出我們現在所在的懸崖。從她的潦草記號中，我推測我們很接近那些參差的三角形岩石。果然不出所料，當我轉身背對水岸，面對北方時，我在重重樹林間瞥見了岩石。

我越來越接近了。接近什麼呢？我還是沒有頭緒。

在薇薇安的地圖上，那些岩石和我親眼見到的差異很大。這些是巨礫，有幾十個，龐大的體積在我們接近之後顯得更驚人，你能感受到它們沉重如山的分量。這片大地居然撐持得住，真是令人難以想像。它們排成一直線，坐落在類似我們剛才走過的陡升斜坡上。

女孩們在巨石之間散開，攀爬石塊，有如小孩子來到了遊樂場。

「我敢說這些石塊原本是那座山峰的一部分，」莎夏說，同時手腳並用地爬上一顆比她高出一倍的巨礫。「它們結凍後裂開了，然後冰川沿著山坡將它們沖刷而下，現在才會在這裡。」

撇開解釋不談，這些巨岩還是令我感到不安。它們讓我想起傳聞中打造午夜湖之後的倖存者。我想像在月圓時分，他們會趁夜裡在這些岩石之間悄然潛行，尋找新的受害者。為了抹去這種不安感受，我查看了指南針和地圖，確認我們沒有來錯地方。是這裡沒錯。

「嗨，女孩們，」我大喊。「我們要繼續前進了。」

我側身從兩顆巨礫之間穿越，然後沿著其中一顆的邊緣繞行。這時我看到在上坡處有另一塊巨石，體積比其他的都還要大。一塊孤立岩。

它有將近兩層樓高，矗立在地面上，像一塊巨大的墓碑。面向我的這一側幾乎是平坦的，一片巨石牆。有一道大裂縫沿著對角線往上延伸，縫隙在頂端變寬了。裂縫裡頭長了一棵樹，樹根沿著岩面盤繞，想找尋土壤。莎夏站在樹旁，抬頭仰望枝幹。

克莉絲朵也在那上面。她朝巨礫的邊緣跨出一步，探頭往下看著我。「嘿，」她說。

「妳們在那上面做什麼？」

「探險，」莎夏說。

「妳們還是待在平地比較好，」我說。「米蘭達呢？」

「在這裡。」

米蘭達的聲音從巨石的西北側傳出來，聽起來有點悶，很像是回音。我循聲前進，莎夏和克莉絲朵則是從岩石的另一邊爬下來。我繞過石塊，看到它的另一面也有裂縫。這是一道垂直縫隙，在底部擴寬，在地面往上一呎左右整個是空的，形成一個洞穴，足以容納一個人爬進去。

或者，就米蘭達的例子來說，是爬出來。她從爬行姿勢站起來，膝蓋和手肘沾染了一圈泥土。「我想看看裡面有什麼。」

「可能是熊或蛇吧，」莎夏說。

「沒錯，」我說。「所以不准去探險了，明白嗎？」

「是，長官，」克莉絲朵說。

「我們知道了，」莎夏補了一句。

米蘭達手叉腰地站著，滿臉的不開心。「我們來這裡不就是為了這個嗎？」

我沒說什麼。我忙著望向她的後方，偏斜著頭，好奇地瞇起了眼。在她的後方遠處，有些像是廢墟的地方。我隱約看出一道殘破石牆，還有一根尖突木椽朝天而立。

我開始朝它悄悄走去，女孩們跟在我後面。當我走近時，我看到那是原先可能為穀倉或農舍的廢墟。現在牆壁幾乎成了一堆石塊，但是完整程度能讓人看出建築的長方形地基。裡面有幾棵松樹，從建築殘存的屋頂和地板之間冒出來。

一旁蓋在斜坡地上的根菜儲藏窖看起來狀態好很多。它的上方沒有屋頂，只是一個略呈圓形的土堆。正面是以粗石堆疊的牆，中間有一扇緊閉的木門，鏽蝕的插銷鎖卡住不動。

「真嚇人，」莎夏說。

「超酷的，」米蘭達說。

「兩種都有，」克莉絲朵說。「看起來像是《魔戒》裡的場景。」

但我想到的是另一個更不祥的故事。關於一座淹水的山谷，一群倖存者躲在樹林裡，渴求復仇。或許凱西告訴我的傳說故事中藏有一絲真實的種子。因為以前有人住在這裡的山區。地基和地窖清楚說明這點。雖然沒有證據顯示這就是凱西故事裡的那批人，我的皮膚依然開始發癢，手臂上起滿了雞皮疙瘩。

「我們應該——」

離開。我的本意是要這麼說。但是坐落在五十碼以外的那棵大橡樹映入我的眼簾，因此我話沒說完便打住了。那棵樹龐大無比，濃密的樹枝蔓延開來。在它的樹幹上有一個熟悉的字母。

X

我立刻知道，那不是薇薇安在十五年前帶我來看的那棵樹。我會記得殘破的地基和令人毛骨悚然的地窖。不對，那是不一樣的樹，以及不同的X。然而我有種感覺，兩個字母都是出自同一人之手刻下的。

「待在這裡，」我對女孩們說。「我馬上回來。」

「我們可以去那個哈比人的家裡面看看嗎？」米蘭達說。

「不行，哪兒都不准去。」

她們在殘破的地基間晃，我匆忙跑到那棵樹旁，搜尋它的樹幹。我踩了一下，腳下的地面砰然作響。那是一種沉悶又空洞的聲音。

下面有東西。

我跪了下去，開始把累積多年的野草和枯葉扒開，直到我碰到土壤。我的手在上面來回撥動，清除泥土。底下露出了某種潮濕的棕色物品。

是木頭。一塊松木板被埋在地底下十多年而染成了棕色。我又抹去更多泥土，然後把手指探進底下的土壤，將那塊板子拉鬆。它的底部包覆著一層黴菌和泥巴，幾隻蟲子匆匆飛走。在木板下面，有人挖了一個鞋盒大小的洞。洞裡有一只黃色購物袋，緊緊裹著一個長方型物品。

我把袋子解開，把手伸進袋子裡，摸到更多塑膠的物品。那是一個冷凍保鮮袋，有夾鏈的那種。我透過透明的塑膠材質看到裡面有一抹綠色，皮革殘渣，並且由於雙層保護，頁面邊緣依然乾燥。

一本記事本。而且居然是高級品。

我仔細看黃色購物袋裡頭，檢查裡面是否可能還有其他物品。裡頭只有第二個保鮮袋，空蕩蕩又皺巴巴的，袋子裡裝了一束頭髮。我把它放在地上，小心地打開另外那只袋子，讓記事本滑出來。十五年來的冰凍、融化又結凍，它變得柔軟無比，在我的手中鬆軟垂下。然而，我還是能打開封面，翻到第一頁，看到某人手寫的潦草字跡。

正確地說，那是薇薇安的字跡。

「妳在那裡做什麼？」米蘭達大喊。

我啪地闔上了記事本，把它塞進我的背包，希望我的身體能擋住我的動作，不要讓女孩們瞧見。

「沒什麼，」我回答。「我要找的不是這個，我們回去吧。」

我把現在空了的袋子擺回洞裡，用木板蓋上。我踢了一些泥土和樹葉遮住木板，為的是尊重薇薇安，而不僅是謹慎之舉。我想替她守住秘密。因為無論這本冊子裡頭寫了些什麼，薇薇安都認為它重要到該藏在這裡，在湖泊的對岸，盡量遠離那些窺探的眼睛和夜鶯夏令營。

十五年前

「兩真一假，」薇薇安在我們划船回營區的路上說。「該妳了。」

我把槳探進水裡，手臂用力推著它划過水的阻力。薇薇安不僅年紀比我大，也比我強壯。她每划一下都逼得我要更用力地划，才有辦法跟得上。然而我跟不上。結果我們的獨木舟在水中呈曲線前進，而不是直接划向對岸。

「我們一定要現在玩這個嗎？」我氣喘吁吁地問。

「我們沒有一定要，」薇薇安說。「就像我沒有一定要告訴艾莉森和娜塔莉，妳今天膽小到不敢玩，即便我可能會說出去。」

我相信她，所以我才選擇玩這遊戲。我不是很在乎艾莉森和娜塔莉怎麼看我，我唯一在乎的只有薇薇安的看法。我最不希望的就是她認為我沒有膽子去做任何事。

「第一：我母親有一次喝太多，醉倒在我們大樓的電梯裡，」我說。「第二：我從沒吻過男孩子。第三：我認為席歐是我見過最帥的男生。」

「你這是作弊，」薇薇安說，她的聲音像在唱歌。「這裡面沒有一個是謊話。」

她幾乎說對了。我母親是在等大樓電梯時醉倒了。我發現她面朝下地躺在走廊上，輕聲地打呼，她的一小灘口水浸濕了地毯。

「但是這次我讓妳，」薇薇安說。她把槳從水裡拉出來，換到另一邊。「就這一次而已。主要是因為妳在輪到我說的時候猜錯了。」

「我不這麼認為，」我說。「我根本就知道妳沒有酒瓶。再說，我看到妳不會游泳。」

「再猜一次。」

薇薇安忽然站起來，獨木舟搖晃不已。她把衣服脫掉，底下沒穿泳衣，只有成套的珍珠白胸罩及內褲，絲綢材質在午後的陽光下閃耀著。我還來不及出聲抗議，她便潛入湖裡，獨木舟因此搖晃得很厲害，我以為我也會掉進湖裡。我發出一聲尖叫，緊抓住船身兩側，等它停止搖晃。

這時我才注意到薇薇安像刀切奶油般，在水中任意穿梭。她游得很快，強而有力又優雅。她的手臂往前伸，曬得黝黑的背部打直，然後手臂在體側拱起。她的雙腳簡短有力地踢水拍打，頭髮像咖啡裡的鮮奶油一樣在水中翻騰。像是美人魚。

當她終於抬頭換氣，已經離獨木舟十呎遠了。

「等等，」我說。「妳真的會游泳？」

她咧嘴而笑，撇著嘴角，笑得詭秘，唇上搽著粉紅唇蜜。

「對啊，」她說。

「可是那天——」

我話沒說完，薇薇安又潛到水面底下，再次出現時，嘴裡含了滿滿一口水，從她噘著的雙唇之間，像噴泉一樣噴了出來。

「妳告訴席歐說妳不會游泳，」我說。

「妳不能相信我告訴妳的每件事，小艾。」

我想到那天在湖濱的激動場面。慌亂驚恐、水花四濺。薇薇安拼命掙扎時，睜大的雙眼充滿恐懼。我記得貝卡，她的相機瞄準這場混亂，然而她關注的對象是我。

早就跟妳說。

「我以為妳要溺水了，」我說。「大家都是，妳幹嘛對那種事情撒謊？」

「有何不可？」

「因為這種事不像妳那些愚蠢的遊戲！」

薇薇安嘆了一口氣，開始往回游向獨木舟。「所有的一切都是遊戲，小艾。無論妳知不知情。這就是說，有時候謊話不只是謊話而已。有時候，謊話是讓妳獲勝的唯一方式。」

第十七章

晚餐時間很煎熬，不光是食物的緣故，我本來就料到味道會很糟。醬汁稀薄的邋遢喬三明治（編註：以麵包夾肉醬的簡單三明治）佐薯條。儘管一整天幾乎沒吃什麼，我還是只吞得下閃著油光的薯條。現在，我一心一意只想回去山茱萸屋，弄清楚薇薇安埋的那本簿子裡寫的是什麼。如此一來，我需要一點私人空間，但這種機會很難找。

如果我不吃晚餐跑去閱讀，只會加深女孩們的懷疑。在划獨木舟橫渡湖泊回來的路上，她們像連珠炮似地不斷提出問題，關於那張地圖、那些岩石，還有我們離開營地那麼遠的目的。我的回答敷衍又模糊，無法滿足她們。所以我強迫自己忍受晚餐，延後閱讀那本記事簿的時間，直到女孩們去參加營火晚會。

我拿著我的托盤，去那張現在大家都知道的成人餐桌。今晚全員到齊，所有的輔導員及指導員都在場，包括貝卡。她的座位和大家有點距離，眼睛盯著手機看。我有種感覺，她認為跟我沒有什麼話好說了。我的想法正好相反。

我前往餐桌的另一頭，凱西正在聽輔導員玩一個叫做「上床、甩掉或結婚」的遊戲。我清楚記得這遊戲，在十五年前和薇薇安、娜塔莉及艾莉森玩過。只不過薇薇安給了它一個比較殘酷的名稱：「打炮、結婚或幹掉」。

那些輔導員在夜鶯夏令營的男士之間挑選時，我偷偷瞥了凱西一眼，彷彿在說，這可不是個愚蠢又有性別歧視的遊戲？然而，我懷疑凱西在深思熟慮那些選項，正如我私底下也是如此。

「我會和契特上床，甩掉清潔工，嫁給席歐，」那個名叫金姆或戴妮卡的輔導員說。

「我認為他基本上是個維修工人，」另外一個說。

「場地管理員，」凱西告訴她們。「他替這個家族工作了好多年。他有點嚇人，不過也挺性感的。他會是我的上床對象。」

兩個輔導員看起來都震驚不已，嘴巴張成了一對驚訝的橢圓形。「勝過契特和席歐？」

「我這是實事求是。敏蒂絕不可能讓契特離開她的視線。」凱西用手肘推搡我一下。「而且艾瑪已經釣到了席歐。」

「絕對沒有，」我說。「他是妳們的，各位。」

「但是傳聞說，你們倆在午餐時間去森林裡野餐。」

餐桌對面的貝卡抬起頭來，顯然大感驚訝。她盯著我看了有點久，然後才回去看她的手機。

「我們只是敘舊，」我說。「自從我們上次見面，已經過了好多年。」

「當然了，」凱西說，接著她靠得更近，低聲地說：「今天晚上，妳再把所有骯髒的細節告訴我。」

在餐廳的另外一頭，我看到敏蒂走進來，直接快步走向我們的餐桌。她面帶微笑，這不必然代表了好消息。我後來領悟到，敏蒂這種女生會把微笑當作長柄大鐮刀來使用。

「嗨，艾瑪，」她說，不帶一絲友善的口吻。「下次妳決定整個下午鬧失蹤，假如妳可以跟某人說一聲，我會很感激。法蘭妮也會。她聽到妳帶了一群學員離開，卻沒跟任何人說妳們要去哪裡，她煩惱得不得了。」

「我不知道有這種規定。」

「這不是規定，」敏蒂說。「這是一種尊重的表現。」

「我和我的小木屋那幾個女生去划獨木舟，要是妳想記錄我的行蹤的話。」

我假設敏蒂知道監視器的事。和所有其他的事。尤其是當她這麼說：「妳很難不去注意到有一群學員不見了。妳應該很清楚這點。」

她站在那裡，一臉的志得意滿。她的下一步取決於我如何回應。我很清楚，因為這都寫在薇薇安的劇本裡。我選擇投變化球。

「跟我們一起坐吧，」我說。我的聲音十分快活，一點也不像我的天生語調。「吃點薯條，味道好棒喔。」

我抽出一根薯條，它的末端下垂，前端滴著油。敏蒂帶著幾乎掩飾不住的嫌惡眼神盯著它。我懷疑她打從中學起就沒碰過反式脂肪了。

「不用了，謝啦。我得回去主屋了。」

「連一根薯條都不要嗎？」我說。「假如妳是擔心卡路里的話，妳就想太多了。妳看起來……還行啦。」

那天晚上，等到女孩們去參加營火晚會，我才拿出背包裡寥寥無幾的零食，躺在我的床位上。我心不在焉地咬著燕麥棒，打開了薇薇安留下的記事本。

我翻開第一頁，看到她親筆寫的日期。

夏令營的第一天。十五年前。

這是一本日記。

薇薇安的日記。

我吸了一口氣，又吐出來，然後開始閱讀。

六月二十二日

我來了，回到夜鶯夏令營再待六週。我不能說我很興奮能回來這裡，不像參議員先生及夫人，當我告訴他們我想來這裡度暑假，而不是和布蘭妮、派翠西亞及凱莉去歐洲到處跟人睡時，他們是多麼欣喜若狂啊。要是他們知道我其實超想和那些婊子去阿姆斯特丹，狂吻某個只為了哈草而想去當ＤＪ、滿臉鬍渣的爛人，不知會如何。

每個人似乎都認為我超愛這地方。這和事實相差十萬八千里。這裡讓我毛骨悚然，從我第一次參加就是這樣。這裡有些不對勁。

但是我想待在這裡。再待一個暑假。正如參議員喜歡看的那些爛電影裡，他們都會說，我還有未完成的事。可是我會完成它嗎？這是籠罩今年整個夏天的一大問題。在我離開之前，我對凱瑟琳愛到不行的那顆愚蠢的神奇八號球提出這問題。所有的徵兆都指向肯定答案。

同時呢，明天我會有幸聆聽「法」發表那篇不知講了幾百遍的該死演說。這真的很可悲，她是多麼努力想要顯得很親民，然而我們其他人都知道，她可是身價不菲。妳休想愚弄我們！至少不會持續太久。

當然了，小娜和艾莉也在這裡。第四個還不知道會是誰。我希望下鋪就這麼空著。這會讓我們幾個更方便，但主要是我啦。不然的話，我也可以接受席歐多。我隨時願意睡在他的上面。天哪，他帥呆了。別誤會我的意思，他向來都很帥。但我說的是帥到爆表，值得用十來個差勁的驚嘆號來表示。

！！！！！！！！！！！

振作點，小薇。不要為了那副帥氣外表而分心。妳有任務在身。席歐不是任務的一部分。除非有這個必要。我的老天爺啊，希望有這個必要。

更新：現在是晚餐過後。第四個學員還沒來。老天保佑她永遠不會出現。

二次更新：第四個學員剛進來。一個新女孩。是該選擇要嚇嚇她，或是和她當朋友的時候了。我還沒決定會是哪一種。

六月二十三日

今天，我帶新來的認識規矩。總是要有人去做。這地方可是膽小鬼勿入。

還有，新來的有名有姓。她叫艾瑪，亂可愛的，對吧？她本人也是。年紀小、單純又怯生生，像是初生的小貓咪。她讓我想起我在那年紀的時候，主要是因為在那副《彩虹小馬》的外表下，我認為她可能實際上是一個有待訓練的賤人。昨天晚上，她當面嗆我，膽子可不小。我挺佩服的。自從凱瑟琳死後就沒人嗆過我。我想念那種被狠狠教訓一頓的感覺。當團體裡面唯一的大姊頭很辛苦。

但是呢，和席歐的極品外表一樣，我不能讓新女孩太過分散我的注意力。任務優先，友誼其次。「那個人」吃盡苦頭才明白這點。

至少我在射箭課之後，有機會到處走動。我仔細觀察我還沒看過的所有地方，包括那棟「大屋」。我差點就混進去了，可是凱西逮到我在那裡探頭探腦的。要是我遇上的是其他任何一位輔導員，我還是會想辦法溜進去。但是她不行。她對這地方超死忠的。我是說，前任學員連續兩年暑假回來這裡當輔導員？我想不出有什麼比這樣更可悲的了。

我猜她是迷上了席歐。她顯然很想跟他上床。每次一有機會，她就對他投懷送抱。去年她逮到我跟席歐打情罵俏，結果氣得要命，好像他是她的還是怎樣。從那之後，她就拼命想把我踢出營隊。所以我在查房時才會得到特別的關注。

就像我說的，可悲啊。

六月二十四日

夏令營的第二天晚上，可憐的艾瑪初。經。報。到。昨天晚上，她把我吵醒，手指頭沾了血漬，好像魔女嘉莉。我真替她感到難過。我記得我的初經。那真的很糟。我發誓，唯一讓我保持理性的是凱瑟琳，她當時早就經歷過那種事了。你可能會問，參議員夫人在哪裡呢？當然不在家，那還用問。她甚至不知道我月經來潮，直到六個月後，女傭告訴她這回事。

所以我為艾瑪做了凱瑟琳對我做過的事。也就是說，以魔女嘉莉的說法而言，我是這個故事裡的蘇．史奈爾。等等，我想這其實是讓我成了那個體育老師才對。不行，我拒絕當那個討厭鬼。我還是當蘇就好了。

她活了下來。

六月二十六日

今天下午，我差點溺死。

嗯，是假裝溺水，這兩者不太一樣。這不是計劃好的。我只是臨時決定要這麼做。然而，我的演出值得獲頒一座奧斯卡獎。或者起碼是金球獎。最佳溺水表演者，得獎的是百米蝶式區域冠軍選手。可是大口吞下湖水的部分真討厭，在我寫下這一段時，我的肚子裡可能有某些可怕的水生微生物在游來游去。可是這麼做很值得。我得到我想要的回應。

雖然我是溺水事件的主角，我們先來談談法蘭妮的丈夫。不覺得很奇怪嗎，一個幾乎游進奧運的傢伙居然溺死了？我會信才怪。

六月二十八日

該死該死真該死。

我混進去「大屋」了。終於！我知道午餐時間所有的學員和輔導員都會在餐廳裡，而「法」和她的親友團會在後院平台用餐，然後我就過去了。這給了我足夠的時間，在神不知鬼不覺的情況下，從前門溜進去。而且，哇噢，我的等待是值得的。我知道「法」在裡面藏了某些東西。果不其然。有好幾樣東西。我設法偷了其中一個，接著洛蒂便逮到我在書房裡。她表現得好像沒什麼大不了，但是我認為她發現我在那裡，其實心裡氣得要命。現在我超怕的，因為她會告訴「法」。我就是知道。

這下可不妙了，日記。

小木屋的門上忽然響起了驚人的拍打聲，打斷了我的閱讀。我是如此深陷在薇薇安的思緒世界裡，真實世界在不知不覺中消失於無形。現在它回來了，我從日記中抬起頭來，用顫抖的聲音喊著：「是誰？」

「艾瑪，我是契特，妳沒事吧？」

我啪地闔上日記，塞到我的枕頭底下，快速又冷靜地呼吸一下，然後才說：「對啊，我很好。」

門打開了一條縫，契特朝裡面窺探，頭髮勾垂在他的眼睛前面。他把門推開，並且說：「我能進來嗎？」

「請便。」

他走進來，坐在我的木箱上，伸長了那雙長腿，雙臂交抱胸前。雖然他和席歐沒有血緣關係，但是兩人擁有某些相同特質。兩人的身高和體型讓他們不管穿什麼都完美合身，一舉一動都帶有運動員的魅力。而且兩人的身上都散發著悠閒又無憂無慮的氣息。那是莊園出身的人所擁有的特質。或者，就他們的例子來說，是被莊園的人所領養。

「我注意到妳沒有參加營火晚會，」契特說。「我在想，不知道是出了什麼問題。妳知道的，在發生了午餐的事之後。」

「是誰派你來的，你媽還是你哥？」

「其實都不是。我是自己要過來的。我想釐清幾件事。關於監視器，以及我母親為何邀請妳回來這裡。這兩者都是我的主意。」

我驚訝地坐了起來。昨天，我還在納悶契特是否記得我是誰。他顯然記得。

「我原本以為這兩件事都是法蘭妮的主意。」

「原則上是，不過是我慫恿的。」契特對我咧嘴一笑。那笑容很好看，是他和他哥哥的另一個共同點。「監視器只是防範措施。席歐和我母親跟這件事無關。我認為監視妳的木屋會是個好主意。倒不是說我預期會有不好的事發生。只是萬一真的發生了，這樣總是有備無患。」

這是客氣的說法，表示他也知道我在第一次來過這裡之後，精神狀態變得脆弱。再這樣下去，等到這星期結束，每位學員及廚房工作人員都會知道這件事了。

「請妳別生氣，」契特說。「我明白妳為何覺得這樣針對妳很不公平，我感到很抱歉。我們都是。假如妳希望把它拆下來，我會要班恩明天一早就立刻去做。」

我很想要求現在立刻把它取下。不過奇怪的是，我也明白預防措施的必要性。經過了今天早上在淋浴間發生的事之後，或者更準確地說，是可能發生的事，監視營地或許不是一件壞事。

「不用拆了，」我對他說。「暫時先這樣。除非你告訴我，為什麼找我回來是你的主意。」

「為了妳當時說過的話，」契特說。「關於席歐。」

他沒必要進一步說明。我知道他指的是我對警方說，席歐和女孩們的失蹤有關，而且從來沒有收回這種說法。我對這兩種舉動都深感懊悔。前者是因為我為何責怪他，後者是因為這會表示我向眾人承認，我是個大騙子。

這是我還沒準備要面對的兩件事實。

「我無法改變我當時所做的事，」我說。「我能告訴你的是，我很後悔，而且很抱歉。」

契特舉起一隻手，阻止我繼續說下去。「我告訴我母親，她應該邀請妳回來這裡的原因，不是為了要妳道歉。我這麼做是因為，妳的出現勝過道歉的千言萬語。」

所以法蘭妮才這麼急著要我回到夜鶯夏令營。她把這件事視為一種手段，讓大家看到夏令營又是一個安全又快樂的地方了。事實上，我來到這裡，等於是默默收回我在十五年前所說關於席歐的話。

「因為我再次回到這裡，表示我認為席歐是清白的，」我說。

「沒錯，」契特說。「但不只是這樣。這是了結往事的機會。」

「所以我才決定過來。」

「事實上，我指的是席歐。我認為找妳回來會是一個和解的契機。這對他會有幫助。天曉得，他很需要這個。」

「為什麼？」我想得到的只有這句話。席歐長得帥，有錢又成功。他哪有可能還需要什麼？

「席歐不像外表看來那麼平靜，」契特說。「發生了那件事之後，他有一陣子很不好過。這也不能怪他。警方不斷懷疑他，薇薇安的父親說了一些他的壞話，媒體也一樣。席歐承受不了。他輟學，開始濫用藥物又酗酒。七月四日那天，情況跌到了谷底。那是失蹤事件發生後一年。席歐去紐波特參加一場派對，他玩瘋了，借了某人的法拉利，開了一哩路之後，撞上一棵樹。」

我渾身一顫，想到了席歐臉頰上的疤痕。

「他能活下來真是奇蹟，」契特繼續說。「是席歐走運吧，我猜。不過問題是，我很確定席歐沒打算在那場車禍中生還。他從來沒坦承說他打算自殺，不過那是我的理論。好幾個月以來，他確實表現得像一心尋死的人。在那之後，情況逐漸好轉。我母親確保這點。席歐在康復中心住了六個月，回去念哈佛，最後成為醫生，雖然比他計劃的還要晚兩年。因為一切終於回復正常，我們對那段時光絕口不提。我想我母親和席歐認為我年紀太小，記不得了。但是我記得。看著唯一的兄弟經歷那種事，怎麼可能忘得了。」

他停了下來，深深吸了一口氣，然後吐出了長長的悲哀嘆息。

「我很抱歉，」我說，即便這話不具意義。這無法改變已經發生的事，也抹不去現在在席歐的臉頰上那道蒼白的線條。

「我不知道妳為什麼要指控他，」契特說。「我不需要知道。重要的是，現在妳不相信那個指控了，否則妳不會在這裡。我不希望妳覺得難受。」

但是我的感覺比難受還糟。真的糟透了。我甚至無法要自己看著契特。我只是盯著地板，默不作聲，滿心愧疚。

「別為了這件事而折磨自己，」契特在起身離去時說。「我們最不想要的就是這樣。是該讓過去的過去了。所以妳才會在這裡。所以我們大家才會在這裡。我希望這對每個人都有所幫助。」

第十八章

契特走了之後，我在回頭翻閱薇薇安的日記之前，等了整整五分鐘。我一分一秒地數著，它就擺在我的枕頭底下。我不擔心他再次回來打斷我。在他說了那番關於席歐的話之後，現在應該是減輕壓力的時候了。即使他告訴我，不要折磨自己，我還是忍不住。

席歐在康復中心待了六個月。可能就在我為了自己的問題接受治療的同一段時期。我們在夜鶯夏令營之後的頭幾年經歷，幾乎如出一轍。唯一不同的是我們面對的魔鬼。

我的看起來像薇薇安。

他的看起來像我。

我知道我無法修補自己對他造成的傷害。那個機會在十五年前就溜走了。但是假如我能查出薇薇安、娜塔莉及艾莉森發生了什麼事，我就能防止進一步的傷害。猜疑不會再如影隨形地跟著他了。

他會獲得自由。

假如他會如此，那麼我也會一樣。

五分鐘過去後，我從枕頭底下抽出薇薇安的日記，翻到我最後看的那頁，繼續埋頭閱讀。

六月二十九日

結果我想得沒錯。洛蒂告訴了「法」，她在吃過午餐後，把我拉到一旁，對我大發雷霆。她威脅說要打給參議員，好像他會該死的在乎這種事。她也說我要尊重個人的界限。我真想告訴她，帶著她該死的個人界限去死吧。我沒說，因為我要繼續保持低調。我不能興風作浪，除非船隻非得翻覆不可。

所以呢，做個總結：

壞消息：她絕對起了疑心。

好消息：我就快要查出她的骯髒小秘密了。

七月一日

我在考慮要告訴艾瑪。

有人必須知道這件事，以防我出了事。

七月二日

唉，真討厭。

我決定不要把我在做什麼的真相告訴艾瑪。這樣對她來說比較安全。我選擇帶她去看我藏在森林裡的秘密寶物，給她一點暗示。妳猜到了，那只盒子。我就是因為去年夏天發現它，才會展開這場調查。

我認為讓艾瑪看看它，會引起她的興趣，以免神奇八號球說謊，所有的徵兆到頭來導致我這倒楣鬼被踢出營隊。那一來，她就能繼續我開始的調查，假如她真想要的話。而且我說對了，這確實激發了她的興趣。她一打開那只盒子，我就在她的眼裡看出來了。

但是壞事隨之而來。對啊，我讓她看見我會游泳。我認為她應該知道，有幾個原因。第一，假如哪天早上我的屍體被沖上岸，她就能告訴警方我是游泳好手，但希望別發生這種事啦。第二、她要學會別相信每個人跟她說的每件事。兩真一假不只是遊戲。對大多數人來說，那是一種生活型態。第三、我遲早要害她心碎。不如現在先敲出一道裂縫吧。

所以現在她生我的氣。合情合理。接下來的一整天，她都不理我。這真的很傷人耶。我有好多話想跟她說。人生很無情。妳要在它打擊妳之前，先出手攻擊。

我知道她很受傷。我知道她認為她是唯一被父母忽略的小孩。但她應該試試看，在她的姊姊過世後，參議員和夫人丟下她一個人在紐約，去華府待上兩個月！這才叫做遺棄。

至於假裝溺水的事，我非這麼做不可。希望小艾只會擺臭臉一天。我明天會送她花，她就會再愛我了。

七月三日

有趣的事實：在一八〇〇年代，女性會為了下列原因被送到精神病院：

歇斯底里　傷風敗俗

嫉妒　自慰

自私　被馬踢到頭

花癡　看小說（！）
難相處

除了被馬踢，我認識的每個女性在當年都可能被宣判精神失常。這就是男人要的。他們就是這樣設法壓制女人。不喜歡她們說的話嗎？那就說她們瘋了，送到瘋人院去。在床上沒有滿足老公嗎？送進去。太想和老公上床嗎？送進去。有夠病態。

妳可別以為情況改變了多少，日記。根本沒有。在凱特死後，參議員就準備把我關起來。好像我哀悼她是錯的。好像悲慟是一種精神疾病。

總之，這是我今天學到的一課。每個女人都是瘋子。隱藏得不夠好的人，妳就該死的倒楣了。

150.97768 WEST
164

更新：現在我慘了。我忘了我沒把你收好，日記。我從營火晚會回來，發現娜塔莉和艾莉森在讀你。這並不令我感到意外。一整個禮拜以來，她們一直想偷看你。現在她們看過了。我敢說她們大開眼界。感謝老天，我沒有寫說娜塔莉的大腿那麼粗，看起來活像女摔角選手，或是艾莉森那麼蒼白，簡直跟白子沒兩樣。假如她們看到這種描述她們的內容，那就糟糕透頂啦，對吧？

雖然我很想把你翻開這頁放著，讓她們來看，但我決定最好是把你藏起來。你在這裡已經不安全了，寶貝。

她們知道得越少越好。

再次更新：歡迎來到你的新家，小本子。希望你不會在這裡腐爛。我畫了一張地圖，才不會忘記你在哪裡。

七月四日

我不能多寫。划船到這裡已經耗了半個早上。划回去甚至要更久。「法」可能已經注意到我不見了。她到處都有眼線。我確定她告訴凱西，每天晚上要多查看我一遍。

但是再過不多久，這就不重要了。

因為。我。找。到。了。

套用那個老掉牙的說法，這就是拼出全貌的最後一塊拼圖。這樣一切都合理了。我知道事實真相。我要做的只有揭露它。

不過有個小問題。看了你之後，親愛的日記，娜塔莉和艾莉森也想參與這件事。我決定我要一五一十地告訴她們。因為少了她們幫忙，我一個人辦不到。我以為我可以，但是這已經不可能了。

對，我知道我可以收手，忘掉這整件事，就這樣過完夏天，年復一年，在我接下來的該死的人生中，假裝它從沒發生過。瘋子才會幹種事。

不過問題是：有些錯誤如此可怕，主事者必須承擔責任。就說是正義吧，或是復仇。隨你怎麼說，我他媽的根本不在乎。

我在乎的只有這起特定的錯誤。不能對它視而不見，一定要討回公道。

而我就要去這麼做。

我好怕。

第十九章

就這樣。剩下的頁面超過日記的三分之二，全都是空白的。我還是翻了一下，以免我漏掉了什麼。沒有，內容空空如也。

我闔上日記，吐了一口氣。閱讀這本日記帶給我的感覺，和每次薇薇安的幻影來訪之後相同。我感到困惑又暈眩，疲憊又恐懼。

薇薇安在找某種東西，這點是肯定的。但那是什麼東西，以及她最終找到什麼，依然是個令人挫敗的謎。說真的，我唯一能確定的是，薇薇安拿來畫地圖的紙張是從這本日記撕下來的。在她寫下它的新地點以及七月四日的內容中間，有一頁不見了。我從背包裡掏出地圖，把它和缺頁所剩下的參差邊緣湊在一起。結果吻合。

我把整本日記重看一遍，研究每一頁，剖析每個字，設法找出其中涵義。對於像薇薇安這種有什麼說什麼的人而言，我想不出她為什麼會需要將某些事情保密。所以我又讀了一遍，這次由最後一頁往前翻，從令人不安的最後一篇看起。

我好怕。

這篇最令我困惑不已。在我認識薇薇安的短時間內，她流露過各式各樣的情緒，恐懼並不包括在內。

我翻到前一頁。這篇是在七月四日的早上寫的。這引發了兩個新問題：她是在什麼時候寫下最後那一篇，以及她究竟是在怕什麼？

我緊抓著日記，感到萬分沮喪，渴望得知拒絕浮現的答案。「妳是知道了什麼，小薇？」我喃喃低語，彷彿她能想辦法回答我。

我從每篇的日期判斷，猜想她是在七月三日晚上的某個時間埋藏了日記。我的猜測是她趁我們其他人熟睡時，偷偷溜出去。這對她來說不是什麼罕見的事，她在前一天晚上也這麼做。

我記得，因為我還在氣她騙我關於游泳的事。我最氣的是她騙我的理由，居然是為了席歐太關心我。她看到我在他懷裡，在教我游泳的時候，低聲說些鼓勵的話。她受不了。所以她假裝溺水，只為了再次成為注意力的焦點。

在回到營地的剩餘船程中，我都不理她。那天下午也是。還有吃晚餐時，我聽取她的建議，很晚才出現，所以排在最後一個。我單獨入座，小口地吃著別人挑剩的晚餐，包括微溫的肉餅和乾到外表結了一層硬皮的馬鈴薯泥。在營火晚會上，我和同年紀的女孩坐在一起，她們不太理睬我。在那之後，我提早上床，假裝睡著了，而其他人沒找我便玩起了兩真一假。

那天稍晚，我醒來時發現薇薇安正躡手躡腳走進小木屋。她試圖偷偷摸摸行動，不讓人知道，但是從門口算起的第三塊木地板洩漏了她的行蹤。

我坐起來，睡眼惺忪地問，妳去了哪裡？

我要尿尿，薇薇安說。怎麼，去尿尿也不行？

她沒說別的，爬上了她的鋪位。但是到了早上，我的枕頭上擺著一把小花，就在我的頭部旁邊。花瓣是一種嬌貴的藍色。每朵花的中央都是黃色的星爆圖案。

後來，我把它們收進了我的胡桃木箱，壓在我的《蘇西的世界》書頁裡。雖然她沒承認過把花放在那裡，但我知道那是薇薇安送的。她確實送花給我。而且正如她所想的，我又愛上她了。

我翻回到薇薇安做出預測的那一頁，狂熱地閱讀著，再次納悶我的感情是否真的那麼顯而易見。我重讀了關於她父母的那一段之後，我才得到答案：薇薇安就是知道。因為她跟我很像，沒人照管又孤單。只要能得到一絲關注，她便心滿意足。所以她才能事先料到，匆匆摘取的一把勿忘我便足以取悅我。因為對她來說，這樣也就足夠了。

我繼續翻閱，讀得越多就引發越多疑問。

我翻到薇薇安提起瘋狂的那一頁。在她寫的所有內容裡，這篇最令我打從心底感到震撼。讀著這篇，感覺就像她在直接跟我對話。彷彿她早已預見在她下筆的一年後，我會淪入瘋狂的境地。

但是她為何要尋找那份資料呢？而且在哪裡？

我清楚記得她寫下那一篇的那天。我搭乘營區的那部薄荷綠福特，緊緊夾在薇薇安和開車的席歐之間，一起進城。席歐單手駕駛，張著雙腿，因此大腿不斷和我的碰撞。每次觸碰都讓我的心有如困在籠裡的小鳥，不斷撲打著鎏金欄杆。當薇薇安說她要去購物，從我們身邊溜走，留下我和席歐獨處時，我一點也不介意。

我翻到下一頁，她在這裡草草記下那組奇怪的數字。

150.97768 WEST

164

起初，我認為這可能是地圖的座標。但是當我拿起手機，查看指南針應用程式時，我發現150度指向東南方，意味著它別有含意。只有薇薇安才知道。但是我敢說，她寫下這組數字是有原因的。和其他的每件事一樣，我有種感覺，她是在督促我繼續努力，一步接一步，找出她在多年前發現了什麼。

我正拿手機把那組數字拍下來時，山茱萸屋的門打開了，米蘭達、克莉絲朵和莎夏闖了進來。她們忽然出現，害我又急著闔上日記，把它塞進枕頭底下。這次我的動作不夠快，被她們逮個正著。

「妳在做什麼？」莎夏問。她先是注意到從我的枕頭底下露出來的日記一角，然後看到我還緊握在手中的手機。

「沒什麼。」

「對啦，」米蘭達說。「你表現得一點也不像剛被逮到偷看A片的人一樣。」

「不是A片啦。」我停頓了一下，想看看女孩們是否相信我。她們顯然不信，所以我對她們說老實話，除了會引起她們更多問題的任何內容。「我想破解某個東西。一組密碼。」

聽到解開謎題的想法，米蘭達的臉龐亮了起來。「是哪種密碼？」

我看了一眼我的手機，把數字唸出來。「妳們覺得150.97768 WEST聽起來像什麼？」

「那簡單，」米蘭達說。「這是杜威十進分類法，有些書會用那種索書號碼。」

「你確定嗎？」

她給了我一種不敢置信的眼神。「嗯，對啊。我這輩子有一半的時間都泡在圖書館耶。」

圖書館。或許當薇薇安聲稱要去購物時，其實是去了那裡。她在那裡的時候，找到了非常重要的一本書，重要到她得把索書號寫在日記裡。她顯然是在尋找某種東西。我甚至認為她可能已經找到了。

我回想起某一篇，她提到去了不該去的地方。「大屋」指的是主屋，「法」是指法蘭妮。很簡單。但是薇薇安居然沒提到她在屋裡找到什麼，以及她設法偷的是什麼東西。

不過，她寫下的內容已經足以令我感到完全不知所措。想到法蘭妮對於她四處窺探的反應，令我渾身打起了寒顫。這聽起來一點也不像法蘭妮，因此我懷疑薇薇安是否有某種偏執妄想。看起來似乎正是如此，尤其是薇薇安寫的那一段，說她想告訴我她在做什麼，以免她遭逢不測。

我就快要查出她的骯髒小秘密了。

結果真的出了事，只不過沒有證據顯示這件事和法蘭妮，或是某個更不為人知的暗黑秘密有關。然而某些事件的關聯性太強，不可能只是巧合。這件事給人的感覺正是如此。

我知道事實真相。

想到自己可能離女孩們失蹤的真相更近了一步，應該教我感到興奮，然而，我的內心深處湧現一股疼痛的感受。我想薇薇安在寫下最後那句話時，可能也體驗過這種感覺。

我好怕。

我也是。

因為我可能無意間涉入了某種邪惡的、甚至是危險的事情。

在疑惑多年之後，我就快要接近真正的答案了。

最重要的是，我害怕要是我繼續往下挖，我可能不會喜歡自己終將發現的事。

第二十章

那天晚上，薇薇安在我的夢中盤桓不去。

這不像是我年少時期的幻覺。我也不認為她真的在那裡，從蒼穹歸來。那些夢境有某種電影般的特質，彷彿我是看著我父親仍在週日下午觀賞的黑色電影。薇薇安身穿表現主義派的黑白兩色。她先是奔跑和我的畫中一樣狂野的森林。接著跑到了荒蕪島嶼，手裡拿著一把剪刀。最後她坐上了獨木舟，用力划進了陣陣濃霧中。霧氣飛快地撲向她，飢渴地打著轉，最終吞噬了她。

我抓著我的幸運手鍊醒來時，起床號正響遍營區。我大感驚訝，自己居然一覺到天明。我眨著眼，試著面對晨光。在我還沒完全張開眼之前，我就能看見山茱萸屋僅有的那扇窗外有某種東西。

是一個形體，深沉有如暗影。

我倒抽了一口氣，愣在那裡，暫時停止呼吸，直到窗外無論是誰的身影逃離。我看不出來那是誰，我只看到一個深色身影飛奔離去。

等那身影消失了之後，我才用力吞嚥了一下，把那口氣憋住、強行吞了回去。我不想吵醒女孩們，也不想嚇到她們。當我注意到莎夏在她的上鋪瞇眼低頭看著我，我看得出來，她沒看到在窗口的那個人。她只看到我坐在床上，臉色白得和我的棉質枕頭套一樣。

「我做了惡夢，」我對她說。

「我看過書上寫，做惡夢可能是因為妳在睡前吃東西。」

「是這樣啊，」我說，雖然我很確定夢到薇薇安是由於她的日記所引起，和我昨天晚上吃了什麼無關。

至於我在窗口看到的影像，我很確定那不是夢，也不是我的想像，或是光線的變幻，就像我試圖說服自己，在浴室發生的其實是這麼一回事。這次我不會說服自己放棄追查，無論我有多想這麼做。

有人在那裡。

我依然感受得到那個人的存在。窗外有一種幽魂似的嗡嗚聲。我的脈搏加速，發出回應的震嗚。它告訴我，昨天我沒有弄錯。

在淋浴間時，有人窺探我。

正如同有人把那些烏鴉關在小木屋裡。

現在又有人監視我睡覺。

我震驚又害怕，身上起了雞皮疙瘩。要不是女孩們在這裡，我會放聲尖叫，只因為這樣會讓我好過點。然而，我只是溜下床，朝門口走去。

「妳要去哪裡？」莎夏低聲問。

「去廁所。」

又是謊言。我脫口而出，讓莎夏保持冷靜。不像我帶著依然狂亂的脈搏，以及持續不斷的震顫，衝到外頭去看我是否能瞧見是誰在窗外。但是外面已經有幾十個女孩紛紛從小木屋出來。她們被起床號喚醒，昏沉沉地展開一天。當她們看到我，全都停下了腳步。她們還盯著看，有些人好奇地偏著頭，有些毫不保留她們的訝異之情。又有幾名學員加入了那群人，她們也做著相同的動作。凱西從這裡經過，把兩根手指貼在唇上，已經渴望著第一根菸，而她也出現了一樣的反應。

這時我才明白，她們不是在看我。她們的視線停留在我後面的小木屋。

我緩慢地轉身，不太確定我是否想見到其他人所看到的。她們的表情有點害怕，有點震驚，這告訴了我，那不是什麼好事。但是在好奇心的驅策下，我繼續轉身，直到我面對山茱萸屋的正面。

有人在門上潑了漆。紅色的。還沒乾。油漆從木板上汩汩流下，像是一道道的鮮血。紅漆以全大寫字母拼出一個字眼，字體又大又粗，筆觸像刀鋒穿刺肋骨一樣凌厲。

騙子

法蘭妮再次站在擠滿了學員的餐廳裡，雖然這次是要發表不一樣的演說。

「要說我深感失望的話，算是一種保守的說法，」她說。「我太震驚了。夜鶯夏令營不會容許任何破壞公物的行徑。在一般的情況下，我們會要求肇事者立刻離開營隊。不過因為妳們都才來這裡幾天，或許還不明白規矩，無論是誰在山茱萸屋的門口亂畫，現在站出來的話，還是可以留下。要是妳不承認，後來被抓到了，妳就會一輩子都無法再踏進這地方一步。所以我拜託各位，假如是妳們之中任何一個人做的，現在就說出來，道歉，我們會把這整起事件拋在腦後。」

接著出現一陣安靜，只有少許咳嗽聲和餐廳椅子偶爾發出的嘎吱聲，打破了這片沉默。沒有人站出來坦承不諱，雖然我也沒期望會如此。大部分的青少女情願死掉，也不肯承認自己做錯事。

我應該清楚這點。

我站在門口處，環視這群人。大多數女孩子都在集體的羞愧感之下低著頭。少數幾個女生沒有低下頭，而是張著無辜大眼，注視著前方，其中包括了克莉絲朵及莎夏。山茱萸屋的女孩們之中，只有米蘭達似乎對這起事件感到氣惱不已。她偷偷看了周遭的女孩好幾眼，試圖找出誰是有罪的肇事者。

洛蒂、席歐、契特和敏蒂站在牆邊。敏蒂逮到我在看她，對我板起臉。我正式毀了她希望一切順利進行的目標。

「那麼好吧，」法蘭妮認為讓大家坐立難安的時間夠久了，於是說：「我的失望只會越發加深。吃過早餐後，全部的人都回到妳們的小木屋。早上的課程取消了，我們要把事情查清楚。」

她離開餐廳，後面跟著住在主屋的其他人。他們經過我身旁時，洛蒂輕拍我的肩膀說：「艾瑪，請跟我們一起來。」

我跟著他們來到隔壁的工藝教室。大家都進來之後，洛蒂便關上了門。我站在門邊，蜷縮著身體，忍住想逃跑的衝動。不光是離開這個空間，還有離開營地。從我看到門上紅漆的那一刻，我的左手就開始顫抖，直到現在都還沒停。懸掛在我手腕上的鳥兒吊飾發出喀啦聲響。

「唉，這真是一團糟，」法蘭妮說。「艾瑪，妳知道有誰會做出這種事嗎？」

明顯的答案是目前在場的某個人。山茱萸屋門口現在已經刷掉的紅漆字裡，藏著一個重大的線索。除了敏蒂，我以前對其他每個人都撒過謊。關於席歐，關於我指控他所做的事。他們沒人當面叫我騙子，但是假如他們私底下這麼覺得，我並不意外。我也不會怪他們。

然而我的直覺告訴我，這件事不是他們做的。畢竟是他們邀請我回來。而且哈里斯—懷特家族的成員應該不會紆尊降貴去做破壞公物這種小事。假如他們想擺脫我，大可以直說。

「我不知道。」我掙扎著是否要跟他們說，我在窗口看到那個人的事。就說這是薇薇安的日記對我產生影響所造成的妄想症吧。但是我不確定我可以把事實告訴任何人。除非我進一步查明這是怎麼回事。考慮到我的過去，可能沒人會相信這種事真的發生了，除非我有更多證據。「我是在離開了小木屋之後才知道的。」

法蘭妮轉頭面對她的小兒子。「契特，你檢查過監視器了嗎？」

「查過了，」他說，同時把頭髮從眼前撥開。「什麼也沒有，這是一大警訊。一點風吹草動都會啟動那部監視器。」

「但是一定有人在木屋門外，」我說。「那扇門不會給自己潑漆。」

「監視器現在正常運作嗎？」法蘭妮問。她保持語氣冷靜，抵銷我逐漸升高的尖銳音調。

「對，」契特說。「這表示它要不是在一夜之間就壞掉了，不然就是有人對它動手腳。我想，如果拿把梯子爬上去，在感應器上貼膠帶，應該不難。」

「這難道不會被錄下來嗎？」席歐說。契特搖頭作答。「不盡然。監視器的設定是晚上九點自動開啟，早上六點鐘關閉。你大可以在九點之前對它動手腳，然後在六點鐘拿掉膠帶。」

這時法蘭妮的綠眼睛注視著我。雖然目前的狀況讓那雙眼眸稍顯暗沉，我還是覺得她的注視困住了我。

「艾瑪，妳跟誰提過監視器的事嗎？」

「沒有，但是這不代表別人不知道它的存在。假如我注意到了，那麼其他人可能也會。」

「我們來談談潑漆的部分吧，」席歐說。「如果我們能查出油漆是哪裡來的，或許我們就會比較想得出是誰下的手了。」

「艾瑪是畫家，」敏蒂尖聲地說。「她取得油漆的管道最多。」

「是油畫顏料，」我說，同時對她投以憤怒的眼神。「而且塗在門上的不是這個，它不會像那樣流下來。假如要我猜的話，我會說那是壓克力顏料。」

「那是用來做什麼的？」

我看向教室中央，凱西的工作區所在位置。那些櫥櫃和文件架上裝滿了各種用品。

「手工藝，」我說。

我側身繞過一張工藝圓桌，走到後面牆邊的櫥櫃旁。我使勁把它打開，看到一排排的塑膠顏料瓶。瓶身是透明的，你能看到裡面盛裝的顏色。每只瓶子都是滿的，除了其中一個。正紅。

附近有一個垃圾桶。我走過去，看到底下有一支中號畫刷，刷毛上沾著紅色顏料，還是濕的。

「看到沒？」我說。「不是我的顏料，不是我的畫筆。」

「所以今天一大早，有人偷溜進來這裡，取用那瓶顏料，」席歐說。

「這裡的門晚上會上鎖，」洛蒂回答。「至少應該是這樣。或許昨天最後離開的人忘了把它鎖上。」

「或是有鑰匙，」契特補了一句。

洛蒂搖搖頭。「有鑰匙的只有我、法蘭妮和班恩。」

「洛蒂和我都不會做這種事，」法蘭妮說。「而發現潑漆之後，班恩才剛到。」

「所以這表示門沒有上鎖，」席歐說。

「或許沒有，」敏蒂說。「昨天在大家去吃午餐時，我發現艾瑪在另一個工作區鬼鬼祟祟的。」

所有人的目光都轉向我，我在他們的熱切注視下畏縮了起來。我後退一步，撞上一張塑膠椅，跌坐在椅子上。敏蒂悲傷地皺起了臉龐，看著我，彷彿要表現出做了這樣的指控，她有多痛苦。

「妳真的認為這件事是我做的？」我說。「我為什麼要破壞自己的房門？」

「妳為什麼做了那麼多事情？」

雖然這話是從敏蒂的口中說出來，我猜想在這個當下，在場的每個人心中都浮現了這個疑問。他們或許沒有像敏蒂這樣大聲說出口，但早就提出這問題了。它存在於法蘭妮那雙綠眼睛每次投射的眼神中，也存在於當我走進山茱萸屋時，監視器閃爍的紅光裡。

我完全有理由相信他們原諒我了，但這不代表他們之中有任何人信任我。

或許除了席歐吧，他說：「假如艾瑪說她沒有，那麼我相信她。我們應該要做的是，想想看為什麼有人會對她做這種事。」

我知道答案。但是就像那個難以啟齒的疑問，我不能把它說出來。不過答案依然存在，從我依然顫抖的手明顯可見。

因為營區裡有人知道。

所以才會有人偷窺我洗澡。那三隻鳥兒才會被關進木屋裡。窗口才會有人，而門上塗抹了顏料。

他們用這種方式告訴我，他們知道。

不是我對席歐所做的事。

是我對女孩們做了什麼。

這項領悟讓我坐在單薄的椅子上起不了身。就連大家開始離開了也一樣。席歐在離去之前，擔心地看著我。他的臉頰漲紅，那道疤痕因此更明顯。

「妳還好嗎？」他說。

「不好。」

我想像薇薇安、娜塔莉及艾莉森是我畫布上的油彩印記，等著我把她們掩蓋住。我回來這裡的原因之一，是我無法繼續這樣做下去了。因為我以為，假如我更清楚她們發生了什麼事，我才能對得起良心。

可是現在，我無法想像自己在這裡待上整整六週。無論是誰在監視我，那個人都會繼續這麼做，得寸進尺地提出警告。把鳥兒關在房裡和在門上潑漆，恐怕只是開頭而已。假如要找出答案，我的動作要快一點了。

「我需要離開這裡，一下子就好。」

「妳想去哪裡？」席歐說。

我想到薇薇安的日記，還有那組索書號。

「去鎮上，」我說。

十五年前

卡車的收音機和車上其他部分一樣，老舊又破爛。微弱的音樂從擴音器嘶嘶傳出，音量既小又不時穿插雜訊干擾。這其實無所謂。薇薇安和我能找到的唯一電台只播放鄉村音樂，鋼弦吉他和小提琴的撥弦聲伴隨著我們離開夜鶯夏令營的旅程。

「我們為什麼要再跑一趟呢？」卡車穿越營區入口的拱門時，席歐這麼問。

「因為我需要一些衛生用品，」薇薇安說。「私密的那種，女生用的。」

「我不需要知道那麼多。」席歐搖搖頭，忍不住笑了。「那妳呢，小艾？」

「我只是順便兜風而已。」

我的確是。而且這趟兜風出乎我的意料之外。我在餐廳外面等其他人時，指尖上還沾著薇薇安送的勿忘我的花粉，這時娜塔莉和艾莉森來了。

「薇薇安要找妳，」艾莉森說。

「要做什麼？」

「她沒說。」

「她人呢？」

娜塔莉在走進餐廳途中朝工藝教室的方向偏頭示意。「在那邊。」

我在那裡找到了薇薇安、席歐，還有那部薄荷綠的小貨卡。薇薇安已經坐上車，車窗搖了下來，她的手指正敲打著窗框。席歐靠在駕駛座的車門旁，雙臂交抱著。

「哈囉，新來的，」他說。「上車吧。」

我夾在兩人中間，貼著他們溫暖的身體，隨著貨車在坑坑疤疤的路上顛簸前進。席歐的腿不斷和我的相碰撞，而且每次轉動方向盤，他的手臂也會碰到我的，前臂的柔軟汗毛輕搔我的皮膚。這種感覺搞得我忐忑不安，心臟隱隱作痛了起來，彷彿我的心被填得太滿，膨脹到我的瘦削骨架裝不下了。

我們就這樣一路開到了鎮上。那座小鎮沒有清楚標示名稱，有可能是國內任何一個地方的任何一座小鎮。鎮上有一條大街，復古風格的店面，前廊有紅、白、藍三色彩旗。我們經過一處城鎮廣場，裡面有一座普通的戰爭紀念碑，以及一份告示說明隔天早上會舉辦遊行，晚上施放煙火。

席歐停好車，薇薇安和我隨即下來活動雙腿，假裝這趟旅程很不舒服，真的很麻煩。我寧願這麼做，而不讓席歐認為我喜歡他無意間的碰觸。

伸展筋骨一番之後，薇薇安開始過街，前往轉角的一家老式藥房。「一小時之後見囉，你們這兩個蠢蛋，」她說。

「一小時？」席歐說。

薇薇安沒有停下腳步。「我打算去逛街，享受我的自由。或許我會給自己買點漂亮的東西，你和艾瑪去吃個午餐什麼的。」

她沒有再多說一個字，跨步走進了藥房。我透過玻璃窗，看著她在門口的廉價太陽眼鏡架旁停了下來，試戴一副心型墨鏡。

「嗯，那就剩我們倆囉，」席歐說，並且轉身面對我：「妳餓了嗎？」

我們走到一家看起來光鮮亮麗的餐館，坐在窗邊的雅座。席歐點了起司漢堡、薯條和一杯香草奶昔。我也點了一樣的菜色，但是少了奶昔，那是薇薇安說什麼都不會贊成的飲食。在等待餐點上桌時，我注視窗外，看著汽車慢吞吞地在街上來來去去，搖下的車窗裡有小孩和狗兒，還有累壞了的母親在開車。

即使席歐就坐在餐桌對面，我還是不想一直看著他。我每次朝他的方向瞥一眼，腦海中就浮現他在淋浴間沖澡，胴體閃著水光又健美，而且絲毫沒察覺到我的窺探。那幅景象教我的雙頰、內心和兩腿間都湧上一股羞愧的熱潮。我在想，當薇薇安催促我從松木板的縫隙之間偷窺時，是否知道接下來會發生什麼事。我希望她不知道。否則的話，這樣似乎太殘忍了。

薇薇安不是殘忍的人，儘管她有時表現出那種樣子。她是我的朋友，我在夏令營的大姊姊。我和席歐坐在那裡，聽著角落的點歌機傳來的老歌時，我明白了這整趟旅程是薇薇安耍的花招，讓我有時間和他獨處。這是另一種道歉，比送花要好一點。

「妳喜歡夜鶯夏令營嗎？」餐點上桌之後，席歐問道。

「很喜歡，」我說。我拿起一根薯條，咬了一咪咪。

「我母親聽到妳這麼說一定會很高興。」

「你喜歡那裡嗎？」

席歐咬了一口漢堡，嘴角沾了一點番茄醬。我忍住伸出手指去替他抹掉的衝動。「我也很喜歡。不幸的是，看來這會是我的最後一個暑假，接下來的實習會占據我的生活。大學絕對夠妳忙的，尤其當妳念的是醫學院預科。」

「你要當醫牛嗎？」

「我是這麼打算，兒科醫生。」

「這真的很偉大耶，」我說。「你想幫助別人，真的很厲害。」

「那妳以後想做什麼？」

「我想當畫家。」

我不知道自己為何這麼說。我很確定自己沒有什麼值得我躍躍欲試的藝術抱負。這只是因為它像是席歐會希望女生從事的職業。它聽起來成熟又世故，像是電影裡會聽到的話。

「艾瑪．戴維斯，知名畫家。聽起來很響亮。」席歐對我微笑，我的雙腿抖個不停。「或許我會去看你的畫展。」

在短短的一瞬間，我已經安排好我的未來一生了。夏令營結束後，我們會保持聯絡，彼此通信，而且隨著時間過去，內容會變得更加意味深長。愛情最終會來到，我們兩人會共擬人生計畫。在我十八歲的生日當天，我們會第一次發生關係。最好是在某個富有異國情調的地點，一個燭光熒熒的房間。我們會忠於彼此，我去念藝術學校，他會完成他的住院醫生訓練。然後我們結婚，成為人人稱羨的夫妻。

這似乎是異想天開，但我告訴自己，它有可能成真。以我這年紀的人來說，我算成熟的，或者我是這麼認為。又聰明又酷，就像薇薇安。而且我知道在這種情況下，她會怎麼做。

所以當席歐想要喝一口他的奶昔時，我搶先一步，靠過去，用他的吸管吸了一口。這項舉動很大膽，根本不像我。我臉紅了，臉色變成了蜜桃粉，就像我在席歐的吸管留下的唇蜜顏色。

但是我的大膽行徑還沒完。假如我肯花一秒鐘去思考，我就絕對不會做出這種事。但是我沒多想，就這麼採取行動。我閉上眼，把我的唇湊到席歐的嘴邊。當我親吻他，舌尖上的香草味道在我的唇際散開來。他的呼吸很熱，嘴唇很冰冷。那種熱度和冰冷融合成一種甜美又不安的感受，充斥我的全身。

我隨即退開，雙眼依然緊閉。我不想看著席歐。我不想看到他的反應，解除這道令我忘情沉浸的神奇魔咒。然而，他還是結束了它，輕聲地說：「我受寵若驚，艾瑪。是真的。不過——」

「我是鬧著玩的，」我不假思索地說。我依舊緊閉雙眼，心臟在胸膛裡扭絞。「只是開玩笑而已啦。」

席歐沒說什麼，因此我往後靠坐，轉頭對著窗外，然後才張開眼睛。

薇薇安在玻璃窗的外面。她的出現是不受歡迎的意外。她站在人行道上，戴著藥房的那副眼鏡。心型鏡框。深色鏡片反射出餐館裡的鉻色製品。雖然我看不見她的眼睛，她掛在嘴角的微笑卻清楚說明她什麼都看到了。

我無法分辨她見到的那一幕是讓她感到開心，或是把她給逗樂了。或許兩者都有吧。就像在玩兩真一假這個遊戲時，你有時候很難分辨出實話與謊言的差異。

第二十一章

我的進城藉口是去買我忘了帶的過敏藥。這又是一個謊言。現在我已經和實話絕緣了。不過話說回來，我認為這麼做是情有可原的，尤其是我因此才有機會回去山茱萸屋，帶上我的背包和薇薇安的日記。這時候，門口的顏料已經徹底清乾淨了。那裡曾經染上顏料的唯一證據是一大片剛清乾淨的木板，還有松節油的刺鼻氣味。

現在席歐和我坐在薄荷綠的小貨卡裡，就是十五年前載我們離開營地的那一部。車上一片安靜，收音機顯然已經壞了好多年。席歐單手操作方向盤，彎起的手肘伸出搖下的車窗。我的車窗也搖了下來。離開夜鶯夏令營的路上，我注視著森林，樹木呈現一片模糊，枝幹之間透出了閃爍的光線。

我早就不再為了山茱萸屋外面的監視器而對席歐生氣。我的沉默不是出自怒氣，而是愧疚感。在我得知他的崩潰往事之後，這是我們第一次獨處，我不太確定該怎麼做。我有滿腹的疑問。他待在康復中心的那六個月，是否和我在療養院時一樣感到孤單。他每次在鏡中看到臉上的疤痕時，是否都會想到我。面對這類的問題，沉默似乎是最佳選擇。

貨車撞上路面的一個大坑洞，我們倆都彈向長椅的中央。當我們碰到彼此的腿時，我立刻退開，緩緩挪到盡可能貼著副駕駛座的車門。

「抱歉，」我說。

隨之而來的是更多的沉默。那些沒有說出口的話讓氣氛變得緊繃又沉重。席歐受不了了，因為他忽然開口：「我們能重來一遍嗎？」

我皺起了眉頭，感到困惑。「你是指回去營地嗎？」

「我是說回到最初。我們重新來過。假裝這是十五年前，妳才剛抵達營地。」席歐露出了壞壞的笑容，就像他第一次見到我那樣。「嗨，我叫席歐。」

我再次對他的寬容感到訝異。或許在那部車撞上了樹的那一刻，所有的痛苦和憤怒都離他而去。無論是由於什麼原因，席歐的人品都比我更好。當我受到傷害時，我的預設反應是立刻回擊，他很清楚這點。

「跟我一起演下去啊，」他催促我。

我有多希望能抹去從那時到現在之間所發生的一切。將人生倒帶，回到薇薇安、娜塔莉及艾莉森還在的時光。席歐依然是我見過最迷人的男孩，而我是一個長著X型腿的純真少女，對於夏令營感到緊張無比。但是過去依附著現在，當我們無可避免地往前走，所有的那些錯誤和羞辱也如影隨形。你無法對它們視而不見。

「謝謝你載我來，」我只是這麼說。「我知道這給你添麻煩了。」

席歐的眼睛注視前方，試圖隱藏我是如何再次讓他失望。「沒關係，反正我需要進城一趟。洛蒂給了我一張清單，要去五金行採買一些東西。洛蒂怎麼說，我們就怎麼做。她是真正負責管事的人。向來都是如此。」

我們抵達時，我看到這個鎮大致上仍和我當初離開時一樣，雖然褪去了部分的魅力。前廊的欄杆不再掛著愛國彩旗。幾家空店面讓主街蒙塵，那家餐館不見了，取而代之的是Dunkin'

Donuts。藥房還在，不過現在是一家連鎖店，店名以紅色字體拼寫，華麗地裝置在建築物的原始磚造外牆上。

「然後，我可能會去圖書館一趟。我需要一個Wi-Fi訊號良好的地方，讓我看完工作的郵件，」我說，力求口吻輕快，彷彿我剛起了這個念頭。

我猜想這招有用，因為席歐沒有質疑這個想法。他只是說：「當然了，一個小時之後，我去那裡找妳。」

他坐在保持怠速的貨車裡，就這麼看著。我別無選擇，只好演到底，匆忙走進了藥局。我知道假如在回程時，我的手上沒有拿著藥局的袋子，看起來會很可疑，所以我花了幾分鐘瀏覽貨架，找些小東西好買。我決定買一組四個的拋棄式手機行動電源，一個自己用，山茱萸屋的女孩每人一個。法蘭妮永遠不會知道。就算她知道，我也不確定我會不會在意。

在結帳櫃檯，我注意到一個旋轉式的太陽眼鏡架，就是那種最上面有一片斜置的鏡子，讓顧客能看見他們戴上廉價商店的太陽眼鏡時，是什麼模樣。我轉動眼鏡架，不經意地瀏覽那些雷朋仿冒貨和廉價的飛行員墨鏡，這時一副似曾相識的眼鏡從眼前一晃而過。

紅色塑膠。

心型鏡框。

我從架上一把抓起那副太陽眼鏡，拿在手上翻看，想起了很久以前的那個夏天，在我們搭車回去營地的路上，薇薇安一直戴著的那副眼鏡。那一路上，我不禁納悶薇薇安的心裡在想什麼。在回程時，薇薇安不太說話。而是凝視著搖下的車窗外，任微風吹拂的髮絲散落臉龐。

我試戴那副眼鏡，朝架上的鏡子仰起了臉，看看是什麼模樣。薇薇安戴起來確實比較好看。

那副眼鏡戴在我臉上只顯得滑稽。我看起來就像是真實的我：一名年近三十的女子，戴著一副本來是要給年紀只有她一半的人戴的廉價太陽眼鏡。

我還是把眼鏡扔到櫃檯上。我付現結帳，然後把拋棄式行動電源塞進我的背包裡。我把太陽眼鏡往頭上推，固定我的頭髮，然後走出藥局。我想薇薇安會贊同我的。

下一站是圖書館，從主街往後走一個街區就到了。進門之後，我經過常見的亞麻色木質書桌和坐在桌上型電腦前的年長讀者，走向參考諮詢台。那裡有位友善的圖書館員，名叫黛安娜，告訴我非小說類書籍區的位置。不久後，我便在成堆的書仔細尋找150.97768 WEST。

令人驚訝的是，那本書還在，夾在架上關於精神疾病及其療法的書籍之間。這類主題已經令我感到相當不安，那本書的書名更是如此。

黑暗歲月：一八〇〇年代的女性及精神疾病，亞曼達·威斯特著

書本封面很單調，白底黑字。非常具有七〇年代的風格，正是這本書出版的年代。這本書是由我從沒聽過的大學出版社發行，這就更令人不明白薇薇安是如何、或為何知道它的存在。

我拿著這本書，走到角落一個隱蔽的小隔間，先停下來深呼吸了幾次，恢復平靜之後才打開手上的書。薇薇安看過這本書。她把這本書拿在手上，就在她失蹤前幾天。知道這點害我很想把它放回書架上，離開這裡，找到席歐，回去營地。

但是我不能。

我要打開這本書，看看薇薇安看到了什麼。

因此我將它打開，看見第一頁有一張古老的照片，上面是一名年輕女子，身上綁著緊身衣。她的腿只剩皮包骨，雙頰凹陷，一頭亂髮。然而她散發出抗拒的眼神。那雙眼睛睜得大大的，盯著攝影師，彷彿竭力想要他正眼看她，真正的注視，而且明白她的困境。

這是一幅令人震撼的畫面。彷彿心窩挨了一記正踢，我震驚地吸了一口氣，卡在喉頭，害我咳了起來。

照片下方是一行令人悲傷又含糊不清的說明：不知名的精神病院患者，一八八七年。

我翻到下一頁，無法再多看照片一眼。又一個無法忍受多看這位無名女子一眼的人。我以我的方式，同樣辜負了她。

翻閱這本書是一種受虐狂的練習。書裡有更多照片，更多令人憤怒的照片說明。裡面的故事寫著婦女被送去住院，因為丈夫虐待她們、家人不要她們，上流社會不想看見她們。書中描述她們遭受毆打、捱餓、冷水澡，還有拿鐵刷擦洗好幾個月不見天日的皮膚。

每次看到新的慘狀而倒抽一口氣時，我就明白自己有多幸運。要是我早一百年出生，我就會成為這些女性之中的一份子，遭人誤解、飽受苦難，希望有人能找出我的心智為何背叛我的原因，然後有辦法修補問題。這些女子大部分都無緣享受這種命運。她們承受悲傷與困惑，直到生命的最後一天。而我的瘋狂是暫時性的，已經離我遠去。

至於恥辱則是另一回事。

經過了半小時痛苦不堪的翻閱之後，我終於來到了第一百六十四頁，薇薇安在日記上註記的那一頁。裡面又有一張照片，幾乎填滿一整頁。和書中的其他照片一樣，它有著一世紀之前的攝影技術所呈現出深褐色調的模糊感。然而和其他照片不同的是，其他影像中都是囚禁在精神病院高牆內的不知名女子，而這張照片裡有一個男人，站在一幢裝飾華麗的維多利亞式建築前面。

這名年輕男子個頭高大，擁有厚實的胸膛及腹部。他蓄著無懈可擊且上了蠟的鬍髭，眼神帶著一股明顯的陰鬱。他的一隻手抓住早禮服的翻領，另一隻手滑進背心口袋裡。這真是一種炫耀浮誇的姿勢。

在他的背後是一幢磚造建築，有三層樓高，頂樓有老虎窗，屋頂上還裝飾了一個煙囪般的塔樓，上面有拱形高窗。塔樓的尖形屋頂上立著一個公雞造型的風向標。較為樸實的側翼沿著建築物的左邊展開。它只有一層樓，沒有窗戶，四處散布著一塊塊的草皮，而不是一整片草坪。就算少了具實用性的側翼，那地方還是有些不對勁。一縷縷脆弱的枯死常春藤垂掛在一個角落。陽光落在窗戶上，讓窗口顯得混濁不明。這讓我想起愛德華．霍普的一幅畫作：《鐵道旁的房屋》。據說這幅畫的靈感是源自《驚魂記》裡的那幢房屋。這三幢建築物都呈現出同一種單純的危險氛圍。

照片下面有一行說明：**查爾斯．克特勒醫生於和平谷精神病院外，約攝於一八九八年**。

這名稱喚起了十五年前的某個記憶。薇薇安和我單獨在森林裡，看著刻在腐朽木盒底部的細小名稱。

和平谷。

我想起了當時自己對它深感好奇。薇薇安顯然也是，因為她來到這裡尋找更多的線索。而且她得知了和平谷原來是一座精神病院。

我納悶這項發現是否讓薇薇安和我一樣感到震驚。她是否也坐著，不敢置信地眨眼看著在她面前的這一頁，想要弄清楚一盒瘋人院的剪刀，最後怎麼會落到了午夜湖的岸邊。不知道她的心跳是否和我一樣快。或者她的腿是否也忽然開始抽動。

當我看著這照片對頁的內文時，那種震驚的感受消失了。有人在兩個段落底下拿鉛筆畫了線。最有可能是薇薇安畫的。她是那種會毫不遲疑破壞圖書館藏書的人。特別是萬一她發現了重要的內容。

到了十九世紀末期，關於如何治療精神方面出現問題的婦女，分歧越來越大了。在國內的城市，精神病院依然住滿了窮困潦倒的人。儘管改革的呼聲日增，這些人依然生活在極其惡劣的環境之中，由專業訓練不足、薪資過低的員工施予嚴酷的治療。有錢人的遭遇就大不相同了，他們會去醫生自行開設的小型營利精神病院，營運不受政府的控制或輔助。這些咸稱為療養中心的院所，通常位在鄉間莊園，地處偏遠，人們可以將出了問題的家族成員送過來，不必擔心會引發流言或醜聞。他們因此付出鉅額款項，把這些黑羊趕走，交由他人照料。

少數思想先進的醫生對醫療照護的極端貧富差距大感震驚。他們試圖縮減差異，將他們的鄉間療養中心大門敞開，收治貧窮的患者。如此維持了一段時間。在紐約及波士頓的精神病院，經常能見到查爾斯．克特勒醫生的身影。他來到這些地方，尋找處境最不幸的患者，成為他們的法定監護人，並且把他們送到和平谷精神病院，一家位在紐約上州的小型療養中心。根據惡名昭彰的紐約黑井島精神病院裡一名醫生的日記記載，克特勒醫生想證明更溫和的醫療方式能造福所有精神失常的婦女，而不單是有錢人而已。

我幾乎可以肯定薇薇安在日記中指的就是這個，但我不知道這跟法蘭妮有什麼關係。極有可能根本風牛馬不相及。那麼薇薇安何以如此確信其中必有關聯呢？

想找出答案的話，似乎只有一種辦法：我要去搜查主屋。薇薇安在裡面的書房發現某些線索，然而在洛蒂進去之後便中斷了。她在那裡的發現把她帶到這裡，來到這間圖書館裡查閱這本書。

每次都要沿途留下麵包屑，薇薇安是這麼告訴我的。這樣妳才知道怎麼找到回去的路。

只不過我忍不住要想，她留給我的線索還不夠。我需要某位朋友的協助。

我拿起手機，立刻撥打視訊通話給馬克。他匆忙地接起電話，聲音幾乎淹沒在餐館廚房的嘈雜聲裡。在他的背後，一名二廚正在調理一只滋滋作響的長柄平底煎鍋。

「我打得不是時候，我知道，」我對他說。

「午餐尖峰時段，」馬克說。「我只有一分鐘。」

我立刻切入話題。「記得你交往過的那位紐約公立圖書館參考館員嗎？」

「比利嗎？當然了，他好比宅男版的麥特・戴蒙。」

「你們倆還是朋友嗎？」

「要看朋友的定義。」

「假如他再見到你，會去申請禁制令嗎？」

「他在推特有追蹤我，」馬克說。「那不算討厭到申請禁制令的程度吧。」

「你認為他會為了你全世界最要好的朋友，去做一些搜尋工作嗎？」

「可能吧。我們要搜尋什麼？」

「和平谷精神病院。」

馬克眨了幾次眼，肯定是懷疑他是否聽錯了。「我猜夏令營進行得不太順利啊。」

我很快地告訴他關於薇薇安的事、那本日記裡的神秘線索，以及某間精神病院居然可能牽涉在內的事實。「我認為薇薇安在失蹤之前，可能發現了某些事情，馬克。某些其他人不希望她知道的事。」

「關於一間精神病院？」

「或許吧，」我說。「為了確定起見，我需要進一步了解那家精神病院。」

馬克把手機貼近他的臉，直到我能看到的只有一隻斜瞟的大眼睛。「妳在哪裡？」

「本地的圖書館。」

「嗯，那裡有個傢伙在看妳。」馬克把手機貼得更近。「一個性感的傢伙。」

我猛地朝我的螢幕下角一看，那裡有一個小長方形，顯示出我這邊的影像。一名男子站在我的後方約莫十呎處，雙臂交抱在胸前。

是席歐。

「我該走了，」我告訴馬克，然後切斷通訊。在他的影像被切斷之際，我在瞬間瞥見他的臉，冷冷的神情帶點憂慮。席歐的表情正好相反。當我終於轉身面對他，他的神情平靜無波，難以解讀。

「妳準備要走了嗎？」他說，聲音和表情一樣一片空白。「還是妳需要多一點時間？」

「不用了，」我回答。「都好了。」

我收拾東西，把書留在原地。書裡的內容早已烙印在我的記憶裡。

我們離開圖書館的路上，我把太陽眼鏡拉下來戴上，不僅是要遮擋午後的豔陽，也要擋住席歐的好奇注視。打從他逮到我和馬克講電話，他臉上的表情就沒變過。至少我能做的是和他一樣讓人看不透。

「太陽眼鏡不錯，」他在我們坐上貨車之後說。

「謝啦，」我回答，即便那聽起來不像是讚美。

接著我們就出發了，再一次在沉默的包圍中開回營地。我不確定這是什麼意思。我猜想情況應該不妙。喜歡跟人相處是席歐的第二天性。或者我只是在投射，讓薇薇安的日記內容滲入了我的心靈，害我產生疑神疑鬼的偏執妄想。不過話說回來，想到發生在她、娜塔莉及艾莉森身上的事，多疑或許不是件壞事。

直到營地大門映入眼簾時，席歐才開口：「我要問妳一件事，關於那年夏天。」

我已經知道他要提起我對他的不實指控。那就像一道帶刺鐵絲網，橫亙在我們之間。雖然看不見，但只要我們之中有人輕推一下，就能清楚感覺到。我沒有回答，而是搖下車窗，把臉別過去，迎著微風，讓它吹亂我的髮，就像薇薇安的一樣。

「怎麼了？」

「是關於我們那天開車進城的事，」他繼續說。

我朝迎面撲來的溫暖氣息吐了一口氣，幸好他不是要談我為何指控他的事。起碼現在沒有。

「嗯，我們在那家餐館吃午餐，然後——」

「我親了你。」

那個回憶讓席歐咯咯地笑了起來。我沒有。想到青少年時期最丟臉的事之一，任誰都笑不出來吧。

「對，那件事。妳當時在騙我嗎？說那是鬧著玩的？」

我沒有繼續圓謊，讓謊言延續到第二個十年，而是說：「你問這個幹嘛？」

「因為呢，當時我不認為是這樣。」席歐停頓一下，摩娑他下巴的花白鬍渣，直到他找出適當的說法。「但是我受寵若驚。而且我想讓妳知道，要是妳當時年紀大一些，我可能會回吻妳。」

不知為何，我在那家餐館感受到的那股勇氣又回來了。我想可能是由於太陽眼鏡的緣故。戴上眼鏡之後，我覺得不一樣了。感覺更直接，不再那麼害怕。

我領悟到，我覺得自己就像薇薇安。

「那麼現在呢？」我說。

席歐把車開到工藝教室後面停車的位置。當它抖動地停了下來，他說：「現在怎麼樣？」

「我長大了。假如我現在親你，你會回吻我嗎？」

席歐的臉上露出了大大的咧嘴笑容，在片刻之間，感覺像是我們回到從前，還不曾經歷過中間的那些年。他十九歲，是我這輩子見過最帥的男生。我十三歲，為他癡迷。每看他一眼，我的心就爆裂成無數的翩翩飛蝶。

「那麼妳就要找機會再試一次，才會知道囉，」他說。

我想這麼做。尤其是當他朝我的方向看，眼中閃爍著挑逗神情，咧嘴笑到雙唇微張，根本是在索吻。這已經足以使我在貨車的座椅上靠過去，就這麼給他一吻。然而，我卻下了車，並且說：「這可能不是一個好主意。」

席歐這個人、和我親吻他的可能性會令我分心。現在我越來越接近得知薇薇安在尋找什麼，我不能分心。

不能被席歐影響。

不能被我對他做的事影響。

尤其是不能被我們倆說過、但依然沒勇氣承認的謊言所影響。

第二十二章

那天晚上，女孩們和我在餐廳外面的野餐桌吃晚餐。整個夏令營還在喊喊喳喳地討論門上潑漆的事。他們稱之為「騙子門」事件，聽起來像某種醜聞。我猜想凱西、貝卡和其他的指導員也在議論紛紛，所以我情願在外面吃飯。我沒心情聽她們蜚短流長。

「妳今天下午去哪裡了？」莎夏問我。

「去鎮上。」

「為什麼？」

「妳覺得是為什麼？」米蘭達斥責她。「為了要離開這地方啊。」

一隻蒼蠅在莎夏餐盤裡的灰色肉餅和結塊的馬鈴薯泥上飛來飛去，她伸手把牠揮開。「妳認為是營區學員幹的嗎？」

「肯定不是指導員之一，」克莉絲朵說。

「有些女孩們說是妳做的，」莎夏告訴我。

「這個嘛，她們錯了，」我說。

在野餐桌的另一頭，米蘭達的臉色變得鐵青。有一瞬間，我以為她會衝進餐廳，狠狠地揍那些亂說話的學員一頓。她看起來絕對是準備要幹架了。

「艾瑪幹嘛要在我們的門上寫騙子？」

「為什麼有任何人會這麼做？」莎夏問。

我還來不及回答，米蘭達就開口了，提出一個比我的答案更率直的說法。「因為有些女生，」她說：「基本上就是賤。」

吃過晚餐後，我把拋棄式行動電源拿給她們。「只能做為緊急用途，」我說，雖然我知道那個備用電源的電力會浪費在Snapchat、糖果傳奇，還有克莉絲朵最愛的超級英雄電影上。不過，在我們前往營火晚會的路上，女孩們因此而心情大好。她們今天也夠受了，這是她們應得的。

火坑位在營地外圍，在土地面積允許的範圍內，盡可能遠離小木屋。那裡有一處圓形草地，看起來像是在森林裡砍伐出一個麥田圈。草地的正中央就是火坑，形成大圓圈裡的小圓圈，周圍是一圈樹林裡搬來的石塊，在將近一世紀之前堆砌而成。當我們抵達時，營火已經熊熊燃起。烈焰吞沒的圓木排放成直立的三角形，像是一座圓錐形帳篷。

火堆旁擺放著一些凹陷的長凳，我們四個在其中一張坐了下來。我們拿契特用瑞士刀削尖的小樹枝，串上棉花糖在營火上烤著。小樹枝的握把處黏答答，尖端烤得又酥又焦。

「妳在跟我們一樣大的時候來過這裡，對嗎？」莎夏問。

「沒錯。」

「妳們有營火嗎？」

「當然了，」我說。我從手上的小樹枝扯下一顆現烤棉花糖，扔進了嘴裡。雖然熱騰騰的糖燙到我的舌頭，但這感覺並不討厭。它帶來了某些回憶，好壞都有。

我第一次來到這裡時，在那段悲慘又短暫的時期裡，我愛死了營火。它既火熱又強大，有種震懾人的魅力。我好愛在皮膚上感受著它的熱氣，看著火焰的中央閃耀白光。燃燒的圓木發出爆裂聲，嘶嘶作響，像是某種具有生命的東西和火焰對抗，直到它們終於坍垮成一堆餘燼，讓微小的火點往上旋轉飛揚。

「不過，妳為什麼不喜歡這地方？」米蘭達問。

「我不喜歡的不是這地方，」我告訴她。「是我在這裡的時候發生的事。」

「那時候也有人破壞小木屋嗎？」

「沒有，」我說。

「妳看到鬼魂嗎？」莎夏問，她在鏡片後面的眼睛張得大大的，眼神發光。「因為午夜湖鬧鬼，妳知道的。」

「亂講啦，」克莉絲朵嗤之以鼻地說。

「才沒有，大家是真的相信，」莎夏說。「而且很多人都是，尤其是那幾個失蹤的女生。」

我的身體緊繃了起來。那些女孩們。她指的就是她們。薇薇安、娜塔莉及艾莉森。我原本希望她們的失蹤事件能設法躲過這群新學員的注意。

「在哪裡失蹤？」克莉絲朵說。

「就在這裡，」莎夏回答。「所以當初夜鶯夏令營才會關閉。有三個學員偷偷溜出了小木屋，在森林裡迷了路，然後死掉了之類的。現在她們的鬼魂在森林裡遊蕩。在月圓的夜裡，妳能看到她們在林間走動，想找到回去小木屋的路。」

說真的，山茱萸屋的失蹤女孩們會成為某種傳說，這也是無可避免的。現在，她們和布坎南．哈里斯淹沒的山谷，以及被水沖走的村民，同樣成了夜鶯夏令營的傳奇故事了。我想像這些學員在夜裡低聲耳語這些故事，在睡袋裡縮成一團，不安的眼睛朝小木屋的窗外看呀看。

「那才不是真的，」克莉絲朵說。「那只是一個蠢故事，用來嚇得大家不敢跑進森林裡。就像拍《靈異第六感》的那個人拍的蠢電影一樣。」

米蘭達也不落人後，掏出她的手機，放在耳邊假裝接電話。

「是那些嚇人的女生鬼魂打來的，」她對莎夏說。「她們說妳撒的謊爛透了。」

那天晚上，女孩們去睡了之後，我清醒地躺在我的下鋪，煩躁不安，輾轉難眠。有部分是因為天氣太熱了。小木屋裡頭的空氣不流通，讓這個悶熱夜晚更加令人難受。我堅持關上窗戶，把門上鎖。經過今天早上的事件之後，這似乎是個必要的預防措施。

另一個原因是我睡不著。我擔心那個監視我的人會再次出現。我更擔心對方下一步要做什麼。所以我目不轉睛地注視窗口，望著遠方閃現的熱閃電。每道閃光以陣陣搏動的節奏照亮小木屋，像是一盞閃光燈將牆壁照得白亮。

在一次令人目眩的閃光中，我看到窗口有東西。

或許吧。

因為閃電閃得太快，我分辨不太出來。我只能捕捉到最短暫的一瞥。一閃即逝。只是足以讓我再次認為有人在那裡，動也不動地站著，偷窺小木屋。

我希望自己是錯的。我希望那只是窗外樹木的參差陰影。但是當閃電再次出現，閃現一道持續數秒的明亮光芒時，我領悟到自己是對的。

窗外確實有人。

一個女孩。

我看不見她的臉。她在背後的閃電逆光中，成了一道剪影。她那頭滑順流瀉的長髮。那種姿態。

薇薇安。

是她。我敢肯定。

只不過那不是活到現在的薇薇安。是我十五年前認識的那個，不曾改變。那個在我的青少年歲月神出鬼沒的薇薇安，促使我將她一次又一次地埋藏在我的畫作裡。同樣的白色連身裙。同一種異常的姿態。她的手中握著一束勿忘我，正式地伸出手，像是默片裡的求婚者。

我的右手先是飛快地探到胸口，感受著心臟的驚駭跳動。接著那隻手落在我的左臂，尋找手腕上的手鍊。我猛地扯了它一下。

「我知道妳不是真的，」我低聲說。

我拉得更用力，手鍊嵌進我的皮膚。鳥兒吊飾互相碰撞，發出微弱的喀啦聲響，幾乎淹沒在我的驚慌低語聲中。

「妳對我沒有任何影響力。」

我繼續拉扯，繼續發出更多喀啦聲。

「我比大家所想的更堅強。」

手鍊斷了。我聽見搭扣的斷裂聲，接著是手鍊從我的手腕滑脫的感覺。我亂抓一氣，用我的手掌心接住了它，手指緊抓著不放。窗外又出現一道閃電。一陣強光很快地隱沒在黑暗之中。我只看到窗外的隱約樹影，還有遠處的一抹湖泊微光。窗外沒人。

這幅景象應該令我鬆一口氣。但是現在我的手鍊成了掌心裡的一坨鍊條，我只感到更深的恐懼。

我怕薇薇安會再回來。就算不是今晚，也是在不久的將來。

我比大家所想的更堅強，我心想，而且不斷在腦海中複誦，像個咒語一樣。我比大家所想的更堅強。我很堅強。我——

等到我漸漸入睡，我的心依然猛烈跳動，身體僵硬，手上緊握著扯壞的手鍊，這時我的誦唸改變了。變得沒有那麼肯定，更加的驚恐。那些字眼在我的腦海中砰然作響。

我不會發瘋。我不會發瘋。我不會發瘋。

十五年前

今天早上，把我從睡夢中吵醒的不是餐廳屋頂的擴音器傳來的起床號，而是為了慶祝獨立紀念日的美國國歌：《星條旗之歌》。等到歌曲播完，薇薇安都沒醒。當我爬到她的鋪位叫醒她，她把我的手揮開，說：「滾開啦。」

我照做了，假裝不覺得受傷，前往浴廁區去洗澡和刷牙。結束之後，我去了餐廳，廚房工作人員遞給我一盤國慶日特餐：煎餅佐條紋狀的藍莓和草莓醬，還有鮮奶油。他們說這叫做自由煎餅。我覺得也太誇張了。

薇薇安沒來吃早餐，連姍姍來遲也沒有。她不在場，娜塔莉得以拿了第二份煎餅，盡情大吃，嘴角沾著草莓醬汁，像是假血漿。

但是艾莉森沒有改變她的常規。她吃了三口之後便放下叉子，說：「我好飽喔。我怎麼吃得跟豬一樣呢？」

「妳可以多吃一點，」我鼓勵她。「我不會告訴小薇。」

她狠狠地瞪了我一眼。「妳為什麼認為我要吃什麼和薇薇安有關？」

「我只是以為——」

「以為我跟妳一樣，什麼事都聽她的嗎？」

我低頭看著我的餐盤，羞愧的情緒多過生氣。我沒有多想就吃掉了三分之二的煎餅。然而，我知道要是薇薇安在這裡，我只會吃得跟她一樣多。是吃一口或全部吃光，全都無所謂。

「對不起，」我說。「我不是有意這麼做。這只是——」

艾莉森從餐桌對面伸手過來，輕拍我的手。「沒關係，我才很抱歉。薇薇安很有說服力。」

「而且是個賤人，」娜塔莉補了一句，然後把艾莉森沒碰的煎餅撥了一片到自己的餐盤裡。

「我們了解。」

「我是說，我們是朋友，」艾莉森解釋說。「最好的朋友，我們三個。不過有時候，她真的是——」

「一個賤人，」娜塔莉說，這次的語氣更堅定。「小薇很清楚。管他的，要是她在這裡，自己也會這麼說。」

我的心思飛回到前一天。她看到我拙劣地試圖親吻席歐。以及後來她露出的一抹假笑。她還沒提起那件事，教我很擔心。我以為她會在營火晚會或是睡前提起。然而，她一句都沒說，害我以為她是要留著以後玩兩真一假的遊戲時再說，造成最大的情緒傷害。

「妳為什麼要忍受這種事呢？」我說。

艾莉森聳聳肩。「那妳呢？」

「因為我喜歡她。」

但其實不僅如此。她是我的大姊姊，保護我並且和我分享秘密。再說，她超酷的，又強悍，而且比外表看起來更聰明。對我來說，這點就值得我黏著她不放。

「我們也喜歡她，」娜塔莉說。「而且小薇經歷了很多事，妳知道的。」

「但是她有時候對妳們兩個很壞耶。」

「她就是這樣，我們都習以為常。我們認識她很多年了。」

「認識了一輩子，」娜塔莉附和地說。「我們在成為朋友之前就知道她是誰，以及是怎樣的人。妳知道的，我們唸同一所學校，住在同一個社區。」

艾莉森點頭。「我們知道要怎麼應付她。」

「她的意思呢，」娜塔莉說：「是說當薇薇安心情不好，最好離她遠一點，直到她生完氣。」

那天早上剩下的時間，我和山茱萸屋的那幾個女生分道揚鑣，因為她們又去上進階射擊課了。我只能去低階的工藝教室，在那裡和其他十三歲的營區學員使用皮革壓花工具來裝飾生皮手環。我情願去射箭。

上完課就是午餐時間了。這次連娜塔莉及艾莉森也沒出現。我不想一個人吃飯，拒絕了菜單上的火腿起司三明治，回到山茱萸屋去找她們。出乎意料的是，我還沒走到小木屋就發現她們了。屋裡傳出的聲浪告訴我，那三個人都在裡頭。

「別在那裡教訓我們說什麼叫作秘密，」我聽見娜塔莉大吼。「尤其是妳根本不告訴我們今天早上妳去了哪裡。」

「我去哪裡不重要！」薇薇安也吼回去。「重點是妳們說謊。」

「我們很抱歉，」艾莉森盡可能以誇大的口吻說。「我們跟妳道歉過幾百次了。」

「妳們以為這樣就算了嗎！」

我打開門，看到娜塔莉和艾莉森並肩坐在後者的床邊。薇薇安站在她們前面，漲紅著臉，沒洗的頭髮糾結黏膩。娜塔莉挺著胸，彷彿正在阻擋某位曲棍球對手。艾莉森縮成一團，頭髮遮住了臉，試圖隱藏看起來像是淚水的東西。當我進門時，三個人都朝我的方向猛地轉身。小木屋陷入一片安靜。

「怎麼了？」我問。

「沒事，」艾莉森回答。

「只是瞎聊，」娜塔莉說。

只有薇薇安承認擺在眼前的事實。「艾瑪，我們正在忙，要把事情講清楚。妳晚點再回來，好嗎？」

我離開小木屋，把門帶上，也關上了裡面正在發生的狂怒風暴。薇薇安顯然處於娜塔莉和艾莉森警告過我的那種情緒之中。

這一次，她們無法遠離暴風圈。

我不確定還能去哪裡，於是轉身想回去營區的中心。然而洛蒂就在那裡，站在我的後方。她在白T恤外面套了一件格子襯衫，長髮往後紮成一條辮子，垂落在背後。她和我一樣，距離夠近，聽得見來自山茱萸屋裡的動靜，而她的表情流露出好奇的驚訝。

「進不去嗎？」她說。

「算是啦。」

「她們很快就會讓妳進去了。」她的目光從我身上飄向小木屋的們，然後又回到我身上。「這是妳第一次和一群女生住在一起嗎？」

我點頭。

「要花點時間才會適應。我也是獨生女，所以當初來這裡是當頭棒喝。」

「妳也是這裡的學員？」

「對，以我自己的特別方式參加，」洛蒂說。「但我的經驗是，每年夏天，這些木屋裡都會有一、兩場的爭吵，因為大家被塞在這麼緊密的營區裡。」

「這一次聽起來吵得很兇，」我說，同時很驚訝看到她們吵架，讓我有多麼心驚。我無法停止想到薇薇安脹紅的雙頰，或是藏在艾莉森頭髮後面的閃閃淚光。

「嗯，我知道有個更友善的地方可以去。」

洛蒂把手放在我的肩上，帶著我離開小木屋，走向營區的中心。令我驚訝的是，我們來到了主屋，沿著建築物邊緣走到通往後院平台的階梯。法蘭妮站在上面，倚著欄杆，眺望湖面。

「艾瑪，」她說。「多令人開心的驚喜。」

「山茱萸屋裡不太平靜，」洛蒂解釋。

法蘭妮搖頭。「我不意外。」

「妳要我去滅火嗎？」

「不用，」法蘭妮說。「會過去的，向來如此。」

她招手要我去她身旁，我們倆一起凝望湖泊。陽光燦爛灑落的午夜湖在我們的面前延展開來。

「多美的景象，」她說。「讓妳覺得好過了點，對不對？這地方讓所有的一切都變好了一點。我父親以前都這麼說，而他是從他的父親那裡聽到這句話。所以這必定是真的。」

我眺望湖泊，覺得很難相信在一百年前，這一整片水體全都不存在。環繞它的一切，包括樹木、岩石，以及遠方閃爍的對岸，感覺好像一直以來都在那裡。

「妳的祖父真的打造了這座湖嗎？」

「確實是如此。他看到這片土地，知道它需要的是什麼：一座湖泊。因為上帝沒有在這裡造出一座湖，所以他自己來。而且我要說，他是做這種事的先驅之一。」法蘭妮深呼吸，彷彿想要享用這座湖泊提供的每種氣味、景象，以及感受。「現在妳能以自己的方式，盡情地享受。妳的確喜歡這裡，是吧，艾瑪？」

我原以為是如此。兩天前，我好喜歡這裡，在薇薇安帶我划獨木舟去她的秘密基地之前。從那時起，那些我不明白的事便逐漸破壞我對這地方的印象。薇薇安和她的情緒。娜塔莉和艾莉森的盲目接受。為什麼想到席歐會一直教我雙膝發軟，甚至當我在他面前害自己丟臉之後還是這樣。

這些都不能讓法蘭妮知道，所以我只是點點頭。

「太好了，」法蘭妮說，我的答案令她眉開眼笑。「現在忘掉小木屋裡的那些不愉快，別讓任何事毀了這地方在妳心中的印象。我自己絕對不會這樣。我也不會讓這種事發生。」

第二十三章

我在清晨醒來，手指依然蜷握著那條斷了的手鍊。因為擔心了一整個晚上，我的下背部和肩膀都痛了起來，那是一種像擊鼓似的固定抽痛。我悄悄下了床，拖著腳步走到我的木箱旁，掏出了我的泳衣、毛巾、我最心愛的罩袍，以及藥房買的那副太陽眼鏡。我出去時，很快地查看了一下房門。上面沒有新的塗鴨。謝天謝地，我目前最擔心的就是再看到薇薇安。

在這之後，我又拖著腳步走到浴廁區，在那裡換好泳衣，接著前往湖邊，終於下了水。這是如此令人放鬆，以至於當我全身浸泡到水裡時，我忍不住嘆息。我的身體似乎恢復正常，肌肉伸展，四肢攤開。那份疼痛和緩下來，雖然令人惱火，但是還能忍受。

我沒有認真游泳，而是仰躺在水面上，用席歐教我的方式漂浮著。這是一個霧濛濛的早晨，雲朵和我的心情一樣灰暗。我仰望著它們，徒勞地尋找日出的蹤跡。一抹粉紅色彩，一道黃色亮光。什麼都好，只要能讓我不再去想薇薇安。

我不該對她的出現感到意外。說真的，連續三天想到她之後，我早該知道會這樣。現在我看到她了，我知道她會再回來。又多一個監視我的人。

我深呼吸了一口氣，潛到水面底下。無色的天空隔著水搖晃擺動，流過我睜開的雙眼，扭曲我的視線。我潛得更深，直到我確定沒人看得見我。就連薇薇安也不行。

我待在水底整整兩分鐘，直到我的肺部像野火般燃燒，四肢不由自主地掙扎著想浮出水面。

當我浮上來時，那種有人在遠處監視我的感受又出現了。我的肌肉緊繃，準備見到薇薇安。

在岸上，有個人坐在靠近湖邊的地方，看著我。感謝老天，那不是薇薇安。甚至不是貝卡。

那是法蘭妮，坐在貝卡和我在兩天前的早上盤據的那片草地。她依然穿著她的睡袍，肩上裹著一條納瓦荷毛毯。在我游回岸邊的途中，她朝我揮手。

「妳起得真早，」她大喊。「我以為我是這裡唯一早起的鳥兒。」

我沒說什麼，只是拿毛巾擦乾自己，套上罩袍，然後戴上太陽眼鏡。雖然法蘭妮顯得很開心見到我，但我沒有同樣的感受。現在薇薇安佔據了我的思緒，她的日記也是。

我就快要查出她的骯髒小秘密了。

那句話、監視器的出現，以及在敏蒂指控我破壞自己的房門之後，法蘭妮顯然不支持我，這些都讓我處於深切懷疑的狀態。法蘭妮說：「我知道妳還在為昨天的事不開心。我猜想，妳是有充分的理由吧。但我希望那不代表妳無法和一位尋求一點陪伴的老女人，一起坐下來，」這時我思考著是否該走開。

她輕拍身旁的草地。這動作讓我的心揪了一下，讓我覺得我可以原諒監視器和她沒有挺身替我辯護的事。至於薇薇安的日記，我告訴自己，她有可能撒謊說法蘭妮有不為人知的秘密。那是她煽情的誇大說法。畢竟那是她的強項。或許日記也只是另一個謊言。

最後我在懷疑和心軟之間，採取了折衷的做法。我在法蘭妮的身邊坐下，但是拒絕和她交談。就目前而言，我最多只能做到這樣。

法蘭妮似乎憑直覺知道我不開口的原則，沒有逼我說明為何起得這麼早。她自顧自地說下去。

「我不得不說，艾瑪，我很羨慕妳的游泳能力。我以前經常在那座湖裡玩水。小時候，誰都無法讓我離開水裡。從日出到黃昏，我都在湖裡游來游去。但是，在道格拉斯出事之後，我就再也不這麼做了。」

她無須多加說明。她指的顯然是年紀大她許多的亡夫，道格拉斯．懷特。他在多年前過世了，當時她還沒領養席歐和契特。薇薇安的部分日記內容又偷偷潛入了我的思緒。

不覺得很奇怪嗎，一個幾乎游進奧運的傢伙居然溺死了？

我甩開這個想法，聽法蘭妮繼續說。

「我知道，現在我的游泳歲月已經結束了，」她說。「我不再到湖裡游泳，而是觀察湖泊周遭的一切。這會帶給妳一種看待事物的全新觀點。例如呢，今天早上，我一直在觀察那隻雀鷹。」

法蘭妮往後仰，以一隻手臂撐住她的重量，另一隻手從毛毯裡伸出來，指著慵懶地在湖面盤旋的那隻雀鷹。

「看起來像魚鷹，」她說。「我懷疑牠是看到了水裡有牠喜歡的東西。很多年前有一次，兩隻獵鷹在哈里斯大宅的客廳窗外築了巢。當時契特還是個小男孩。天哪，他對那些鳥兒簡直著迷不已。他會盯著窗外好幾個小時，只是看著，等牠們孵化。不久後，小鳥就孵出來了。三隻獵鷹雛鳥。牠們好小喔，像是嘎嘎叫又蠕動不停的棉花球。契特開心死了，驕傲得好像那是他自己的小孩。但是沒有持續太久。大自然能帶來狂喜，同樣能輕易帶來失望。這次也不例外。」

在上方的魚鷹忽然朝湖面俯衝，張開雙翼，雙足劃穿湖水。當牠再度飛升，腳爪上緊攫著一條魚。無論那條魚如何扭動拍打，還是無法脫逃。魚鷹倏地飛走，飛向湖泊對岸，去那裡安靜地享用大餐。

「妳為什麼要重啟夏令營？」

我就這麼脫口而出，連我自己也嚇了一跳。但是法蘭妮在等我問這句話。或者至少是類似的問題。她停頓了一下，深呼吸，然後才回答。「因為時候到了，艾瑪。一個地方閒置十五年，實在太久了。」

「那麼妳為何不早點開啟呢？」

「我認為我還沒準備好，就算營地就在這裡等著我。」

「是什麼讓妳確信自己準備好了呢？」

這一次，她沒有用事先準備好的答案輕言帶過。法蘭妮考慮了一回，眼神凝視湖泊，下顎磨動著。最後，她開口了：「我要跟妳說一件事，艾瑪。一件私人的事，而且沒幾個人知道。妳一定要發誓不會告訴任何人。」

「我發誓，」我說。「我一個字都不會說。」

「艾瑪，我快死了。」

我的心又揪了一下。這次更痛了。彷彿它也被魚鷹攫住。

「卵巢癌，」法蘭妮說。「第四期。醫生說我還能活八個月。那是四個月前的事了。我相信妳算得出來。」

「不過妳一定有什麼辦法可以戰勝它啊。」

言下之意很清楚。她的身價數百萬，那麼有錢的人當然能找出最佳療法。然而，法蘭妮只是悲傷地搖頭，說：「現在大費周章也來不及了。癌症擴散的範圍太大，任何治療都只能延緩無可避免的結局。」

我驚訝於她的冷靜和平心接受的態度。我正好相反。我的呼吸變得急促，淚水灼燙眼角，忍住了抽搐。現在我和薇薇安一樣，知道了法蘭妮的其中一個秘密。只不過這不是骯髒的秘密。它令人悲傷，而且教我想起隱藏在森林裡的那座日晷。最終要你入土為安。

「我很遺憾，法蘭妮。是真的。」

她輕拍我的膝頭，像我的祖母以前那樣。「妳不必為我感到遺憾。我明白自己有多幸運。我活了很長的一生，艾瑪，而且過得很好。那樣應該就夠了。其實真的夠了。但是我這輩子有一件不幸的事。」

「在這裡發生過的事，」我說。

「我沒讓席歐和契特知道，這件事究竟令我有多煩惱，」法蘭妮說。

「妳認為她們出了什麼事，薇薇安和其他兩個女生？」

「我不知道，艾瑪。我真的不知道。」

「妳一定有某種推論。其他每個人都有。」

「推論不重要，」法蘭妮說。「沉溺於過去的事毫無益處。木已成舟。再說，我不喜歡想起那次的失蹤事件在各種方面造成我多少的損失。」

我能了解那種感傷。夜鶯夏令營是被迫關閉的。法蘭妮的名聲掃地。席歐從未完全洗刷他的嫌疑汙名。再加上由薇薇安、娜塔利及艾莉森的父母分別提起的三起訴訟，控告夏令營有過失。這三起訴訟都立刻和解了，金額則保密。

「我想再過最後一個夏天，一切都和從前一樣，」她說。「所以我才重啟夏令營。我以為假如我能懷抱新的使命感，順利舉辦夏令營，這樣或許能消去十五年前那件事的痛苦。這裡的最後一個光榮夏天。這樣我就死而無憾了。」

「這是個好理由，」我說。

「我有同感，」法蘭妮回答。「而且萬一發生了什麼事來破壞這一切，那就太遺憾了。」

我心頭的疼痛逐漸消褪成麻木的感覺，因為我想起薇薇安在日記裡寫的另一句話。

她絕對起了疑心。

「我相信不會的。」當我說這句話時，試圖讓口氣聽起來輕快些，希望能隱藏心中忽然湧現的不安。「我遇到的每個人都玩得很開心。」

法蘭妮收回眺望湖面的目光，轉而看著我，那雙綠色眼眸不曾受到疾病的影響。它們警覺地探索，彷彿能看穿我的思緒。「那麼妳呢，艾瑪？妳在這裡玩得開心嗎？」

「是啊，」我說，無法與她對視。「很開心。」

「很好，」法蘭妮說。「我太高興了。」

她的聲音裡沒有絲毫開心的成分。它和吹拂湖面、掀起漣漪的那陣微風一樣冰冷。我把身上的罩袍裹得更緊，抵禦驟起的寒意，並且望向主屋，洛蒂在後院平台上出現了。

「妳在那裡啊，」她對著法蘭妮大喊。「妳的早餐快冷囉。」

「妳該走了，」我對法蘭妮說。「我可能也該叫醒山茱萸屋的女孩們了。」

「可是我還沒說完契特和獵鷹的故事，」法蘭妮說。「那些雛鳥孵出沒多久，一切就結束了。就像我說的，契特對牠們著迷不已。他一有空就去看牠們。我想他是真的愛極了那些鳥兒。不過發生了一件他沒想到的事。那些雛鳥餓了，那隻母鳥做了所有母鳥都會做的事。牠餵食牠們。契特看著牠離開我們窗外的棲息地，飛到天空中，不斷盤旋著，直到獵物出現。那是一隻鴿子，一隻可憐又沒戒心的鴿子，可能正要飛往中央公園。那隻母鳥俯衝，在半空中一把抓住牠。母鳥把鴿子帶回到我們窗邊的巢裡，在契特的注視下，牠以尖銳彎曲的鳥喙撕扯那隻鴿子，一塊一塊地餵給牠的寶寶吃。」

她的敘述令我不寒而慄。我想像著拍打的翅膀以及輕柔的羽毛如同雪片在空中翻飛。

「妳不能怪那隻母鳥，」法蘭妮就事論事地說。「牠只是做牠該做的，照顧牠的雛鳥。那是牠的工作，不過卻打碎了契特的心。他太親近地觀察那些嘎嘎叫的小雛鳥，而牠們露出了真實的本性。他在那天失去了部分的天真。不太多，只有一丁點。但是他永遠無法找回那部分的自己。雖然我們沒有討論過那些獵鷹，但是我確定他會說，他後悔那麼親近地觀察牠們。我認為他會說，他但願自己沒有看到那麼多。」

法蘭妮站起來，略顯吃力，身體因此輕微抖動。她肩上的毯子滑落，我瞥見她瘦骨如柴的手臂。她把毯子拉起裹好，並且說：「祝妳有個愉快的早晨，艾瑪。」

她拖著腳步走開了，留下我獨自思索契特和獵鷹的故事。故事聽起來不像是謊話，但也不像句句屬實。

我又起了一陣裹緊罩袍的寒顫，因為我意識到，這有可能是威脅。

第二十四章

晨間的繪畫課上，我呈現心不在焉的狀態。女孩們的畫架排成圓形，圍繞著常見的靜態寫生材料：桌子、花瓶、鮮花。我漠不關心地監督她們的進度，比較擔心再次戴上了手腕的手鍊。我從凱西的手工藝品拿了一些彩色細繩，修補搭扣。這是權宜之計，我懷疑它撐不撐得過今天，更別提剩下的夏天，要是我繼續像這樣扭絞它的話。

教室裡如潮水般來來去去的活動令我焦慮不安。貝卡和她的新手攝影師從森林裡走進來。凱西和她的工藝學員把細皮革項鍊串上串珠。這麼多女孩。這麼多窺探的眼睛。

其中有一個人知道我在十五年前做了什麼事。我確信很快就會有人對我提起這件事。

當我站在米蘭達的旁邊，檢視她正在繪製的作品時，我又扯了一下手鍊。當她的視線在我的手腕流連，我把手從手鍊上拿開，眼睛望向窗外。

我從工藝教室能看到主屋某個角度的視野，哈里斯—懷特家族的不同成員在那裡進進出出。我看到敏蒂和契特一面為了某件事爭執，一面走向餐廳，接著是席歐在晨跑時小跑步經過。一分鐘後，我看到洛蒂小心翼翼的帶法蘭妮走向湖畔。

現在，主屋空無一人。

法蘭妮的故事又浮上心頭，在我的耳畔低語。

他太親近地觀察牠們，而牠們露出了真實的本性。

我知道我應該當心她的警告。這不會有好下場。即使我真的找到答案，也不能保證我的良心能擺脫愧疚感。但是假如不去試試看，我永遠不會知道。不知道把我帶到了這裡。不知道使得我在多年前不斷看到薇薇安，也讓我在昨晚見到她。這是我唯一的機會。

「我有點事要處理，」我告訴上課的學員。「我馬上回來，大家繼續畫。」

出來後，我溜回山茱萸屋，拿了我的手機和充電器。我開始前往主屋，以一種尷尬的半跑步前進，在不引人注目及快速行動之間左右為難。說真的，我兩者都需要。

到了主屋之後，我敲了敲紅色前門，以免有人在我來回小木屋的短時間內回來了。幾秒鐘過去，沒人來應門，於是我試轉一下門把。門沒鎖。我查看附近是否有人可能會看到我。一個人影也沒有。我隨即躡手躡腳地走進去，然後把門帶上。接著我穿越門廳和客廳，然後左轉進了書房。

這房間的大小和山茱萸屋差不多，中間擺了一張書桌，在我們的床鋪位置則是從地板到天花板的書架。書桌後面的牆上掛滿了相框。這地方有種疏於照料的氛圍，像是一座維修不力的博物館。書桌上的蒂芬妮燈罩覆蓋著一層薄薄的灰塵。轉盤式電話上的灰塵更厚了，看起來好像多年無人使用。

我四肢著地，搜尋牆邊找插座。我在書桌後面找到一個，把手機充電器插上去。接著我站在書房中間，不知該從哪裡找起。少了薇薇安的日記作為引導，我很難做決定。我回想起她寫著如何試圖從書房偷渡什麼東西出去，意味著這裡可能有好幾種可能線索。

我前往左手邊的書架，上面是幾十本厚重又有霉味的自然主題書籍。達爾文的《物種起源》，奧杜邦的《美國鳥類圖鑑》，還有梭羅的《湖濱散記》。我拿起一本厚厚的紫色書籍，查看它的封面。《北美洲的有毒植物》。我恨快地翻了一下，裡面的圖片有白色小碎花、紅莓果、還有噁心的綠色蕈菇。我看薇薇安指的恐怕不是這些書。

接著我把目標轉移到書桌。我先是匆匆看了一眼桌上的電話、檯燈及桌曆，然後才伸手去開從地板堆疊到桌面的三層抽屜。第一個抽屜是常見的雜物，筆蓋和迴紋針之類的。我把它關上，然後去開中間那個。裡面是一疊資料夾，塞了滿滿了文件，因為年代久遠，紙張邊緣變得脆弱。我翻了一下，大部分似乎都是這片地產上很久以前的工作相關收據、財務報表及發票。裡面沒有醜聞的絲毫線索。起碼沒有任何薇薇安在短短的窺探時間內就能弄懂的內容。

在底層抽屜裡，我找到一只木盒。它就像薇薇安和我到湖泊對岸時拿給我看的那一個，只不過這個保存得比較好。同樣大小，同樣出乎意料地重。甚至刻在盒蓋裡面的字樣也一樣。

CC

查爾斯．克特勒。

這姓名毫無預警也不費力便浮現在我的腦海裡。當你看著那些首字母，這姓名便在意志力的召喚之下出現了。我把盒子從它的藏放處拿出來，小心翼翼地翻過來。盒底有幾個熟悉的字樣。

和平谷所有物。

我把盒子翻轉回來，打開它，露出裡面的綠絲絨內襯。盒裡放著照片。

老照片。

身穿灰衣的女子，長髮垂背。

每一位都擺出和伊蓮諾．奧本相同的姿勢，但是少了那把緊握的髮梳。

薇薇安就是在這裡拿到那張照片。我很確定。那只是二十多張裡頭的一張而已。我瀏覽這疊照片，對其中的一致性感到惴惴不安。身上穿著同樣的衣服，背景都是同樣光禿禿的牆。同樣充滿絕望而顯得陰鬱的眼眸。

和伊蓮諾的那張照片一樣，每張照片的背面都寫著一個名字。

海莉艾塔．戈登。露西兒．道尼。安雅．佛朗森。

這些女性都是和平谷的病人。查爾斯．克特勒從那些骯髒又擁擠的精神病院救出來，然後送到和平谷的不幸女子。只不過我在心中深切地懷疑，他的意圖並不是那麼偉大高尚。我渾身打起了寒顫，每看到一個名字便增添幾分，直到我再也麻木無感。

奧本。戈登。道尼。佛朗森。

這些不是她們的姓氏。

是她們的髮色。（譯註：奧本〔Auburn〕意為紅褐色。戈登〔Golden〕意為金色。道尼〔Tawny〕意為黃褐色。佛朗森〔Flaxen〕意為亞麻色。）

頓時有無數的思緒在我的腦海中撞擊。那個破爛盒子裡的剪刀。當薇薇安翻轉盒子時，裡面發出的破碎玻璃聲。觀看艾莉森的母親演出那齣誘發罪惡感的《瘋狂理髮師》。有個角色被送到瘋人院，在管理員的擺布之下，被剪掉長髮賣給假髮製造商。

這就是查爾斯．克特勒所做的事。這解釋了這些女子的長髮，以及她們為何沒留下姓氏，彷彿她們的身分唯一重要的部分，只有髮色。

我納悶她們是否有人知道自己的真正用處。她們不是病患，是商品，而且查爾斯．克特勒從假髮製造商拿到的錢，肯定半毛都沒交到她們手裡。這個念頭是如此令人心煩意亂又難過，以至於我根本沒意識到有人進了主屋，直到門廳忽然傳來說話聲。

「哈囉？」

我把照片扔回盒子裡，飛快地蓋上盒蓋。這舉動讓我手鍊上的小吊飾叮噹作響。我把手腕緊貼住腹部，讓吊飾別發出聲響。

「屋裡有人嗎？」那聲音大喊。

「有，」我說，希望能遮掩我關上書桌抽屜的聲音。「是艾瑪．戴維斯。」

我從書桌後面跳起來，發現洛蒂站在門口。她很驚訝看到我，而我對她也有相同的感覺。

「我在給手機充電。敏蒂說我有需要的話，可以來這裡充電。」

「算妳運氣好，法蘭妮不在這裡，沒有看到妳。她對這種事非常堅持。」洛蒂往後瞥了一眼，確認法蘭妮的確是在別的地方。然後她躡手躡腳走進書房，並且流露出心照不宣的眼神。「要是妳問我的話，我會說這真是個蠢規定。我警告過她，現在的女孩子和以前的不一樣了。一天到晚滑手機。但是她很堅持。妳知道她可以有多頑固。」

洛蒂也來到書桌旁，我有片刻心跳暫停，以為她知道我在搞什麼鬼。我準備好面對質問，或許是類似法蘭妮今天早上提出的那種露骨威脅。然而，她把注意力放在書桌後方的牆面上，掛得滿滿的裝框照片。那些照片似乎沒有任何擺放的順序。彩色和黑白的照片混在一起，組成了牆面大小的影像拼貼畫。我看到一張畫質粗糙的照片，一名神態莊嚴的男子站在我猜想是午夜湖的前面。照片右下角潦草地寫著日期：一九〇三年。

「那是法蘭妮的祖父，」洛蒂說。「布坎南．哈里斯本人。」

他具有那個年代的許多大人物都擁有的龐大體型。寬肩膀，大肚腩，豐滿紅潤的臉頰。他看起來就像那種人，會砍伐地上的樹木來賺錢，然後把錢拿來造出一座湖，只為了滿足個人樂趣。

洛蒂指著同樣在照片裡的一名像鳥兒般的女子。她有一雙大眼，洋娃娃似的雙唇，站在丈夫身旁顯得小鳥依人。「法蘭妮的祖母。」

「我聽說她是溺死的，」我說。

「是難產，」洛蒂回答。「溺死的是法蘭妮的丈夫。」

「怎麼會這樣？」

「溺水嗎？那是在我來之前發生的事。我聽說的是，法蘭妮和道格拉斯在夜裡結伴去游泳。他們每天都這樣，沒什麼好奇怪的。只不過在那個晚上，只有法蘭妮一個人回來。她歇斯底里，不斷說著道格拉斯怎麼潛到水裡，然後就沒再上來過了。她找了又找，還是不見他的蹤影。大家全都划船出去找人。隔天早上，他們才發現了他的遺體，是被湖水沖上岸的。可憐的人哪。這地方的悲劇實在也夠了。」

洛蒂走到另一張黑白照片旁，上面有一位少女倚著一棵樹，頸間掛著一副雙筒望遠鏡。那顯然是法蘭妮。底下是她的另一張照片，同樣是在湖邊拍的，以柯達克羅姆彩色底片的繽紛色彩呈現。在這張照片裡，她年長了幾歲，站在主屋的露天平台上，背對著湖水。另外有一個女孩面帶微笑地站在她身旁。

「就是她，」洛蒂說。「我的母親。」

我走上前一步，靠近照片，注意到法蘭妮身旁的那名女子以及站在我身旁的這位，兩人之間的相似處。同樣的貝蒂·戴維斯眉型，同樣的心形臉蛋，往下收成了尖下巴。

「妳母親認識法蘭妮？」

「喔，是的，」洛蒂說。「她們倆一起長大。我的祖母是法蘭妮母親的私人秘書。在那之前，我的曾祖父是布坎南．哈里斯的得力助手。事實上，他幫忙打造了午夜湖。當法蘭妮滿十八歲，我母親成為她的秘書。在我母親過世後，法蘭妮把這份工作交給我。」

「這是妳想做的事嗎？」

我察覺到這問題聽起來有多失禮。好像我在批判洛蒂。事實上，我批判的是法蘭妮。她延續哈里斯家族的傳統，雇用同一家族的世代成員，讓他們自己的生活過得更輕鬆。

「不盡然，」洛蒂帶著一貫的圓融態度說。「我本來想當演員，也就是說我實際上做的是女服務生的工作。在我母親死後，法蘭妮要給我這份工作，我差點拒絕了。後來我覺悟了。當時我三十好幾，勉強餬口度日，而哈里斯—懷特家族向來對我很好。我甚至把他們當成家人。我和他們一起長大，我在午夜湖度過的時光比席歐和契特加起來還要多。所以我接受法蘭妮的提議，和他們一直生活至今。」

我有好多話想問。她做著和她母親一樣的事，是否感到開心。這個家族是否善待她。還有最重要的是，她是否知道法蘭妮為何把精神病院患者的照片放在書桌裡。

「我想這張裡面有凱西，」洛蒂在過去一些的牆邊說，那裡掛著夜鶯夏令營全盛時期的照片。成群的女孩擺好姿勢拍照，有些是在網球場上，也有些在射箭場上排好隊，將弓往後拉。

「就在這裡，和席歐一起。」

她指著一張他們倆在湖裡游泳的照片。席歐站在水深及腰處，頸間掛著代表救生員身分的哨子。在他的懷裡，就像他在教我游泳時抱著我那樣，抱著凱西。她在照片中比較纖瘦，散發著快樂的青春光芒。我猜想那是在她還是這裡的學員時所拍的。

在那張照片上方的那一張，裡面有兩個女孩穿著馬球衫。陽光照射她們的眼睛，讓她們瞇起了眼。攝影師的影子延伸到照片下方，像是無人注意的鬼魂朝她們飛撲而去。

照片裡的女孩之一是薇薇安。

另一個是蕾貝卡・薛恩菲爾德。

當我領悟到這點，我的心冰冷地停止跳動。只有短短的一秒左右。在那個停止心跳的時刻，我注視著她們倆，還有她們輕鬆熟稔的姿態。毫不勉強的開心笑容，細瘦的手臂搭著肩膀。腳下的Keds鞋碰在一起。

這不是兩個很不熟的女生在拍照。

這是朋友的合照。

「我該走了，」我說著，同時快速地收拾我的手機及充電器。「妳不會把這件事告訴法蘭妮，對吧？」

洛蒂搖頭。「有些事情呢，法蘭妮還是不要知道比較好。」

她也開始準備離去，繞過書桌往外走，給了我大約兩秒鐘的時間，拿起我的相機拍下薇薇安及貝卡的那張照片。接著我匆忙離開書房，從我進來的同一條路徑離開主屋。我在前門撞上了席歐、契特及敏蒂。我在兩兄弟之間左碰右撞，先是撞到席歐，接著是契特，而後者抓住了我的手臂，幫助我站穩。

「哇，小心點，」他說。

「抱歉，」我說，並且高舉我的手機。「我需要充電。」

我從他們之間挨擠著走出去，來到營區中心。早上的課程已經結束了，女孩們在小木屋、餐廳和工藝教室之間遊蕩。當我抵達山茱萸屋，我發現女孩們在屋裡，享受閱讀時光。克莉絲朵在看漫畫，米蘭達捧著阿嘉莎．克莉絲蒂的平裝本小說。莎夏在瀏覽一本破破爛爛的《國家地理雜誌》。

「妳去哪裡了？」克莉絲朵說。「妳一直沒回來。」

「抱歉，我有點事要忙。」

我跪在我的胡桃木箱前，在箱蓋上到處撫摸，感覺在我之前留下的所有名字刻痕。

「妳在做什麼？」米蘭達問。

「找東西。」

「找什麼？」莎夏說。

我靠向右手邊，手指沿著木箱的側邊撫摸。我在那裡找到了。兩個小小的字刻在胡桃木上，離地面大約只有一吋的地方。

貝卡

「騙子，」我說。

十五年前

營火。七月四日。

那天晚上，空氣中有種氛圍，是高溫、自由和節慶的組合。營火似乎燒得更烈也更熱。圍著營火的女孩聊得更熱鬧了，而且我注意到，她們也顯得也更開心。即使是我們小木屋的那幾個也是。

無論稍早在山茱萸屋的那場鬧劇是什麼所引起的，到了晚餐時間都解決了。薇薇安、娜塔莉和艾莉森在整頓飯都又笑又鬧。娜塔莉多吃了一份，薇薇安一句話也沒說。艾莉森驚人地把餐盤清空了。我鬆了一口氣，法蘭妮說得沒錯。暴風雨已經過去了。現在她們在營火旁圍繞著我，享受著跳躍火焰的橘色暖意。

「我們對稍早的事感到很抱歉，」薇薇安對我說。「沒事了啦。」

「沒事，」艾莉森應和著。

「一點事也沒有，」娜塔莉又加了一句。

我點頭，不是因為我相信她們，而是因為我不在乎。唯一重要的是她們現在和我在一起，在我孤單的一天結束時。

「妳們是最好的朋友，」我說。「我明白。」

輔導員遞給我們仙女棒，我們拿著伸進營火裡，直到它們點燃後爆出閃閃火花。嘶嘶作響。白熱火燙。

艾莉森站起來，拿著仙女棒畫過夜空，寫出字母，拼成姓名。薇薇安也照做，超大的字母在空中畫出一連串的火花。

遠方的轟隆聲吸引了我們的注意。我們抬頭望著天空，金色的卷鬚狀煙火緩緩消失於無形。這時出現了更多煙火，將夜晚染成了紅色，接著是黃色，最後是綠的。這是附近的城鎮在施放煙火，只不過我們在夜鶯夏令營也看得到。艾莉森站在長凳上，以便看得更清楚。我待在地面，感到開心又意外，因為薇薇安從背後抱住我，在我的耳邊低聲說：「好棒啊，對吧？」

雖然這聽起來彷彿她是在講煙火的事，但我知道她另有所指。我們。這地方。這一刻。

「我要妳永遠記得這一幕，」她說，這時又有一陣繽紛色彩從夜空串串灑落。「答應我，妳會記得。」

「當然了，」我說。

「妳要發誓，小艾。跟我發誓說妳永遠不會忘記。」

「我發誓。」

「這才是我的乖小妹。」

她親吻了我的頭頂，然後放開我。我繼續注視著夜空，那些色彩以及它們在消失前如何交織閃爍，深深吸引著我。我試圖數算那些顏色，但是卻迷失在遠處接二連三施放的璀璨煙火中。最後盛大地畫下尾聲。所有的色彩交錯呈現，直到夜空一片白亮，逼得我瞇起了眼。

然後就結束了。那些色彩消失不見，取代的是漆黑夜空及點點星子。

「好漂亮喔，」我說，同時轉頭去看薇薇安是否贊同。

但是我的後面沒人。只有營火緩緩地減弱成閃爍的餘燼。

薇薇安已經走了。

第二十五章

我又沒去參加營火晚會，用疲倦來當藉口。這不全然是謊話。遭到監視及暗中行動讓我精疲力竭。所以我換上舒適的衣服，包括一件T恤和一條當作短褲穿的格紋平口褲，然後伸展四肢地躺在我的下鋪。我告訴女孩們自己去好好地玩。她們離開山茱萸屋後，我查看最近才充電的手機，看馬克是否針對他的調查任務傳送電郵給我。我只收到一封簡訊：圖書館先生依然好迷人！我當初幹嘛跟他分手？愛妳呦。

我回覆簡訊：專心點。

幾分鐘後，我來到外面，前往另一間小木屋。金橡樹屋。我在門邊等著，直到三位學員匆匆出門，前去參加營火晚會。貝卡是最後一個出現的。她看到我的時候，整個人愣住了。她已經知道有事情不對勁。

「別等我，我隨後就來，」她先對她的學員說，然後才轉身面對我，用一種沒那麼友善的口吻說：「妳要幹嘛，艾瑪？」

「我想聽一點實話。」我拿起手機，上面顯示一張翻拍的照片。她和薇薇安，她們的手臂搭在一起，密不可分。「妳這次想說了嗎？」

貝卡點頭，嘛著唇，回到小木屋裡。過了一分鐘，她沒出現，我開始認為她只是不想理我吧。但是她終於出來了，肩上掛著一只皮革小背包。

「補給品，」她說。「我想我們會需要的。」

我們穿越小木屋區，前往湖邊。這時暮色已深，天幕低垂，從白天跨入黑夜。幾顆星子在天空閃爍發光，月亮低掛在湖泊對岸的天際，逐漸升起。

貝卡和我在靠近湖邊的石塊上各自坐下，近到幾乎碰到彼此的膝蓋。她打開背包，拿出一瓶威士忌和一個大資料夾。她打開酒瓶，咕嘟地喝了一大口，然後把瓶子遞給我。我也依樣畫葫蘆，威士忌的辛辣灼燒我的喉嚨深處，害我畏縮了一下。貝卡把我手中的酒瓶拿走，換成資料夾。

「這是什麼？」

「回憶，」她說。

我打開資料夾，一疊照片掉落在我的腿上。「是妳拍的嗎？」

「十五年前。」

我把照片整理一下，她在那麼小的年紀就如此才華洋溢，真是令我驚奇。那些照片是黑白的。毫無修飾。每張都是暗中捕捉的自然時刻，永遠保存了下來。兩個女孩在營火前擁抱，柔焦的火焰映照出她們的輪廓剪影。某人打網球的赤裸雙腿，短裙飛揚，露出了蒼白的大腿。一個女孩在午夜湖游泳，水深高達她散布雀斑的肩膀，頭髮光滑得像海獅一樣。我震驚地意識到，那是艾莉森。她在鏡頭前別過臉，注意力放在畫面之外的某人或某事，睫毛上掛著水珠。

最後一張照片是薇薇安，模糊的手中拿著一支點燃的仙女棒，大動作揮舞地拼寫她的名字。貝卡調整了曝光度，讓字母顯現。細白的線條掛在半空中。

小薇

七月四日。十五年前。她們失蹤的那個夜晚。

「天哪，」我說。「這可能是——」

「她拍的最後一張照片？我想是的。」

領悟到這點，我忍不住伸手去拿威士忌。我灌了一大口，帶來一種溫和又麻木的感受，我得以開口問：「妳和薇薇安之間發生了什麼事？我知道在我來到夏令營的前一年，妳和她們住在山茱萸屋。」

「我們四個擁有一段複雜的歷史。」貝卡停了下來，修正說法。「是曾經有過一段複雜歷史。即使在這個地方之外。我們都念同一所學校，這並不罕見。有時感覺像是我們班有一半的人都來這裡過暑假。」

「有錢賤人營，」我說。「我們學校的人都這麼說。」

「很毒喔，」貝卡說。「但是說得沒錯。因為她們大多數的確都是賤人。尤其是薇薇安。她是大姊頭。女王蜂。大家都愛她。大家都討厭她。薇薇安不在乎，只要她是注意力的中心就行。但是我有機會看到了她的另一面。」

「所以妳們是朋友。」

「我們是最好的朋友。有一段時間是如此。我喜歡把薇薇安想成是我的叛逆階段。當時我們都十四歲，對這個世界滿腔怒火，受夠了當女生，等不及要當女人。尤其是小薇。她是惹禍精。有錢的男孩會替她弄來她想要的任何東西。啤酒。大麻。她拿來帶我們混進各種夜店的假證件。然後這一切忽然停止了。」

「為什麼？」

「簡短回答嗎？因為薇薇安想要這樣。」

「那完整回答呢？」

「我不是很確定，」貝卡說。「我想是因為在她姊姊死後，她經歷了某種亂七八糟的自我認同危機。她跟妳講過那件事嗎？」

「有一次，」我說。「我感覺到她不喜歡談到那件事。」

「或許是因為那是一樁愚蠢的死亡事件。」

「她是溺斃的，對吧？」

「沒錯。」貝卡又拿起酒瓶喝了一口，然後放在我手中。「在一個寒冷的冬夜裡，凱瑟琳——這是她的名字，以免小薇沒告訴過妳——決定喝個爛醉，然後去中央公園。水庫結冰了。凱瑟琳走上去。冰裂開了，她跌進去，再也沒上來。」

薇薇安假裝溺水的那段記憶令我心驚。當她在水裡胡亂拍打，咕嚕地喊救命時，她一定想到了她姊姊。只為了得到某個男孩的注意力。有誰會做出那種事呢？

「凱瑟琳的死擊垮了她，」貝卡說。「我記得事情一發生後，我便跑到她家的公寓。她簡直瘋了似的，艾瑪。她嚎啕大哭，捶打牆壁，無法克制地發抖。我目不轉睛地看著。那幅場景既醜陋又美麗，我想拍下來，這樣我就永遠不會忘記。對，我知道這種想法很詭異。」

但是並不會。至少詭異的程度不及讓同樣的三個女生不斷消失在一層又一層的顏料底下。

「那是我們的友誼結束的起始，」貝卡說。「我做了摯友會做的事，參加守靈和葬禮，在她回到學校之後，陪在她身旁。但是就算在那個時候，我已經知道了她在逐漸疏遠我，跑去和她們混在一起。」

「她們？」

「艾莉森跟娜塔莉。她們是凱瑟琳最要好的朋友，三個人念同一班。」

「我以為她們和薇薇安同年，」我說。

「她小一歲，雖然從她的舉止看不出來。」

貝卡伸手過來，從我的腿上拿走酒瓶。她挑選了這種毒藥，讓她能撐完這場談話。她灌了一大口，用力吞下去。

「她們在彼此身上找到慰藉，我想這就是箇中魅力。說真的，在凱瑟琳還活著時，小薇根本不想和她們有任何關係。妳真該聽聽，每當我們五個去她們家時，她是怎麼取笑她們的。我們就像敵對的派系，即使在玩『真心話大冒險』那種無害的遊戲。」

「兩真一假，」我說。「那是薇薇安最愛的遊戲。」

「我們還是朋友的時候她可不愛這個，」貝卡說。「我想她會玩是因為凱瑟琳喜歡玩那個遊戲。她把姊姊視為偶像。在她死後，我認為他把那些相同的情感轉移到娜塔莉和艾莉森的身上。那年夏天，當我發現我們在這裡住同一間小木屋時，我並不意外。我已經想到會有這種事了。我沒料到的是，我會受到多少的冷落。當她們在場，薇薇安表現得像是跟我超不熟。娜塔莉和艾莉森佔據了她的注意力。等到夏令營結束，我們幾乎不跟彼此交談了。回到學校之後也一樣。她有了她們，所以不需要我了。當夏天再次來到，我知道我不會和她們住同一間了。我確定薇薇安會這樣安排。我被趕出山茱萸屋，住到隔壁的小木屋。」

現在天色已經全黑了。夜幕籠罩著我們，貝卡和我在長長的沉默中，來回地傳遞酒瓶。威士忌開始發揮作用了。當我仰望星星，它們的光芒比該有的更明亮。我聽到女孩們從營火晚會回來的聲音。腳步聲，說話聲，幾陣響亮的笑聲在小木屋的牆壁之間迴響。
「那天早上，妳為什麼不把這一切告訴我？」我說。「為什麼說謊？」
「因為我不想提起這些。而且我很驚訝妳提起了。我是說，薇薇安也是用同樣的手法對妳，是吧？」
我沒回答，而是選擇再灌一口威士忌。
「這問題沒那麼難回答吧，」貝卡說。
喔，有哦。它沒把我對待薇薇安的方式算在內。
「沒有，」我說。「那不一樣。」
「我想我們已經過了對彼此說謊的階段，小艾，」貝卡說。「我知道在她們三個失蹤前發生了什麼事。我住在山茱萸屋隔壁的小木屋，記得嗎？窗戶是開著的。我聽得一清二楚。」
我的心在胸膛裡微微顫抖，漏拍地跳著，像刮壞的唱片一樣。
「是妳，對吧？妳在小木屋的門上潑漆。把鳥兒放進屋裡。而且妳一直在監視我。」
貝卡把酒瓶從我的手中抽走。這下子我沒得喝了。
「妳他媽的在講什麼？」
「打從我來到這裡之後，有人一直在惡搞我，」我說。「一開始，我以為那是我自己亂想。但不是。那真的發生了。而且是妳在搞鬼。」
「我沒在妳的房門上寫字，」貝卡氣沖沖地說。「我根本沒理由要把妳搞瘋。」
「我為什麼該相信妳？」
「因為這是實話。我沒有為了那天晚上妳對薇薇安說的話而批判妳。事實上，其中某些話，我希望自己當初也有說。她絕對是自找的。」

我站起來，感覺幾乎無法站穩。我看著貝卡依舊抓在手裡的酒瓶，只剩下三分之一的威士忌了。我不知道有多少是自己喝掉的。

「接下來的時間裡，妳離我遠一點。」我開始走開，在我回頭喊話時，努力想保持站立的姿勢。「至於我那天晚上對薇薇安說的話，根本不是聽起來的那樣。」

只不過它確實是。大部分都是。貝卡漏掉的是來龍去脈。

那天晚上她真正聽到的內容。

為什麼會發生那種事。

以及事實比她所能想像的要糟得太多了。

十五年前

「小薇呢？」我問娜塔莉，而她只是聳肩回應。

艾莉森也一樣。「我不知道。」

「她剛才還在這裡。」

「現在不在啦，」娜塔莉說。「她可能回去小木屋了。」

但是過了幾分鐘後，我們回到山茱萸屋，發現薇薇安也不在那裡。

「我要去找她，」我宣布。

「或許她不想被找到，」娜塔莉說，同時抓撓又被蚊子咬的幾個包。

我還是去了，前往浴廁區，這是我合理想到她唯一可能會去的地方。我推了推門，發現上鎖了。真奇怪。尤其是這麼晚了。我好奇心大發，於是繞到建築的側面。當我走到壁板的縫隙處，聽到裡頭傳出來流水的聲音。

有人在淋浴。

嘩啦水聲之中還有另一種聲音。

有人在呻吟。

我應該離開的。我在那時就知道該這麼做了。我應該轉身就走，回去山茱萸屋。然而，我忍不住偷看了一眼。那是薇薇安教給我的道理。有機會偷看的時候，傻瓜才會放過。

我靠近那道縫隙。我看了一眼。

我看到的是薇薇安，面向著淋浴間牆壁，手掌平貼在上面，胸部壓著木板。席歐站在她後面，雙手抱住她，臀部抽動著，臉龐埋在她的頸間，掩住他的喘息聲。

看到他們倆這樣，做著我只聽過耳語傳聞的事，我的心裂成兩半，劇烈疼痛到我聽得見心碎的聲音。那是一種令人難受的碎裂聲響，像是斧頭鑿碎木塊的聲音。

我想跑掉，深怕薇薇安和席歐也會聽得見那聲音。但是當我轉身時，發現凱西就站在那裡，嘴角叼著一根點燃的菸。

「艾瑪？」裊裊煙霧隨著每個音節從她的口中吐出。「怎麼了嗎？」

我搖頭，就算淚水已經開始從眼角滲出。這個動作釋放了淚水，把它們從我的臉龐甩落。

「妳在難過，」凱西說。

「我沒有，」我撒謊。「我只是——我需要獨處。」

我悄悄經過她身旁，沒有跑回小木屋，而是去了湖畔。我站得如此靠近，湖水拍打著我的球鞋。然後我哭了。我不知道自己哭了多久。我只是不斷啜泣，淚水從我的眼睛直接滴落到水裡，和午夜湖合而為一。

等到淚水都哭乾了，我回去山茱萸屋，發現薇薇安、娜塔莉及艾莉森都在屋裡。她們在地板上圍坐在一起，正在玩兩真一假。薇薇安的手裡拿著她告訴過我的小酒瓶。它的存在真的不是謊言。現在她緩緩地喝了一口，彷彿要證明我居然蠢到懷疑她。

「妳回來啦，」她說，並且拿著酒瓶伸長了手。「要來一口嗎？」

我注視著她溼答答的馬尾，粉嫩泛紅的肌膚，她的愚蠢墜飾盒。在那個當下，我鄙視她的程度超越了我這輩子鄙視過的任何人。我能感覺到恨意在我的肌膚底下沸騰。滾燙灼熱。

「不要，」我說。

艾莉森繼續玩被我打斷的遊戲。她的選擇一如往常，要不是自我吹捧，不然就是蠢得要命。「第一：我見過安德魯．洛伊．韋伯男爵。第二：我已經一年沒吃過麵點了。第三：我認為瑪丹娜的《阿根廷別為我哭泣》唱得比佩蒂．露波好聽。」

「第二件，」薇薇安說，並且又喝了一口酒。「雖然我才懶得管。」

艾莉森露出合唱團女生的笑容，試圖不要表現出很受傷。「答對了。我今天早上吃了煎餅，而且我要來參加營隊的那天早上，我母親為我做了法式吐司。」

「該我了，」我說。「第一：我的名字叫艾瑪．戴維斯。第二：我要在夜鶯夏令營過暑假。」

我停了下來，為謊言打草稿。

「第三：我剛才沒看見薇薇安和席歐在淋浴間做愛做的事。」

娜塔莉猛地用手摀住她張大的嘴。艾莉森發出尖叫。「喔，天哪，小薇！這是真的嗎？」

薇薇安不動聲色，看著我的眼中閃爍著一絲陰鬱光芒。「妳顯然對此很不開心。」

我別開臉，無法忍受她的凌厲眼神。我沒說什麼。

薇薇安繼續說。「我才該為這情況感到不開心，知道妳在監視我，像個變態一樣看我和別人發生關係。這就是妳的真面目嗎，艾瑪？一個變態？」

她的冷靜終於教我發火了。她緩緩說話的方式。那麼從容，剛好突顯出適度的鄙夷。我確定她是故意這麼做的，點燃最終令我爆炸的引線。

我讓她如願以償。

「妳明知道我喜歡他！」我大吼。這番話在盛怒之下脫口而出，無法阻擋。「妳很清楚，而妳且無法忍受有人關注我甚於關注妳。所以妳搞上他，只因為妳可以。」

「席歐？」微薇安笑了。那是一聲短暫又不可置信的爆笑。那是我聽過最殘酷的聲音。「妳真的認為席歐對妳有興趣？天哪，小艾，妳只是個小寶寶。」

「總還是好過當一個像妳這樣的賤人。」

「我是賤人，不過妳是在妄想。真正該死的癡心妄想。」

要是我的體內有任何殘存的淚水，我肯定會在這個當口哭了出來。但是我的淚水都哭乾了。我能做的只有推擠經過她的身旁，然後爬上床。我側躺著，轉身背對她們，膝蓋縮到了胸前。我閉上眼睛，深呼吸，試圖不去理會心中那種可怕的空洞感覺。

在那之後，她們三個就沒再說什麼了。她們去浴廁區聊是非，省得我要忍受非聽不可的屈辱。她們離開不久後，我便睡著了。我的腦袋和身體一起決定，進入毫無知覺的狀態最適合彌補我的不幸。

當我醒來時，已經是半夜了。地板的嘎吱聲把我吵醒。那聲音驚醒了我，讓我坐了起來。外面的滿月從窗口斜射一道灰白的光線進來。女孩們一個個經過那道月光，在她們走出房門的途中散發片刻微光。

首先是艾莉森。

然後是娜塔莉。

最後是薇薇安。當她看到我醒了，而且盯著她們看時，她愣住了。

「妳們要去哪裡？」我問。

薇薇安綻露微笑，雖然那略為上揚的嘴角不見絲毫笑意。我反而感到悲傷、悔恨，彷彿帶著某種歉意。

「妳年紀太小了，不適合這個，小艾，」她說。

她舉起食指，貼著她的唇，要我別作聲，和我串通一氣，要求我保持沉默。

我拒絕了。我要說最後一句話。

只不過當話說出口之後，它帶來的不快在空氣中流連不去，直到薇薇安離開小木屋，隨手帶上門，永遠地消失了。

第二十六章

等到我再次走在小木屋區時，我已經醉醺醺了。或者更正確地說，是踉蹌而行。護根層覆蓋的小徑似乎隨著每一步跨出的步伐，在我的腳底下搖晃移動。我努力過頭地重重踩踏，想把它固定住，結果只是讓自己比先前更加左搖右晃。最後搞得我頭暈目眩。又或者那只是威士忌的威力吧。

我磕磕絆絆地走著，想要清醒一點。根據我對我母親多年來的觀察，我學會了幾招，現在全都派上用場。我搧自己耳光。我搖晃手臂，深呼吸。我張大眼睛，假裝有隱形的牙籤撐住眼皮。

我沒有直接回去山茱萸屋，而是繼續走，潛意識地朝另一個方向前進。我經過小木屋區，來到浴廁區。但是我沒進去。我只是倚著牆，暫時迷失了方向。我閉上眼，納悶自己怎麼會走到這裡。

我張開眼睛，因為我感受到附近有人，非常的近，而且越來越靠近。我從眼角餘光看到有人就在浴廁區的轉角。一個身影。陰暗又快速。我的身體緊繃，幾乎要放聲尖叫。當那個形體變得清晰，我不知如何設法壓住了叫聲。

是凱西。

她一面查看附近是否有人，一面偷偷地抽菸，像個高中生。

「妳嚇到我了，」她說，然後深深吸了一口菸，再悠悠地吐出。「我以為妳是敏蒂。」

我什麼也沒說。

凱西扔了菸，把它捺熄。「妳還好嗎？」

「我很好，」我說。我忍住了咯咯傻笑，雖然和貝卡的交談讓我感到無比悲傷。「好得很。」

「天哪，妳喝醉了嗎？」

「我沒有，」我說，聽起來就像我母親，那幾個字含糊不清。窩妹由。

凱西搖頭，感到既詫異又好笑。「妳最好別讓敏蒂看到妳這副模樣。她會嚇壞了。」

她走掉了。我留在原地，在這棟建築物的周遭晃蕩，食指沿著山木牆板畫過去。然後我看到了那道裂縫。現在填上黏土的壁板縫隙。這時我想起了自己怎麼會在這裡。我是在回憶我走過的路線。來到我在薇薇安從營火晚會上消失後所前往的同一個地點。十五年後，我依然能看到她和席歐在同一個淋浴間裡。我依然能感覺到那時的心痛。一種減緩了的疼痛記憶。

我感覺到還有什麼別的。當我意識到這點，一陣寒顫傳遍了我手臂上的皮膚和頸背。

我抬頭看，以為又會看到凱西。或者更糟的是，看到敏蒂。

然而，我看到了薇薇安。

不是她的全部。只是瞥見她繞過浴廁區的轉角。一抹金髮。白色連身裙掠過杉木牆壁。她在完全消失之前，從建築物的邊緣回頭看我。我看到她的光滑額頭，深色雙眸，小巧的鼻。那是我記憶中在夏令營的那個薇薇安。也是後來糾纏著我不放的那個薇薇安。

我直覺地伸手去摸手鍊，卻發現原本該戴著手鍊的手腕，現在光禿禿的。

手鍊不在那裡。

我查看我的左手臂，想確定一下。手上什麼也沒有。串住手鍊的那段細繩鬆開了。現在它掉落在夜鶯夏令營的某一處。

這就是說它可能在任何地方。

也就是說它不見了。

我朝浴廁區的角落看一眼。薇薇安還在那裡，窺探著我。

我不會發瘋，我心想。我不會。

我摩娑左手腕的皮膚，彷彿這樣能產生和手鍊相同的魔法。沒有用。薇薇安還是在原地。注視著。沒有開口。然而我繼續摩娑，摩擦力讓我的手腕發熱。

我不會發瘋。

我想告訴她，她不是真的，她對我沒有任何影響力，我比大家所想的更堅強。但是我不能。我就是辦不到，因為天曉得我的手鍊跑到哪兒去了，而薇薇安就在那裡，恐懼像沖天炮般從我的脊椎骨往上竄。

所以我拔腿就跑。

我不會發瘋。

遠離浴廁區。

我不會發瘋。

回到山茱萸屋。

我不會。

我的跑步艱難地結合了搖晃、磕絆、踉蹌，最終把我送回到小木屋的門口。我用力打開門，推進去，再重重把門甩上。我癱在門後，氣喘吁吁又害怕，而且因為搞丟了手鍊而感到難過。

莎夏、克莉絲朵和米蘭達坐在地板上，拱著背在看一本書。我的出現讓她們驚訝地抬起頭。米蘭達一把將書闔上，試圖把它推到我的鋪位底下。但是她的動作太慢，而手勢太明顯。我能清楚看到她們在看的是什麼。

薇薇安的日記。

「所以妳們都知道了，」我說，剛才的那陣狂奔依然教我氣喘吁吁。這不是個問題。她們眼中的強烈愧疚感已經告訴了我，她們確實知道了。

「我們上網搜尋妳的資料，」莎夏說，一根手指朝米蘭達的方向指。「是她的主意。」

「對不起，」米蘭達說。「妳這兩天的舉止太怪了，我們不得不找出原因。」

「沒關係。真的，無所謂。我很高興妳們知道了。妳們有權知道這間小木屋發生過什麼事。」疲憊、威士忌和悲傷擊垮了我，我發現自己向側邊傾斜，有如水手在搖晃的船上，或是我母親在聖誕夜的樣子。我設法站好，但是失敗了，撲通地倒在我的胡桃木箱上。

「妳們可能會有疑問，」我說。

莎夏第一個開口提問。當然了。好奇心有如無底洞的莎夏。

「她們是什麼模樣？」

「就像妳們三個，不過也非常非常地不一樣。」

「她們去哪裡了？」克莉絲朵問。

「我不知道，」我說。

然而，我還是會跟她們一起走。這是我很肯定的少數幾件事之一。盡管薇薇安傷人地和席歐背叛我，我還是想要她的認同。要是她開口，我會樂意追隨，跟著她們走進黑暗之中。

「但這不是故事的全貌，」我說。「還有更多內情，一些除了我之外沒人知道的事。」

再次看見薇薇安令我情緒大亂。我想笑。我想哭。我想自白。然而，我只是說：「兩真一假。我們來玩吧。」

我從木箱滑下來，加入她們。我措手不及又笨拙地跌下來，撞上了地板，害她們三個退縮了一下，就連我認為三人之中最勇敢的米蘭達也是。

「第一：我去過羅浮宮，兩次。第二：十五年前，我的三個朋友離開這間小木屋。沒有人再見過她們。」

我停頓了一下，猶豫著不知該不該把我逃避了十五年的話，大聲說出來。但是無論我有多想保持緘默，罪惡感迫使我繼續說下去。

「第三：就在她們離開之前，我說了一些話。一些我感到後悔的話。從那之後便困擾著我的一些話。」

我希望妳們永遠不要回來。

那一刻的回憶毫無預警地湧現。感覺像是一把利劍朝我刺過來，把我剖開，露出了我冷酷的心。

「我對她們說，我希望她們永遠不要回來，」我說。「當著薇薇安的面說。那是我對她說過的最後一句話。」

淚水刺痛我的眼角，悲痛和愧疚從我的體內汩汩流出。

「那不代表她們發生的事是妳的錯啊，」米蘭達說。「那只是氣話，艾瑪。不是妳害她們消失的。」

莎夏點頭。「她們沒回來又不是妳的錯。」

我注視著地上，避開她們的同情。我不配得到同情。因為我還有更多要懺悔的事。我隱瞞大家的不只是這些。

「可是她們真的回來了。」一滴淚水滑落，沿著我的臉頰流下。「就在那天晚上。只不過她們進不了小木屋。」

「為什麼？」米蘭達問。

我知道我應該就此打住。我已經說太多了。但是現在已經無路可退。我受夠了省略某些事，那和說謊沒兩樣。我想說實話。或許那終究能治癒我。

「因為我把她們鎖在門外。」

米蘭達猛地吸氣，無聲地倒抽了一口氣，試圖掩飾她的震驚。

「妳把她們關在門外？」

我點頭，又一滴淚水滑落。它沿著第一滴淚的路徑，直到滴落在我的嘴角時才偏離軌道。我嘗了嘗唇上的淚珠。又鹹又苦。

「而且我拒絕讓她們進來。甚至是在她們敲了門，而且轉動門把之後。她們還求我放她們進來。」

我望向房門，想像著它在那天晚上的模樣。門把在黑暗中顯得蒼白，月光灑落其上，來回地轉動。我聽見木門上的急遽敲門聲，有人在門外喊我的名字。

艾瑪。

那是薇薇安。

別這樣啦，小艾。讓我進去。

我蜷縮在我的下鋪，緊貼著床角。我把被子拉到下巴，在底下縮成一團，試圖憑意志力讓門外傳來的聲音消失。

艾瑪，拜託啦。

我滑到被子底下，躲在一片漆黑裡，一直待到敲門聲、門把轉動聲，還有薇薇安都逐漸消聲匿跡了。

「我大可以放她們進來，」我說。「我應該這麼做的。但是我沒有。因為我年紀小、愚蠢又憤怒。但是假如我真的讓她們進來，那三個人還會活得好好的。而且我也不會老是懷著我害死她們的糟糕感受。」

又有兩滴淚水從指定的路線滑落。我用手背將它們抹去。

「我把她們畫出來。三個人都是。我多年來完成的每張畫裡頭都有她們。只不過沒人知道她們在那裡。我把她們遮蓋住了。我不知道為什麼。我情不自禁。但是我不能繼續畫她們。這太瘋狂了。我太瘋狂了。不過現在我想，假如我能想辦法查出當時發生了什麼事，或許我就能停止畫她們。也就是說，或許我終於原諒了自己。」

我停止說話，把目光從地面往上移。莎夏、克莉絲朵和米蘭達注視著我，安安靜靜，一動也不動。她們看著我的方式，就像是小孩看著陌生人。既好奇又容易受驚嚇。

「很抱歉，」我說。「我覺得不太舒服，到明天早上就好了。」

我站起來，昏沉沉的，搖晃得像是遭到暴風雨襲擊的樹。女孩們悄悄讓開，開始站起來。我打手勢要她們待在原地。

「別讓我毀了妳們的夜晚，繼續玩吧。」

她們照做了。因為她們感到不安。因為她們很害怕。因為她們不知道還能做什麼，除了繼續玩，討好我，等到我昏睡過去，可能就是下一秒了。

「再玩一回，」米蘭達說。她的果斷無法完全遮掩內心的恐懼。「我先。」

我閉上眼睛，然後爬上床。應該是說我的眼睛自行閉上，無論我有多努力想睜開雙眼。我太累了。太醉了。我的懺悔徹底讓情緒潰堤。我暫時失去了視力，摸索著上了床，伸手去摸床墊、枕頭、牆壁。我蜷縮起來，膝蓋抵著胸口，背對女孩們。我的標準羞愧姿勢。

「第一：我有一次在康尼島搭完雲霄飛車之後就吐了。」米蘭達的聲音變得緩慢又謹慎，停頓下來聽聽看我睡了還沒。「第二：我一年大約看一百本書。」

睡意立刻籠罩了我。這就像是有道活板門在我的下方打開了。我欣然地墜落，落入了無意識的境界。當我墜落時，依然能聽見米蘭達說話，她的聲音微弱，正在快速地消失中。

「第三：我很擔心艾瑪。」

故事是這樣繼續下去的。

妳再次放聲尖叫。

叫聲不斷。

妳這麼做，儘管妳不知道為什麼。然而妳還是這麼做了。因為無論妳多努力，妳還是擺脫不了那些可怕到不敢去想的念頭。在妳的內心深處，妳知道其中之一是真的。

因此妳再次尖叫，吵醒了營區裡的其他人。就算站在離岸十呎的湖裡，妳依然感受到一波能量湧向妳。那是某種驟然的震動，一種集體的驚嚇。湖畔的一隻蒼鷺感受到了，於是展開修長又優雅的雙翼。牠飛了起來，衝上天際，在妳的尖叫聲中翱翔。

妳首先看到的是法蘭妮，她從主屋的後院平台衝出來。尖叫聲已經向她透露出發生了不好的事。她飛快地看了一眼站在水中的妳，證實了這消息。她從木造階梯飛快地跑下來，白色睡袍的縫邊拍動揚起。

接著是契特，睡眼惺忪，頭髮凌亂。他待在平台上，焦躁不安，雙手緊抓住欄杆。在那之後是席歐，他沒有停歇，從階梯飛奔而下。妳看到他只穿著一條平口褲，在這種情況下，那幅裸露肌膚的景象顯得淫穢。妳移開視線，感到噁心。

其他人聚集在岸邊，有學員和輔導員，全都動也不動地站在薄霧中。他們都感到害怕、震驚又好奇。最主要是好奇。他們的好奇心像是一陣寒風，朝妳直撲而來。這時妳開始痛恨他們。妳痛恨他們迫不及待地想知道妳已經知道的事，無論那可能會有多可怕。

貝卡．薛恩菲爾德站在人群中。妳最痛恨她，因為她居然有臉來記錄這件事。她以手肘推擠，來到人群的前方，舉起了她的相機。她拍了幾張照片，快門聲像是一塊扁石，在湖面上跳躍而過。

但是只有法蘭妮走上前。她站在湖泊的邊緣，赤裸的腳趾頭差一點就要碰到湖水了。

「艾瑪？」她說。「妳在那裡做什麼？妳受傷了嗎？」

妳沒回答。妳不知該怎麼回答。

「小艾？」是席歐，妳還是無法正眼看著他。「快點離開水裡，上岸來吧。」

「回去主屋，」法蘭妮斥責他。「這件事交給我處理。」

她走進了湖裡。她不像妳那樣賣力涉水，而是在行軍。抬高膝蓋，振臂而行。睡袍下緣吸到了水，顏色變深了。她在離妳幾呎遠的地方停下來，擔心地偏著頭。她的聲音很低，緊繃但冷靜。

「艾瑪，怎麼了？」

「她們不見了，」妳說。

「誰不見了？」

「小木屋裡的那幾個女孩。」

法蘭妮吞嚥了一下，一陣起伏沿著喉嚨的優雅曲線而下。「全都是嗎？」

妳點頭，她的綠眼眸裡的光芒暗了下來。

這時妳才明白事態嚴重了。

在那之後，一切都進行得很快。大家在營區分散開來，去那些妳已經找過的地方。火坑。浴廁區。小木屋。席歐小心翼翼地打開那裡的每一只胡桃木箱，彷彿女孩們可能在裡面，像是玩偶盒裡的玩偶，等著跳出來。

搜尋的結果一無所獲，妳一點也不意外。妳知道這是怎麼一回事。當妳在空蕩又安靜的小木屋醒來的那一刻，妳就知道了。

他們組成一支搜索隊。這是一支小規模的隊伍，大家想假裝情況不如他們所害怕的那麼糟。妳堅持要一同前往，即使妳的狀況不適合在林間遊蕩，呼喊那些可能或可能沒有失蹤的女孩名字。妳跟在席歐的後頭走，盡力想趕上他的腳步，不理會湖水的冷凜在妳的肌膚上流連。這使得妳渾身顫抖，雖然氣溫超過三十二度，妳的皮膚上覆蓋著一層薄薄的汗水。妳搜尋營地兩側的樹林。先是一側，然後是另一側。當妳穿越樹林，心中想像著布坎南．哈里斯在一百年前也做著同樣的事。只帶上一把大砍刀及固執的樂觀心態，標示出一條路徑。這是個奇怪的想法，而且又可笑。然而，妳因此暫時忘了疲憊的雙腳和痠痛的四肢，以及三個死掉的女孩可能就在下個轉彎處等著妳。

女孩們沒出現，不論是死是活。她們沒有留下任何蹤跡，彷彿根本不曾存在過。就像她們是夏令營的想像力憑空捏造出來的。一種集體的幻覺。

妳在午餐時間回到夜鶯夏令營，和剩下的所有學員在餐廳裡，挑挑揀揀地吃著一盤盤可悲的濕軟披薩。當妳蹣跚地走進去時，每個人都抬頭看。各種情緒在她們的眼中打轉。希望、恐懼、責怪。在妳走向法蘭妮的那張餐桌時，妳感受到最多的是最後那種情緒。它讓妳的頸背發燙，像是曬傷。

「有消息嗎？」法蘭妮問。

席歐搖頭。幾個學員開始哭，她們的啜泣聲在妳的周遭爆發，打破了餐廳原本的安靜。這使得妳再度討厭她們。大部分哭泣的女孩根本不認識失蹤的女生。哭的人應該是妳才對。但是妳望著法蘭妮，尋求指引。她沒有哭。在這場深不可測的風暴中，她很冷靜。

「我認為是該報警了，」她說。

半小時之後，妳還是在餐廳裡。哭泣的學員和同樣濕了眼眶的輔導員都走光了。廚房的工作人員已經拖著腳步走到外面。整個地方都空了，除了妳和一名來自州警局的警探，妳已經忘了對方的名字。

「現在呢，」他說：「有幾個女孩看來似乎是不見了？」

妳注意到他的遣詞用字。似乎是不見了。好像整件事是妳捏造的。像是他不相信妳。

「我以為法蘭妮已經把所有的事都告訴你了。」

「我想聽妳親口說。」他往椅背一靠，雙臂交抱。「如果妳不介意的話。」

「三個。」

「全都住在同一間小木屋嗎？」

「對。」

「妳確定你們到處都找過了嗎？」

「沒有找遍整塊地，」妳說。「但是整個營區都搜尋過了。」

警探嘆了一口氣，伸手到西裝口袋裡，掏出了一支筆和記事本。「就從告訴我她們的名字開始吧。」

妳遲疑著，因為說出她們的身分等於是讓這件事成真。妳一旦說出她們的名字，這世界就會把她們視為失蹤人口。而妳不認為妳已經準備好面對這種事。妳咬著臉頰內側，拖延著。但是警探的目光逼得妳不敢直視。他被惹惱了，臉色微微泛紅。

「戴維斯小姐？」

「對，」妳說。「她們的名字。」

妳深呼吸，心臟在胸腔裡悲哀又微弱地輕彈了幾下。

「她們的名字是莎夏、克莉絲朵和米蘭達。」

第二部

一個謊言

第二十七章

警探在記事本寫下她們的名字，因此這個情況正式成立了。我的心臟又在胸膛裡哀傷地輕彈了一下。

「我們回到最初吧，」他說。「回到妳發現那幾個女孩子不在小木屋的那一刻。」

這時出現了一陣尷尬，我不確定他說的是誰。哪幾個？我差點脫口而出。

我忍不住覺得自己就像那個十三歲的女孩，畏縮地面對另一名警探訊問我關於另一組失蹤女孩的事。這一切都如此相似。空蕩蕩的餐廳和略顯不耐煩的執法人員，還有我一觸即發的恐慌。除了我的年紀和失蹤的女孩不同之外，唯一的主要差異是放在我面前的那杯咖啡。

第一次是柳橙汁。

不會有這種事的。

我這麼告訴自己。這時我牢牢地坐在餐廳的塑膠椅上，等待著牆壁和地面融化消失。像是一場夢。潑了松節油的一幅畫。當這一切都消失之後，我會在別的地方。回到我的公寓，或許吧。在一幅空白畫布前醒來。

但是牆壁和地板都還在。那名警探也是，我忽然想起他的名字。弗林。納森・弗林警探。

不會有這種事的。不會又發生了。

三個女孩不見了，就在十五年前另外三個女孩失蹤的同一個營區，同一間小木屋？發生這種事的機會微乎其微。我相信莎夏，那個知識小百科，她會知道有多少百分比。

然而，我還是無法相信。即使地板和牆壁都頑固地拒絕消失，弗林警探也一直坐在那裡，而我檢視我的雙手，確定那是一名成年女子的手，而不屬於十三歲的小女生。

不會有這種事的。

我不會發瘋。

「戴維斯小姐，我需要妳專心點，好嗎？」弗林的聲音劃穿我的思緒。「我明白妳很震驚，我真的明白。但是妳多拖延一分鐘不回答這些問題，就表示那些女孩們在外頭多待了一分鐘。」

這便足以消除我揮之不去的懷疑。至少在這個當下是如此。我看著他，努力忍住淚水，開口說：「你剛才的問題是？」

「妳是什麼時候意識到女孩們不見了？」

「當我醒來時。」

「那是幾點鐘？」

我回想自己在小木屋醒來的時刻。那只是一個小時之前，感覺像是一輩子。

「剛過五點不久。」

「妳向來都這麼早起嗎？」

「通常不是，」我說。「不過在這裡是。」

弗林把這點記了下來。我不確定為什麼。

「所以妳醒來，發現她們不見了，」他說。「然後呢？」

「我去找她們。」

「去哪裡找？」

「整個營地。」我啜了一口咖啡。咖啡是溫的，帶點苦味。「浴廁區、餐廳、工藝教室，甚至是其他小木屋。」

「沒有她們的蹤影嗎？」

「沒有，」我說，我的聲音變得嘶啞。「什麼也沒有。」

弗林將記事本翻到新的一頁，即便我告訴他的只不過短短幾句話而已。

「妳為什麼去了湖邊？」

我再次感到困惑。他是指現在嗎？還是十五年前？

「我不明白這問題，」我說。

「哈里斯—懷特太太告訴我，今天早上，他們發現妳站在湖水裡。在妳意識到妳房裡的女孩不見了之後。妳認為她們會在那裡嗎？」

我不太記得那一刻。我回想起看見太陽從湖面升起。第一道紅色曙光。我受到它的吸引而去。

弗林堅持不懈。「妳是否有某些理由相信女孩們是去游泳了嗎？」

「她們不會游泳。至少我不認為她們會。」

我記得她們之中有人告訴我這件事。是克莉絲朵嗎？或者是莎夏說的？現在我認真去想，我想不起她們有誰真的下水過。

「我只是以為她們可能會在那裡，」我說。「站在湖水裡。」

「就像妳站在湖裡那樣嗎？」

「我不知道我為什麼那麼做。」

我的聲音聽起來的感覺教我畏縮了一下。我聽起來好虛弱，又困惑。我的太陽穴隱隱作痛，讓我更難去思考了。

「哈里斯—懷特太太也說，當時妳在尖叫。」

這我就記得了。事實上，我依然聽得見自己的叫聲劃破湖面。我依然能看到那隻蒼鷺受到驚擾而飛走了。

「我是在尖叫。」

「為什麼？」

「因為我害怕，」我說。

「害怕？」

「你不會嗎？假如你醒來，房裡的每個人都不見了？」

「我會擔心，」弗林說。「我不認為我會尖叫。」

「我就是這麼做了。」

因為我知道發生了什麼事。我太愚蠢才會回來這裡，現在舊事重演了。

弗林警探將記事本翻到新的一頁。「妳是否有可能為了別的原因才尖叫呢？」

「例如呢？」

「我不知道。或許是愧疚吧。」

我坐立不安，弗林的語氣令我感到不自在。我察覺到一絲的不信任，一絲懷疑。

「愧疚？」

「妳知道的，因為她們歸妳照管，而妳卻把他們搞丟了。」

「我沒有搞丟她們。」

「不過她們是由妳照管，對吧？妳是她們的營隊輔導員。」

「是指導員，」我說。「我一開始就告訴她們，我是以朋友的身分來到這裡，不是管理階級。」

「妳是嗎？」弗林說。「我是指朋友？」

「我是。」

「妳和她們之間沒有問題？沒有意見不合或爭吵？」

「沒有，」我加強語氣地說。「我跟你說過了，我喜歡她們。」

不耐煩的情緒在我的胸口升起，往下蔓延到雙腿。他幹嘛浪費這些時間問我問題，而女孩們還在外頭，或許受了傷，而且肯定迷路了？為什麼沒有全員出動去搜尋呢？我向餐廳窗口望去，看到幾部警方的巡邏車，還有寥寥數名州警在外面走動。

「有人去找她們嗎？」我問。「你們會成立搜索隊，對吧？」

「會的，我們只是需要從妳的口中得知更多訊息。」

「還要多少？」

「這個嘛，首先，妳覺得有沒有什麼關於這些女孩子的事是我應該知道的呢？一些和她們有關且可能對搜尋會有幫助的事？」

「嗯，克莉絲朵的名字是有草字頭的那個莉，」我說。「假如這個會有幫助的話。」

「肯定會。」

們看？

弗林沒有多加闡述，因此我得以想像她們每個人的照片出現在牛奶盒上。這是一種高尚的公益服務，不過當你認真去想，其實糟透了。誰會想要打開冰箱時，看到失蹤孩子的照片在盯著他們看？

「還有別的嗎？」弗林問。

我閉上眼，摩娑著太陽穴。我的頭痛死了。

「讓我想想，」我說。「莎夏呢，她很聰明。缺點是知道的太多了，多到讓她有點擔心害怕。她怕熊，還有蛇。」

這令我想到，莎夏現在可能很害怕，無論她人在哪裡。另外兩個也是。想到她們在樹林中迷了路，周遭環境把她們嚇壞，我的心都碎了。希望她們還在一起，這樣就能彼此安慰。求求祢，神哪，讓她們在一起吧。

我繼續說下去，一股衝動壓倒了我，讓我把對女孩們的了解告訴警探。「米蘭達的年紀最大，也是最勇敢的一個。她的叔叔是警察，我想。或者可能是她父親。雖然她和她的祖母住在一起。現在仔細想想，她從沒提過父母的事。」

有個念頭忽然迸現在我的腦海，像是一道雷擊打中了我。

「她帶走了手機。」

「誰？」

「米蘭達。我是說，我不確定她是把手機帶在身邊，但是她的東西裡頭沒有手機。可以利用這個來找到她嗎？」

原本我在東拉西扯時，弗林無精打采地坐在椅子上，現在突然振作了起來。「對，這絕對可以。所有的手機都有衛星導航系統。妳知道是哪家電信公司嗎？」

「不知道。」

「我會派人聯絡她的祖母，問問看，」弗林說。「現在我們來談談，妳為什麼認為女孩們失蹤了。」

「我不知道。」

「一定有個理由，妳不認為嗎？例如她們或許是為了某件事對妳感到不滿，所以才離開的。」

「我想不到有什麼事。」

那是謊言。一長串的謊言之中最新的一個。因為有別的原因會讓她們想離開山茱萸屋。

我。

還有我的舉動。

喝得醉醺醺，而且還哭了，然後一直摸著空無一物的手腕，現在側邊有一塊紅色皮膚，是我的拇指不斷摩擦造成的。昨天晚上，我有些神智不清，嚇壞了她們。我在她們的眼中看得出來。

「你認為她們跑掉了？」我問。

「我是說這是最合理的原因。平均來說，每年有超過兩百萬名青少年蹺家。大多是都很快就找到了，順利回家。」

這聽起來像是另一個莎夏會隨時提出的統計數字。但是我壓根兒不相信她們三個會跑掉。她們沒有提出任何家庭生活不幸福的暗示。

「要是她們沒有呢？」我說。「還有什麼原因？」

「犯罪事件。」

弗林如此快速度吐出這句話，讓我倒抽了一口氣。「像是綁架嗎？」

「有這種可能性嗎？有。機會大嗎？不太大。所有失蹤兒童的事件之中，只有不到百分之一是遭到陌生人綁架。」

「萬一綁匪不是陌生人呢？」

弗林飛快地翻到記事本下一頁，筆尖懸在紙上。「妳知道有這麼一個人嗎？」

我知道。或許。

「有人跟廚房的工作人員談過了嗎？」我說。「有一天，我逮到其中一個盯著湖濱的學員。不是善意的那種注視，令人心裡發毛。」

「心裡發毛？」

「像是他不認為對十六歲的女孩擠眉弄眼有什麼不對。」

「所以是個男的囉？」

我堅定地點頭。「他的圍裙上有個名牌，上面的名字是馬文。另外有兩名廚房員工也在場，是女性，她們目睹了整件事。」

「我會去問問看，」弗林說，並且把這一切都寫下來。

看到他振筆疾書讓我感到開心，這表示我幫上忙。我感到振奮，又灌了一大口苦澀的咖啡。

「我們來談談十五年前吧，」弗林說。「我知道的是，另外三個女孩失蹤時，妳也在這裡。是這樣嗎？」

我盯著他看，感到些許不安。「我想你已經知道了，是這樣沒錯。」

「妳住在同一間小木屋，對嗎？」

我察覺到他的語氣帶有更多的懷疑。這次更明顯了。

「沒錯，」我說，並且連忙捍衛自己。「順帶一提，她們都不在你聲稱會找得到而且回家的絕大多數青少年之中。」

「那麼你為何要問我這件事呢？」

「我很清楚這點。」

弗林假裝沒聽到我的問題，繼續問下去。「在當時，一名營區學員說，在那天晚上稍早，她聽到妳和其中一個失蹤的女孩在吵架。」

是貝卡。她當然會跟警方說她聽到了什麼。但是我並不太生氣她這麼做。因為假如角色對調，我也會做同樣的事。

「那是爭辯，」我軟弱地說。「不是吵架。」

「妳們在爭辯什麼？」

「我真的不記得了，」我說，然而我記得一清二楚。我為了席歐的事，對薇薇安大吼。只是一個愚蠢的女孩為了一個愚蠢的男孩而吵。

「正如妳所說的，後來再也沒人見過那些女孩，或是聽過她們的消息，」弗林說。「妳覺得為什麼會這樣呢？」

「我不是失蹤案件的專家。」

「然而妳卻遲遲不願承認，目前失蹤的這幾個女孩是蹺家了。」

「因為我了解她們，」我說。「她們不會做那種事。」

「那麼十五年前失蹤的那些女孩呢？妳也了解她們啊。」

「我是。」

「妳對她們夠了解，才會對她們生氣。」

「是對其中一個人。」

我伸手去拿咖啡杯，又喝了一大口，這次是要讓自己堅強起來。

「或許甚至是暴怒。」

弗林在我喝到一半時說出這句話。我的咖啡吞到一半，害我嗆到了。我急促地咳了一陣。咖啡和唾沫從我的嘴裡噴出來。

「你在暗示什麼？」我邊咳邊說。

「我只是要問個清楚，戴維斯小姐。」

「或許你應該先去尋找米蘭達、克莉絲朵和莎夏。找個徹底。」

我又看了一眼窗外，州警還在那裡，在餐廳外面走動。彷彿他們在看守這個地方。不想讓某人接近。

或是不讓某人進來。

我忽然意識到某件可怕的事。現在我知道為什麼似乎沒人去找那幾個女孩。為什麼弗林警探一直把焦點放在我和女孩們的關係上。我早該料到會如此了。當我醒來，而米蘭達、莎夏及克莉絲朵不見了的那一刻，我就應該明白了。

我是嫌疑犯。

唯一的嫌疑犯。

「我沒對女孩們下手。以前或現在都一樣。」

「妳必須承認，這真是一大巧合，」弗林說。「十五年前，女孩們從妳住的小木屋裡消失了。她們全都不見了，除了妳之外。現在我們在這裡，住在妳的小木屋裡的女孩又在夜裡失蹤了。全都不見了，除了妳之外。」

「當年發生那件事的時候，我才十三歲。你認為十三歲的女生做得出哪種暴行呢？」

「我有一個女兒就是那年紀，」弗林說。「妳會大感意外的。」

「那現在怎麼說呢？」我說。我歇斯底里的說話語氣和伴隨而來的頭痛，害我畏縮了一下。

「我是畫家。我來這裡教女孩們作畫。我絕對沒理由傷害任何人。」

在我的腦海裡，有個冷靜許多的聲音在對我說話。「保持冷靜，艾瑪。想清楚。把妳知道的好好想一遍。」

「當時在這裡的不只我一個，」我說。「還有其他許多人。」

例如凱西，雖然我懷疑她連一隻蚊子都不會打，更別提在缺乏明顯因素的狀況下傷害這兩群女孩。然後還有貝卡，她絕對有理由痛恨薇薇安、娜塔莉及艾莉森。

我想到席歐。關於看見他和薇薇安在淋浴間的事。還有我捶打他的胸膛。她們在哪裡？你把她們給怎麼了？

但是十五年前，席歐有充分的不在場證明。法蘭妮就全完是另一回事了。薇薇安的日記潛入了我的思緒。

我就快要查出她的骯髒小秘密了。

我知道事實真相。

我好怕。

「我認為你應該找法蘭妮談談，」我說。

「為什麼？」

「十五年前失蹤的女孩之一，薇薇安，她在營區四處打探。調查。」

「調查什麼？」弗林問，他的不耐煩更明顯了。

天哪，但願我知道。雖然薇薇安留下了許多線索，還是沒有證據能明確指出法蘭妮可能在隱藏什麼。

「法蘭妮可能想保密的某些事。」

「等等，妳是說妳認為法蘭妮對妳的室友做了什麼事嗎？不只是現在，十五年前也是？」

這聽起來很荒謬。這確實荒謬無比。但這是我唯一想到的理由，可以解釋這種難以解釋的情況。打從我回到夏令營之後，我得知的一切都指向這種結論。薇薇安在找尋什麼，可能跟和平谷精神病院有關。她發現之後便找了娜塔莉和艾莉森幫忙。三個人都正好失蹤了。這不會是巧合。現在我回來了，要找出薇薇安在追查什麼，然後米蘭達、克莉絲朵和莎夏也失蹤了。這太詭異了，不可能是巧合。

有可能薇薇安無意中發現了法蘭妮亟欲隱匿的事。或許是值得讓她痛下毒手的事。現在我或許只差一步就要查出真相，所以這是法蘭妮的另一次警告。

她說的那個獵鷹的故事闖入我的腦海，打破我所有的紊亂思緒。她是為此才說那個故事嗎？要讓我害怕到停止搜尋？薇薇安在主屋裡被逮到之後，法蘭妮是否也跟她說了同樣的故事呢？

「這比認為是我幹的要合理多了，」我說。

「妳說的可是一個好人。」弗林放下記事本，掏出手帕擦拭他的額頭。「搞清楚，她是這個郡最大的納稅人。這片土地？她每年繳的房地產稅可多了。然而，她從不曾抱怨，也沒設法少繳一些。事實上，她同樣捐了不少錢給慈善機構。郡裡的大醫院？妳猜那幢該死的建築上是寫著誰的名字？」

「我只知道不是我幹的，」我說。「從來就和我無關。」

「隨妳說囉。但是沒人知道發生了什麼事。我們只有妳的說法，假如妳不見怪的話，聽起來有些可疑。」

「這裡有某些古怪的事在暗中進行。」

警探把手帕塞回口袋裡，給了我一個期盼的眼神。「妳可以說清楚點嗎？」

我原本希望事情不會走到這地步。弗林警探會接受我的說法，開始設法查出米蘭達、克莉絲朵和莎夏究竟發生了什麼事。但是現在別無選擇了。我必須把所有的事都告訴他。因為或許發生過的每件事，包括淋浴間、那些烏鴉，還有在窗外的人，針對的人不是我。或許目標是其中一個女孩。

「這一整個禮拜，有人一直在監視我，」我說。「有人偷窺我洗澡。有人把鳥關進小木屋裡。」

「鳥？」弗林說，然後再次伸手去拿記事本。

「烏鴉。一共三隻。有天早上，我醒來，看到有人站在窗外。他們破壞小木屋的外面。」

「這是什麼時候的事？」

「兩天前。」

「破壞的部分是什麼？」

「有人在門上潑漆。」我遲疑了一下，然後才把剩下的說完。「他們在門上寫了騙子。」

弗林拱起了眉。這就是我預料中的表情。「挑這個字眼挺有意思的。背後有任何原因嗎？」

「有，」我惱怒地說。「或許是想先發制人，確保沒人會相信我。」

「或者是妳幹的，要把嫌疑從妳自己的身上轉移開來。」

「妳認為我預謀綁架那些女孩？」

「這和妳告訴我的所有事情一樣合理，」弗林說。

我頭痛欲裂，太陽穴有如著了火。

不會有這種事的。

我不會發瘋。

「有人在監視我們，」我說。「有人就在那裡。」

「沒有任何證據，妳說的話很難教人相信，」弗林說。「而且現在，沒有什麼能證實妳的說法。」

我再次恍然大悟。要不是我的心裡太亂，早該想到的。這足以向弗林證明，他冤枉了我。

「有的，」我說。「一台監視器。鏡頭對準了小木屋的門。」

第二十八章

多虧了顯示器的夜視功能，小木屋在畫面上散發綠光。那是一種醜陋的綠色。而且由於監視器位置的緣故，那種令人作嘔的色調看起來更糟了。攝影機不是從另一間小木屋的後方直接拍攝山茱萸屋的正面，而是以由上往下的鳥瞰角度拍攝，讓人看得頭暈目眩。

「監視器是靠動作感應，」契特加以說明。「只有在偵測到動靜時，它才會開始錄影。當錄影的對象停止動作，它便停止錄製。監視器每次錄到的內容，都會自動儲存成電子檔案。比如說，這個暫停畫面就是在監視器安裝好的那天晚上拍下的。」

在螢幕上，小木屋的門微開。那是觸發監視器的動作。在那窄長縫隙的黑暗中，我能辨識出一隻腳和閃現綠色微光的一條腿。

契特換到第二台顯示器，那是主屋地下室並列排放的三台顯示器之一。地下室的大部分空間都塞滿了整齊堆疊的箱子及佈滿蜘蛛網的家具，就像敏蒂在我抵達的那天，帶我認識主屋時所預測的那樣。有個角落是未上漆的灰泥板和白色油氈地板，顯示器就是位在這裡，擺放在一張金屬書桌上，兩部電腦主機並排，像書架上的書本一樣。

契特在書桌前的一張嘎吱作響的辦公椅坐下，我們其他人，包括席歐、法蘭妮、弗林警探和我自己都站在他後面。

「這對於一間小木屋和一部監視器來說，似乎顯得大費周章，」弗林說。

「這只是一部測試監視器，」契特回答。「我們要在整個營區安裝更多部，為了安全的緣故。至少我們原本是這麼打算。」

站在他後面的法蘭妮退縮了一下。她和我們其他人一樣，知道夏令營到此為止，除非在今天結束之前，我們能找到克莉絲朵、莎夏和米蘭達。這很可能也結束了她的最後一個輝煌夏天的夢想。

「監視器也能設定成持續即時動態。那個就是了。」契特指著第三台顯示器，那是山茱萸屋的白天畫面。「通常即時動態是關閉的，因為沒有人持續監控它。當我們都在這下面時，我開啟了這個功能，以防萬一女孩們回來了。」

我注視著螢幕，抱著一線希望地期待能看到莎夏、克莉絲朵或米蘭達出現在畫面中，從延長的健行之旅歸來，根本沒注意到她們害得大家擔心。然而，我看到凱西經過，帶著一群哭泣的女孩回去她們的小木屋。接著敏蒂出現了，走在隊伍最後方。當她經過時，飛快地瞥了監視器一眼。

「錄製的內容儲存在這裡，」契特說。他用滑鼠在中間那台顯示器點開一個檔案資料夾。裡面有幾十個電子檔案，只以編號命名。「檔案名稱等同每段影片錄製的日期及時間。所以這個檔案，0630044833代表它是在六月三十日，早上四點四十八分三十三秒錄下的。」

他點了一下，第一台顯示器上的靜止影像便動了起來。門縫開得更大，我看到自己溜出了小木屋，笨拙地走出了監視器的畫面。我清楚記得那時候。我在破曉時分帶著鼓漲的膀胱和滿滿的回憶，前往浴廁區。

「妳那麼早起來做什麼？」弗林問。

「我去上廁所，」我不高興地說。「我想這還是合法的吧。」

「有昨天晚上的檔案嗎？」弗林問契特，後者用滑鼠往下捲動，查看檔案。

「有幾個。」

弗林轉頭看我。「妳說妳在大約五點鐘察覺到女孩們不見了，對吧？」

「對，」我說。「我昨晚上床睡覺時，她們還在。」

「那是幾點？」

我搖頭，想不起來。由於威士忌和回憶的緣故，我恍神得太厲害，記不得時間了。

「在午夜到四點之間，有一個檔案，」契特說。「然後有三個是在今天早上四點半到五點半的時段。」

「我們來看看吧，」弗林說。

「這個是一點過後的。」

契特點開第一個檔案，山茱萸屋出現了。一開始，畫面上毫無動靜，我納悶是什麼觸動了監視器。然後有東西出現了，在螢幕邊緣有一團綠色及白色的模糊物體。一隻母鹿和兩隻幼鹿走進畫面裡，眼睛發出淡黃綠色的光，小心翼翼地從山茱萸屋前面經過。牠們花了二十秒走完這一段路。第二隻幼鹿一走出畫面，白色尾巴一閃，錄影就停止了。

「那段時間就只有這個，」契特說。「這個是大約四點五十五分錄的。」

他點了一下，第一台顯示器再次亮起。畫面和先前的一樣，少了那些鹿，但是多了小木屋的門緩緩打開。

米蘭達第一個出現。她探頭出來，看了左右兩邊，確定外頭沒人。接著她躡手躡腳走出小木屋，穿著營區制服和工作短褲。她的手上抓著一個淺色的長方形東西。是她的手機。

接著莎夏和克莉絲朵緊貼著彼此，隨後出現了。克莉絲朵拿著一支手電筒，一本捲起來的漫畫書塞在工作短褲的後口袋。我看得出來美國隊長的盾牌邊緣醒目地出現在封面上。莎夏拿著一瓶水，在她關上房門時掉了下去。它沿著地面滾動，滾出了畫面。莎夏去追水瓶，消失了片刻。她回來之後，三個人在小木屋門前討論，沒注意到監視器的存在。最後她們往右走，前往營區中心的方向，一個接著一個消失了。

先是米蘭達，然後是克莉絲朵，最後是莎夏。

我記下她們離去的順序，以防哪天我需要畫她們。我恨自己居然這麼想。

「這是五分鐘後，」契特說。螢幕一變黑，他便打開了下一個檔案。

我不需要看顯示器也知道畫面上有什麼。我從小木屋走出來，光著腳，身上是昨晚穿上床睡覺的T恤和平口短褲。我在門外停了下來，搓著手臂抵擋寒氣。接著我和女孩們反方向，走向浴廁區。即便我知道會看到什麼，這段影片依然重重地打擊了我。

五分鐘。在女孩們離開小木屋到我察覺她們不見了，只過了這麼短的時間。

該死的五分鐘。

我質疑自己在今天早上有過的每種念頭以及每個舉動。要是我早一點醒來。要是我沒浪費那麼多時間思索她們為何不見的原因。要是我去的是餐廳而不是浴廁區。

無論是上述的哪一種情況，我都可能會看到女孩們跑去她們要去的地方。我可能有辦法阻止她們。

更糟的是，這使得我看起來更有問題。在女孩們離開之後的短短幾分鐘就走出去。這完全是巧合，但是看起來並非如此。它像是刻意的，好像我等著要在不會引人注意的距離之外跟蹤她們。就算我走反方向也無所謂。因為下一段影片，也就是在黎明前時分，我走動頻繁的最後那一段，顯示我在小木屋區遊蕩時，經過了山茱萸屋。我注視著自己在顯示器上的身影，注意到我的下顎緊繃，眼神空洞。我知道那是擔憂，但是在其他人眼裡看來像是怒氣，我在不知不覺間走上了女孩們走過的同一條路。

「我是在找她們，」我在其他人提出任何疑問之前，先發制人。「那是在我醒來之後，意識到她們不見了。我先去浴廁區找，然後在小木屋區查看，最後前往營區的另一邊。」

「妳已經提過了，」弗林警探說。「然而，我還是要說，妳無法證明這點。這段影片只是證實了，在女孩們離開小木屋不久之後，妳也走了。而現在沒人找得到她們。」

「我沒對那些女孩做任何事！」

我看著契特、席歐、法蘭妮，沉默地哀求他們支持我，即使他們沒有理由應該這麼做。我不意外法蘭妮沒有替我說話，而是表示：「通常呢，我不太願意讓別人知道這件事。每個人都有權保有隱私，尤其是關於他們過去的事。但是在這種情況下，我覺得我非說不可。艾瑪，請妳原諒我。」

她帶著歉意與憐憫地看了我一眼。我兩者都不想要。所以我別過頭去，任由法蘭妮說：「多年前，戴維斯小姐為了不曾公開的精神疾病，住進了精神病院。」

在她說話時，我注視著第三台顯示器。上面顯示小木屋外面的即時動態。目前那個區域空無一人。沒有學員，沒有敏蒂或凱西。只有山茱萸屋的門以希區考克的視角呈現。

「我們在做背景調查時，發現了這件事，」法蘭妮繼續說。「我們不顧我們的律師團反對，邀請她在這個夏天回來。我們不認為她會對自己或其他學員造成威脅。然而，我們還是採取了預防措施。」

弗林想證明他的精明，於是說：「所以才會有監視器。」

「是的，」法蘭妮說。「我只是認為你應該要知道。讓你看我們盡了一切努力要協助你搜尋。我無意以任何方式暗示我認為艾瑪和這場失蹤有關。」

然而她就是在這麼做。我的眼睛盯著顯示器不動，不願意移開視線，因為這表示我要再次面對法蘭妮。而我不確定自己辦得到。

在螢幕上，有個女孩徐徐地走進畫面，她的背部挺直，步伐明確。她知道那裡有監視器。起先，我以為那是學員，或許是從隔壁的小木屋溜出來，想再偷看一下在餐廳周圍走動的州警。然後我看到那頭金髮，白色連身裙，還有頸間的墜飾盒。

是薇薇安。

就在螢幕上。

我驚嚇地倒抽了一口氣，一種刺耳又無力的聲音。

契特是第一個注意到的人。他說：「艾瑪？妳怎麼了？」

我的手抖個不停，指著顯示器。薇薇安還在那裡。她直視監視器，露出了做作的微笑。彷彿她知道我在看。她甚至對我揮手。

「你看到了，對吧？」

「看到什麼？」這次是席歐開口，他帶著醫生般的關切皺起了額頭。

「她，」我說。「就在山茱萸屋前面。」

所有的人都轉頭看顯示器，擠在它的周圍，擋住我的視線。

「那裡什麼也沒有，」席歐說。

「妳看到其中一個失蹤的女孩嗎？」弗林說。

「薇薇安。我看到薇薇安。」

我把他們推開，再次看清即時動態的畫面。在顯示器上，我只看到同一個視角的山茱萸屋。薇薇安不在那裡了。那裡根本沒人。

我告訴自己，不會有這種事的。

我告訴自己，我不會發瘋。

沒有用。慌亂和恐懼已經侵襲了我，讓我的身體變得麻木。模糊的黑暗侵蝕我的視線邊緣，在我的眼前顫動，直到我什麼也看不見。我的手臂猛地往前探，想抓住什麼來穩住自己。有人抓住了我的手臂。是席歐。或許是弗林警探。

但是為時已晚。

我的手臂從他們手中滑落，然後我倒了下去，撞上地下室地板，昏死了過去。

十五年前

那件毛衣的袖子平攤，擺放在工藝教室的桌上。我母親就是用這種方式把她要我穿的衣服擺出來。整套衣服就這樣放在那裡，誘使我把它換上。只不過這次的衣服不一樣。那不是要給我穿的，是警方要我指認用的。

「妳認得這件衣服嗎？」一位女性州警問。她有著親切的笑容和豐滿的胸部。

我注視著那件上衣。那是一件白毛衣，胸口有亮眼的虎橘色拼出普林斯頓的字樣。我點頭。

「那是薇薇安的。」

「妳確定嗎？」

「確定。」

她穿去參加一場營火晚會。我記得，因為我開玩笑說，那件衣服讓她看起來像棉花糖。她說它能防蚊，誰管它時不時尚。

州警朝坐在桌子對面的一名同僚看了一眼。他點頭，然後快速地摺好毛衣。他戴著乳膠手套。我不知道為什麼。

「這是你們從山茱萸屋拿過來的嗎？」我說。

女州警沒理會這個問題。「當妳看到薇薇安離開小木屋時，她身上穿的是這件毛衣嗎？」

「不是。」

「妳再想一下，慢慢來。」

「我不用再想，她沒穿這件。」

要是我顯得煩躁易怒，那也是合理的。女孩們失蹤超過一天了，大家越來越絕望。我感覺到整個營區都是如此。這就像是一缸水在滲漏，樂觀精神一點一滴地消逝。在那段期間，警方徵用了工藝教室，把它拿來組織搜救隊、召集志工，還有呢，就我的例子而言，非正式地偵訊十三歲的小女生。

前一天晚上，我在那待了半小時，接受兩名警探的盤詰，輪流問我問題。這是一場令人精疲力盡的反覆訊問，我不斷在兩人之間來回張望，脖頸因此痠痛不已。女孩們是哪時候離開的。她們身上穿著什麼。薇薇安在離開小木屋之前說了什麼話。至於我在她溜出去時，跟她說了些什麼，還有我是如何防止她們再進屋來，這部分則是隻字未提。

我覺得太羞愧了，更別提那份罪惡感。

現在我又接受一輪提問，然而那位女州警比那名警探表現出更多的耐心。事實上，她看起來像是要把我擁入她的寬闊胸膛，告訴我一切都會沒事的。

「我相信妳，」她說。

「你們在哪裡找到那件毛衣？」

「我不能透露。」

我望向室內的另一頭，那件摺好的毛衣又傳到另一名員警的手上。他也戴著手套。當他把毛衣放到證物紙箱裡，他手上的皮膚在乳膠手套底下散發白光。我的內心充滿恐懼。

「哪個女孩藏了秘密，但是除了妳之外，沒跟其他人說過？」那名州警問。

「我不知道。」

「可是她們有秘密嗎？」

「假如我不知道她們把某件事還告訴了誰，很難說那是秘密吧。」

我故意表現出我的青少女毒舌功，因為我想抹去那位州警臉上的憐憫神情。我不配得到她的憐憫。然而，這只是讓她往前靠得更近，表現得像是學校裡很酷的輔導員，總是要我們把她當朋友，而不是某種權威形象。

「大多數時候，青少女會蹺家。她們這麼做是因為認識了某人，」她說。「男友，或情人。通常是其他人不贊成的對象。一段禁忌的戀情。有哪個女孩提到類似這種事嗎？」

我不確定自己該說多少，主要是因為我不知道情況究竟如何。

「那些女孩蹺家？你們是這麼認為嗎？」

「我們不知道，親愛的。或許吧。所以我們才需要妳的協助。因為有時候女孩們蹺家去見某個男孩，最後遭到對方傷害。我們不希望妳的朋友受傷。我們只希望找到她們。假如你知道什麼，任何事都行，要是妳能告訴我，我會很感激。」

我想到《蘇西的世界》。那個少女被人發現死在荒郊野外。那個對她下毒手的恐怖鄰居。

「薇薇安在跟某人約會，」我說。

州警的眼睛立刻亮了起來，接著冷靜下來，強迫她自己繼續保持淡定。

「她是否跟妳提過對方是誰？」

「妳認為他可能對他做出什麼事嗎？」

「我們要先找他談過才知道。」

我把它當作是肯定的回答。這表示他們認為薇薇安、娜塔莉及艾莉森不只是失蹤而已。他們認為這幾個女孩死了。慘遭謀殺。現在成了躺在林地上的三具迷人骸骨。

「艾瑪，」州警說。「假如妳知道他的名字，妳要告訴我們。」

我張開嘴，心臟猛烈跳動，連我的牙齒都在抖。

「是席歐，」我說。「席歐・哈里斯—懷特。」

我不相信，就算在我說出口的時候也一樣。然而我想要這麼做，我想要相信席歐和女孩們的失蹤有關，他有能力傷害她們。因為他已經傷害了某人。

我。

他打碎我的心，而自己甚至沒有意會到。

這是我回敬他的傷害的機會。

「妳確定嗎？」州警說。

我試圖說服自己，我不是為了妒火攻心才這麼做。席歐和這件事有關，這樣說得通。當薇薇安、娜塔莉及艾莉森回到上鎖的小木屋時，她們會做的第一件事應該是找輔導員。她們沒有，因為她們在就寢後還出去，更別提喝了酒。這兩件違規行為都會讓她們被踢出營隊。所以她們會去找一個能信任的負責人，席歐。現在她們失蹤了，很可能死了。那不會是巧合。

至少我是這樣騙自己。

「我確定，」我說。

幾分鐘後，他們放我回去山茱萸屋。在我離去時，工藝教室外的區域鬧哄哄的。有警察、記者，遠處還有警犬的吠叫聲。州警已經開始搜查營區的小貨車。我經過時看到他們，他們從打開的駕駛座車門仔細查看內部，翻找置物箱。

當我轉過臉，我看到一支搜救隊剛從林間小路走回來。他們大多是鎮民，過來盡力提供協助。但是我在人群中看到幾張熟悉的臉孔。七月四日那天，在我的餐盤裡堆滿煎餅的那名廚房員工。我忽然覺得那好像是好幾週之前的事了。那名似乎總是在營地裡到處修修補補的工人。然後還有席歐，一副憔悴的模樣，身上穿著牛仔褲和一件汗濕而顏色變深的恤衫。他的頭髮凌亂，一塊汙泥弄髒了他的臉頰。

我朝他衝過去，不太清楚自己想做什麼，直到我來到他面前。我很氣薇薇安，同時又替她感到害怕。我對席歐怒火難消，但是又深愛著他。所以我的手緊握成拳，捶打他的胸口。

「她們在哪裡？你把她們給怎麼了？」

席歐動也不動，沒有退縮。

在我混亂惶惑的內心裡，這更加證明了他已經準備好要挨我的小拳頭一頓捶打。

在他的內心深處，他知道自己活該。

第二十九章

不會有這種事的。

我不會發瘋。

在我恢復意識時，這些話浮現在我的腦海，讓我猛地坐了起來。我的頭撞到上方某種堅硬的東西。疼痛沿著髮際線陣陣傳開，加入了我先前沒注意到的後腦勺疼痛。

「哇，」有人說。「小心點。」

我又感到片刻困惑，然後才意識到自己身在何處。夜鶯夏令營。山茱萸屋。在雙層床鋪上，我的額頭剛才撞到了上方的鋪位。說話的人是席歐。他坐在我的胡桃木箱上，翻閱莎夏的《國家地理雜誌》殺時間，等著我醒來。

我揉著頭，手掌在兩處痛點來回交替。前面的疼痛已經慢慢消退了，後面的那一處正好相反，疼得越來越厲害。

「妳在地下室摔得不輕，」席歐說。「我稍微扶住妳，但妳的頭還是撞得挺用力的。」

我下了床站起來，並且抓住米蘭達的床鋪，以防萬一我需要支撐。我的腿軟綿綿的，不過還能撐著我站立。在主屋吞噬我的昏沉暈眩還有些許殘留，我眨著眼，直到它們消失。

「妳需要休息，」席歐說。

在這個時候不可能。尤其他在這裡，而我的四肢充斥著焦慮、疼痛及不安。我四下張望小木屋，看到一切都和今天早上一樣。莎夏的床依然亂鋪。克莉絲朵的泰迪熊還是在毛毯底下隆起。

「她們還是不見蹤影，對吧？」

席歐嚴肅地點頭證實。我的腿開始顫抖，哀求我再次躺下。我用力抓緊米蘭達的床鋪邊緣，繼續站著。

「弗林警探通知她們的家人了。他問女孩們是否有人曾跟他們聯絡。但是都沒有。米蘭達的祖母甚至不知道她有手機，所以我們還是不清楚她使用哪家電信服務。」

「弗林警探有沒有跟廚房員工談過？」

「有的，他們全都住在隔壁的鎮上。他們都是那裡的中學餐廳員工，很高興暑假有工作機會。他們每天在早上的早餐前及晚上的晚餐後一起共乘。那天晚上沒人留下來，今天早上也沒人提早過來。連馬文也沒有。」

我提供給弗林的所有資料，還有我的試圖協助，最後根本白忙一場。失望之情在我的內心湧現，漲滿了我的胸口。

席歐把雜誌放在一旁，並且說：「妳想談談在主屋發生的事嗎？」

「不太想。」

「妳說妳看到薇薇安。」

我感到口乾舌燥，更不容易開口了。我的舌頭感覺太黏也太沉重，說不出話來。席歐的旁邊有一瓶水。他把水遞給我，我差點喝到一滴不剩。

「沒錯，」我清了清喉嚨之後說。「在小木屋的即時動態畫面上。」

「我看了，艾瑪，那裡沒人。」

「喔，我知道，那是——」

我無法適當地描述。是幻覺嗎？還是我的想像力？

「壓力，」席歐說。「妳承受太多的壓力了。」

「但是我以前看過她，在我年紀小一點的時候。所以我才被送走。我以為她消失了，但是沒有。我一直看到她，在這裡，在現在。」

席歐偏著頭，看著我。我相信當他要告訴他的病人壞消息時，也是這樣看著他們。

「我和我母親談過，」他說。「我們都同意，邀請妳回來是錯的，即便我們是好意。那不代表我們認為這是妳的錯。錯在我們。我們低估了這裡對妳可能會有的影響力。」

「你是要我離開營隊嗎？」

「是的，」席歐說。「我認為這樣最好。」

「但是女孩們呢？」

「現在有一支搜救隊在找她們。他們分成兩組人馬，一組負責營區右邊的森林，另一組則是往左手邊進行。」

「我要加入搜救，」我說，並且拖著顫抖的雙腿往門口移動。「我想幫忙。」

席歐擋住我的路。「妳的狀況不適合在森林裡奔波。」

「但是我要找到她們。」

「我們會把她們找出來的，」席歐說。他抓住我的手臂，拉住了我。「我保證。我們的計畫是，有必要的話，明天會多派人手去搜尋。在二十四小時之內，這塊地的每一平方英尺都會受到徹底搜索。」

我沒有提醒他，十五年前那場類似的搜索沒有多少幫助。當時也是搜遍了這片土地上的每一平方英尺。結果只找到一件毛衣。

「我要留下來，」我堅持。「我不離開，直到找出她們為止。」

遠處傳來轟隆聲。那是一種深沉的撞擊聲，向雷聲一樣在山谷回響。一架直升機加入搜尋。那聲音對我而言很熟悉。我在十五年前經常聽到。直升機在上方轟隆作響，小木屋隨之震動。它飛得很低，幾乎是從樹梢掠過。席歐在它飛過時，扮了一臉怪相。

「我母親不相信妳，小艾，」他說。他提高音量，免得被直升機的聲響淹沒。「我也不確定我相信妳。」

我也說得更大聲了。「我向你發誓，我沒有傷害那些女孩。」

「妳怎能如此肯定呢？妳昨晚的情況那麼糟，我都懷疑就算是妳做的，妳可能也不記得了。」

直升機離開這一區，往湖泊飛去。它的離去讓小木屋忽然陷入一片安靜。席歐的話以及話中隱含的指控，在這片重新獲得的安靜中徘徊不去。

「你是在說什麼？」

「弗林跟其他指導員談過，」席歐說。「他們全部。凱西說她昨晚在浴廁區旁看到妳。她說妳好像喝醉了。當我們找貝卡談，她承認趁我們大家在營火晚會時，妳們倆喝了一瓶威士忌。」

「很抱歉，」我說。我的聲音是如此不可思議地微弱，我很驚訝席歐居然聽得見。

「所以妳昨晚喝了酒囉？」

我點頭。

「天哪，艾瑪。可能會有學員看到妳。」

「我很抱歉，」我又說了一遍。「這麼做是錯的，很愚蠢，而且完全不像我。但是這不表示我對女孩們做了什麼事。你看過監視器影片，你看到我出去找她們。」

「或是跟蹤她們。我們無法確定。」

「有辦法，」我告訴他。「因為你了解我，而且你知道我不會去傷害那些女孩們。」

他沒有理由相信我，在我說了那麼多謊之後。席歐對警方說一個字，就能把我送進我十五年前讓他陷入的相同境況。我明白我們的角色互換了。

我偏著頭，注視他的棕色眼眸，要他也看著我。我要他看見我。真正看到我。假如他看到的話，或許他會認出那個從前的我。不是這個受過創傷、極有可能失去理智的二十八歲女子，而是那個愛慕他的十三歲小女生。

「拜託相信我，」我低聲地說。

片刻過去了。令人顫抖的一段時間，只持續了幾秒鐘，不過感覺像是幾分鐘。在這段時間裡，我幾乎能感受到我的命運懸而未決。然後席歐也低聲回應。

「我相信。」

我點頭，滿心感激。我抗拒鬆懈之後想哭的衝動。

然後我吻了他。

這對我們倆來說都很意外。就像是我上次親吻他那樣，只不過更強烈。這一次，我不是在勇氣的驅使之下才這麼做。是迫切渴望。女孩們的失蹤讓我感到極端無助，我渴望我在那天設法避免的焦點轉移。我需要某種東西來暫時讓我不去想發生了什麼事。我渴望不已。

席歐保持全然不動，在我持續把我的唇緊貼著他的唇時，沒有任何回應。但是他很快地回吻了我，吻得更熱烈了。

我依偎著他，手掌貼著他的胸膛。這次我沒有捶打他，而是愛撫。席歐的手臂環繞著我，緊緊抱住我，把我拉得更近了。我知道這是怎麼一回事。我需要他來轉移我的注意力，而他對我也一樣。我不在乎。尤其當他的唇吻上我的脖頸，手探進我的襯衫底下。

窗外爆發出更多轟隆聲響，又有一架直升機飛過來。或許那是同一架，飛了回來。它直接飛越山茱萸屋，聲音大到除了旋翼的轉動聲，我什麼也聽不見。窗戶咯咯作響。

在那些噪音聲中，席歐抱起我，把我抱到我的床上，放了下去。他脫掉他的襯衫，露出更多瘢痕。至少有一幾處。那些疤痕在他的皮膚上參差交叉，從肩膀到肚臍，看起來像爪痕。我想到他的車禍，扭曲變形的金屬，砸破的玻璃，碎片劃破皮膚，掠過骨骼。

那些疤痕是我造成的。

每一處都是。

現在席歐在我的上面，感覺沉重、安全又溫暖。但是我不能更進一步，不管這是不是轉移焦點。

「席歐，住手。」

他從我的上方抬起身體，眼中滿是困惑。「怎麼了？」

「我做不到。」我從他的下方挪開，下床走到小木屋的另一邊。我在這裡比較不會伸手觸碰他的疤痕，用手指沿著每一道撫摸。「除非我把某件事告訴你。」

雖然直升機走了，我還是聽得見它在湖面上轟隆作響。我等到聲音消失了，這時才說：「我知道，席歐，關於你和薇薇安的事。」

「我和薇薇安沒怎樣啊。」

「關於這件事，你不必撒謊。再也不需要了。」

「我沒有說謊。妳是在講什麼？」

「我看到了，席歐。你和薇薇安，在淋浴間。我看到了，而且我的心都碎了。」

「這是什麼時候的事？」席歐說。

「她們失蹤的那天晚上。」

我不需要多說什麼。席歐明白剩下的部分。我為何指控他。後來那項指控是如何跟著他一輩子。他坐了起來，摩娑下頦。手指頭在灰白的鬍渣之間抓撓。

我一直以為把真相說出來會讓我好過些。放鬆的感覺會充斥我的身體，從頭部到腳趾尖。然而。我只感到愧疚。而且卑微。還有難忍的悲哀。

「我真的非常抱歉，」我說。「當時我年紀小又愚蠢，擔心著那些女孩，又因為你而心碎難過。所以當州警問我，她們之中是不是有人交了沒人知道的男友，我告訴她，你私底下和薇薇安約會。」

「但是我沒有啊，」他回答。

「席歐，我看到你了。」

「你看到某人，但不是我。對，薇薇安是會挑逗我，而且清楚表示她願意這麼做。但是我從來就沒興趣。」

我在腦海中重播那個畫面。我聽見淋浴間流水聲蓋過的呻吟聲。從壁板之間的縫隙偷看。我看到薇薇安被推到貼著牆，她的秀髮變成溼答答的髮卷，像扭曲的蛇一樣，沿著脖頸傾洩而下。

席歐在她後面，臉部埋在她的頸間。

他的臉。

我從沒真正看見。

我只是假設那是席歐，因為我之前看過他在淋浴間。

「一定是你啊，」我說。「不可能還有別人。整個營區裡就只有你一個男生。」

話還沒說完，我就知道自己錯了。還有一個人的年紀和席歐差不多。一個不曾引人注目的人，埋首自己的工作，行事十分低調。

「場地管理員，」我說。

「班恩，」席歐憎惡地吐了一口氣說。「而且假如他當年幹了那種事，誰知道他現在在搞什麼鬼。」

第三十章

「跟我談談那些女孩們，」弗林警探說。「失蹤的那幾個。你和她們有任何互動嗎？」

「我或許見過她們。我不記得到底有沒有，不過，或許有吧。」

「你和營隊裡的任何女孩有任何互動嗎？」

「沒有刻意的互動。有可能我要去哪裡，她們擋住我的路，我會說借過。除此之外，我都一個人來來去去。」

他從一張小朋友坐的椅子上抬眼看我們，目光在每個人的臉上逗留一會兒。先是我，接著是席歐，最後是弗林警探。

我們都在工藝教室裡，其他營隊學員和指導員佔用了餐廳吃晚餐。我看到他們悶悶不樂地排隊走進去，而席歐和我進入了隔壁的建築。有幾個女孩依然啜泣著。大部分的人都顯得震驚，面無表情，偶爾流露出不敢置信的神情。當搜救直升機發出震耳欲聾的聲響，再次飛過營區上方時，她們抬頭望向天空，我在她們的眼中看到了那些感受。

所以我們最後來到這裡，一間舊馬廄布置成童話故事裡的森林，照明的日光燈泡在頭頂上方嗡鳴。我站在席歐身旁，兩人中間保持著幾呎的距離。我依然不完全信任他。我確定他對我也有同感。但是目前來說，我們是尷尬的盟友，因為對一名我最近才知道全名的男子心生懷疑而攜手合作。

班恩・舒馬契。

場地管理員。和薇薇安發生性關係的男子。他可能知道米蘭達、克莉絲朵和莎夏的下落。我選擇安靜地站在一旁，讓弗林負責訊問，即便我只想要痛揍班恩・舒馬契，直到他說出她們人在哪裡，以及他對她們做了什麼事。

他的外表看起來絕對有能力傷害別人。他有著強悍的外表。他這輩子大多在戶外工作，你可以從他手上的繭和鼻樑上的曬傷痕跡看出來。他也是個大塊頭。他的法蘭絨襯衫及白色T恤底下藏著鼓脹的肌肉，令人很難不注意到。

「今天早上五點，你人在哪裡？」弗林警探問。

「可能在廚房，準備要開始上工。」

弗林朝班恩戴在左手上的黃金婚戒點頭示意。「你的妻子能證實這點嗎？」

「希望如此，既然她和我一起在廚房裡忙。雖然她在喝下第一杯咖啡前總是頭昏腦脹。」

班恩咯咯笑了，而我們其他人都沒有。他往後靠坐，並且說：「你幹嘛問我這些事？」

「你在這裡的工作是？」弗林說，沒有理會他的問題。

「場地管理員，我已經跟你說過了。」

「我知道，不過你究竟做的是什麼呢？」

「該做的就去做。割草，整修房屋。」

「所以算是日常維修囉？」

「是啊。」聽到這種描述工作內容的文雅說法，班恩半真半假地訕笑了一下。「日常維修。」

「你在夜鶯夏令營工作多久了？」

「我沒有。我是替這個家族做事。這表示有時候我要替夏令營做些事，有時則不用。」

「那麼你替哈里斯—懷特家族工作多久了？」

「大約十五年。」

「也就是說夜鶯夏令營關閉的那年夏天，也是你來這裡的第一個夏天？」

「沒錯，」班恩說。

弗林在記事本寫下這一點，而本子裡還有我提供的那些毫無用處的消息。「你是怎麼拿到這份工作的？」

「我念了一年高中，在鎮上到處打零工，勉強餬口。所以當我聽到消息說哈里斯—懷特太太在找場地管理員，我抓住這個機會，然後從那時起就做到現在。」

為了確認，弗林轉頭看著席歐，後者說：「沒錯。」

「同一份工作做了十五年，那是很長的一段時間，」弗林對班恩說。「你喜歡替哈里斯—懷特太太做事嗎？」

「這是一份好差事，收入不錯，讓我的家人有地方住，有飯吃。我沒得抱怨。」

「那麼這家人呢？你喜歡他們嗎？」

班恩看著席歐，表情深不可測。「就像我說過的，沒得抱怨。」

「回到你和營隊女孩的互動，」弗林說。「你確定你沒有和她們接觸過嗎？或許你必須在她們的小木屋裡頭工作。」

「他架設了山茱萸屋外面的監視器，」席歐說。

弗林把這點寫在記事本裡。「正如你所知，舒馬契先生，失蹤的女孩就是住在那間小木屋。

在你架設監視器時，是否碰巧見過她們呢？」

「沒有。」

「那麼年紀最大的那個呢？米蘭達。有人告訴我，有營區工作人員注意到她。」

「不是我，」班恩說。「我不惹事。這些夏令營的問題不關我的事。」

「那麼十五年前呢？你在當時也是這種作風嗎？」

「沒錯。」

弗林作勢要把這個答案寫在記事本。但是他停住了，筆尖正要落到紙上。「我再給你一個機會回答。這樣我才不必浪費時間寫下可能是謊言的答案。」

「你為什麼認為我說謊？」

「當年失蹤的女孩之中，有一個叫薇薇安・霍松恩。你或許還記得她。」

「我記得她從沒被找到。」

「有人告訴我，你可能和霍松恩小姐有關係。這和『不關你的事』正好相反。所以這是真的囉？你們倆之間有關係？」

我預期他會否認。班恩挑釁地看了我們大家一眼，嘴角泛起了那個半真半假的訕笑。不過他開口說了：「有啊，雖然那稱不上你口中的那種關係。」

「所以純粹是肉體關係囉？」弗林說。

「沒錯。就是玩玩而已的那種。」

班恩的假笑加深，幾乎要變成一種挑逗的神情。我再次忍住出手揍他的衝動。但是我忍不住開口：「她才十六歲。你知道的，對吧？」

「而我才十九歲，」班恩說。「那種年齡差距好像也沒什麼大不了。再說，那又沒犯法。現在我自己有三個女兒了，所以我該死地清楚法定性侵罪是啥玩意兒。」

「但你知道那是個糟糕的主意，」弗林告訴他。「否則在霍松恩小姐和另外兩個同住的女孩失蹤後，你會把這件事說出來。」

「因為我知道警方會認為我和那件事有關。這一切就是這麼一回事，對吧？你們站在那裡，心裡想著我和那些可憐的女孩發生的事有關。」

「你有嗎？」

班恩忽然站起來，椅子往他後面的地板滑出去。他的太陽穴血管顫動，雙手緊握成拳，彷彿他就要對弗林出手揮拳。他看起來絕對像是他想這麼做。

「我現在當爸爸了，要是我的女兒不見了，我會抓狂。光是想到這樣，我就快要受不了。你應該去外面找她們，而不是在這裡問一些我在十五年前幹下的蠢事。」

他停了下來，氣喘吁吁。他的胸口起伏著，拳頭鬆開了。他流露出無奈的疲憊，去拿回那張太小的椅子，再度坐下來。

「繼續問你那些該死的問題吧，」他說。「我會有問必答。我沒什麼好隱瞞的。」

「那我們就回到薇薇安．霍松恩，」弗林說。「那是怎麼開始的？」

「我不知道，就是那樣發生了。」

「是你挑起的嗎？」

「天哪，才不是，」班恩說。「就像我說的，我不想惹麻煩。我是說，我在營區看過她。你很難不去注意她。」

「你覺得她很迷人嗎？」弗林問。

「當然，她很辣，而且她自己也知道。但是她還有某種氣質，是自信吧。這使得她在女孩之中顯得特別出色。她很不一樣。」

「怎麼個不一樣？」

「那些女孩大部分都自命不凡，勢利眼。她們對我視而不見，好像我根本不在場，不存在似的。薇薇安不會那樣。在夏令營開始的第一天，她就走向我，跟我自我介紹。我不記得去年看過你。她是這麼說的。她問我工作的事，我來這裡多久了，態度很友善。像她那種人注意到我，感覺真的很不錯。」

這聽起來像是我認識的薇薇安，誘惑大師。無論你是營地管理員或十三歲的女孩都無所謂，她比你更清楚你需要哪種注意力。

「夏令營一開始的那幾天，我們聊了幾次。吃午餐的時候，她會在我工作時過來找我，跟我聊幾分鐘。到了那時候，我已經知道她想要什麼。她沒有絲毫的扭捏遮掩。」

弗林不停筆地把這一切寫在記事本裡，這時停頓了好一會兒，然後說：「你們兩個發生過幾次性關係？」

「一次。」

「你記得日期嗎？」

「記得，因為那是七月四日，」班恩說。「那天我工作到很晚，想要把哈里斯—懷特太太提供的加班費賺到手。女孩們都去參加營火晚會，我正準備要回家，這時薇薇安出現了。她什麼也沒說，只是向我走過來，親吻了我。然後她走開，回頭確認我跟了上來。」

他沒有提出更多細節。倒不是說我需要聽到那些，我已經知道剩下的故事了。我不知道的是原因。

「霍松恩小姐和另外兩人就是在七月四日的晚上失蹤的，」弗林說。

班恩點頭。「我知道，我不需要誰來提醒。」

「在那件事結束後，你做了什麼事？」

「薇薇安比我先走。我記得她急著離開那裡。她說別人會開始注意到她不見了。所以她穿好衣服，離開了。」

「那是你最後一次見到她嗎？」

「是的，警官，沒錯。」班恩停了下來，抓了抓頸背，好好思索這個問題一番。「算是吧。」

「所以你在那之後又見過她？」

「不是她，」班恩澄清說：「是她留下來的東西。」

「我不懂，」弗林對著我們大家說。

「薇薇安離開不久後，我也離開了浴廁區。在開車回家的路上，我察覺到我的鑰匙不見了。我在營地使用的那幾把。」

「是打開哪裡的鑰匙？」

「營區建築物，」班恩說。「主屋、餐廳、工具棚及浴廁區。」

「小木屋呢？」弗林問。

班恩又露出了那種假笑。「我敢說你希望有那麼簡單，但不是。沒有小木屋的。」

弗林又看了席歐一眼，尋求確認。他略一點頭，並且說：「他說的是實話。」

「我心想鑰匙可能是在浴廁區從我的口袋掉出來，」班恩繼續說。「或許是其他地方。當我隔天早上去上工時，薇薇安和另外兩個女生已經失蹤了。當時似乎沒有人太過擔心。她們只是不見了幾個鐘頭，每個人都以為她們遲早會回來。所以我去找鑰匙，最後是在主屋後面的工具棚找到的。棚屋的門是開著的，鑰匙還插在鎖孔裡。」

「你認為是霍松恩小姐把鑰匙留在那裡？」

「沒錯，我認為她趁我們在淋浴間時，從我的口袋拿走鑰匙。」

「工具棚裡面放了什麼？」弗林說。

「大部分都是工具設備。割草機、冬天輪胎用的鏈條，那一類的東西。」

「她去工具棚要做什麼？」

班恩聽到這問題之後，聳了聳肩。「我要是知道就好了。」

但是我知道。薇薇安是去那裡拿鏟子。她用來挖洞，後來把她的日記藏在裡面。

「你應該要告訴我們，」席歐說。「關於這一切。但是你沒有，現在我們家永遠無法再信任你了。」

班恩瞪了他一眼。他的眼中燃燒的，只能說是掩飾不住的厭惡。

「你憑什麼批判我，席歐多，」他說。他吐出那個名字的方式，就像是吐出殘留在嘴裡的壞味道。「你以為你比我高尚嗎？只因為某個有錢的女人把你從孤兒院裡救出來？那只代表你的運氣好。」

席歐臉上的血色流乾了。我看不出來那是因為震驚還是憤怒。他張嘴正要回應，但是被外面忽然傳來的聲響打斷了。有人在叫嚷，聲音在湖面迴盪。

「我看到東西了！」

席歐轉頭看我，慌張地說：「是契特。」

我們衝出工藝教室，弗林警探一馬當先，腳步快得驚人。一群女孩從餐廳的門口跑出來，緊抓著彼此。有幾個難過得哭了，雖然沒人知道究竟發生了什麼事，除了契特。他站在湖畔，指著湖裡的某個東西。

一艘獨木舟。

未繫纜繩，在水中漂蕩。

它呈側向的角度，在離岸約百碼的地方上下擺動，顯然船上沒人。

我跑向湖泊，膝蓋抬高地往前走，直到水深浸到我的大腿。這時我往前撲倒，開始游泳，快速有力地划著水，游向那艘漂泊的獨木舟。其他人也在我的後面做著同樣的事。當我停下來換氣時，他們的模糊身影在我的後方閃現。

我最先抵達獨木舟，不久後契特就追上來，然後是席歐。我們各自單手抓住獨木舟的邊緣，開始游回岸邊。這是一趟棘手又費力的路程，我的潮濕手指不斷從獨木舟的邊緣滑落。我們的划水動作一致，使得獨木舟在我們游泳的同時左右晃動。

一到了淺水區，我們三個便站起來，把船拖回岸上。這時已經有人群聚集了。弗林警探及班恩．舒馬契。大多數的學員，輔導員攔著不讓她們靠近。法蘭妮、洛蒂和敏蒂從主屋的後院平台觀望。我冒險看了一眼獨木舟裡面，我的腿開始發軟。

船上是空的。

沒有槳。沒有救生衣。更別提有人的蹤影。

裡面唯一的物品是一副眼鏡，像擰乾的毛巾一樣扭曲，其中一邊鏡片上有蜘蛛網般的裂痕。

弗林拿一條手帕墊著，把眼鏡從獨木舟裡取出來。「有人認得這副眼鏡嗎？」

我注視著紅色鏡框，不知怎地依然站著，即便看到那副眼鏡應該讓我再次失去意識地昏倒。

我甚至設法點了點頭。

「莎夏，」我聲音微弱地說。「那是莎夏的。」

第三十一章

我回到山茱萸屋，躺在下鋪，設法保持鎮定。到目前為止，我做得糟透了。發現獨木舟之後，我去廁所吐了。然後我在淋浴間哭了半小時，這才換上乾的衣物。現在我抱著克莉絲朵那隻絨毛糾結的泰迪熊，而弗林警探又帶著不信任的眼神看我一眼。

「妳在那裡的表現真是有意思，」他說。「就那樣朝獨木舟游過去。」

「你情願我讓它漂走嗎？」

弗林依然站在房間的中央。我猜想這是某種權力遊戲吧。讓我知道這裡是他當家做主。

「我情願妳別碰它，讓警方把它拖回來。那是證物。現在多了三個人破壞了它。」

「我很抱歉，」我說，但只是因為這顯然是他想聽到的。

「或許妳是，或許並沒有。又或者妳是故意這麼做。掩飾妳先前留下的指紋或微量跡證。」

弗林停頓了一下，我也不知道他在等什麼。是自白嗎？還是強烈否認？然而，我說：「這真是太荒謬了。」

「是嗎？那麼解釋一下這個吧。」

他伸手到口袋裡，掏出了一只透明塑膠袋。裡面有一團銀製手鍊，上面掛著三隻白鐵鳥兒。我的幸運手鍊。

「我知道這是妳的，」弗林說。「有三個人證實他們看過妳戴著它。」

「你在哪裡找到的？」

「在獨木舟裡。」

我抓緊克莉絲朵的泰迪熊，趕走忽然湧現的一陣噁心。小木屋在旋轉。我覺得我又要吐了。這是我今天第五十次告訴自己，不會真的有這種事。

但是的確有。

它已經發生了。

「你能否說明，它是怎麼跑到那裡去的？」弗林問。「我知道當你游向獨木舟時，手上沒戴這個。」

「我——我弄丟了。」震驚之情讓我連最簡單的話都難以說出口。「在昨天。」

「弄丟了，」弗林說。「這藉口還真方便。」

「搭扣壞了。」我停頓一下，深呼吸，試圖想辦法不要讓自己聽起來像在胡言亂語。「我修好了，用一條細線綁住。但是不知道哪時候斷掉了。」

「妳不記得是什麼時候嗎？」

「我沒注意到，直到後來。」

我停止說話。不管我說什麼，在他聽來都不合理。這對我來說絕對沒道理。手鍊在那裡。然後不見了。我不知道它是在什麼時候或哪個地方離開我的手腕、弄丟了。

「所以妳認為它怎麼會跑到獨木舟裡頭？」弗林說。

「或許女孩們之中有人發現它，把它撿起來，晚一點再還給我。」

這種說法很牽強，連我也聽得出來。不過這是這些事件最合理的推論了。昨天在上繪畫課時，米蘭達看到我在扭轉著手鍊。我能輕易想像她看到手鍊在地上，把它撿起來，放進自己的口袋裡。唯一可能的另一個解釋是，某個該為女孩的失蹤負責的人發現了它。

「要是我遭人陷害呢？」

這不算一個完整的想法，而是孤注一擲，想讓弗林站在我這邊。然而我越想就越覺得，它開始變得合理了。

「手鍊是昨天掉的，在女孩們失蹤之前。現在它和莎夏破掉的眼鏡都在同一艘獨木舟上。說到方便的藉口，萬一帶走女孩的人刻意把它放在那裡，讓我看起來有罪呢？」

「我想這一切都是妳自己一手導演的。」

「我沒有碰那些女孩！我要說多少次，你才會相信我？」

「我很想相信妳，」弗林警探說。「但結果妳是一個令人難以信任的人，戴維斯小姐。不光是提及妳看到那些根本不存在的人，或者是妳的陰謀論。今天早上，妳告訴我，法蘭契絲卡．哈里斯—懷特和這件事有關。但是不到一小時之前，妳確定是場地管理員幹的。」

「或許是啊。」

弗林搖頭。「我們和他的妻子談過，她證實早上五點鐘，他人在廚房，就在他說自己所在的地方。然後是在十五年前，妳說過關於席歐．哈里斯—懷特的那些事。當年妳不是指控他傷害妳的朋友嗎？」

我的雙頰發燙。

「是的，」我說。

「我猜想妳現在不這麼相信了吧。」

我看著地板。「沒錯。」

「我倒很想知道，妳是哪時候停止相信他有罪，開始認為他是無辜的，」弗林說。「因為妳從來不曾收回那項指控。正式來說，哈里斯—懷特先生依然是那起失蹤案的嫌犯。我想現在你們倆有共同點了。」

我氣得臉頰更加發燙。有部分是弗林警探引起的，其他則是因為我自己，還有我當時的行為有多差勁。無論如何，我知道我再也聽不下弗林重述我的惡劣行徑了。

「你要以什麼罪名起訴我嗎？」

「還沒有，」弗林回答。「女孩們還沒找到，無論是死是活。而且憑一條手鍊也不足以起訴妳。至少要等到實驗室分析，在上面找到她們的ＤＮＡ。」

「那麼在找到之前，你給我滾出這間小木屋。」

我不後悔這麼說，即便我知道這讓我看起來更像有罪。我想到有些警察甚至會把它當成某種認罪行為。然而，弗林只是抬手做出「別怪我」的手勢，然後走向門口。

「我們談完了，就目前來說，」他說。「但是我會盯著妳，戴維斯小姐。」

他不會是唯一的一個。有了小木屋外面的監視器和窗外的薇薇安，我已經習慣了有人看著我。

在弗林警探離開時，打開的門口傳來了警方搜救船隻在湖面上的聲響。發現獨木舟不久後，它們就來了。這時候，直升機依然在飛行，每次一經過，小木屋便震動起來。

我記不得在十五年前，直升機是在第一天還是第二天出現的。但我記得船隻和志工搜救隊最先現身。他們每個人都穿上輕薄的橘色背心，神情嚴肅地走進森林裡。那些船隻在湖中交錯前進，但是在森林裡發現薇薇安的毛衣之後，船隻搜索便停止了。這時警犬加入搜救行列，就在第二天。每隻警犬都能嗅聞從女孩們的木箱拿出來的衣物，熟悉她們的氣味。這時候，法蘭妮已經決定關閉夏令營。所以當警犬沿著湖邊一路狂吠時，歇斯底里的學員正匆忙搭上巴士，或是讓坐在駕駛座上驚呆的家長們拉上了休旅車。

我沒有那麼幸運。我在營地多待了一整天，他們告訴我是為了調查的緣故。我又待了二十四小時，就在這個床位上蜷縮成一團，和現在的感覺差不多。

直升機又飛過一回，這時我聽見小木屋響起了敲門聲。

「請進，」我說，我已經被折騰得精疲力盡，沒辦法親自開門了。

過了一會兒，貝卡從門口探頭進來。考慮到昨天晚上的對話氛圍，這可真是意外。起初，我以為她是來向我表示慰問。當她進門時，我轉過臉，這樣就能避免面對我確定她會給我的那種半是憐憫、半是遺憾的表情。我的目光落到了她拿在手上的相機。

「假如妳是來這裡拍照的，妳現在可以走了，」我說。

「聽我說，我知道妳很氣我告訴警方我們昨晚喝醉了。我很抱歉。這整個情況把我嚇壞了，我說了實話，沒考慮到這會讓妳看起來有嫌疑。假如妳聽了會好過一些的話，那麼我告訴妳，這一樣讓我看起來頗有嫌疑。」

「就我所知。妳屋裡的女孩都還在，而且有人照顧。」

「我是想要幫妳，艾瑪。」

「我不需要妳的幫忙。」

「我認為妳需要，」貝卡說。「妳應該聽聽外面的人怎麼說。大家都認為是妳做的。妳忽然情緒失控，用小薇、娜塔莉和艾莉森失蹤的方式，讓那些女孩也消失。」

「連妳也是嗎？」

貝卡明確地點頭。「就連我也是。這時候沒必要說謊了，對吧？但是我開始仔細檢視今天早上在營區拍的一些照片。想看看我是否在無意間拍到任何關於事發經過的線索。」

「我不需要妳幫我扮偵探，」我說。

「這比妳一直以來做的事更有用，」她說。「順帶一提，其他人也都知道了。妳的行跡不算隱密，在營區裡偷偷摸摸，找人問問題。凱西甚至告訴我，她昨天看到妳偷溜進主屋裡。」

當然了，夜鶯夏令營就跟十五年前一樣，八卦滿天飛。或許更嚴重了。天曉得那些輔導員和指導員這一向是怎麼說我的。或許我太執著又瘋狂，做出了不智的選擇。罪名成立。

「我沒有偷偷摸摸，」我說。「而且我猜想妳發現了有意思的東西，不然妳不會來這裡。」

貝卡坐在我床邊的地板上，高舉相機，讓我也看得到。在螢幕上顯示的影像中，我默默地站在午夜湖裡，而法蘭妮在我的後方涉水而行。我再次想到貝卡是多棒的攝影師。她清楚無誤地捕捉那個時刻，包括湖水浸濕了法蘭妮的睡袍下擺。

席歐在照片的正中央，穿著平口褲站在湖泊和主屋之間。他胸前的那片蒼白瘢痕在晨光中尤其顯眼，清晰可見。然而我完全沒注意到，我的心思擺在其他地方。

在席歐的後方是主屋，契特和敏蒂在後院平台上。他穿著運動短褲和T恤，而她居然穿了一件相當得體的棉質睡衣。

「這裡有一張是從相反的角度拍的，」貝卡說。

下一張照片裡有一大群學員，是我的尖叫聲吸引她們來到湖邊。女孩們緊抓著彼此，恐懼依然烙印在她們剛睡醒的泛紅臉龐。

「我數過了，」貝卡說。「全營隊可能有八十個人，而這裡有七十五名學員、輔導員和指導員。」

我算了一下。照片中有五個人缺席，其中三個是莎夏、米蘭達及克莉絲朵，原因很明顯。再加上我，因為當時法蘭妮正帶我離開午夜湖的冰冷湖水。第五位缺席者是貝卡，她是拍照的人。

「我不確定妳想表達什麼。」

「整個營區裡，只有一個人沒來看發生了什麼事，」貝卡回答。「妳不認為那樣很奇怪嗎？」

我把相機從她的手中搶過來，把螢幕湊到我的眼前，試圖辨識出裡頭少了誰。我幾乎每個女孩都認得，要不是在繪畫課認識的，就是在營地走動時見過。我看到蘿貝塔和佩姬，照片拍到她們倆交換著憂慮的眼神。我看到金、丹妮卡和另外三名輔導員。她們和各自的小木屋裡的女孩聚在一起。在她們後面的是凱西，那頭紅髮很好認。

我點選前一張照片，看到我和法蘭妮在湖裡，席歐在草地上，契特和敏蒂在主屋那邊。

唯一不在場的是洛蒂。

「現在你明白了吧？」貝卡說。

「妳確定她不在場嗎？」我再次瀏覽照片，徒勞地尋找任何跡象，顯示洛蒂在契特和敏蒂的後方。但是一無所獲。

「我確定。所以接下來的問題是：為什麼？」

我想不到合理的解釋。我的尖叫聲大到足以把整個營區的人都引到湖邊，因此洛蒂不可能沒聽到。沒錯，她的缺席有可能完全沒問題。或許她睡得很沉。或者她正在淋浴，噴灑的水聲淹沒了我的尖叫聲。

但是我想到我的手鍊，感覺彷彿依然戴在我的左手腕上。一種幻覺。我記得最後一次察覺到它的存在，是當我在主屋搜尋書房時。

洛蒂也在場。

或許手鍊掉落在某處。或許她趁我全神貫注地看那些夜鶯夏令營的舊照片時，把它拿走了。我想到薇薇安的日記，現在它已經成了某種羅塞塔石碑，而我試圖靠它破解十五年前發生了什麼事。薇薇安提到洛蒂，但只是順帶一提。就是那句洛蒂如何逮到她在主屋的書房裡，然後把這件事告訴了法蘭妮。我沒有多注意，主要是因為我一心只想著法蘭妮的骯髒小秘密。

但是現在我不禁要想，萬一那段簡短的提及擁有更重大的意義，尤其有鑑於我自己和洛蒂在書房的那場相遇。她長篇大論地敘述她們家幾十年來服務哈里斯—懷特家族的歷史。這顯示出某種不尋常的奉獻程度，幾世代以來都是如此。洛蒂究竟是多忠實的員工呢？

假如她知道薇薇安就要得知法蘭妮的暗黑秘密是什麼，她的忠誠度足以讓她採取行動嗎？然後在意識到我即將做出相同的事，於是再次出手，只不過這次是提出某種扭曲的警告呢？

「或許吧，」我說：「洛蒂不在場，因為她已經知道發生了什麼事。」

十五年前

在我對席歐動手之後，那天剩下的時間裡，我都在我的下鋪哭泣。我哭得好傷心，等到夜幕降臨時，淚水已經浸濕了枕頭。當小木屋的門打開，我抬頭看時，又鹹又濕的枕頭套黏住我的臉頰。是洛蒂，她鄭重其事地從餐廳端了一托盤的食物過來，有披薩、配菜沙拉，還有一瓶思樂寶果茶。

「妳需要吃點東西，親愛的，」她說。

「我不餓，」我告訴她，而實際上我餓壞了。痛楚嚙咬著我的胃部，提醒著我，自從女孩們離開小木屋之後，我就沒吃什麼了。

「讓妳自己捱餓對任何人都沒好處，」洛蒂說，同時把托盤放在我的胡桃木箱上。「妳需要好好吃頓飯，準備好等妳的朋友回來。」

「妳真的認為她們會回來嗎？」

「她們當然會了。」

「那麼我就不吃，直到她們回來。」

洛蒂耐性十足地對我微笑。「我把托盤放在這裡，以防妳改變心意。」

她一離開，我便走到托盤旁，像隻野貓似的嗅聞那些食物。我跳過沙拉，直接去拿披薩。我設法吞了兩口，然後胃部的疼痛加劇了。那比飢餓還劇烈，從胃部直衝心臟。

罪惡感。

我在薇薇安離開之前，對她說了難聽的話。

我在她們回來之前，把房門鎖上。

那一整天，我告訴自己，我只是針對州警的單純問題提供答案。但是在內心深處，我知道真相。說出席歐的名字，等於我在指控他傷害薇薇安、娜塔莉及艾莉森。這一切都是因為他選擇薇薇安而不是我。

這倒不是說我懷疑會有這樣的結果。我瘦巴巴的，胸前一片平坦。席歐當然會選她。現在我想他和營區的每個人都討厭我。我怪不了他們。我更討厭自己。

因此當法蘭妮在那天晚上來到山茱萸屋時，我大感意外。

她前一天晚上也在。她不希望我獨處，於是悄悄地進來，帶著睡袋、零食，還有一堆桌遊。到了睡覺時間，法蘭妮在我的鋪位旁的地上攤開睡袋。她就睡在那裡，輕聲溫柔地唱著披頭四的歌，哄我入睡。

現在她又來了，一手拿著一袋零食和桌遊，另一手提著收好的睡袋。

「我剛和妳的父母講過電話，」她說。「他們明天一早就來帶妳回家。所以我們來讓妳悠閒地度過在這裡的最後一個晚上吧。」

我躺在沾濕淚水的枕頭上看著她，心中充滿困惑。「妳今天晚上也要睡在這裡嗎？」

「當然了，親愛的。讓妳一個人在這裡不好吧。」

她把睡袋放在地板上，開始攤開來。

「妳不必又睡在地板上。」

「喔，這是一定要的，」法蘭妮說。「我們要把床位空下來，妳的朋友們可能隨時都會回來。」

我想像薇薇安、娜塔莉和艾莉森使勁推開門，腳步沉重地走進來，渾身髒兮兮，累得半死，但是活得好端端的。我們迷路了，薇薇安會說。因為艾莉森不會看指南針啦。這真是令人欣慰的想法，我不禁朝門口看一眼，希望她們真的會這樣。然而她們沒有，於是我又哭了，枕頭套上又多了幾滴淚水。

「別哭了，」法蘭妮說，並且飛奔到我身旁。「今天不准再掉淚了，艾瑪。」

「她們去了好久喔。」

「我知道，但是我們不能失去希望，絕對不行。」

她摩娑我的背部，滑動的手掌既輕柔又舒緩，直到我平靜下來。我試圖回想著，在我生病或難過的時候，我母親是否曾這麼做。我想不起來有任何例子，這使得我更加享受法蘭妮的溫柔撫摸。

「艾瑪，我需要知道一件事，」她說，聲音低得幾近耳語。「妳不是真的認為席歐傷害了妳的朋友們，對吧？」

我沒有回答。恐懼令我保持沉默。我無法收回我對警方說過的話。在那時還不行。沒錯，席歐惹上很多麻煩。但是我也知道，假如我承認自己的指控是謊言，我也會麻煩上身。

還有我把薇薇安、娜塔莉和艾莉森關在小木屋的門外。

再加上在她們離開之前，我們吵了一架。

太多謊言了。每個謊都像胸口的一塊大石頭，沉沉地壓住了我，重到我幾乎無法呼吸。我可以承認說了謊，讓自己恢復自由，或者再多說一個謊，希望我終究能習慣這份重量。

「艾瑪？」法蘭妮說，這次的語氣更加堅決。「對嗎？」

我保持沉默。

「我明白了。」

法蘭妮把手從我的背部挪開，但我還是感覺到她的指尖傳來微微顫抖。那些震顫沿著我的脊椎敲打了一會兒，然後消失了。過了幾秒鐘，法蘭妮也走了。她就這樣離去，沒有多說什麼。我一個人度過剩下的夜晚，清醒地待在我的下鋪，心中疑惑著自己究竟是怎樣的怪物。

到了早上，洛蒂來敲山茱萸屋的門，跟我說我的父母已經到了，要接我回家。因為我睡不著，我很早便開始打包，在湖面乍現曙光時，胡桃木箱裡的東西就已經都裝進了我的行李箱。我拿著行李箱離開小木屋，走到已經成了鬼城的營區。空蕩蕩的小木屋和漆黑的建築悄無聲息，唯一打破這片死寂的是我父母的富豪汽車在餐廳附近空轉的聲音。我母親下了車，打開後車箱。這時她對洛蒂露出一抹尷尬的微笑，彷彿我是在朋友家過夜時尿濕了睡袋，才被送回家的。

「法蘭妮說她很抱歉，不能來道別，」洛蒂告訴我，假裝我們倆都不知道這是個謊言。「她祝妳一路平安到家。」

在遠處，主屋的大門打開了，席歐走出來，兩名經常在營區出現的警探站在他身旁。他們緊抓著席歐的手肘，清楚地表示這不是自願離開。我沉默地站在車旁，看著他們陪他走向工藝教室，可能又要進行一場偵訊了。席歐看到我，給了我一個乞求的眼神，無聲地求我出面介入。

那是我說實話的最後一個機會。

然而，我上了富豪汽車的後座，並且說：「拜託，爹地，走了啦。」

當我父親開始把車開走，主屋的門再次打開了。這次契特跑出來，臉上沾滿了淚水，拔腿飛奔。他朝工藝教室跑過去，大聲喊著席歐的名字。洛蒂趕緊攔住他，把他拖回主屋去，揮手要我父親離開，不想讓我們多看到什麼。

然而我繼續看著，從我的座位上向後轉，這樣才能從後車窗看出去。我不斷看著，直到洛蒂、契特和夜鶯夏令營的無聲廢墟逐漸消失在眼前。

第三十二章

貝卡離開後，我繼續蜷縮在我的鋪位，懷裡抱著克莉絲朵的泰迪熊，設法想出該如何對付洛蒂。顯然要找個人說吧，但我的選擇有限。弗林警探不相信我。我不相信法蘭妮。就算席歐也不太可能相信我的話，而不是在他家待了幾十年的那名女子。

我注視窗外，衡量我的選項，同時看著夜晚的天空逐漸變得墨黑。直升機上的搜救隊開始使用探照燈，掃視湖面，每隔十五分鐘左右便轟隆飛越上空，探照燈照亮木屋窗外的樹叢。

我看著燈光在樹葉間閃動，這時有人敲門。接著門打開了，敏蒂端著餐廳的托盤站在門口。

「我拿晚餐來了，」她說。

擺放在托盤上的顯然不是餐廳的食物。那是來自主屋的晚餐。還在冒著熱氣的菲力牛排以及迷迭香調味的烤馬鈴薯。小木屋裡瀰漫著食物香味，聞起來像是感恩節。

「我不餓，」我說，雖然在正常的情況下，我會早就大啖牛排了。尤其考慮到我來了這裡之後，在壓力和餐廳的食物聯手之下，我幾乎什麼也沒吃。但我根本無法看著那些食物，更別提吃下去了。焦慮害我的胃部緊緊糾結，我擔心它可能永遠都解不開了。

「我還帶了酒，」敏蒂說，手中高舉著一瓶黑皮諾。

「這個我可以。」

「我分一半，」敏蒂說。「跟妳說吧，今天夠累了。學員們嚇壞了，我們其他人絞盡腦汁想讓她們保持冷靜，有事可做。」

她把托盤放在胡桃木箱上。那只箱子曾經屬於艾莉森，現在是莎夏的。可能吧。或者它再也不屬於任何人了。它就像克莉絲朵的泰迪熊，暫時沒了主人。

從敏蒂輕易拔起酒瓶瓶塞的模樣看來，我看得出來那瓶酒在主屋便已經打開了。或許是要防止我拿到開瓶器。我也看到托盤上的刀叉都是塑膠製品。敏蒂倒酒時是倒進塑膠杯。這教我想起了精神病院，那裡不准有尖銳的物品。

「乾杯，」敏蒂說。她遞給我一杯酒，然後用她自己的杯子輕碰了一下。「喝吧。」

我照做，喝到酒杯見底，然後才抬頭換了口氣，說：「為什麼有這番特別待遇呢？」

敏蒂坐在克莉絲朵的床邊，面向著我。「這是法蘭妮的主意。她說考慮到妳承受的那麼多壓力，妳應該要得到好一點的待遇。今天對我們大家來說都很難熬，對妳而言尤其如此。」

「我猜想應該還有進一步的原因吧。」

「我想她也認為這是個好主意，讓我們倆分享這瓶酒，彼此好好相處，因為他們要我在這裡過夜。」

「為什麼？」我問。

「要看著妳吧，我猜。」

她不需要贅述。沒人相信我。只要莎夏、克莉絲朵和米蘭達依然失蹤，就會是這樣。我還是有嫌疑，直到找到她們為止。假如找得到她們的話。所以才會有那把爛刀子和塑膠杯。我又往杯子裡倒了一些酒。敏蒂看著我把酒倒滿到杯緣。

「依我看來，我們有兩個選擇，」我說。「我們可以對彼此視而不見，坐在這裡不說話。或者我們可以聊天。」

「第二種，」敏蒂說。「我好討厭安靜。」

這就是我想要的答案，也是我給她選擇的原因，讓她覺得彷彿聊天是她的主意。

「主屋裡的氣氛怎麼樣？」我問。「大家都還撐得住嗎？」

「當然不行，他們擔心死了。尤其是法蘭妮。」

「洛蒂呢？」我說。「她向來給我一種冷靜沉著的印象。我敢說在危急的時候很有用。」

「我不知道。她似乎和我們其他人一樣擔心。」

「我不意外。我想像洛蒂為法蘭妮工作了這麼多年後，對她想必忠心耿耿。」

「妳會這麼認為，」敏蒂說。「但是我也有種感覺，洛蒂只把它當作是一份工作，妳知道嗎？她早上去法蘭妮的閣樓，傍晚離開，和任何員工一樣。她有病假，有休假。我不認為她對於在這裡度過夏天感到特別開心。我也一樣，但我還是來了，盡力想讓法蘭妮留下好印象。」

「妳對這樣的安排做何感想呢？」

敏蒂給自己又添了些酒，把杯子倒到和我的一樣滿。她灌了一大口之後，說：「妳不太喜歡我，對吧？」

「妳把我關在這裡居家監禁，所以答案絕對是否定的。」

「甚至在這之前。在妳一開始來到夏令營時。承認也沒關係啊。」

我沒說什麼。就某種方式而言，這也算是一種回答。

「我就知道。我看得出來，」敏蒂說。「我在大學時很清楚妳們這種女生。一副很有藝術氣息又思想開放的樣子，卻毫不遲疑地批判像我這種人。讓我猜猜，妳可能看了我一眼，就認定我是那種嬌生慣養的姐妹會成員，靠美色混進了哈里斯—懷特家族。」

「不是嗎？」

「姐妹會成員？是的，而且我挺引以為傲的。就像我很自豪我夠漂亮又迷人，能吸引像契特・哈里斯—懷特這種人的注意。」

「我同意妳是很美，」我說，褪去了文明的外表。或許是紅酒的緣故。或許是薇薇安的幽魂在小木屋裡徘徊遊蕩，鼓勵賤人的行徑。

「我要先聲明，是契特來追我的。而且他追得很辛苦。我沒興趣和嬌生慣養的有錢人家小孩交往。」

「可是妳自己不也是有錢又嬌生慣養嗎？」

「差得遠了，」敏蒂說。「我在農場長大。我敢說妳想不到吧。」

我原本以為她出身富貴。可能是南方的律師或是傑出的醫生之女，像娜塔莉一樣。

「那是一座乳牛牧場，」她告訴我。「在鳥不生蛋的賓州。從幼稚園到大學畢業，我每天天還沒亮就起床，餵牛和擠牛奶。我痛恨做這些事的每一分鐘。但是我知道我很聰明，而且我知道自己很漂亮。女人想在這世上力爭上游，最需要的就是這兩件事。我努力念書和社交，盡我所能地假裝我的手上沒有老是散發著生乳和牛糞肥的臭味。我的辛苦沒白費。我當上班長、返校舞會皇后、畢業生致詞代表。我進了耶魯之後，也還是維持著這種偽裝，甚至在我開始和契特交往後。」

敏蒂往後靠在床上，搖晃著塑膠杯裡的紅酒。她盤著腿，舒適地坐著。我想她可能已經醉了。我羨慕她。

「契特第一次帶我見法蘭妮時，我好緊張。我以為她會一眼看穿我。尤其是當我下了車，看見他們的姓氏就在刻建築物上頭。然後是搭電梯，一路來到最頂樓。法蘭妮在溫室等著我們。妳見過那地方嗎？」

「我有，很壯觀。」

「真的有夠誇張，」敏蒂說。「但是在我得知真相後，所有的緊張便消失了。」

她喝了一口酒，釣我的胃口。

「什麼真相？」

「他們根本不像看起來的那麼有錢。至少已經不是了。法蘭妮在好幾年前就賣掉了哈里斯大宅。現在她擁有的只有閣樓和午夜湖。」

「在我看來還是很有錢哪。」

「喔，是沒錯，」敏蒂說。「不過現在只是幾百萬美元，而不是呢，好比說，有十億。」

「法蘭妮是怎麼損失掉那些錢的？」

「因為這地方。」雖然敏蒂環顧山茱萸屋的狹小空間，但我知道她指的是屋外的那些地方。營地、湖泊、森林、女孩們。「洗刷惡名的代價很高。對法蘭妮而言，那代表了給付和解金給那些失蹤女孩的家人。契特告訴我，每家至少一千萬美元。我猜想法蘭妮眼也不眨地付了錢。她對許多慈善機構也是這麼做，試圖讓大家再次欣然接受他們。更別提席歐的部分了。」

「那場意外，」我說。「契特提過了。」

「他撞毀的那部車根本是小意思，如果拿法蘭妮砸錢讓哈佛接受他復學相比的話。他們不太熱衷找一名遭到指控的凶手回到校內。無意冒犯。」

我點頭，不情願地尊重敏蒂已經盡力表達了。「沒關係。」

「契特告訴我，法蘭妮不得不花錢贊助一棟全新實驗大樓，他們才肯考慮讓席歐復學。我想她大約就是在那時候賣掉哈里斯大宅的。在我看來，她應該要賣掉這地方才對。契特說他試圖勸她賣掉午夜湖周圍的土地，但是她連考慮都不願意。所以我想要賣的話要等——」

敏蒂自己打住了，以免無意間透露法蘭妮不久人世。雖然我已經得知罹癌的事，我還是要讚許她的謹慎態度。看到她有不願意透露的家族秘辛，也算是件好事。

「總之，這就是他們的財務狀況，」她說。「偷偷跟妳說，我可是鬆了一口氣。想到那麼多錢，我還真嚇壞了。別誤會，他們的錢還是不少。比我們家有的要多太多了。但是這樣比較不嚇人。他們越有錢，我就越覺得需要假裝。也就是說我會繼續擔心自己的手聞起來還是像乳牛牧場。」

敏蒂低頭看著她的手，把它們放在床頭燈的光線底下仔細查看。

「我很抱歉我那樣批判妳，」我說。

「我習慣了。只是不要告訴契特、法蘭妮或其他人。拜託妳。」

「我不會的。」

「謝謝妳。而且我要鄭重聲明，我不認為妳對那幾個女孩們做了什麼事。我看過妳和她們相處的模樣。妳們喜歡彼此，我看得出來。」

提到米蘭達、莎夏和克莉絲朵，一陣憂慮向我襲來。為了對抗這種感受，我又灌了更多酒。

「希望她們沒事，」我說。「我需要她們都好好的。」

「我也是。」敏蒂喝光了她那杯酒，把杯子放在床頭桌，然後爬進了克莉絲朵堆成一團的毯子底下。「否則哈里斯—懷特家會再次背負汙名。而且我有種感覺，這次永遠洗刷不掉了。」

第三十三章

那只酒瓶空了之後，牛排和馬鈴薯也早就冷了，這時敏蒂睡著了。

而我沒有睡。

擔心、恐懼，以及薇薇安再度來訪的可能性，讓我保持清醒。只要我一閉上眼，我就看到莎夏毀損的眼鏡，想著她一個人在某個地方，摸索著蹣跚而行，可能還流血了。所以我張大眼睛，把克莉絲朵的泰迪熊抱在胸前，聽著敏蒂在房間的另一側打鼾。那聲音偶爾淹沒在直升機再次飛過營區的聲響。它的探照燈每掃過營區一回，就表示搜索的狀態再次更新。

女孩們依然下落不明。

在將近午夜時分，我的手機在黑暗中出現動靜。馬克打給我，在安靜的小木屋裡，鈴聲響亮又持續。

敏蒂的鼾聲忽然停止了。「好吵喔，」她說，她依然半睡半醒。

我按掉了手機，低聲地說：「對不起，妳繼續睡吧。」

電話在我的手中震動。馬克傳了簡訊。

有發現了，打給我！

我等到敏蒂的鼾聲再次響起，然後才溜下床，躡手躡腳地走向門口。我抓住門把，正要轉動開門時，這時我領悟到我不能出去。有監視器正對著門口，弗林警探的手下之一肯定坐在主屋的地下室，監看即時動態。

我不想冒險引發各種警報，於是走向窗戶。我小心翼翼地把檯燈從床頭桌拿下來，放在米蘭達的床上，這樣我在回到屋裡時才不會絆倒。然後我伸手越過床頭桌，先輕輕地把窗戶往上推，然後開紗窗。

我朝敏蒂的方向看了一眼，確定她還在睡，然後才爬到床頭桌上，把腿跨出窗外。我轉身，腹部緊貼窗台，慢慢往下來到地面。

為了完全避開山茱萸屋外面的監視器，我必須繞過其他小木屋的後面，前往浴廁區。我彎著腰前進，設法不要引起待在小木屋裡面或在外頭遊蕩的任何人注意。

唯一被看到的真正危險是來自直升機和它的愚蠢探照燈，在我出來之後不到一分鐘便經過我的頭頂上方。我立刻衝向最靠近的小木屋，背部平貼著牆，雙手垂放身側。探照燈的光束掃射過我，沒注意到我的存在。

我動也不動，直到直升機飛掠湖面。然後我跑了起來，直奔衛浴區，手機在我的口袋裡滑動。到了裡面之後，我打開電燈，檢查每間廁所和淋浴間。這裡和我今天早上尋找女孩們的時候一樣，空無一人。和那時不同的是，我因為這裡只有我一個而鬆了一口氣。

我走到一間廁所裡，關起門又上了鎖，格外保持隱密。接著我拿出手機打給馬克。這裡的訊號很弱。當他接起電話，雜訊干擾導致他的話斷斷續續。

「比利……發現……事。」

我查看手機。只有一格訊號，情況不妙。我站在馬桶座上，朝天花板高舉手機，希望取得較佳的訊號。現在它顯示兩格，第二格閃爍不穩。我待在馬桶上，身體偏斜，朝天花板彎起手肘。結果成功了，雜訊不見了。

「你發現了什麼？」

「不多，」馬克對我說。「比利說很難調查私人精神病院這種東西。尤其是它這麼小又地處偏僻。最後他到處都找遍了。書籍、報紙、歷史紀錄。他有個朋友搜尋圖書館的照片資料庫，打了幾通電話到雪城大學的圖書館。我要把他找到的一切都用電郵傳給妳。有些無法掃描，因為太舊或狀況太差。但是我會抄下來。」

電話的另一頭傳來沙沙的紙張聲，又尖又刺耳。

「比利在下東城的一家假髮公司，哈汀曼兄弟的分類帳本裡，發現幾處提及和平谷的克特勒先生。那些名字裡頭，有任何聽起來耳熟的嗎？」

「查爾斯．克特勒，」我說。「他是院長。他把病人的頭髮賣給假髮製造商。」

「真是狄更斯風格，」馬克說。「而且這說明了哈汀曼兄弟為何三度給付他五十元。」

「那是什麼時候的事？」

「一次是一九〇一年，在一九〇二年有兩次。」

「那和我在薇薇安找到的圖書館藏書所看到的內容一致。裡面有一張那地方在一八九八年拍攝的照片。」

「書裡有提到它什麼時候關閉嗎？」馬克問。

「沒有，為什麼？」

「因為在那之後發生了奇怪的事。」馬克那端傳來更多的沙沙聲，接著是更多雜訊，我擔心訊號又變糟了。「比利發現一九〇四年的一篇報紙報導。那是關於一個來自揚克斯，名叫海默特·施密特的男子。聽過這名字嗎？」

「從來沒聽過。」

「好，海默特是德國移民，在西方待了十年。當他回到紐約，他去找他的妹妹，安雅。」

這名字確實很耳熟。我在主屋找到的那只盒子裡，有張照片上面是一個名叫安雅的人。我甚至記得她的髮色。亞麻色。

「海默特描述她『經常感覺混淆，而且有不安惱怒的傾向，』」馬克說。「我們都知道那是什麼意思。」

再清楚不過了。安雅罹患精神方面的疾病，在當時可能甚至沒有病名。

「看起來，海默特不在的時候，安雅的狀況惡化，最後被送進了黑井島。他去那裡找她，但是被告知她交給了克特勒醫師照料，然後帶到——」

「和平谷，」我說。

「賓果。所以海默特·施密特才前往和平谷，要把妹妹帶回去。只不過他找不到那地方，因此他才訴諸媒體。」

「你是說那地方不存在？」

「不是的，」馬克說。「我是說它消失了。」

這字眼又出現了。消失。我越來越討厭聽到這字眼了。

「精神病院怎麼會就這樣消失呢？」

「沒人知道。或者更可能的是，沒人在乎，」馬克說。「尤其是那地方位在荒郊野外。就算是那些住在周遭偏遠地帶的人也不想和它扯上關係。他們只知道那裡是由一位醫生和他的妻子在經營，那塊地在一年前就賣掉了。」

「就這樣嗎？」

「我想是的。比利找不到更多關於海默特．施密特和他妹妹的後續報導。」我聽到吭啷的鑰匙聲，接著是一聲尖銳的喀噠聲。「我剛寄出了檔案。」

我的手機在手上震動。郵件通知。

「收到了，」我說。

「希望有幫助。」馬克的聲音透著一絲陰鬱，那是代表他擔心的聲音。「我擔心妳，小艾。答應我，妳會小心。」

「我會的。」

「打勾勾？」

「好，」我說。雖然我害怕、疲憊又擔心，還是笑了。「打勾勾。」

我掛斷電話，查看我的郵件。馬克寄的第一封郵件是從書上掃描的兩頁內容，和我在圖書館找到的那本書是同一本。一頁裡頭有照片提及和平谷，但是少了薇薇安的鉛筆註記。另一頁是查爾斯克特勒的照片，驕傲地站在他的精神病院前。

接下來的幾個檔案都是文字，包括心理學書籍、精神病學期刊、一份碩士論文，在一個關於精神病院及漸進式療法歷史的章節裡，粗略地提及和平谷。我想這些文獻全都是彼此的資料來源，因為訊息幾乎全都雷同。

馬克寄的最後一個檔案裡是從不同資料庫掃描的各種影像。第一張是現在很熟悉的查爾斯・克特勒站在他的精神病院外面，雖然伴隨照片的文字說明只寫著那是和平谷，彷彿那是水療中心，不是精神病院。第二張照片拍的只是精神病院本身，哥德式主建築附加塔樓及風標，實用設計的廂房從側邊延展出去。

但是第三張照片讓我的心臟突突亂跳，彷彿我剛灌了一大壺黑咖啡。照片說明只寫著和平谷入口，上面是矮石牆夾著鍛鐵大門和裝飾繁複的拱門。

那是我那天搭席歐的貨車經過的同一道大門及拱門。

現在裝飾夜鶯夏令營的相同建築。

血液在我的血管裡凍住了。

和平谷精神病院在這裡。就在這片土地上。這說明了海默特・舒默特為何找不到它。等到他來找他的妹妹時，布坎南・哈里斯已經把這一帶變成了午夜湖。

我領悟到這就是薇薇安在找的資訊。這就是她溜進主屋以及去圖書館的原因。所以她才那麼擔心她的日記落入危險分子的手裡，以至於她要划船到湖的對岸，把它藏起來。

這就是她如此害怕的原因。

因為她知道和午夜湖有關的故事好像是真的。只不過埋葬在水底下的不是聾人村，也不是痲瘋地。

那是一間精神病院。

第三十四章

雖然時間很晚了，夜鶯夏令營依然到處都是警察。他們在工藝教室逗留，從明亮的窗口可以看到他們的身影。更多的警員站在外面，一面聊天，一面啜飲咖啡及抽菸，等著壞消息降臨。一名州警的腳邊有條睡眼惺忪的警犬。當我匆匆走向主屋時，他們倆都抬起頭來。

「妳需要什麼嗎，小甜心？」州警問。

「不勞你操心，」我說，然後奉送一句嘲諷口吻的「小甜心」。

到了主屋，我用力捶打紅色大門，一點也沒有要對我的到來保持低調的意思。我想讓這整個該死的地方知道我在這裡。捶打聲持續了一分鐘，這時大門才從我的拳頭底下緩緩開啟，門裡站著契特。他充滿血絲的眼睛前面垂落著一綹頭髮。他把頭髮撥開，並且說：「妳不該離開小木屋的，艾瑪。」

「我不管。」

「敏蒂呢？」

「在睡覺。你母親人呢？」

法蘭妮的聲音飄到門口。「在這裡，親愛的。妳需要什麼嗎？」

我推開契特，走進門廳，然後進了客廳。法蘭妮在那裡，裹在她的納瓦荷毛毯裡。掛在她後方牆上的古董武器有了全新的邪惡涵義。那些步槍、刀子、長矛。

「這真是愉快的驚喜，」法蘭妮帶著虛偽的殷切熱情說。「我想妳也睡不著，畢竟發生了這麼多不愉快的事。」

「我們需要談談，」我說。

契特也來到客廳。他觸碰我的肩膀，試圖把我帶回門口。法蘭妮示意他住手。

「關於什麼事？」她說。

「和平谷精神病院。我知道它原本在這塊土地上，薇薇安也知道。」

不難看出來她為何要去找出真相。她聽說了關於午夜湖的故事，可能是出自凱西的口中。就像我一樣，她可能認為這只不過是營火傳說而已。但是後來她在湖畔發現了那個盒子，裡面裝著剪刀，搖晃起來像玻璃的聲音。她做了一些調查，搜索主屋，偷溜去圖書館。最後她明白了營火故事有部分是真的。

她需要揭露這件事。我猜想她對那些精神病院的女子感覺很親近，她們全都溺水身亡，就像她的姊姊一樣。

守著這個秘密想必讓薇薇安感到孤單又害怕。當她在日記裡提到娜塔莉及艾莉森時，暗示了這一點。

她們知道得越少越好。

薇薇安救不了她們。就像她一樣，她們找到她的日記之後，知道得太多了。但是她設法保護我的安全。現在我懂了。她對我不好並不是殘忍的表現，而是一種仁慈的行為。她藉由這種方式來保護我，免得遭遇她的發現所帶來的任何危險。為了救我，她迫使我討厭她。

結果成功了。

「她只有告訴過娜塔莉及艾莉森，」我說。「然後這三個人都失蹤了，我懷疑這不是一樁巧合。」

法蘭妮的面前擺了一套精緻的瓷器杯盤，杯裡的茶還冒著熱氣。她伸手去端茶，茶杯在盤子上晃動得很厲害，她一口也沒喝便放下了。「我不知道妳要我說什麼。」

「你可以告訴我，那家精神病院發生了什麼事。是不好的事，對吧？還有那些可憐的女人，她們也受苦了。」

法蘭妮試圖把身上的毛毯裹得更緊，她的手依然明顯地顫抖著，血管在白得像紙的皮膚底下顫動。她鬆開手，毛毯滑落身旁。契特趕忙過來，把它重新拉回到她的肩上。

「夠了，艾瑪，」他厲聲地說。「妳該回去妳的小木屋了。」

我不理他。「我知道那些女人的存在，我看過她們的照片。」

我走向書房，直接走到書桌的底層抽屜。我用力拉開，看到那個熟悉的木盒就在我原本放好的位置。我拿著它回到客廳，把它砰地放在咖啡桌上。

「住在這裡的這些女人。」我打開盒子，抓起一疊照片，高舉在手上，讓法蘭妮和契特能看見她們不安的臉龐。「查爾斯．克特勒逼她們留長髮，然後他再把它們剪掉拿去賣。接下來，她們就消失了。」

法蘭妮的表情變得和緩，恐懼轉換成某種類似憐憫的神情。「喔，艾瑪，可憐的孩子。現在我知道妳為何一直這麼苦惱了。」

「告訴我她們究竟發生了什麼事！」

「沒什麼，」法蘭妮說。「根本沒事。」

我端詳她的臉，尋找她在說謊的跡象。我一點也找不到。

「我不明白，」我說。

「我想或許我該說明一下。」

說話的人是洛蒂。她從廚房走出來，在睡衣外面套了一件絲質睡袍。手上端著一杯咖啡。

「我想或許這樣最好，」法蘭妮說。

洛蒂在她身旁坐下，伸手去拿那只木盒。「我剛才想到，艾瑪，妳可能不知道我的名字。」

「不是洛蒂嗎？」

「天哪，不是的，」洛蒂說。「那是在我小時候，法蘭妮給我的暱稱。我真正的名字叫查洛蒂。這是照我曾祖父的名字取的。查爾斯．克特勒。」

我愣了一下，感到滿心困惑。

「他母親的精神不正常，」洛蒂說。「我的曾曾祖母。查爾斯看到精神失常對她的影響，於是決定這輩子要幫助罹患同樣症狀的其他人。他首先到一家位在紐約的精神病院。那地方糟透了。婦女被迫忍受惡劣的環境。她們沒有復原，只是受了更多苦。因此他起心動念，在屬於我曾祖父家族的一大片土地上建造了和平谷。那是一家小型的療養中心，能收容十二名婦女。至於病人呢，查爾斯在那家骯髒又擁擠的精神病院裡，挑選了他觀察到最糟糕的病例。那些太過窮困而無力負擔適當的照護、無依無靠，沒有朋友或家人的女子。他收容那些人。」

洛蒂快速地翻看那個打開的木盒，對著照片微笑，彷彿那是老朋友的照片。她抽出其中一張，看著它。我看到照片背面寫著茱麗葉，愛爾蘭紅。

「打從一開始，一切就很辛苦。雖然院裡的員工只有他和我的曾祖母，但是精神病院的花費龐大。病人需要食物、衣服、藥物。為了維持收支平衡，他想到一個主意，把病患的頭髮拿去變賣，當然有取得她們的同意。就這樣又撐了一年左右，但是查爾斯・克特勒知道，和平谷遲早會關閉。他的偉大實驗失敗了。」

她又抽出兩張照片。露西兒，黃褐色及海莉艾塔，金色。

「不過他是個聰明人，艾瑪，」洛蒂說。「在這場失敗中，他看到了契機。他知道有位老朋友想買一大片土地當作私人度假宅邸。一名富有的伐木商人，名叫布坎南・哈里斯。我的曾祖父為那塊土地開了一個打折的價碼，前提是假如他能在哈里斯先生的公司任職的話。這就是我們兩個家族的關係開始，並且延續至今。」

「後來和平谷怎麼了？」

「它繼續經營，直到我祖父動手建築水壩，打造午夜湖，」法蘭妮說。

「在那段期間，查爾斯・克特勒為他照料的那些女子找到新的收容所，」洛蒂補充說。「她們沒人回去城裡那些可怕的精神病院。我的曾祖父確保這一點。他是一個好人，艾瑪。他非常關心那些女人。所以我才保留了她們的照片。這是我們家族最有價值的財產。」

我稍微晃動了一下，很驚訝我的腿還能撐住自己。它們變得麻木，和我身上的其他部分一樣。我太專注在查出法蘭妮的暗黑秘密，從不曾停下來思考薇薇安是否弄錯了。

「所以這和薇薇安及那兩個女生發生的事無關囉？」

「一點關係也沒有，」法蘭妮說。

「那麼你們為什麼要保密？」

「我們沒有，」洛蒂說。「這不是秘密，只是古老的歷史，埋藏了許多年。」

「我們知道營隊成員傳說的午夜湖故事，」法蘭妮又說。「亂說一些關於詛咒、淹死的村民和鬼魂之類的話。大家總是喜歡誇大言詞勝過事實。假如薇薇安想更了解這件事，她只需要開口問就行了。」

我點頭，忽然湧現一陣羞愧。這和薇薇安在失蹤之前當眾給我難看，感覺一樣糟。幾乎更糟。我再次指控哈里斯—懷特家的某人做出了可怕惡行。

「很抱歉，」我說。我知道只是一句道歉根本不夠。「現在我該走了。」

「艾瑪，等等，」法蘭妮說。「請妳留下來。喝杯茶吧，直到妳感覺好一些。」

我緩緩離開客廳，無法再接受她的任何好意了。到了門廳後，我拔腿狂奔，從前門逃出去，沒有順手把門帶上。我一直跑，經過工藝教室外面的警察，經過黑暗又安靜的小木屋區。我一路跑到浴廁區，我打算穿著衣服我進淋浴間，假裝我沒有流下羞愧的淚水。

我停下腳步，因為我看到有個女生站在浴廁區外面。她靜止不動的姿態吸引了我的注意。那種姿態，以及她的白色連身裙在月光下散發的光芒。

薇薇安。

她站在逐漸侵入營區界線的樹林之中，距離樹林和草地之間的那道線只有幾呎遠。她沒說什麼，只是凝望著。

見到她並不令我意外。尤其經過了這樣的一天之後。事實上，我一直在期待這一刻。我甚至沒有伸手去碰那個已經不在了的手鍊。

這場碰面無可避免。

薇薇安沒開口，只是轉身往森林的更深處走去，她的白色連身裙邊緣掠過矮樹叢。

我也開始走，不是遠離森林，而是朝它走去，不由自主地讓薇薇安再次出現的身影拖著我前進。我跨過分隔營地及森林的那道線。現在無法回頭了。在我的腳下，樹葉嘎吱作響，樹枝啪地斷裂。一旁的樹上有根枝椏，細瘦粗糙得有如巫婆的手指。它攫住我的一綹頭髮，用力往後一拉。我的頭皮一陣刺痛，然而我繼續走，告訴自己我該這麼做。這樣正常得不得了。

「我不會發瘋，」我低聲地說。「我不會發瘋。」

喔，但是我瘋了。

我當然瘋了。

第三十五章

我跟著薇薇安來到雕像花園，她就坐在法蘭妮前些日子坐的那張椅子上。我們周圍的雕像用茫然的眼睛看著我們。

「好久不見，小艾，」薇薇安說，而我正小心翼翼地走到兩座雕像之間。「想念我嗎？」我找到我的聲音了。它細小微弱，像老鼠般從林間空地飛掠而過。

「妳不是真的，妳對我沒有任何影響力。」

薇薇安往後靠坐著，翹著腿，雙手一本正經地在膝上交疊。多奇怪的淑女姿態，尤其是她擺出來的。「那妳為什麼會在這裡？我又沒有要妳跟我來。妳還是像隻迷路的小狗般黏著我。」

「妳為什麼回來？」我說。「我沒有妳也過得很好。過了很多年了。」

「喔，妳是說把我們畫出來，然後又塗塗抹抹、遮遮掩掩嗎？妳說的好就是這意思嗎？如果是這樣的話，我很不想潑妳冷水，小女生，但這不算好。我說呢，說真的，消失一次對妳來說應該足夠了。但是沒有，妳非得讓我們一次又一次地消失。」

「我已經不那麼做了，我停止了。」

「妳是暫停了，」薇薇安說。「這兩者有差別。」

「所以妳才回來，對嗎？因為我不再畫妳了。」

這就是我這些年來讓她不要靠近我的方式。我畫她，把她遮住，然後再做一遍。再一遍。現在我已經發誓不再這麼做，她卻回來了，要求我的關注。

「這和我無關，」薇薇安說。「一切都是妳，親愛的。」

「那麼為何我只看到妳而不是——」

「娜塔莉和艾莉森？」薇薇安發出了然於心的格格笑聲。「少來了，小艾。我們倆都知道妳不是真的在乎她們。」

「才不是這樣。」

「妳根本不了解她們。」

薇薇安站起來。在令人心跳暫停的短暫瞬間，我以為她要伸手抓住我。然而，她開始在雕像之間蜿蜒走動，像戀人般愛撫它們。手指沿著手臂緩緩往上移動，手掌輕輕滑過喉頭。

「我對她們和妳的了解一樣多，」我對她說。

「真的嗎？妳曾經跟她們哪個交談過嗎？一對一？」

我有。我知道我有。但是當我仔細回想，我卻想不起來有這種例子。

「現在我想想，我不確定當我不在時，妳跟她們說過話，」薇薇安說。「至少不是談跟我無關的事。」

她說的沒錯。這是真的。

「那不是我的錯，」我說。「這都是妳造成的。」

薇薇安從來沒有不在的時候。她控管小木屋的方式，就像女王蜂控管蜂巢那樣。我們其他人都只是雄蜂，繞著她打轉，滿足她的需求、她的興趣和怪點子。

「所以妳現在才看不到娜塔莉及艾莉森，」薇薇安說。「我是妳依然設法解開的謎題。」

「要是我解開了，妳會消失嗎？」

薇薇安在一座雕像前停頓了一下。那是一名女子在肩上扛著一只水罐，寬外袍斜掛胸前。

「要看情況。妳想要我消失嗎？」

是的，而且我希望妳永遠不要回來。

我沒說出口。我不能。不是那樣。所以我在心裡想。內心的低語飄過這片空地，像霧一樣飄渺。但是薇薇安聽見了。從她的嘴唇往上嘛、露出殘忍笑意的模樣，我看得出來。

「這可是把我帶回到了過去，」她說。「妳的願望成真了，不是嗎？」

我想跑掉，但是罪惡感將我釘在原地不動。這是一種麻木的感覺。一下子動彈不得。現在我已經習慣了。這十五年來，我斷斷續續地有這樣的感覺。

「我很抱歉說了那樣的話。」

「我想要彌補。」

薇薇安聳聳肩。「好啦，隨便。這還是改變不了我們倆之間的問題。」

「喔，我知道。所以妳才回來這裡，對嗎？試圖查明發生了什麼事。到處窺探，像我當初那樣。結果呢，看看妳的新摯友發生了什麼事。」

她在我毫無防備時，冷不防提到那些新女孩。我花了千分之一秒思索，她是怎麼知道她們的。這時我恍然大悟。

她不是真的。

她對我沒有任何影響力。

我比大家所想的更堅強。

強大到足以明白，薇薇安不是鬼魂，糾纏著我不放。她也不是幻覺。她就是我。是我痛苦的大腦的一部分，試圖幫我弄清楚發生了什麼事。

所以我才盯得她別開眼神，然後說：「妳知道她們在哪裡，對吧？妳知道我在哪裡能找到她們。」

「我不能告訴妳。」

「為什麼？」

「因為我不是真的，」薇薇安說。「那是妳的座右銘，對吧？我對妳沒有任何影響力？」

「快告訴我。」

薇薇安走向另一座雕像，從後面擁抱它，下巴倚在它精巧的肩膀上。「我們來玩個遊戲，艾瑪。兩真一假。第一：妳需要知道的一切都已經在妳的手中了。」

「快告訴我她們在哪裡。」

她挪到雕像的另一側肩膀，佯裝害羞地偏著頭。「第二：問題不在於去哪裡找她們，而是去哪裡找我們。我指的是我、娜塔莉和艾莉森。」

「薇薇安，求求妳。」

「第三，」她說。「至於我們在哪裡，我沒資格說。我能告訴妳：假如妳找到我們，也許呢——只是也許——我會離開，永遠不回來。」

她悄悄走到雕像後面，暫時被遮住了。我等著她從另一側再次出現。一分鐘過去了，她沒有現身。我膽怯地朝雕像跨出了幾步。

「薇薇安？」我說。「小薇？」

沒有回答。也沒有任何跡象顯示她的存在。

我繼續往前走，加快腳步走向雕像。當我走到雕像旁，我從她的大理石肩膀偷眼往後看。

那裡什麼也沒有。

薇薇安走了。

然而她的臨別話語還在，猶如月光灑落在空地之間，縈繞不去。兩件事實，一個謊言。

我對前兩件毫無概念。就像薇薇安生前說過的，妳很難分辨出真實和虛假之間的差別。

至於她的第三項說法，我希望那不是謊言。

我希望那是真話。

每個字都是。

第三十六章

我以離開時的相同方式回去山茱萸屋，在小木屋之間交錯前進，避免被人看見。直升機似乎結束了今晚的任務，搜救船也是。當我瞥見湖泊時，沒看到湖面有任何活動。那只是一片黑色鏡面，映照著星光。但是監視器就不同了。我知道它還在那裡，總是警戒著，所以我溜到小木屋的後方，從開啟的窗口翻進去。

敏蒂的鼾聲告訴我，她還在熟睡著。很好。這樣我就不用跟她解釋我去了哪裡，以及接下來打算上哪兒去。

去找女孩們。

先後的這兩組人。

當我從床頭桌爬下來時，薇薇安說的話，也就是我自己的話，縈繞在我心中。

問題不在於去哪裡找她們，而是去哪裡找我們。

我忽然想起米蘭達說過的話。當我正要昏沉入睡時，聽到了那些話。

我很擔心艾瑪。

那種擔心可能會導致她採取行動。性急又大膽的米蘭達。懸疑小說愛好者兼未來的警探。就像薇薇安一樣，帶領了其他兩個女孩進入森林找答案。

然後還有薇薇安戲謔地暗示，假如我查出她們三個發生了什麼事，我或許終於能擺脫她。也許她說得對。也許要讓我掙脫罪惡感的束縛，唯一的方法就是得知真相。

我希望妳永遠不要回來。

天哪，我真痛恨自己說這樣的話，即便當時我無從得知它會成真。當我說出那番話時，娜塔莉及艾莉森已經在外面了。就這方面來說，薇薇安說得沒錯，我真的不曾跟她們多聊過什麼。我對此也萬分懊悔。我應該多關心她們，把她們當個體看待，而不只是薇薇安的小跟班。但是幸好她們沒聽到我對薇薇安說的那番話。那不是我對她們所有人的臨別贈言。

我躡手躡腳地走到小木屋另一頭，小心避開那塊嘎吱作響的木板條，心中清楚地浮現薇薇安說過的另一句話。

妳需要知道的一切都已經在妳的手中了。

我知道她指的是什麼。

那張地圖。

所以她們才會回來小木屋，只不過發現門上了鎖。薇薇安需要她的手繪地圖，幫助她找到藏匿日記的地點。她依然認為那座湖的出現及和平谷的背後有某種邪惡事端。我懷疑她是打算利用它來揭發她認為自己所發現關於法蘭妮及哈里斯家族的事。

我悄悄地打開我的木箱，取出手電筒。然後我伸手進去摸索，尋找那張地圖。

地圖不在裡面。

一定是女孩們拿走了。我的理論得到支持，她們是出發去尋找前面那三個女生了。

更多的希望。希望我是對的。希望我來得及。

當敏蒂繼續打鼾，我再次爬出窗外。我隨即匆匆穿越一片樹林，來到了湖畔。到了湖邊，我往左轉，沿著湖岸匆忙前往碼頭和獨木舟架。主屋陰沉沉地坐落在草坡最上方。只有二樓的一扇窗戶透著光，俯瞰午夜湖。

五分鐘後，我划著獨木舟來到湖面上。我奮力快速地划著，希望在我划到對岸之前，直升機和搜救船都不會再度出現。我的手機放在大腿上，提供路線指引，確保我能以直線橫渡這座湖。

當我聽到了獨木舟底部傳來詭異的刮擦聲，我知道我已經接近對岸了。水底下的樹枝正在發揮存在感。我打開手電筒，迎面看到幾十棵枯死的樹木從水中探出來。它們在手電筒的光束中呈現鬼魅般的灰色，和骨骸的色澤一樣。

我把手電筒塞在脖頸和肩膀之間，偏著頭壓住它。接著我繼續划，利用槳來把我自己推離那些水中的樹木，或者在遇到無可避免的碰撞時，可以緩衝撞擊。我很快通過了樹木區，即將抵達對岸。手電筒的光束掠過岸邊，照亮了那裡的高大松樹。水邊有兩隻鹿在光線底下愣住了，然後大步跑開。灰色斑點在光束中翻飛，那是受到光線吸引的昆蟲。

我把船轉向左手邊，與湖岸平行前進，手電筒對準我右手邊的陸地。光束照到更多的樹，更多的蟲子，一隻貓頭鷹拍打著翅膀，呈現出一團朦朧的白。最後，它照亮了一座朽爛到無法修補的木造建築。

涼亭。

我把獨木舟划到岸邊，在它依然擱淺時便跳下來。我把手機塞進口袋，手電筒對準樹林。我深呼吸，設法集中精神，回憶稍早的那趟路程，以及我們是如何從這裡走到標示薇薇安日記的那個X點。我記不得我們走進森林裡多遠，或者正確地說，是如何找到去那裡的路。

我利用手電筒的光束來回掃視地面，尋找我們可能留下的任何足跡。我看到的只有泥土、枯葉，還有乾燥到碎成片片的松針。但是這時候光束照到某種散發黯淡白光的東西。我走近一看，看見許多色彩，有鮮黃、藍色及紅色。

那是漫畫書的書頁。美國隊長，帶著他的愛國英雄氣慨，在分成好幾格的行動中進行戰鬥。一塊小石子壓在頁面上，把它固定住。

女孩們來過這裡。

最近的事。

那張紙會擺在那裡並非意外。這是她們沿路丟的麵包屑，標記回到湖畔及獨木舟的路線。

我跨過那張紙，緊握住手電筒，然後就像在我之前的那些女孩一樣，消失在樹林中。

第三十七章

夜晚的森林並不安靜，一點也不。當我往林間深處前進時，耳邊傳來各種聲音。蟋蟀及青蛙鳴叫聲和松樹上沙沙作響的夜鳥啼鳴聲此起彼落。我擔心其他的聲響會淹沒其中。矮樹叢中的腳步聲，顯示附近有人的斷裂樹枝聲。雖然沒理由相信有人跟蹤我來到這裡，我還是無法打消那個念頭。我太常遭到監視，無法拋開戒心。

我的手電筒依然瞄準距離前方數呎的地面。我來回掃視，尋找從克莉絲朵的漫畫書裡撕下來的另一頁。在地面坡度開始上升的地方，我又看到一頁。那頁也是壓在一塊石子底下。前方五十碼還有另一頁也是。

在上坡的路上，我經過了另外五張頁面。美國隊長帶著我越走越高。在山坡頂端開始變平的地面上還有另一頁。上面是美國隊長高舉盾牌，讓子彈偏轉方向。在他頭部旁邊的對話框寫著：

我拒絕放棄。

我停下來好一會兒，以畫圈的方式轉動手電筒，仔細端詳周遭的環境。光束照亮了我身旁的樺木，讓它們閃耀白光。在我的右手邊是點點星光。現在我位在山脊的頂端，距離筆直垂落湖面的懸崖只有數碼遠。我向左轉，前往標記著另一個陡坡的那排巨礫。

美國隊長也在那裡出現，放在幾塊大石上，用小子塊壓著。我在岩石之間攀爬，直到我抵達那塊巨岩。那座孤立岩。我把手電筒朝山坡上照射，找個角度能把前方小徑看得更清楚。

女孩們依然不見蹤影。連美國隊長也是。前方只有更多巨礫，更多樹木，更多落葉覆蓋的陡升地面。

我周遭的樹林繼續發出嗡鳴。我閉上眼，試圖關掉那些雜音，真正傾聽。

這時我聽到了動靜，一種模糊的重擊聲響起一次，兩次。

「女孩們？」我大喊，回音在我耳畔轟隆作響。「是妳們嗎？」

森林的雜音停止了，除了我的左手邊響起了某種受到驚嚇的動物害怕地逃走聲。就在那幸運的片刻安靜中，我聽到了微弱回應。

「艾瑪？」

是米蘭達，我很肯定。而且她聽起來很接近。美妙又清晰地接近。

「是我，」我大聲回答。「妳在哪裡？」

「哈比人的家。」

「我們被困住了，」另外有人說。我想是克莉絲朵。

米蘭達又說了更迫切的話：「快點。」

我往前衝，手上緊抓著手電筒。我越過樹根，閃避巨岩。在匆忙之中，我絆到一根倒下的樹枝，往前飛撲，雙手和膝蓋著地。我保持那種姿勢爬坡，我的手指抓住地面，踢著雙腳讓自己繼續向前。

我沒有慢下來，就算搖搖欲墜的石造地基已經映入眼簾。我反而加快速度，爬著站起來，直奔嵌入地面的地窖。有人把門上那個古老的滑門推進去，把女孩們鎖在裡頭，還把一顆高度及膝的巨石滾到門口，多做一道防範措施。

地窖裡面又傳出一聲重擊，窖門晃動著。「妳還在嗎？」米蘭達呼喊。「我們要趕緊離開這裡。」

「等一下。」

我敲敲門，讓她們知道我在這裡，然後使勁推動滑閂。它隨著刺耳聲響而滑開，讓米蘭達能打開一條門縫，直到被巨石擋住為止。一種濃厚又噁心的氣味飄出來。那種混合潮濕泥土、汗臭及尿騷味的氣息害我的胃部緊縮。米蘭達把她的臉貼在門縫上。我看到一隻充滿血絲的眼睛，一個邊緣紅腫的鼻孔，一部分的嘴在用力吸入新鮮空氣。

「快救我們，」她喘著氣說，同時又絕望地搖動窖門。「妳為什麼不開門？」

「門口還是堵住了，」我說。「我正在想辦法。克莉絲朵和莎夏還好嗎？」

「很糟，我們都是。拜託妳快救我們出去。」

「再一下就好，我保證。」

我彎下腰，將手掌平貼著巨石，用力一推。它是如此沉重，我幾乎推不動。我再試一次，這次咬緊牙關，發出賣力的哼唧聲。岩石依然不動如山。

我拿手電筒掃視地面，想找任何有用的物品。我抓起一顆圓形石塊，那是從附近的殘破石牆剝落的。然後我看到地面有一根粗厚的樹枝，長度幾乎和我的身高相當。它看起來夠結實，可以當作槓桿。我暗自希望。

我把樹枝的一端盡量塞進巨石底下，然後把石塊放在它底下幾呎遠的地方。我接著緊握住樹枝的另一頭，用力往下推。結果成功了，岩石稍微滾動一下。我把樹枝放下，跑到岩石旁，再次用力推，直到它滾到門的旁邊。

「障礙清除了！」

窨門飛快打開，女孩們衝了出來。她們渾身是汗，沾滿了塵土，大口吸著新鮮空氣，伸展四肢，茫然地望著天空。莎夏沒了眼鏡，只好瞇起眼睛。她的鼻子腫脹，呈現可怕的青紫色。她的鼻子到頸部留下一道鐵鏽色的斑點。那是乾涸的血漬。

「真的是晚上了嗎？」她帶著一種幾乎是客觀疏離的口吻說。那是驚嚇，再加上飢餓及脫水的後果。

我沒有擁抱她，而是沿著她的手臂上下撫摸，檢查是否受了傷。我覺得自己真蠢，怎麼沒帶食物來。或者是水，或是該死的急救包。我能做的只有拿我的T恤下襬去擦掉莎夏臉上的部分血跡。

「我們在裡面多久了？」米蘭達說。她躺在地上，整個人呈大字形，放鬆地大口喘氣。「我的手機在中午前就沒電了。」

「幾乎一整天了。」

聽到這話，克莉絲朵的雙腿一軟。她搖晃了一會兒，然後才撲通地坐在米蘭達身旁。「該死。」

「告訴我發生了什麼事，」我說。「從妳們離開小木屋說起。」

「我們來這裡找妳的朋友們，」克莉絲朵說。「那是米蘭達的主意。」

米蘭達坐起來，累到沒力氣覺得難為情。「我只是想幫忙。昨天晚上，妳那麼難過。我看得出來妳需要知道發生了什麼事。既然這是妳找到那本日記的地方，我想這裡可能有些線索吧。」

「妳們怎麼都沒說一聲？」

「因為我們知道，妳不會讓我們自己划船來這裡。」

我擦完了莎夏的臉。乾涸的血跡在我的衣服留下了暗紅色污漬。「妳們來到這裡，然後呢？」

「有人忽然攻擊我們，」米蘭達說，她的疲憊之中掩不住恐懼，淚水在眼角打轉。

「是誰？」

「我們都沒看清楚。」

「米蘭達和克莉絲朵進去裡面，」莎夏說，並且朝地窖點頭示意。「我不想去，所以留在外面。但是有人不曉得從哪裡冒出來。」

她沙啞地哭訴。接著她又吐出了一連串的話，那種客觀的口吻已經消失了。「那個人揍我，我的眼鏡掉了，我看不見對方是誰。然後那個人把我推進去，用力關上門。」

有人跟蹤她們到這裡，出手攻擊，把她們關起來而不是直接要她們的命。這樣沒道理。除非動手的人要她們活著。

這也就是說，那個人可能隨時都會回來。

恐懼在我的體內流竄。我從口袋猛地掏出手機，想看我是否能打電話報警。這裡沒訊號。這說明了在她們被關起來以後，米蘭達為什麼無法做同樣的事情。

「我們要走了，」我告訴女孩們。「現在就走。我知道妳們累了，但是妳們認為自己跑得動嗎？」

米蘭達爬起來，擔心地看我一眼。「我們為什麼要跑呢？」

「因為妳們還是有危險，我們都是。」

一道光束照上我的臉。是手電筒。亮到足以讓我說不出話也看不見。我把手放在眼前，遮蔽強光。在手電筒後方，我看得出一個身影輪廓。是高大的男性。

強光移開了。我的視線模糊，眼睛努力調適著。當我的視線重新聚焦時，我看到了席歐，手上拿著手電筒，朝我們的方向走上前一步。

「艾瑪？」他說。「妳在這裡做什麼？」

第三十八章

看見席歐在這裡，感覺有如輕微地震。我腳底下的地面晃動，只不過真正晃動的是我自己。我的體內出現自己也無力控制的地殼位移。

因為他的現身不可能是意外。

他在這裡是有原因的。

「這是怎麼一回事？」他說。

「我才要問你同樣的問題，」我聲音哽咽地說。「但是我想我已經知道了。」

他是回來處理這些女孩的。

他攻擊她們，把她們關起來，等到深夜才回來。我懷疑在十五年前，這一連串的事件也發生在另外三個女孩身上。

當初我的指控雖然受到誤導，但可能是對的。真相偽裝成謊言。

我痛恨這麼想。在夏令營的所有人之中，我唯獨真心希望他是無辜的。但是疑心不肯離去，和我那顫抖又疲憊的身體一樣無法控制。

我緩緩走到女孩們的前面，以保護她們不需面對席歐以及他接下來可能會做的任何事。我把顫抖的手穿過手電筒的腕帶，緊握著它。雖然這算不上武器，在緊要關頭還是派得上用場。萬一走到那個地步的話。我迫切希望不會這樣。

「米蘭達，」我盡可能冷靜地說：「湖邊有艘獨木舟，就在我們那天上岸的同一個地方。妳盡快帶莎夏和克莉絲朵去那裡。萬一莎夏跑不動，妳可能要揹她。妳覺得妳辦得到嗎？」

「為什麼？」米蘭達說。「究竟是怎麼了？」

「回答問題就是了，可不可以？」

米蘭達帶著一絲恐懼回答。「我可以。」

「很好。妳們找到獨木舟之後，往湖泊的對岸划。別等我。一秒鐘也別逗留。只要盡快回營區就是了。」

席歐再次把手電筒對準我的臉。「艾瑪，妳可能該讓開一下，讓我看看這些女孩有沒有受傷。」

我沒理他。「米蘭達，妳聽懂了嗎？」

「聽懂了，」她再次回答，這次更堅強，並且準備好衝刺。

「很好，現在出發。快！」

最後一個字以及我的迫切口吻讓女孩們採取行動。米蘭達拔腿狂奔，幾乎是拖著莎夏跑。克莉絲朵跟在後頭，速度慢了些，但是一樣堅決。

席歐作勢要阻止她們，但是我衝上前，高舉手電筒，威脅要攻擊他。他舉起雙手，攤開手掌心。我沒有放下手電筒。我需要這樣拖住他，讓女孩們有時間搶得先機。

「你敢去追她們試試看，」我警告他。

「艾瑪，我不知道這是怎麼一回事。」

「別撒謊了！」我咆哮。「你很清楚發生了什麼事。你打算對這些女孩子怎樣？」

席歐睜大了眼睛。「我？是妳打算對她們怎樣？我跟蹤妳來到這裡，小艾。我在主屋看到妳上了獨木舟，划過湖面。」

這又是謊言。肯定是。

「假如你認為我有罪，為什麼不去告訴警方？」

「因為，」席歐說：「我希望自己想錯了。」

我也是。我對於指控他所產生的內疚。那些羞愧和自責。全都白費了。

「我要知道你為什麼做出這種事，」我說。「現在，還有那時候。」

「我沒有——」

我把手電筒舉得更高。席歐退縮了一下。

「嘿，我們好好談，」他說。「在沒有手電筒的情況下。」

「我認為你想找薇薇安上床，」我告訴他。「你想要她，而她拒絕你。你生氣了，所以你讓她消失。娜塔莉及艾莉森也是。」

「妳錯了，艾瑪。關於這一切。」

席歐朝我跨出一步。我待在原地，設法不要顯現自己的恐懼。然而我的手在抖，手電筒的光束朝天空的方向顫動。

「既然你逃過一次，我想你認為自己可以再做一次。只不過這次你想讓我看起來有罪。所以你採取預防措施，把我的手鍊放在獨木舟裡。」

「妳搞糊塗了，艾瑪，」他說，小心地挑選他的用字，確保不會冒犯我。「妳需要幫助。所以不如妳放下手電筒，跟我一起走。我不會傷害妳，我保證。」

席歐冒險地又往前一步。這次我後退一步。

「我受夠了被你騙得團團轉，」我說。

「這不是說謊，我想幫助妳。」

我們重複相同的步伐。他往前，我後退。

「你在十五年前就能幫我，只要你承認你做了什麼。」

假如席歐自首，或許我就不會對發生的事感到如此愧疚。

或許我就不會看到女孩們的幻影。

或許我就能夠正常生活。

「然而，我花了十五年的時間，為了發生在她們身上的事而責怪自己，」我說。「而且我怪自己造成你的痛苦。」

席歐又往前一步。

「我不怪妳，艾瑪，」他說。「這不是妳的錯，妳病了。」

換我後退一步。

「別再那麼說了！」

「但這是真的，小艾。妳知道的。」

這次席歐往前跨了不只一步，是兩步。我往後退，先是拖著腳步，然後轉身就跑。席歐追趕我，不一會兒就追上了。他抓住我的手臂，把我往他的方向一拉。我大叫，聲音傳遍黑暗的樹林。我聽見它的回音，同時高舉手電筒，朝席歐的頭部揮過去。

這是虛弱的一擊，但是足以嚇得他放手讓我走。

我朝他推了一把，踢得他失去平衡。然後我拔腿又跑，這次朝反方向前進。回到我的來時路，往湖邊跑去。

「艾瑪！」席歐在我後面大喊。「別這樣！」

我繼續跑，心臟狂跳，脈搏在我的耳裡大聲跳動。樹木和岩石似乎從四面八方朝我撲來。我閃過一些，撞上一些。但是我沒停下腳步。我不能停。

因為席歐也繼續追趕。他的腳步聲在我後方的樹林裡迴盪，比我的速度還要快。他要不了多久就會追上來。我不可能跑贏他。

我要躲起來。

黑暗中忽然有東西朝我逼近。

是孤立岩。

我朝它跑去，轉向右手邊，直到我來到它的西北邊。我拿手電筒照亮石壁，看見離地一呎處的那道裂隙。

薇薇安曾爬進那個洞裡。

我在洞口前方四肢著地，手電筒朝裡面照著。我看到石壁、泥地、一個黑暗的凹谷，深入地底好幾呎。一絲冷空氣從裡面飄散出來，我不禁打起了寒顫。

席歐的聲音從後方不遠處傳來。太近了。

「艾瑪？我知道妳在這裡，快出來吧。」

我關掉手電筒，腹部著地，往後退到洞穴裡，擔心我會塞不進去。但是我進去了。勉強塞得下。我的上方大約有六吋的空間，兩側更窄一點。

洞穴外面的大空逐漸發亮。那是席歐的手電筒。他來到孤立岩了。

我命令自己不要呼吸，往後縮得更裡面。洞穴地面感覺凹凸不平，好像我是在一處斜坡，緩緩往下滑。

洞口附近的地面上出現一道亮光。我聽見席歐嘎吱踩踏的腳步聲，還有他吃力的喘息聲。

「艾瑪？」他說。「妳在這裡嗎？」

我挪到更裡面，心裡納悶這個山洞有多深。要是席歐的手電筒照到裡面的話，希望裡頭夠深。

「艾瑪，拜託妳出來。」

現在席歐就在洞口外了。我看到他的鞋，他的趾尖朝向相反的方向。

我繼續往後挪動，現在速度更快了，暗自祈禱他不會聽到我。我感覺到水沿著石壁滴落。我身下的泥土開始變得濕軟，在我的指間咕嘟作響。

我還在滑動，雖然現在是非自願的了，因為泥巴和地道的斜坡，這時的坡度變得很陡。我把膝蓋及掌根壓進泥巴裡，希望它們能發揮煞車的功效。但這樣只是讓我不停往下滑。

不久後，我滑得更快了，整個失控，我的下巴在泥巴裡留下一道深溝。當我打開了仍舊掛在手腕上的手電筒，我只看到灰色石壁、棕色泥巴，以及我一路滑下來、長得驚人的地道。

這時我腳下的地面消失了，我忽然落在半空中。

往下墜落。

無助地揮打亂踢。

我的尖叫聲被洞穴裡的回音吞沒了。我就這樣跌落無底深淵。

第三十九章

我撞上了水面。

我就這樣跌入水中，我根本沒料到，驚訝得合不攏嘴，直到沉入水底。我不斷沉沒，水流進來，教我無法呼吸。我在水底翻轉，手電筒的光束在水中閃現，照亮了泥土、水藻，還有飛快游竄的魚。

我終於碰到了水底，那是和緩的碰撞，不是預期中那種一頭撞上堅硬石塊、要人命的撞擊。然而，我還是驚嚇不已。我離開水底，水繼續滴進我的喉嚨深處。我噎住了，咳出的空氣在我面前變成了氣泡。接著我來到水面，我的頭從水裡冒出來，水從我的鼻孔汩汩流出。我咳了幾下，把水吐出來。這時我才呼吸。緩慢地深深吸入地底的潮濕空氣。

手電筒神奇地依然掛在我的手臂上，我在原地踢水，想了解一下我的周遭環境。我在一個洞穴裡，大約和夜鶯夏令營的餐廳一樣大。手電筒的光線照到黑色的水、潮濕的岩石，以及一片乾燥的地面，呈弦月狀環繞這座水池。水面佔據了約一半的洞穴，不比後院的泳池大。當我把手電筒朝上照射，我看到上方是滴落鐘乳石的岩石穹頂。洞穴的形狀讓我想到胃袋。我跌進了野獸的肚子裡。

岩壁和穴頂接合的地方，一處角落裡有個陰暗的洞穴。我就是從那裡跌下來的。我把手電筒上下掃射，試圖估算我跌了多深。看起來大約有十呎。

我向前游，前往那處部分有水環繞的地面。那裡的地上佈滿小卵石，在手電筒的照射下顯得蒼白。我在那裡上了岸，癱在地上，筋疲力竭又渾身痠痛。

我伸手到口袋裡，樂觀地找著我的手機。它還在那裡。更棒的是，它還能用。謝謝你，防水保護套。

手機沒有任何訊號。在這麼深的地底，我也沒指望收得到。然而，我試著撥打九一一緊急電話，要是出現了某種小奇蹟，電話能接通就好了。結果沒有，我並不意外。

我記得弗林警探說過，手機上的全球衛星定位系統可以用來追蹤某人的下落。我忍不住要想，當失蹤的人在地底下時，不知道這樣是否還管用。我懷疑。就算有可能，這樣或許要花上幾小時、甚至是幾天才找得到我的位置。

假如我想離開這裡，我就必須靠自己。

我將手電筒瞄準那片岩壁，它一路延伸到我上方的洞穴。岩壁很陡峭，是還不到九十度，不過也很接近了。在嘗試攀爬那片岩壁之前，我大略看了一下洞穴的其他部分，尋找另一條出路。我把手電筒對準每個角落，以及我能找到的每道陰暗縫隙。但是我看到的只有更多的水、更多石頭，還有更多死路。

爬上那道岩壁是我的唯一選項。

在絕望之餘，我向它跑去，沒有停下來尋找可以抓住的地方。我只是跳上岩壁，抓緊岩石，拼命尋找露頭。我爬到約莫三呎高，然後手沒抓好，飛快往下跌，重重地落在洞穴的地面。

我又試了一遍，這次攀到離地四呎，然後才摔下來。這次，我的尾骨直接著地。劇烈疼痛從我的背部竄升，短暫地癱瘓了我。

然而，我嘗試了第三次。這次我慢了下來，苦思哪些地方最適合抓取，以及要攀爬哪個方向。結果成功了，我發現自己越爬越高。六呎。七呎。

當我在距離通往外面的地道大約一呎處，我意識到手邊沒有地方能讓我抓住了。我的右手臂往上探，手掌啪地打在冰冷又滑溜的光滑岩石上。我的左手臂和肩膀承受著所有重量，這時開始要棄守了。

我的身體往下垂。

有短暫的片刻，我懸掛在岩壁上。然後我又跌落到地面，腳先著地，右腳踝扭到之後彎曲變形。我想我聽到啪的一聲。或許那是我在痛苦地蜷縮成一團時的的想像。

我放聲尖叫，希望能消除緊張的情緒。但是沒有。疼痛持續著。尖叫聲也是。我看著我的腳踝和腳掌，彎曲成不正常的樣子。我不可能再攀爬了。

這時我意識到實際狀況。

我被困在這裡了。

沒人知道我在哪裡。

現在我和薇薇安、娜塔莉及艾莉森一樣失蹤了。

第四十章

凌晨四點過後不久，手電筒就沒電了。我知道時間，因為在逐漸微弱的光線閃爍熄滅之際，我查看了我的手機。我不該看的，即便螢幕上的藍白閃光給我帶來慰藉。時間以令人難忍的速度流逝。在這裡的一分鐘似乎過得更久，時間拉長到一小時感覺像是三小時之久。

我想盡可能保留電力，於是關掉手機，把它放回口袋裡。然後我坐在黑暗之中，伸手不見五指的感覺有如死亡。什麼都看不見，只有一片暗黑虛無。

我開始發抖，意識到這下面是多麼驚人地冷。那池冰冷的水只是讓雪上加霜。我的潮濕衣物也是，現在正黏在我濕冷的皮膚上。我的身體顫抖，牙齒格格作響。

然而這些都無法阻止我打瞌睡。我縮在洞穴的邊緣，把膝蓋抱在胸前。我在黑暗中每眨一次眼就忍不住睡著，直到一陣劇痛傳來而痛得叫喊，這才驚醒過來。

我超越了精疲力盡的程度，假使這種程度存在的話。我不記得上次睡覺是什麼時候。我猜想是今天早上，當我在山茱萸屋裡頭醒來時。我打開手機，再看一次時間。

四點半。

該死。

這時我搜尋訊號，再次一無所獲。

雙重的該死。

我關掉手機，計算流逝的分分秒秒，在洞穴裡的回音空間裡，大聲說出來。

「一、二、三。」

當我眨眼時，我的眼睛保持緊閉。

「四、五、六。」

我忽然累到說不出話。但是我繼續數，現在是在心裡默念。

七、八、九。

在那之後，我睡著了。我不知道究竟睡了多久。當另一陣劇痛把我驚醒之後，我還在數，數字從我嘛起的唇吐出。

「十。」

我的眼睛冷不防地張開，睡眼朦朧地注視落在我面前的薇薇安。她斜倚在洞穴地面上，彎著手肘，撐著頭。她喜歡這樣玩兩真一假。她說這種放鬆的姿勢讓別人更難分辨她什麼時候在說謊。

「妳醒了，」她說。「終於。」

「我睡了多久？」我說。我早就不再試圖藉由意志力驅趕她了。

「一個小時左右。」

「這段時間，妳一直都在這裡嗎？」

「時不時的。我猜妳以為妳已經甩掉我了。」

「我絕對想要這麼做。」

我沒必要對她說謊。她不是真的。

「這樣啊，妳沒有。」薇薇安張開手臂，假裝很開心。「驚喜！」

「妳會覺得這很有趣，」我說，同時坐了起來。我轉動脖頸，直到它發出啪地一聲。「我也是失蹤的女孩了。」

「你認為妳會死在這下面嗎？」

「可能喔。」

「真討厭，」薇薇安嘆息著說。「雖然我想這樣我們倆就扯平了。」

「我想要妳回來，」我說。「我不是說真的。而且我很抱歉。我也為了把小木屋的門鎖起來而感到很抱歉。這麼做真的很糟糕，我沒有一天不後悔。這些都是實話，沒有謊言。」

「我可能也會這麼做吧，」薇薇安坦承。「所以我才喜歡妳，小艾。必要的時候，我們倆都是賤人。」

「這表示假如妳沒失蹤，我們還會是朋友嗎？」

薇薇安在手指上纏繞一綹長髮，思考了一下。「或許吧。過程會有很多誇張情節，我們會經常把彼此逼瘋。但是也會有美好的時光。在我的婚禮上，妳會當我的伴娘。等到我無可避免的離婚之後，妳會和我喝酒解悶。」

她對我微笑。她的貼心笑容。我認為有可能成為我的大姊姊的薇薇安會有的笑容。我想念那個薇薇安。我為她感到哀傷。

「小薇，妳們幾個在那天晚上出了什麼事？是席歐嗎？」

「我不敢相信妳還沒搞清楚。我留給妳那麼多線索耶，小艾。」

「妳為何不能直接告訴我？」

「因為這是妳自己要搞清楚的事情，」薇薇安說。「妳的問題就是妳讓過去蒙蔽了自己。妳需要知道的一切都在妳面前。妳需要做的就是張大眼睛看。」

她指著洞穴的另一邊，那裡有一道細微光線沿著岩壁爬行。周遭還有好些光線圍繞，像波浪般起伏閃動，洞穴的圓頂感覺像是迪斯可舞廳。

接著我恍然大悟。我看得見了。

黑暗消失了，取代的是一道溫暖光線，照耀著整座洞穴。它居然是來自洞穴中央的水池。光線是略帶粉紅的飽滿金黃色，讓那池水閃爍得有如飯店泳池。我查看我的手機，現在六點了。是日出。

光線的出現代表一件事：洞穴有另一個出口。

「薇薇安，我想我出得去了！」

薇薇安已經不在那裡。倒也不是說她真正存在過。但是這一次沒有徘徊不去的身影，她也沒理由會隨時回來。

薇薇安可能永遠消失了。

我站起來，一跛一跛地走到水邊。我右手邊的光線似乎最明亮。它的純淨光芒顯示出有一條筆直的通道，從洞穴通往外面的世界。最大的可能性是有一條水底通道，連接洞穴及湖泊。

我滑進水裡，面對光線。我從水裡看去，看到有一個發亮的圓圈，大約和我進來的那個地道一樣大小。假如它的全長都保持相同寬度，我可能有辦法游出這座洞穴。

我繞著水池跑了幾圈，舒展筋骨之餘，也測試我的受傷腳踝。它當然會痛，而且也腫了起來，限制了我的行動。我需要克服這雙重的障礙。我別無選擇。

適當的暖身之後，我把身體和地道入口排成一直線。我又開始發抖，這次是緊張導致，而不是冰冷的水。我怕得要命，好希望有其他方法離開這裡。但是沒有。唯一的出路就是從地道游出去。

我深呼吸，滑進水裡。我注視著那道帶著粉紅的金色光線，開始朝它游去。

第四十一章

游吧。

我能做的只有這樣。

拼命游，設法別去想我的腳踝有多痛。

或者地道可能緩緩地在我前方封閉。

或者我甚至還游不到四分之一的距離。

我需要心無旁鶩，專心游泳。盡我所能地游得又快又用力。筆直地朝光線游去，像是我在九歲時，經常害我噩夢連連的那部電影裡的小女孩。

游吧。

別去想那部電影和裡頭的嚇人小丑，還有嘶嘶作響的電視。或是湖水裡的泥沙如何模糊了我的視線，並且刺痛我的雙眼。

繼續游吧。

別去想像地道真的變窄，或是我的肩膀掠過岩壁，刮擦長滿青苔的成群水藻，讓前方變得更模糊。

就這麼該死地繼續游吧。

別去想水藻或越來越窄的地道或妳每踢一次右腳就傳送一陣劇痛到腳踝或壓力如何不斷在妳

的胸腔累積到像是快要爆炸的氣球。

我筆直朝光源游去，眼前什麼也看不見，亮光迫使我閉上眼。我的肺部在吶喊，腳踝在吶喊。我自己也在放聲吶喊的邊緣。但這時地道豁然開朗，從我的肩頭滑開，像一件拉開拉鍊的洋裝。我張開眼睛，眼前到處都是水。沒有洞穴，沒有岩壁，只有寬闊的湖泊在明亮的破曉時刻閃耀著黃色光芒。

我衝上水面，大口喘氣，吸入珍貴的空氣，直到肺部的疼痛逐漸減輕。我的腳踝還是痛，疲憊不堪的無力雙臂也是。然而我有足夠的力氣保持漂浮，讓頭部伸出水面。稍事休息後，我可能甚至有辦法游回營地。

希望不會落到那種地步。希望有人出來找我。

結果我真的聽見了遠處傳來快艇的嗡鳴聲。我在水中旋轉，直到我能看到它。那是一艘白色小艇，通常繫泊在夜鶯夏令營碼頭的兩艘快艇之一。契特坐在舷外機上，駕駛小艇橫渡湖泊。

我從水裡伸出一隻手臂，朝他揮舞著。我用盡肺部僅有的一絲空氣，大喊他的名字。

「契特！」

他看到我，臉龐亮了起來，驚喜地看見我在湖泊中載浮載沉。他關掉引擎，抓起一支木槳，朝我的方向划過來。

「艾瑪？天哪，我們到處找妳。」

我又開始游泳，他繼續划船。在通力合作之下，我們終於會合了。我抓住船的側邊。在契特的協助下，我爬上船，癱在裡面，氣喘吁吁地累到無法動彈。

「你們找到女孩們了嗎？」我氣喘吁吁地問，還是喘不過氣來。

「今天稍早的時候找到了，她們脫水又飢餓，而且受到了驚嚇，但是沒有大礙。我聽說席歐要送她們去醫院。」

我坐起來，心中的警鈴大響。

「席歐回到營地了？」

「是的，」契特說。「他說他找到妳和女孩們，然後妳攻擊他，接著就消失在樹林裡了。」

「他在說謊。」

「那太瘋狂了，艾瑪。妳知道的，對吧？」

我繼續說下去，讓瘋狂傾洩而出。「他傷害那些女孩們，契特。他不能接近她們，我們要報警。」

我伸手去拿手機，它居然還在我的口袋裡，而且功能正常，甚至還剩下一點點的電力。我開始撥打九一一，但是螢幕上出現一道陰影，讓我停了下來。

那是契特的倒影，和哈哈鏡裡的影像一樣扭曲。

他手上握著的是那支槳。我也看到了它的倒影。我隱約瞥見木棍揮過我的螢幕，接著契特便拿槳揮中我的後腦勺。

在短短的一瞬間，一切都停止了。我的心跳。我的腦袋。我的肺部和耳朵和眼睛。彷彿我的身體需要片刻去了解該做何反應。

在那短暫片刻之中，我猜想死亡想必就是這麼回事了。沒有落入沉睡之中，或是朝溫暖的光線緩緩前進。只是忽然打住了。

不過疼痛隨之而來。一聲尖叫，驚人的痛楚傳遍我的全身，讓我知道我還活著。

死人不會感受到這種疼痛。

我痛到開始羨慕他們。

極度痛楚接管了一切，我完全無能為力。我的視線模糊，腦袋嗡嗡作響。我驚訝地哼了一聲，手機從我的手中彈出去，我就這樣倒在船底。

第四十二章

我倒在船的底板上。我感覺到臉頰貼著玻璃纖維的浮渣，聞到魚的惡臭味，聽到船下的湖水傳來回音。

現在小艇在前進，舷外機的嗡鳴有如白噪音。偶爾噴濺的湖水灑落在我的臉龐。

我側躺著，左手臂壓在我的身體底下，右手臂輕微抽搐著。我閉著左眼，緊貼在地板上而睜不開。我的右眼皮眨個不停，上面的天空和雲朵不斷閃動，就像一部老電影。我不是在呼吸，而是過度換氣，短而急促的呼吸，一吸氣就又把它吐了出來。

我還是很痛，但不再是痛到沒有其他感覺。那比較像是穩定的擊鼓，而不是鐃鈸的撞擊。我很意外地發現自己還能動，假如我真的盡力的話。抽搐的右手臂能彎曲，兩條腿還能伸展。我擺動手指頭，很訝異居然動得了。

另一項驚喜是我的思緒清晰。我知道發生了什麼事。我沒有變傻、耳聾或眼瞎。我猜想契特在揮動木槳打到我之前收手了，要不然就是我很幸運。無論是什麼情況，我都樂於接受。

當馬達聲逐漸消失，小艇慢了下來時，我能翻身平躺，很高興地發現我的左眼看得見。我看見契特站在我的前方，船槳回到了他的手上，雖然他一下子抓得太緊，一下子差點鬆手掉落。

「我不敢相信妳居然有膽子回來這裡，艾瑪，」他說。「即便那是我的主意，我還是大感意外。別誤會了，我很高興妳回來。我只是沒想到妳會那麼蠢。」

「為什麼……」我停頓下來，口乾舌燥地吞嚥了一下，希望能有助於把話說出口。每個音節都是一種掙扎。「為什麼要找我回來？」

「因為我覺得會很有趣，」契特說。「我知道妳發瘋過。席歐把那件事都告訴我了。我想看看妳能瘋到什麼地步。妳知道的，抓幾隻鳥兒，關進小木屋裡。在門口潑漆，出現在窗外。還有小小的偷窺一下淋浴間。」

契特停了下來，朝我一眨眼，害我感到反胃。

「但是我壓根兒沒指望妳會這麼投入。我以為要費好一番功夫才能讓妳看起來有罪。但是提起看到薇薇安的那番話？那就夠讓大家都認為妳崩潰了。」

「可是為什麼呢？」

「為了我想要妳回來這裡的真正原因。妳房裡的女孩失蹤了，為了讓妳置身犯罪現場，我把屬於妳的東西放在沒人的獨木舟裡，再加上一副壞掉的眼鏡，然後讓船漂走。順帶一提，妳的手鍊完全奏效。當我在主屋外面，把它從妳的手腕扯下來時，我就知道它會完美無比。」

他露出了扭曲的笑容。那是瘋子的獰笑。一個比我瘋得更厲害的人。

「在那之後，我要做的只有刪除我出現在妳的小木屋附近的監視影片，然後把妳昨天早上離開山茱萸屋的影片更改檔名。我要跟妳分享一個小秘密，小艾。那些女孩不是在妳醒來之前五分鐘溜出去的，她們起碼已經離開一個小時了。」

我坐起來，用我的手肘支撐著。我顫抖了一會兒，然後才固定住我的手臂，讓自己穩定下來。那個小動作讓我清醒了一點，稍微提振精神。當我開口說話時，我聽見聲音裡出現了新的力量：「你這麼大費周章，我不懂。」

「因為妳幾乎毀了我們的生活，」契特咆哮地說。「尤其是席歐。他情況糟到企圖自殺。妳就是這樣毀了他，艾瑪。妳破壞他的名聲時，妳把我們也一起毀了。我去念耶魯時，學校有一半的人甚至不肯和我講話。他們認為我哥哥逃過謀殺的罪名，只因為我們家的錢多到不行。我們沒有。再也不是了。我們剩下的只有我母親的公寓和這座天殺的湖。」

即便我的頭劇烈疼痛，我終於聽懂了。

這是他的復仇。

他想讓我看起來有罪，就像我害席歐落入的下場。他要我在同樣的懷疑陰影下過活。失去所有的一切。

「我不想殺了妳，艾瑪，」他說。「我原本更想看妳在接下來的十五年飽受折磨。但是計畫改變了。當妳放走了那些女孩，妳就確保了會有這樣的改變。現在我別無選擇，只能讓妳消失。」

契特抓住我的衣領，把我從地板上拖起來。我沒有掙扎。我無法。我能做的只有搖搖晃晃地，任憑他把我砰地扔在船的邊緣。這舉動撞擊出我體內的更多力氣。

現在我離開了地板，我能看見我們置身在一處我沒見過的湖面。類似某種小湖灣。岸邊長滿了樹，像堡壘高牆般圍繞湖畔。樹叢間透出微光，無法蒸散從湖面襲來的陣陣霧氣。有某種東西座落在薄霧之中，從小艇前方數呎的地方探出水面。

公雞風向標。

是我在照片裡看到，位在和平谷精神病院上方的那個風向標。只不過現在它的邊緣銹蝕，佈滿了藤壺，而它所屬的那間精神病院深深地沉沒在午夜湖裡。我仔細看著水裡，在閃動的微光中隱約見到汙泥覆蓋的屋頂。

它依然在這裡，就在原地。只不過現在有湖水淹蓋。凱西說的故事裡，這部分是真的。

「我有種感覺，妳認得這個，」契特說。「妳對這地方的認識是另一件出乎意料的事。好奇的小艾瑪真的做了功課喔。」

從沿岸那一圈乾涸的泥土判斷，我猜想湖面通常高到足以完全淹沒那個風向標。因為目前的乾旱，它才會浮出水面。

「我在青少年時期就發現它了，」契特說。「其他人都不知道它還在這裡，包括我母親和洛蒂。我猜他們以為老布坎南．哈里斯買下這塊地之後，就把它拆除了。然而，他只是任它留在這裡，淹沒了這地方。現在沒人會知道要來這裡找妳。」

我的心臟猛烈跳動，血液衝上我的腦袋，讓我更加警覺，也更加害怕。恐懼不曾教我安靜，反而激發出我的聲音。「別這麼做，契特。現在還不算太遲。」

「我想已經來不及了，小艾。」

「女孩們沒看到你，她們是這樣告訴我的。假如你要我告訴警方是我幹的，我會照做。」

我只能靠說話來保護自己。我沒有擊退他的力氣。就算我出手，我也敵不過木槳再次揮擊。

「沒人會知道你做的事，」我說。「只有你和我，而我不會告訴任何人。我會承擔一切，我會認罪。」

契特把槳從一隻手中換到另一隻手裡。我想我說動他了。

「你想看我受苦，對吧？那麼想像我坐了牢。想像到時候我會飽受多少折磨。」

我的腦海中浮現了一個往日的畫面。我在十五年前離開夜鶯夏令營。契特也在場，在後面追喊著他哥哥，他的臉上涕泗縱橫。或許就是在那一刻，他決定要報仇。假如是這樣，我需要讓他想起在那起事件之前，他是怎樣的一個小男孩。

「你不是殺人凶手，」我告訴他。「你比那種人好得太多。做壞事的人是我。不要像我一樣。不要變成你不是的那種人。」

契特高舉木槳，準備要再次揮下。我在他動手之前衝上去，用自己的身體去撞他。我不知是哪裡來的力氣。是恐懼和絕望共同激發的能量。這使得契特踉蹌地撞上小艇的座位之一。他的腿絆到座椅，於是往後摔倒。木槳從他的手中掉落，框啷地落在地板上。我伸手去拿，但是契特的動作更快。他用一隻手抓起了槳，再以另一隻手的手背甩我一巴掌。

我的臉頰一陣刺痛，但是這一巴掌也打出了我僅剩了一絲腎上腺素，足夠我勉強爬到船的前段，攀上船頭。

在我的後方，契特站在那裡，手上握著槳。

他舉起了槳。

他用力一揮。

我閉上眼，放聲尖叫，等著那記重擊落到我頭上。

然而，一記槍聲響起，聲音傳遍小湖灣。我飛快張開眼睛，正好看到木槳爆裂成無數碎片。木屑噴向我的臉，我再次閉上了眼。我猛一彎腰，想要避開它。

小艇傾斜。

我跟著它一起傾斜，往後一摔，摔出了船緣，跌進午夜湖裡。

第四十三章

我跌落水中的過程很短。只是失去方向地快速下沉，然後在水面以下幾呎處便撞上了某種東西。是木板吧，我想。上面滿是青苔及水藻，以及百年來的湖水漲落，讓它變得滑不溜丟。是屋頂。

當我領悟到這點，在我下方的木板彎曲變形，垮了一個洞。我隨即再次跌落。我依然在水底，不過現在四周是牆壁，把我包圍在裡面。

和平谷精神病院。

我就在裡面，從屋頂跌落到下面的地板。我準備好迎接另一次撞擊。但是沒發生。我只是從地板彈起，然後往上漂浮。

光線從佈滿水藻的窗口透進來，亮度足夠我看見一間處處汙泥的空房間。這裡的一切都是傾斜的，包括牆壁、天花板和門框都是。那扇門已經從鉸鍊上脫落，現在歪斜地坐落在那裡，露出了一道短短的走廊、階梯，以及更多的光線。我朝那個方向游去，努力想穿過門口，經過走廊，沿著階梯往下。

在最底部，前門洞開。那扇門落在地板上，幾乎和湖底混合為一。在我的左手邊是起居室，牆上有個洞，磚塊、木地板條和壁紙殘屑都掉了出來。一尾銀花鱸魚在房間裡繞著圈子游。我從洞開的門游出去，從裡面游到外面，雖然這都是同一處水底風光的一部分。

疼痛傳遍我的全身。我的肺在灼燒。我需要空氣。我需要睡眠。我開始往上游，朝水面游去，這時我注意到某種東西。

是顱骨。

顏色慘白。

下顎不見了。

眼窩朝向天空。

在它的周圍散落著更多骨骸。至少有十來根吧。我瞥見拱形的肋骨，彎曲的手指，第二個顱骨，距離第一個顱骨有幾碼遠。

是女孩們。

我知道，因為在那些骨骸之間，有東西在淤泥裡閃著微光。那是一條金鍊子和一只心形墜飾盒，中間有個顆小小的綠寶石。

有什麼進到了我後面的水裡。我是感覺到的，而不是親眼看見。一隻手臂伸出來，環抱我的腰部。這時有人將我往上拉，離開那些女孩們，往水面拉上去。

我們很快便冒出了午夜湖的水面。我看見天空、樹木、營區的另一艘快艇在不遠處上下擺動著。弗林警探站在船上，持槍指著契特，而後者的手上拿著毀壞的槳。

然後我看到席歐。他在我身邊游著，手臂依然環抱我的腰際，湖水潑濺他的下頦。

「妳沒事吧？」他說。

我想到薇薇安、娜塔莉及艾莉森就在我們的下方。

我想到這些年來，她們一直待在那裡，等著我去找她們。

所以當席歐再問一次我是否沒事，我只能點頭，忍不住啜泣，然後讓淚水流下。

第四十四章

我坐在弗林警探的警用車前座，後照鏡裡的醫院已經成了遙遠的記憶。最後我身上的挫傷及傷痕比我原本想的還要多。醫生的診斷令人吃驚。木槳打出了腦震盪。跌落造成腳踝扭傷。撕裂傷、脫水、持續性頭痛。

結果我在醫院待了兩天。其中有一天，女孩們也住在那裡。我和米蘭達同住一間房，我們把時間都花在抱怨我們悲慘的狀態，咯咯地笑說這一切有多荒唐，還有閒聊著那天值早班的俊俏男護理師。

訪客川流不息。莎夏和克莉絲朵從隔壁的病房來串門子。米蘭達的祖母也來了，她在天主教徒的罪惡感及令人窒息的擁抱之中，忙得團團轉。貝卡帶著一本安塞爾・亞當斯（Ansel Adams）的攝影集來訪，凱西則為了居然認為我會想傷害山茱萸屋的女孩們而道歉。馬克帶了一大疊八卦雜誌過來，還有他和圖書館員比利復合的消息。就連我父母也從佛羅里達飛過來，這種舉動比我預期的更令我感動。

我們打算在今天下午回曼哈頓。馬克會一起來。這麼多人一起搭車，這將會是一趟有趣的旅程。

然而現在呢，正如弗林警探提醒我的，我還有未完成的事待辦。

「事情可能是這樣，」他說。「根據薇薇安在日記的記載，就像妳一樣，她對和平谷、查爾斯．克特勒及布坎南．哈里斯都做出最壞的假設。她發現精神病院的地點，於是帶艾莉森及娜塔莉跟她同行，證實它的存在。從妳的描述聽起來，在那下面可能很容易迷失方向。她們下了水，沿著廢墟游，就沒有再上來過。意外溺斃。」

雖然我也是這麼猜想，但這不代表我能更輕易地接受。尤其是現在我知道薇薇安和她姊姊是同樣的死法。這太過悲慘，令人難以理解。

「所以沒有跡象顯示契特殺害她們嗎？」我說，心知這是不可能的。

弗林搖頭。「他發誓不是他幹的。我沒理由懷疑他。他當時才十歲。再說，在湖底還有不少的骸骨。要花一點時間才能全部找到。在那之前，我們無法確知那下面的就是妳的朋友。」

但是我已經知道了。我在湖底看到的就是薇薇安、娜塔莉及艾莉森。那只墜飾盒就是我需要的證據。現在光是想到這個，我的胸口便漲滿了悲慟之情。這兩天以來經常是如此。

「至於山茱萸屋的第二群女孩們，契特說他沒有打算傷害她們。他只是基於一時氣憤，沒有想到後果。」

「他現在在哪裡？」

「目前在郡立監獄裡。接下來他可能會轉送到精神醫療機構，不知道要待多久。」

聽到這消息，我鬆了一口氣。我希望契特得到他需要的幫助。因為我對尋求報復這回事略知一二。我和契特一樣，感受到復仇的慾望在我內心熊熊燃燒。這把火將我們倆都燒傷了。

但是我痊癒了。還不完全，不過絕對就快了。

「我想我欠妳一個道歉，」弗林說。「因為我先前不相信妳。」

「你只是盡忠職守。」

「但是我應該多聽聽妳想說的話。我一下子就認為是妳幹的，因為那是最簡單的解釋。為此我要說聲抱歉。」

「我接受你的道歉。」

我們沉默地開著車，直到抵達夜鶯夏令營的鑄鐵大門。當我豎直椅背時，弗林轉頭看著我說：「回來會緊張嗎？」

「不如我想的那麼緊張，」我對他說。

看到營地外圍引發了種種情緒。悲傷及後悔，依愛與憎惡。還有強烈的解脫感。那種當你得知某件事的全部真相所帶來的感受。偷情的伴侶遭到揭發。正式的診斷結果。揭曉真相意味著你終於能開始放下這件事在你身上的重擔。

弗林把車開往營區中心。這裡感覺空蕩又安靜，像是我醒來卻發現山茱萸屋的女孩們不見了的那個早晨。這一次是有充分的理由。所有的學員、輔導員及指導員都回家去了。夜鶯夏令營提早關閉。這次是永久關閉。

這雖然令人悲傷，但我知道這樣最好。這地方引起了太多悲劇。此外，法蘭妮要處理的事夠多了。

當車子在主屋前停下來時，洛蒂在外面等我。因為我吞了止痛藥而昏沉沉的，腳踝又包紮了厚厚的一大圈繃帶，她要扶我下車。在放開我的手之前，她又緊握了一下。這代表著她對我說過的話沒放在心上。我很感激她的寬宥。

弗林按喇叭，朝我揮揮手。然後他就走了，開車離開營區，洛蒂則帶我進去主屋。屋裡沒有敏蒂的身影。我不意外。凱西去醫院看我時，提到她回去她家的牧場了。她喜孜孜地說，彷彿這是敏蒂應得的結局。假如這表示能過得比跟契特在一起更好，那麼我傾向同意。

「恐怕沒有多少時間，」洛蒂說。「法蘭妮只有幾分鐘，然後我們就要走了。獄方對探視時間毫不通融。」

「我明白。」

她帶我到後院平台，法蘭妮在一張阿第倫達克椅上歇著，傾斜著椅背面向太陽。她親切地招呼我，緊握著我的手，並且微笑著，彷彿我們倆之間多年來的指控及罪行都不算什麼。或許現在是如此。或許現在我們扯平了。

「親愛的艾瑪，能見到妳下床走動，真是太好了。」她指著椅子旁邊的地板，我的行李箱和繪畫工具盒就放在那裡。「都在那裡了，我確保洛蒂全部都打包進去。只少了幾樣東西，包括薇薇安的日記，警方把它拿走了，還有她從主屋拿走的照片。那應該由洛蒂保管，妳不認為嗎？」

「我完全贊成。」

「妳確定妳不想再看山茱萸屋最後一眼？」法蘭妮問。「以免我們遺漏了什麼東西？」

「不用了，」我說。「這樣就可以。」

山茱萸屋是我最不想去的地方。那裡有太多回憶，好壞都有。在發生了那麼多事之後，加上我現在知道的這一切，我還沒準備好去面對那些回憶。看到刻在胡桃木箱上的名字，以及聽到第三塊木地板條發出的嘎吱聲，我可能會崩潰。

法蘭妮給了我一個會心的眼神，彷彿她完全了解。「真抱歉我沒有去醫院看妳，在那種情況下，我想我還是別去比較好。」

「妳沒有什麼好抱歉的，」我對她說，每個字都是真心誠意。

「可是我有。契特的所作所為真是不可原諒。他所造成的任何痛苦，無論是對妳或山茱萸屋的其他女孩，我都感到萬分抱歉。而且請妳要相信，我是真的不知道他打算做什麼。要是知道的話，我絕對不會找妳回來。」

「我相信妳，」我說。「而且我原諒妳。不是因為妳做錯了什麼，妳一直都對我那麼好，法蘭妮。是我才該請求妳的原諒。」

「我已經原諒妳了，在很久很久以前。」

「但是我不值得原諒。」

「妳當然值得，」法蘭妮說。「因為我看見妳的善良，即便妳自己看不出來。說到原諒，我想還有一個人對這方面想說幾句話。」

她伸出手，要人幫忙扶她從椅子上起來。我出手幫忙，輕輕地扶她站起來。我們彼此扶持，搖搖晃晃地一前一後走向平台的欄杆。下面是午夜湖，美麗如昔，而坐在草地上凝視湖水的是席歐。

「去吧，」法蘭妮催促著。「你們倆有很多話要說。」

一開始，我沒有對席歐說什麼。我只是坐在他身旁的草地上，眼睛看著湖泊。席歐也沉默以對，原因很明顯。現在我指控他兩次了。假如有任何人活該得到沉默的對待，那人就是我。

我看了一眼他的側面，端詳臉頰上的疤痕和額頭的新痕跡，那是我拿手電筒打他時留下的深紫色挫傷。我帶給他那麼多痛苦。撇開契特的作為不提，他絕對有理由恨我。

然而，席歐依然確保我活著離開那座湖。弗林警探細述席歐有多快跟在我後面潛入水裡。沒有絲毫猶豫。他是這麼形容的。這是我永遠還不清的債。我可以坐在這裡，花幾個小時的時間感謝席歐，乞求他的原諒，或是拼命道歉，次數多到我數不清。但是我沒有。我只是伸出手說：「嗨，我叫艾瑪。」

席歐終於察覺到我的存在，轉過頭來。他和我握手，並且回答：「我叫席歐，很高興認識妳。」

他說這樣就夠了。

席歐在我身邊挪動了一下，從口袋裡掏出某個東西，然後放在我的手上。我不用看就知道，那是我的幸運手鍊。我能感覺到捲成一團的手鍊貼著我的手掌心，還有那三隻白鑞鳥兒的重量。

「我想妳會想要把這個拿回去，」席歐說，然後咧嘴一笑：「即便我們才剛認識。」

我把手鍊捧在手上。它跟了我那麼久，忠心地陪著我超過半輩子的時間。不過說再見的時候到了。現在我知道了真相，我再也不需要它了。

「謝謝你，」我說。「不過……」

「不過什麼？」

「我想我已經長大了，再也用不著這個。再說，我知道有個地方更適合它。」

我沒有多想，把手鍊扔出去，三隻鳥兒終於飛了起來。我在它落下之前閉上眼。我不想記得看到它消失在眼前。我只是聽著，握住席歐的手，任手鍊發出輕微的潑濺聲，落入了午夜湖裡。

故事是這樣結束的。

法蘭妮在九月末的一個悶熱夜裡走了。她不是在湖邊嚥下最後一口氣，而是在哈里斯大宅的閣樓臥房裡。席歐和洛蒂陪在她身旁。根據席歐所說，她的最後一句話是：「我準備好了。」

一週後，妳在一個秋老虎來襲的周一參加她的葬禮。妳認為法蘭妮會希望如此。儀式結束後，妳和席歐去中央公園走一走。自從離開夜鶯夏令營之後，妳就沒見過他了。在那樣的情況下，你們倆同意彼此都需要一點空間和時間。

現在這場重逢充斥著種種不曾說出口的情緒。其中當然有悲慟，也有見到彼此的喜悅。另外還有一種奇怪的感覺，不安。妳不知道兩人未來會走向哪種關係。尤其是當你們散步到一半時，席歐說：「我下週要出發了。」

妳忽然停下腳步。「去哪裡？」

「非洲，」席歐說。「我報名參加另一個無國界醫生團，為期一年。我想離開對我有好處。我需要時間把事情想清楚。」

妳明白。妳知道那聽起來是個好主意。妳希望他幸福，

「等我回來之後，我想和妳共進晚餐，」席歐說。

「你是說約會嗎？」

「只是兩個習慣指控彼此做壞事的老朋友，一起吃頓便飯，」席歐回答。「但是我比較喜歡約會的說法。」

「我也是，」妳說。

那天晚上，妳又重拾畫筆了。那是妳清醒地躺了幾個小時，想著季節改變及歲月流轉之後，

忽然興起的念頭。妳起床，站在一塊空白畫布前，明白自己要做什麼：不是要畫出妳看到的，而是妳見過的。

妳一如往常，用相同的順序畫出女孩們。

先是薇薇安。

接著是娜塔莉。

然後是艾莉森。

妳畫下她們的窈窕身影，用了各種色調的藍色、綠色及棕色。青苔綠、藍綠、藍灰、松綠。妳把畫布填滿水藻、水草，還有枝幹朝水面扭曲伸展的水底樹木。妳畫了一棟屋頂有風向標的建築，沉沒在冰冷的水底，黑暗又空蕩，等著有人發現它。

那幅畫完成後，妳又著手進行另一幅。又一幅。再一幅。這些鮮明大膽的畫作畫出了隱藏在水底下的斷壁殘垣，在水生植物的包圍之下，悠悠不知過了多少年。妳每次以顏料覆蓋女孩們，感覺就像是將她們掩埋，一場葬禮。妳不停畫了好幾個禮拜。妳的手腕疼痛，手指就算不握畫筆也伸展不開。妳入睡時，夢見各種繽紛色彩。

妳的心理醫師告訴妳，妳所做的事有益健康。妳是在整理情感，面對哀傷。

到了一月份，妳完成了二十一幅畫。妳的水底系列。

妳把畫作拿給藍道看，他狂喜不已。他對每幅畫驚嘆連連，訝異妳是如何超越了自己。藍道急忙安排，策畫一場新畫展，利用所有和午夜湖相關的一切做宣傳。展期訂於三月，話題不斷累積，《紐約客》刊載妳的個人報導，妳的父母計劃出席。

畫展開幕的那天早上，妳接到弗林警探的來電。他對妳說了妳一直以來都知道的事：水裡發現的骸骨屬於娜塔莉和艾莉森。

「薇薇安呢？」妳問。

「那是個好問題，」弗林說。

他告訴妳，娜塔莉和艾莉森的顱骨都出現裂痕，顯示她們的頭部遭到重擊，凶器可能是在骸骨附近發現的鏟子。

他告訴妳，妳所發現和薇薇安的日記掩埋在一起的塑膠袋，裡面裝的那綹頭髮其實是聚脂纖維製品，這種原料大部分是用來製作假髮。

他告訴妳，同一只袋子裡還有膠膜及粘著劑的殘留物，這些材料過去經常使用在偽造證件上。

「你是在暗示什麼？」妳問。

「就是妳想的那樣，」他說。

妳想到的是薇薇安對妳說的最後那番話，在她敲著山茱萸屋上鎖的房門時。

別這樣啦，小艾，讓我進去。

我。

她是這麼說的。

不是我們。

意思是只有她一個人。

妳掛斷電話，內心充滿不安的感覺。這番對話讓妳震驚不已，妳差點決定不出席當天的開幕之夜。但是馬克阻止妳打退堂鼓。他盯著妳完成所有的準備動作。沖澡。換上緊身的藍色洋裝。

套上紅底高跟鞋。

到了畫廊，妳看見藍道再次使出渾身解數。妳啜飲葡萄酒，看著鮮蝦法式小點在銀製托盤上飄然而過，並且和來自佳士得的男子、《泰晤士報》的女士，以及曾協助妳的事業起步的電視女演員交談。莎夏、克莉絲朵和米蘭達也出席了。馬克替妳們拍了一張照片，四個人站在妳最大的一幅畫前面。那是第六號畫作，感覺似乎和午夜湖一樣大。

那天晚上稍後，妳站在那幅畫的前面時，一名女子來到妳身旁。

「這真美，」她說，眼睛注視著那幅畫。「美得如此奇特。妳是畫家本人嗎？」

「我是。」

妳朝她的方向看了一眼，看見一抹紅髮，令人驚豔的身材，尊貴典雅的姿態。她的裝扮自然率性。黑洋裝，黑手套，黑色寬簷軟帽及Burberry風衣外套。妳認為她可能是模特兒。然後妳認出了她的小巧鼻型及冷酷笑容，妳的雙腿發軟。

「薇薇安？」

她繼續注視著那幅畫，用一種只有妳們兩個才聽得見的平靜耳語說話。

「兩真一假，艾瑪，」她說。「準備好來玩了嗎？」

妳想說不要，但妳必須說好。

「第一：我姊姊死的那天晚上，艾莉森及娜塔莉跟她在一起，」她說。「她們賭她不敢跑到冰上去。她們看著她掉進去，淹死了。然而她們沒跟任何人說。不過我心生懷疑。我知道凱瑟琳不會做那種危險的事，除非有人笑她膽小。所以我和她們做朋友，取得她們的信任，並且假裝我也信任她們。我就是這樣得知事實真相，在七月四日逗她們說出來。她們發誓有試著要救凱瑟琳，但我知道她們在說謊。畢竟，我假裝在大家面前溺水。當我在水裡亂踢時，只有席歐過來救我，娜塔莉及艾莉森都沒有動作。她們只是旁觀，就像她們看著凱瑟琳淹死那樣。」

妳回想那天妳回到小木屋，發現女孩們在吵架。現在你明白妳不小心撞見她們在認罪。雖然在那之後，她們似乎和好如初，但其實彼此間的關係已經變了樣。

「第二：既然我已經懷疑娜塔莉及艾莉森幹的好事，我花了一整年的時間研究策劃。我得知午夜湖的歷史，發現了一個沒人知道的地方：一間淹沒在水底的精神病院。我把毛衣放在森林裡，混淆搜救人員。我搞上場地管理員，偷走工具棚的鑰匙。然後我帶娜塔莉及艾莉森去湖中那個神秘地點，沒人會找去那裡。她們是怎麼對我姊姊的，我就以其人之道還治其人之身。」

現在妳明白妳誤讀她的日記了。她尋找和平谷的原因，不是要揭露它的存在。而是因為那裡是隱匿她的罪行的最佳地點。

妳想到工具棚失竊的那把鏟子。妳想到那個墜飾盒，現在妳知道薇薇安把它扔進湖裡，因為就像是妳和妳的手鍊，她再也不需要它了。

「第三：薇薇安死了。」

妳在驚嚇之餘，嘴變得好乾，妳不確定自己說得出話來。但妳還是設法沙啞地說出：「第三個。」

「錯，」她說。「薇薇安十五年前就死了，小艾，讓她安息吧。」

她隨即離開了畫廊，腳下的鞋在地板上喀噠作響。妳跟著她，腳步緩慢，雙腿驚嚇得搖搖晃晃。妳走到門外的大街上，看到一部豪華轎車快速駛離路旁。染色玻璃讓妳無法看個仔細。整個街區空無一人，只有妳和妳撲通跳動的心臟。

回到畫廊裡，妳喃喃地向馬克、藍道和其他人道別。妳說妳不舒服。妳怪罪妳根本沒碰的那些蝦子。

回到家裡的工作室，妳徹夜作畫，直到天明。妳畫到垃圾車轆轆駛過，太陽從街道對面的大樓上方露臉。妳停了下來，站在完成的畫布前。

那是薇薇安的肖像畫。

不是她當年的模樣，而是現在的容貌。她的鼻子和下頦。還有妳畫成午夜藍的眼睛。她注視著妳，嘴角掛著佯裝害羞的微笑。

這是你最後一次畫她。妳對這點深信不疑。

再過幾小時，郵局開門之後，妳會把這幅畫寄給弗林警探。妳會在裡面放一張字條，告訴他薇薇安還活著，最近一次出現在曼哈頓。妳會要求把那幅畫公布給媒體，他們可以隨意運用。

妳會揭露她是誰，她的長相，以及她做了什麼事。

妳不會把她藏在層層的顏料底下。

妳會拒絕替她隱瞞。

說謊的日子結束了。

致謝

我要感謝許多幫助我寫作並出版這本書的人，首先是我最棒的美國編輯，Maya Ziv。她的耐心鼓勵幫助我把這本小說從難看的毛毛蟲變成了象徵蝴蝶的美好作品。感謝Madeline Newquist，她協助我讓一切依計畫進行；感謝Andrew Monagle的好眼力；以及宣傳及行銷的夢幻團隊，Emily Canders、Abigail Endler以及Elina Vaysbeyn。

英國的部分，我要感謝大西洋彼岸的夢幻團隊：Gillian Green、Stephenie Naulls以及Joanna Bennett（特別要向Emily Yau獻上祝福）。

另外我要感謝Aevitas Creative Management的每個人，尤其是我的經紀人，Michelle Brower，和我一起走過這麼多年。還有Chelesy Heller，在國際部分不斷做出重大貢獻。

我也要感謝：史蒂芬・金（Stepnen King）的慷慨大方；泰勒絲（Taylor Swift），因為我無恥地剽竊了她的歌曲Sad Beautiful Tragic裡的歌詞；瓊恩・琳西（Joan Lindsay）及Peter Weir，他們的《懸崖上的野餐》（Picnic at Hanging Rock）為這本書帶來靈感；Sarah Dutton，很棒的讀者以及更棒的朋友；Ritter及Livio家族，他們是如此以我為傲。

最後我要感謝Mike Livio直到天荒地老，而且這樣還不夠。少了他的耐心、冷靜和堅定的手，我真的做不到這一切。

臉譜小說選 FR6563

那年夏天的謊言

The Last Time I Lied

原著作者 萊利·塞傑 Riley Sager
譯　　者 簡秀如
書封設計 莊謹銘
責任編輯 廖培穎
行銷企畫 陳彩玉、薛　綸
業　　務 陳紫晴、林佩瑜、馮逸華

出　　版 臉譜出版
發 行 人 凃玉雲
總 經 理 陳逸瑛
編輯總監 劉麗真
城邦文化事業股份有限公司
台北市民生東路二段141號5樓
電話：886-2-25007696　傳真：886-2-25001952

城邦讀書花園
www.cite.com.tw

發　　行 英屬蓋曼群島商家庭傳媒股份有限公司城邦分公司
台北市中山區民生東路141號11樓
客服專線：02-25007718；25007719
24小時傳真專線：02-25001990；25001991
服務時間：週一至週五上午09:30-12:00；下午13:30-17:00
劃撥帳號：19863813　戶名：書虫股份有限公司
讀者服務信箱：service@readingclub.com.tw
城邦網址：http://www.cite.com.tw

香港發行所 城邦（香港）出版集團有限公司
香港灣仔駱克道193號東超商業中心1/F
電話：852-2508 6231　傳真：852-2578 9337

新馬發行所 城邦（馬新）出版集團 Cite (M) Sdn Bhd.
41-3, Jalan Radin Anum, Bandar Baru Sri Petaling,
57000 Kuala Lumpur, Malaysia.
電話：603-9056 3833　傳真：603-9057 6622
讀者服務信箱：services@cite.my

一版一刷 2020年5月

I S B N 978-986-235-834-4
售價420元
（本書如有缺頁、破損、倒裝，請寄回本社更換）

國家圖書館出版品預行編目資料

那年夏天的謊言／萊利·塞傑（Riley Sager）著；簡秀如譯. -- 一版. -- 臺北市：臉譜出版：家庭傳媒城邦分公司發行, 2020.05
面；　公分. --（臉譜小說選；FR6563）
譯自：The Last Time I Lied
ISBN 978-986-235-834-4（平裝）
874.57　　109004885